AUTRE-MONDE

AUTRE-MONDE :

Livre 1 : L'Alliance des Trois.

Maxime Chattam
AUTRE-MONDE

* *

Malronce

ROMAN

ALBIN MICHEL

Prologue

La grande salle aux murs de pierre était à demi enterrée.
D'étroites lucarnes ne suffisaient pas à laisser entrer la lumière
du jour, des lanternes diffusaient une clarté chaude et mou-
vante en même temps qu'une odeur un peu rance, celle des
graisses animales qui les alimentaient.

Un gros cierge surmontait chaque table ronde, planté dans
un amas de cire fondue, toujours plus haut, comme un volcan
dans sa lave pétrifiée.

Des grappes d'hommes s'agglutinaient dans le fond pour hurler, encourager, parier, autour de petites boîtes en fer rouillé
dans lesquelles s'affrontaient des scorpions noirs.

Un peu à l'écart, trois individus, emmitouflés dans leurs
manteaux d'un vert sombre, bavardaient calmement, une chope
de bière à la main.

– Simon en a racheté *une* l'autre jour ! dit celui qui portait
une barbe brune.

– C'est vrai ? Combien l'a-t-il payée ? demanda son acolyte.

Un kyste volumineux lui déformait la joue, comme s'il avait
un morceau de pain coincé à l'intérieur de la bouche.

– Je ne sais pas, pas mal de pièces je pense, et des services en plus. Mais elle les vaut à ce que j'ai entendu dire !

Le troisième larron, plus discret, se pencha vers eux ; la flamme de la bougie qui éclairait le visage par en dessous. Plusieurs cicatrices récentes lui déformaient les traits.

– Quel âge a-t-elle ?

– Moins de dix ans. Simon l'a récupérée dès qu'elle a échoué au test.

– Elle supporte bien l'anneau ombilical ?

– Apparemment oui.

– Elle parle ? interrogea l'homme au kyste.

Barbe brune vida sa chope en terre cuite cerclée de bois.

– Qu'est-ce que j'en sais ? souffla-t-il en ponctuant sa phrase d'un rot sonore.

L'homme aux cicatrices enchaîna :

– Il paraît que les Ourscargots ramènent de plus en plus de ces gamins depuis le nord ; à ce rythme-là, la Quête sera bientôt achevée.

– Il paraît aussi que les gosses se sont rassemblés par endroits, et qu'ils résistent à nos patrouilles ! confia Barbe brune.

– Ils s'organisent ? s'étonna l'homme au kyste.

– Même à plusieurs, ça reste des mouflets ! Regarde, nous autres, il ne nous a pas fallu deux mois pour qu'on se retrouve tous !

– Parce que la Reine a émergé tout de suite, rappela l'homme au kyste, parce qu'elle a fait allumer les Brasiers du Rassemblement pour que la fumée nous guide !

– Trois mois plus tard, nous avions déjà mis en place un système de troc et de monnaie ! Nos villages sortaient des carrières et des bois ! Nous sommes évolués ! Pas comme ces petits sauvages !

– Sauf que personne n'est fichu de se souvenir de ce qui s'est passé avant le Cataclysme ! s'énerva l'homme au kyste. Une armée d'adultes amnésiques ! Tu trouves ça évolué, toi ? Et si les gamins savaient ? S'ils se souvenaient de qui nous sommes ? D'où nous venons ?

Les deux compagnons d'alcool n'eurent pas le temps de répondre : une silhouette, assise à la table d'à côté, se pencha vers eux.

Elle arborait une grande cape à large capuche, en velours épais d'un rouge écarlate.

– L'avenir est bel et bien dans ces enfants, fit une voix sèche et sûre d'elle au fond de la capuche. Mais pas dans ce qu'ils savent, dans ce qu'ils sont.

– Qui…

Deux mains fines et couvertes de veines noueuses surgirent de sous la cape pour rabattre le masque d'ombre. L'homme avait la cinquantaine, joues creusées, lèvres presque inexistantes et nez pointu. Des sourcils blancs et broussailleux durcissaient encore son regard et une plaque d'acier, parfaitement moulée à son crâne, remplaçait ses cheveux jusqu'à sa nuque.

– Ces enfants sont la cause de ce qui nous arrive, poursuivit-il. Ils sont la preuve de nos fautes passées, l'origine de nos maux ! Et pour cela ils ne méritent que notre colère !

– Qu'est-ce que tu en sais, vieil homme ? intervint le buveur aux cicatrices.

Le prêcheur entrouvrit sa cape pour dévoiler l'écusson rouge et noir sur son plastron de cuir, avec une pomme au centre. Le blason de la Reine.

Les trois amis se raidirent immédiatement et baissèrent le regard.

– Pardonnez-nous, fit l'homme au kyste, nous ne savions pas que vous étiez un soldat de la Reine !

– Un conseiller spirituel de Sa Majesté Malronce, messieurs, apprenez à reconnaître cette coiffe qui empêche nos pensées d'être lues. J'ai entendu votre conversation, et je vous trouve trop prompts à accorder à ces enfants une intelligence et une connaissance qu'ils n'ont pas. N'oubliez jamais qu'ils ne sont que vermine ! L'anarchie ! Nous nous sommes reconstruits en toute hâte sur un équilibre fragile, et ces enfants pourraient bien tout détruire. Aussi n'ayez pour eux aucune pitié !

Dans le fond de la salle, les paris prirent fin et des cris de joie et de colère retentirent. Le conseiller attendit un court instant que la clameur se dissipe, puis ajouta :

– Si ce n'était que moi, il n'y aurait aucun enfant esclave dans nos rues ! Que ceux qui ne peuvent servir la Quête périssent également !

– Oui ! s'emporta l'homme aux cicatrices. Qu'on les écorche tous !

– Point de salut pour la jeune vermine, conclut le conseiller. En épargner un, même asservi, c'est épargner leur espoir.

Tous approuvèrent, conquis par le charisme inquiétant de l'individu.

Lorsqu'ils ressortirent, dans la tiédeur du soir, Barbe brune et l'homme aux cicatrices décidèrent de rallier une tente militaire, à la sortie du village, et ils s'engagèrent sur-le-champ dans l'armée de la Reine Malronce.

Il en allait ainsi, dans le royaume des hommes. Il suffisait de quelques certitudes et d'un ennemi désigné pour rassurer les esprits vides ou troublés par l'ignorance. Toutes les peurs se focalisaient alors sur cette cible à combattre.

Pour l'heure, capturer autant d'enfants que possible.

Pour servir la Quête.

Pour la Reine.

PREMIÈRE PARTIE
L'empire végétal

1.

Une trop longue route

Le monde avait beaucoup changé en seulement six mois.

Matt Carter avait vécu les quatorze années de son existence dans l'immense ville de New York. Entre asphalte et structures d'acier et de verre, dans le cocon de la civilisation, le confort de l'électricité, des repas chauds et réguliers, sous la protection des adultes.

Les adultes.

Qu'étaient-ils devenus à présent, ceux qui avaient survécu à la Tempête ? Des créatures primaires et sanguinaires pour certains, les autres… des Cyniks. Des chasseurs d'enfants.

Dix jours déjà qu'il marchait vers le sud, en compagnie d'Ambre et Tobias. Matt était grand pour son âge, ses cheveux bruns, trop longs, lui fouettaient le visage à chaque coup de vent, barrant son regard sombre et déterminé. Ambre de son côté avait la peau aussi blanche que celle de Tobias était noire, des boucles blondes aux reflets roux sur un minois séduisant construit autour de ses grands yeux verts. Tobias au contraire de son ami d'enfance se trouvait trop petit, un fin duvet de poil commençait à lui dessiner une ébauche de moustache.

Ils formaient un groupe solidaire.

L'Alliance des Trois.

Plume, la chienne grande comme un poney, portait leurs sacoches. Les vivres manquaient. Pour l'eau, ils se ravitaillaient au gré des rivières qu'ils longeaient, mais viande séchée et plats lyophilisés n'occupaient guère plus qu'un fond de sac.

Dix jours qu'ils avaient quitté l'île des Manoirs, leur sanctuaire, le repaire de leurs amis, d'autres adolescents, des Pans comme ils se nommaient.

Dix jours à s'ouvrir une voie entre les hautes herbes, à traverser des bois, à gravir des collines pour les redescendre aussitôt.

Matt s'était attendu à découvrir une faune surprenante, et pourtant les animaux autour d'eux gardaient leurs distances : quelques cris mystérieux au crépuscule, des formes fugitives sous le couvert des fougères, rien de singulier pour un pays à ce point transformé.

La nature avait repris ses droits, avec plus de vigueur qu'elle n'en avait jamais manifesté. Les plantes recouvraient tout, les moindres vestiges de la société des hommes disparaissaient. Les bêtes s'étaient transformées ; plus fortes, plus dangereuses, des espèces avaient émergé de la Tempête, les humains redécouvraient la peur d'être une proie facile.

La journée touchait à sa fin quand le trio décida d'établir son bivouac dans une anfractuosité à flanc de coteau. Tobias, ancien scout, faisait office de préposé au feu tandis qu'Ambre préparait la nourriture et Matt le couchage.

— Nous n'avons plus de biscuits secs, avertit la jeune fille. Même en continuant le rationnement, nous ne tiendrons qu'un jour, peut-être deux.

— Je répète ce que je proposais hier : on s'arrête une journée entière pour poser des pièges, pour chasser, intervint Tobias qui disposait à ses pieds le bois qu'il venait de ramasser.

— Pas le temps, contra Matt.

– Mais enfin : qu'est-ce qui te pousse à nous imposer ce rythme ? voulut savoir Ambre.

– Mon instinct. Nous ne pouvons tarder. On nous suit de près.

Ambre échangea un regard inquiet avec Tobias.

– Cette chose…, dit-elle un ton plus bas, ce Raupéroden comme tu l'appelles, c'est ça que tu crains ?

– C'est ainsi qu'il s'appelle. Je l'ai su à travers mes rêves.

– Tu le dis toi-même, il s'agit de rêves, peut-être que c'est le fruit de tes angoisses et…

– Ne crois pas ça ! la contra-t-il immédiatement. Il existe. Souviens-toi, c'est lui qui a attaqué le village des Pans au nord, il me cherche. Il n'est pas vivant comme toi et moi, il est à cheval sur notre monde et… un univers différent, plus sombre. En tout cas il peut projeter des images, et même communiquer par les rêves. J'ignore pourquoi, mais je l'ai vécu. Et je *sens* qu'il est sur nos talons.

– Et pour les vivres, comment va-t-on faire ? interrogea Tobias. Faut bien qu'on mange !

– On trouvera.

Sur quoi Matt jeta son manteau sur les duvets qu'il venait d'installer et s'éloigna de l'abri.

Ambre et Tobias se regardèrent.

– Il n'a pas l'air de bien supporter ce voyage, tu ne trouves pas ? demanda Tobias.

– Il dort mal. Je l'entends gémir la nuit.

Tobias laissa paraître son étonnement. Comment Ambre pouvait-elle en savoir autant sur *son* ami ? Ils dormaient pourtant tous ensemble !

Décidément, ces deux-là sont faits pour s'entendre…

– Dis, Ambre, tu crois vraiment qu'on va la trouver cette Forêt Aveugle ?

– La trouver, ce n'est pas ce qui m'inquiète. Mais la traverser... Les rumeurs qui nous sont parvenues jusqu'à présent décrivent un lieu terrifiant, inextricable et peuplé de créatures abominables.

– Et si on parvient à traverser, que fera-t-on une fois au sud ?

– Traquer les réponses à nos questions : Que cherchent les Cyniks en enlevant des Pans ? Pourquoi veulent-ils absolument Matt ? Tu étais d'accord pour venir, je te rappelle !

– Oui, je sais, c'est juste que... maintenant qu'on est là, épuisés, perdus, je m'interroge. Est-ce qu'on fait bien d'aller au-devant des problèmes ?

– Nous ne sommes pas perdus, nous descendons vers le sud. Tu regrettes d'être venu ?

Tobias prit le temps de réfléchir, il fixa ses chaussures pour répondre :

– Non, c'est mon ami ! Mais je continue de dire que c'est une erreur. Nous aurions dû rester sous la protection de l'île des Manoirs.

Une heure plus tard, les flammes léchaient le bois qui crépitait. La nuit tombait lentement autour du campement. Chaque jour, Tobias s'émerveillait de constater à quel point la planète avait changé. Le soir, les étoiles surgissaient du néant comme il ne les avait jamais vues : nombreuses, vives, d'un contraste saisissant. Au fil des siècles, les hommes avaient oublié à quoi pouvaient ressembler les cieux sans la lumière des villes, sans la pollution. Tobias se remémora ce que son chef scout lui disait : « Pour contempler les astres, la flamme d'une bougie à vingt-cinq kilomètres suffit à fausser notre perception ! » Désormais, Tobias pouvait admirer ce que ses lointains ancêtres craignaient et vénéraient tout à la fois : un pur écrin de ténèbres hanté de milliers d'âmes insaisissables.

L'empire végétal

Parce que le ciel c'est ça : les coulisses infinies de notre vie terrestre, l'écho quotidien de nos limites.

Ils étaient tous les trois blottis dans leurs duvets, autour des braises rougeoyantes, le ventre à moitié rempli seulement, et attendaient que le sommeil vienne les saisir. Plume s'étira en grognant et se laissa choir dans l'herbe en soufflant.

Comme chaque nuit depuis leur départ, les doutes et l'angoisse peuplaient leurs esprits, retardant sans cesse le moment de basculer dans l'inconscience.

Deux journées s'écoulèrent encore avant que leurs provisions ne s'épuisent.

Chemin faisant, ils longèrent des arbustes abritant de grosses baies brunes et orangées. Chaque fois qu'ils avaient découvert pareilles tentations, Ambre avait empêché ses compagnons de se servir, insistant sur leur méconnaissance des fruits comestibles et toxiques.

– Nous ne sommes pas des Longs Marcheurs, ces Pans qui vont de clan en clan pour faire circuler les informations, répéta-t-elle. Nous n'avons pas les connaissances pour prendre ce risque !

– Ah bon ? ironisa Tobias d'un air agacé. Je peux te demander ce qu'on va manger aujourd'hui ?

– Un peu de patience, ça va venir.

– Quand ? Demain ? Dans trois jours ? Quand on sera morts de faim ?

L'épuisement les rendait prompts à s'emporter. Matt calma tout le monde en levant les mains :

– Nous allons chasser. Je crois qu'on n'a plus le choix. Toby, peux-tu attraper quelque chose en une matinée ?

- Je vais essayer.

Pendant que ses deux amis installaient un campement sommaire, Tobias s'éloigna entre les buissons du bois pour poser des collets. Il prit soin de repérer ses pièges et rentra attendre ce qu'il espérait être une moisson de petit gibier.

Ambre et Matt parlaient de l'altération quand il les retrouva.

L'altération. Ce changement subtil et progressif qui avait transformé la vie de bien des Pans pour les doter de capacités quasi surnaturelles.

– Tu crois que les autres villages ont développé l'altération ? demanda Matt.

– Ce qui s'est passé chez nous s'est forcément produit ailleurs, à un autre rythme. Cela dit, je suis convaincue que bon nombre de Pans sont aujourd'hui capables de maîtriser leurs nouvelles capacités.

– J'ai posé cinq collets, il n'y a plus qu'à croiser les doigts, annonça Tobias.

Ils discutèrent, reposant leurs jambes lourdes. Cette halte venait au bon moment : les pieds meurtris, les cuisses et mollets douloureux, ils n'en pouvaient plus. Bien qu'il fût nerveux, Matt tentait de le dissimuler aux autres. Chaque minute qui passait sans couvrir de la distance était du temps perdu. Il craignait le Raupéroden.

Depuis leur départ, pas une nuit ne s'écoulait sans qu'il en rêve. Il voyait sa forme flottante au-dessus d'une clairière, les ombres de son visage osseux et effrayant se tourner vers lui et lui répéter de sa voix glaciale : « *Viens à moi, Matt. Je suis là. Viens. Viens* en *moi.* »

Malgré son angoisse, Matt sentait cette pause nécessaire. Ils ne pouvaient continuer à ce rythme sans ménager leur corps. D'autant que le pire restait à venir : traverser la Forêt Aveugle.

Soudain, Matt remarqua l'absence de sa chienne.

– Vous avez vu Plume ? Ça fait un moment qu'elle n'est plus là ! s'inquiéta-t-il.

– Non, c'est vrai, je l'avais oubliée, avoua Tobias.

Ambre, qui venait de s'entraîner à contrôler son altération – comme souvent après les repas –, releva la tête :

– Tu la connais, elle sait prendre soin d'elle-même, détends-toi. Elle doit être en train de chercher sa nourriture.

Le museau hirsute de la chienne fendit le rideau de fougères quelques minutes plus tard, tenant un petit lapin entre ses mâchoires. Elle déposa son offrande aux pieds de Matt.

– T'es vraiment une chienne exceptionnelle, tu le sais, n'est-ce pas ? Merci Plume !

La chasseuse s'ébroua et alla s'étendre à l'ombre, visiblement aussi épuisée que ses équipiers humains.

Tobias avait les yeux brillants à l'idée de manger de la viande fraîche.

– Et maintenant, comment on procède ? Je suppose qu'il ne faut pas cuire la fourrure ?

– Il faut le préparer, lança Ambre d'un ton plein de sous-entendus.

– Tu veux dire : lui arracher la peau, lui sortir les boyaux et le décapiter ? fit Tobias en grimaçant.

– Exactement. (Constatant que les deux garçons affichaient une moue de dégoût, elle soupira.) Très bien, j'ai compris. Je m'en charge, Tobias allume donc un feu.

Ils firent la sieste pour digérer et personne ne proposa de se remettre en route. Pas même Matt qui dormait, blotti contre le pelage soyeux de sa chienne.

En fin d'après-midi, Tobias alla vérifier ses pièges et revint bredouille et dépité.

Ils finirent le lapin, le soir même, et s'endormirent dans le ramage des rapaces nocturnes et le brouhaha des autres créatures nouvelles, tandis que, sous le vent, les feuillages bruissaient mollement.

Matt ouvrit les paupières lorsque la fraîcheur se fit plus pénétrante. Plume s'était éloignée dans la nuit, et il s'était serré contre Ambre sans s'en rendre compte, son nez contre sa nuque, enfoui dans les cheveux blond vénitien de la jeune fille qui lui couvraient une partie du visage. Malgré les douze jours de marche, sa peau sentait bon. *Heureusement qu'elle était là pour nous inciter à nous laver à chaque rivière qu'on croisait,* songea-t-il, l'esprit embué par le sommeil. *J'aime son odeur.*

Et si elle se réveillait maintenant ? Que penserait-elle ?

Matt se recula doucement, quitta la chaleur de son dos.

Il faisait encore nuit. Quelle heure pouvait-il être ? Deux heures du matin ? Plus tard ?

Les feuilles s'agitaient avec plus de vigueur que la veille. Les oiseaux s'étaient tus. *Et il fait étrangement frais.*

Matt se redressa. Il perçut un soupçon d'humidité sur son front. *Il commence à pleuvoir ! Il ne manquait plus que ça !* Il avisa les environs, du moins ce qu'il en apercevait dans la pénombre. Aucun abri en vue.

Un flash blanc traversa la forêt.

Suivi de près par un long grondement caverneux.

Un orage approchait.

Aussitôt l'angoisse dévora la poitrine de Matt, creusant son ventre et serrant son cœur. *C'est lui !*

Il se précipita sur Ambre et Tobias qu'il réveilla sans ménagement :

– Debout ! Vite !

– Quoi ? Quoi ? Qu'est-ce qui se passe ? balbutia Tobias groggy malgré le début de panique.

– C'est le Raupéroden, il approche !

– Matt, calme-toi, dit Ambre, ce n'est qu'un orage.

– Non, tu ne comprends pas, il *est* l'orage. Je le sais, je le sens. Venez, partons.

– Et où veux-tu aller sous la pluie en pleine nuit ?

– Il faut continuer, ne pas se faire rattraper.

– Matt, tu délires, c'est d'un abri dont nous avons besoin, c'est tout.

Tobias vola au secours d'Ambre :

– Elle a raison. Si j'ai bien retenu un truc de mes années chez les scouts, c'est qu'on ne va jamais plus vite qu'un orage.

Matt regarda ses amis ramasser leurs affaires en vitesse et sonder les environs en quête d'un rocher. Tobias siffla pour les faire venir à lui. Il tenait son morceau de champignon lumineux au-dessus de lui et désigna un gros tronc d'arbre renversé sur une énorme souche. L'ensemble constituait un excellent refuge cerné de hautes fougères. Ils s'y installèrent et Matt posa la main sur le champignon qui diffusait une lueur d'un blanc si pur qu'elle semblait spectrale.

– Range ça, on va nous repérer.

Tobias s'exécuta à contrecœur et ils se serrèrent les uns contre les autres, Plume servant de dossier.

La pluie se mit à ruisseler et les éclairs illuminèrent la cime des arbres. Le tonnerre roula si puissamment qu'il en fit trembler la terre sous le petit trio.

– Ouah ! lâcha Ambre. Ça file les jetons.

Dans la clarté subite et intense l'écorce grise des troncs luisait comme une peau de serpent. Les branches crochues se transformaient en mains squelettiques. Les feuilles frémissaient comme autant d'ailes. Tout l'environnement changeait d'aspect à mesure que l'orage le survolait.

La foudre tomba à dix mètres de Matt, accompagnée d'un vacarme assourdissant, et un châtaignier se fendit en deux. Les trois amis se recroquevillèrent contre Plume qui tremblait. Le déluge s'abattit autour d'eux. Des dizaines de rigoles boueuses ruisselèrent à toute vitesse sur la pente.

Les trois adolescents s'emmitouflèrent sous une couverture, les pieds encore au sec

— Tu vois, c'est juste un orage, fit Ambre à l'attention de Matt.

— Il est sacrément violent en tout cas ! intervint Tobias.

— Moins fort ! commanda Matt, toujours peu rassuré.

— Qui veux-tu que je dérange avec un boucan pareil ? rétorqua Tobias en haussant le ton pour prouver à son camarade qu'il ne risquait rien.

Deux puissants phares jaillirent au-dessus d'eux, balayant les fourrés environnants. Tobias sursauta et demeura bouche bée de surprise autant que de peur.

— Un échassier ! murmura Matt en saisissant la poignée de son épée.

Les deux rayons blancs rasèrent le tronc qui les dissimulait et continuèrent à sonder le sol.

— Il ne nous a pas repérés ! chuchota Matt avec une pointe d'espoir.

— Qu'est-ce que c'est ? s'informa Ambre en frissonnant.

— La garde rapprochée du Raupéroden. Ce sont leurs yeux qui produisent cette lumière. Il ne faut pas qu'ils nous voient sinon ils nous encercleront en un instant. Chaque fois qu'on les a croisés, ils n'étaient jamais seuls. Restez là et ne bougez surtout pas !

Une silhouette haute de trois mètres surgit devant l'ouverture, enveloppée dans un long manteau noir à capuche. Elle posa l'une de ses échasses sur le sol, juste sous le nez des adolescents. Celle-ci était recouverte d'une épaisse peau laiteuse et se terminait par trois appendices semblables à des pouces qui s'enfoncèrent dans la terre pour se stabiliser.

Craignant qu'elle ne hurle, Matt couvrit la bouche d'Ambre de sa main.

Les projecteurs se posèrent sur les vestiges du feu qu'avait fait Tobias plus tôt dans la journée.

L'échassier émit un gémissement comme celui d'une baleine et on lui répondit au loin, par-delà le fracas de l'orage. Un deuxième échassier apparut à grandes enjambées, plus rapide qu'un homme au sprint, et fondit sur le campement. Une main aux doigts interminables s'élança depuis le manteau pour palper les bûches éteintes, son bras opalin s'avançait sans fin, mû par d'étranges mécanismes télescopiques.

– Sssssssch, là ! Sssssssssch… Il était là ! s'écria la créature d'une voix de gorge presque inaudible sous l'orage.

Trois éclairs consécutifs frappèrent le foyer éteint, projetant des gerbes d'étincelles de tous côtés. Soudain la pluie se fit moins violente et le vent diminua, les gouttes cessèrent brusquement. Un tapis de brume dévala la forêt, stagnant à un mètre au-dessus de l'herbe. Puis une forme se coula entre les arbres, longue et noire.

De là où ils étaient, aucun des trois amis ne pouvait la distinguer, pourtant Matt sut qu'il s'agissait du Raupéroden.

La brume s'enroula autour des échassiers et la forme vint flotter tout près de l'abri.

– Là… Seigneur ! Sssssssssch, là… il était… là ! Sssssssssch…

23

– Je le veux ! gronda une voix gutturale. Trouvez-le ! Je le veux !

Son cri résonna dans la nuit et même la brume en sursauta.

Les deux échassiers se mirent en mouvement, explorant les recoins alentour de leurs yeux aveuglants.

Ils vont vers le sud, nota Matt.

Trois autres échassiers suivirent, puis encore deux.

La brume se mit à glisser à leur suite, et dans un claquement de drap mouillé, la forme noire fila dans l'obscurité.

La pluie réapparut instantanément, abondante et tourbillonnante sous la force du vent.

Matt soupira de soulagement.

– Ce n'est pas passé loin, dit-il.

2.

Ravitaillement

L'orage dura encore une demi-heure puis s'éloigna vers le sud, laissant une nature trempée et odorante dans son sillage. L'aube délia les ombres de ses rubans clairs, et le vent se dissipa enfin.

– Je te présente mes excuses, dit Ambre à Matt. Pour ne pas t'avoir cru.

– Maintenant tu sais qu'*il* est à nos trousses. Allez, venez, il faut se mettre en route avant qu'ils ne fassent demi-tour.

Le trio équipa Plume de ses sacoches et ils sortirent de la forêt par le sommet d'une colline tandis que le soleil se levait à l'horizon. À une dizaine de kilomètres plus au sud, ils purent distinguer d'épais nuages noirs et des éclairs zébrant une prairie. La tempête se déplaçait en zigzaguant, elle cherchait son chemin, à l'image d'un prédateur reniflant la piste de sa proie.

– Je propose qu'on fasse un détour par la droite, annonça Matt. Tant pis pour le temps perdu. Au moins on sera à bonne distance et à couvert.

– Pourquoi n'irait-on pas tout droit, nous garderions un œil sur cette tempête ? intervint Tobias.

— Tôt ou tard, elle reviendra sur ses pas. Quand ils auront passé des heures à chercher sans succès des traces de notre passage, ils réaliseront que nous ne sommes pas devant mais derrière. Regarde comme elle bouge, cette tempête se comporte comme une meute en chasse. Ils finiront par comprendre qu'ils nous ont dépassés.

Personne ne trouva à redire, et ils marchèrent en lisière de forêt jusqu'à n'avoir d'autre choix que d'y pénétrer en direction du sud-ouest.

— Vous pensez qu'on est encore loin de la Forêt Aveugle ? s'enquit Tobias.

Ambre lui répondit :

— Si l'on en croit les rumeurs, nous ne manquerons pas de la reconnaître dès qu'elle sera en vue, encore un peu de patience.

— Ça va bientôt faire deux semaines qu'on est partis ! Je n'en peux plus, mes pieds vont tomber en morceaux !

— Sois fort, Toby, l'encouragea Matt, rappelle-toi le périple pour atteindre l'île des Manoirs.

— Ça te va bien de dire ça ! T'étais dans le coma, tiré par Plume ! Moi j'ai mis un mois avant de remarcher normalement !

Matt lui jeta un regard dur. Le genre de coup d'œil qu'un garçon de cet âge ne porte que très rarement sur un ami. *Tu savais dans quoi tu t'embarquais*, semblait-il dire. Et sa fatigue teintait le commentaire d'une pointe d'agacement.

En l'absence de piste, le trio était obligé de progresser au gré de la végétation, s'engageant dans les zones les plus clairsemées pour ne pas ralentir ; il leur était impossible d'avancer en ligne droite, ce qui leur donnait l'impression de s'épuiser inutilement.

Matt les guidait avec une boussole. Avant leur départ il avait appris auprès de Ben, le Long Marcheur, comment s'orienter en pleine nature, au cas où, et Ben en avait profité pour l'abreuver de conseils de survie. Un monde redoutable, voilà ce qu'était devenu ce pays, cette planète.

Qu'en savait-il au juste ? Et si l'Europe et l'Asie n'avaient pas été touchées ? Personne n'avait de nouvelles de ce qui se passait de l'autre côté de l'océan.

Matt rangea la boussole dans une des petites poches qui pendaient à sa ceinture.

La faim les tenaillait et leur réserve d'eau s'épuisait.

Ils ne pourraient continuer ainsi très longtemps.

Il leur fallait trouver une ville. Rapidement.

Après deux heures de marche silencieuse, ils débouchèrent hors de la forêt, au sommet d'une éminence qui dominait une longue plaine.

Les trois voyageurs s'arrêtèrent en même temps, imités par Plume.

Au loin, un mur noir coupait la moitié de l'horizon, barrant tout le sud.

La Forêt Aveugle.

Précédée d'un escalier d'arbres démesurés dont la cime s'élevait progressivement jusqu'à constituer un mur végétal. Au-delà, il ne s'agissait plus d'arbres. Le mot devenait dérisoire. Les silhouettes dépassaient le kilomètre d'altitude. La Forêt Aveugle était une chaîne de montagnes où les troncs remplaçaient la pierre et les feuilles la neige.

Cette vision écrasante rassura Matt sur un point : il ne s'était pas trompé de direction.

– On y est presque…, souffla Tobias entre fascination et frayeur.

– C'est parce qu'elle est incroyablement haute qu'on a l'impression d'y être, corrigea Ambre. Mais à mon avis on a encore au moins deux jours de marche.

La tempête du Raupéroden n'était plus en vue. Était-elle déjà trop loin ou juste tapie derrière le relief, à sonder chaque repli de la terre ?

– Oh non ! fit Tobias. Regardez en bas, dans la plaine !

Une procession de pylônes électriques encore intacts courait d'est en ouest. Il était possible de passer sous les câbles. Les lianes recouvraient leur structure et une constellation de petites formes allongées flottaient dans le vent, pendues aux fils.

Parmi les modifications qui surprenaient Matt depuis la Grande Tempête, il y avait la disparition de tout ce qui ressemblait à des sources de pollution, comme les voitures ou les usines. Il n'en avait plus croisé une seule. Elles n'avaient pas vraiment disparu, plutôt fondu. Les pylônes électriques avaient subi le même sort, pourtant il en subsistait tout de même une poignée, supportant des câbles devenus inutiles. Comme si la Terre, dans sa grande colère, avait oublié de frapper à certains endroits.

Matt savait que ces pylônes permettaient de localiser une grande ville, il suffisait de les suivre. Il savait aussi qu'autour rôdait une faune étrange et inquiétante. Ils en avaient croisé quelques spécimens six jours auparavant, pour découvrir, stupéfaits, des milliers de vers de toutes tailles, petits comme des limaces ou longs comme des concombres, suspendus aux câbles. Ambre en avait entendu parler. Les Longs Marcheurs les avaient nommés les Vers Solidaires. Si un seul se laissait tomber sur une proie, aussitôt des centaines d'autres l'imitaient jusqu'à la recouvrir totalement.

– Aucune chance que je marche là-dessous ! s'écria Tobias.

– Je suis d'accord avec toi, confia Matt.

– Sauf que la Forêt Aveugle est de l'autre côté, rappela Ambre, vous comptez traverser comment ?

– On ne traverse pas les pylônes, répliqua fermement Matt. On les longe. Jusqu'à la ville. Nous ne pouvons plus continuer ainsi, sans provisions, il faut faire le plein.

Tobias hocha vivement la tête. Ambre fixa Matt. Tous les trois savaient que les villes constituaient désormais le repaire de créatures sauvages, mais elles abritaient aussi les vestiges d'une consommation dont ils pouvaient se réapproprier quelques fragments.

– On les suit par la droite ou par la gauche ? interrogea Tobias.

– Vers l'est, je vois une tache importante, c'est peut-être une ruine.

Matt ajusta le baudrier de son épée sur ses épaules et s'élança le premier dans la pente.

Ils progressèrent à bonne distance des câbles électriques, guettant les vers, prêts à courir au moindre frémissement.

La plaine s'agitait autour du groupe, les rafales de vent creusaient des sillons en sifflant dans les hautes herbes avant de s'estomper. Tobias, qui avait fini par se débarrasser de son arc pour le mettre sur le dos de Plume, avec les sacoches et les duvets, s'approcha de la chienne pour s'équiper et encocher une flèche.

– Ambre, tu es avec moi ? dit-il tout bas.

La jeune fille sortit de sa torpeur de marcheuse fatiguée pour scruter son ami et sonder les alentours.

Un chevreuil était sorti de la forêt et gambadait entre les buissons, à moins de cinquante mètres.

– Attends un peu, avertit-elle, je n'aurai pas la puissance de guider ta flèche aussi loin.

– Je sais. Matt, reste ici avec Plume, on va se rapprocher tout doucement.

Matt obéit et tendit la main devant lui pour arrêter la chienne.

Tuer un chevreuil l'aurait rendu malade sept mois plus tôt, dans son autre vie de petit citadin new-yorkais. Désormais c'était un acte vital. Nécessaire pour survivre. Et maintenant qu'il n'existait plus de cheptels en batterie élevés dans l'unique but d'être envoyés à l'abattoir au nom de la consommation, Matt l'acceptait mieux. Ils ne chassaient que selon leurs besoins, sans excès.

Tobias et Ambre n'étaient plus qu'à une trentaine de mètres de l'animal lorsque le vent tourna. Le chevreuil releva la tête et vit les deux prédateurs. Il bondit en avant tandis que Tobias bandait son arc et décochait son tir.

Ambre se concentra brutalement, posant l'extrémité de ses doigts sur ses tempes.

Le tir n'était pas très ajusté, il manquait de puissance. Soudain le trait de bois se décala, comme emporté par une bourrasque, pour se diriger vers les flancs de la cible qui courait. L'animal avait autant de chance que s'il était menacé par un missile guidé par visée laser. Malgré ses changements de trajectoire, la flèche s'ajustait et allait se planter dans sa chair d'une seconde à l'autre.

C'est alors qu'elle perdit de sa vitesse et disparut dans les hautes herbes.

– Oh, non ! soupira Ambre. Je n'arrive pas à garder le contrôle sur de longues distances.

L'animal était déjà loin.

Matt les rejoignit et leur tapota amicalement l'épaule :

– Ce n'est pas grave, on va se perfectionner avec le temps. L'altération ne demande qu'à être maîtrisée, pas vrai ?

– Pas par là ! s'écria Tobias.

Le chevreuil se rapprochait des pylônes. Un des vers chuta de son fil juste au moment où la proie passait en dessous, aussitôt imité par des dizaines d'autres. En un instant, la pauvre bête fut recouverte de formes noires qui enfoncèrent leur bouche crochue pour s'arrimer. Ensevelie sous les corps spongieux qui se mirent à aspirer, elle tituba puis disparut.

– J'en ai assez vu, fit Ambre en reprenant sa marche.

Ils continuèrent en silence, retrouvant la cadence hypnotisante du marcheur tiraillé entre l'épuisement et la faim.

Les nuages gris finirent par s'entrouvrir sur les rayons du soleil avant de peu à peu se désagréger au fil de l'après-midi.

Les arbres devinrent de moins en moins épars, formant des bosquets, puis de petits bois. La forêt se dressait au loin, face au groupe. Matt fut pris d'un espoir. Trois grandes formes rondes jaillissaient devant eux, enveloppées dans un entrelacs de branches et de lianes, ce pouvait être des immeubles. Ils pressèrent le pas sans se concerter, mus par la douce conviction de bientôt faire un repas complet.

Troncs lisses, feuillages clairsemés. Puis un mur de lierre et un toit noyé sous la mousse. Une habitation ! Et une autre un peu plus loin.

– C'est une ville ! s'exclama Tobias. On va pouvoir manger !

Ambre empêcha les garçons de se précipiter vers les premières maisons et les incita plutôt à repérer une épicerie pour un ravitaillement digne de ce nom.

Ils continuèrent à remonter ce qui devait être l'ancienne rue principale : un trait parfaitement rectiligne d'herbes qui filait à travers la forêt en direction d'un amas de végétation encore plus dense qui ressemblait au centre-ville.

Matt repéra une immense clairière remplie de fougères ensoleillées. Une masse compacte disparaissait en son centre sous les lianes et les branches.

– On dirait un supermarché, dit-il, venez.

Ils fendirent le lac de fougères et mirent cinq minutes à trouver l'entrée sous la cascade de feuilles vertes.

– Un centre commercial ! triompha Ambre. C'est parfait !

L'intérieur était tout noir, les dômes de verre au plafond étaient trop couverts de mousse pour que la lumière du jour parvienne à s'infiltrer. Tobias sortit son morceau de champignon lumineux et le tint devant lui. Une lueur blanche, presque argentée, les encercla.

Ils se tenaient dans un vaste hall au sol partiellement dissimulé sous un tapis de feuilles et de ronces. Deux escalators grimpaient vers l'étage supérieur. Le trio n'eut aucun mal à les atteindre et ils déambulèrent entre les vitrines de magasins. Principalement des boutiques de vêtements. Matt remarqua que beaucoup de portes demeuraient ouvertes, il aperçut des présentoirs renversés sans toutefois s'en approcher. Le corridor qu'ils longeaient s'ouvrit sur une mezzanine d'où ils surplombèrent les étages inférieurs.

Ambre s'écarta du groupe et s'immobilisa devant une vitrine poussiéreuse. Dans la pénombre, des dizaines de disques se devinaient sur des étagères, sous les affiches de remises exceptionnelles. Les deux garçons s'empressèrent de la rejoindre.

– La musique me manque, confia-t-elle. J'aimerais tellement écouter un CD.

– Moi c'est Internet, avoua Tobias en scrutant les ténèbres.

– Tobias, appela Matt, éclaire par ici, s'il te plaît.

La lueur se rapprocha du grand garçon aux cheveux bruns, vers l'entrée d'un magasin de sports. Matt s'avançait entre plusieurs tapis roulants et appareils de musculation et s'arrêta devant des trottinettes au format adulte. Il s'empara d'un modèle et l'essaya sur la moquette de l'allée en décrivant de larges cercles.

– Prenez-en une, on ira plus vite comme ça !

Ambre et Tobias se regardèrent, amusés, puis se jetèrent chacun sur une trottinette en riant.

Ils en oublièrent la faim et les courbatures, un bref instant, pour se tourner autour et se rentrer dedans.

Plume, restée assise sur le seuil de l'échoppe, les sortit de leur récréation en grognant.

Matt et Ambre freinèrent en même temps et s'immobilisèrent côte à côte, pendant que Tobias s'encastrait dans un rayonnage de baskets.

– Chut ! intimèrent de concert Ambre et Matt.

– J'ai pas fait expr…

– Silence ! le coupa Ambre.

Ils tendaient l'oreille mais ne percevaient rien. Plume fixait le couloir central du centre commercial, elle ne grondait plus. Matt s'approcha d'elle et la caressa doucement.

– Tout va bien, ma belle ?

La chienne scrutait un point au loin que la vision humaine ne pouvait discerner. Elle se passa la langue sur le nez et jeta un regard à son jeune maître.

– Alors ? demanda Ambre en les rejoignant.

– Je ne sais pas, elle n'a pas l'air de paniquer, peut-être un renard ou un truc de ce genre.

– On devrait pouvoir trouver un plan avec la liste des commerces, proposa Tobias. Venez !

Matt voulut l'inciter à plus de prudence mais n'en eut pas le temps ; il dut s'élancer à son tour sur sa trottinette pour ne pas rester dans le noir. Tobias ouvrait la chevauchée en poussant sur une jambe, le champignon formait une bulle rassurante au milieu de ce dédale de couloirs sur deux étages. Tobias découvrit un grand plan en couleur du centre et stoppa devant.

Plume fermait la marche en trottant. Elle posa son arrière-train en soupirant, dos au plan, comme pour monter la garde.

– Nous sommes ici et..., commenta Tobias. Et toute la zone alimentaire est au sous-sol, mince ! Ce sont des fast-foods, les réserves de surgelés sont déjà pourries depuis longtemps. Il y a bien un restaurant là-bas, à notre niveau, en fouillant dans les stocks on trouvera forcément des conserves.

– C'est l'endroit que Plume fixait en grognant tout à l'heure, intervint Matt.

– Regardez ! dit Ambre. Un supermarché ! Et c'est à l'opposé !

– Génial, fit Matt. On fonce.

Les trois trottinettes remontèrent à toute vitesse vers le nord du complexe et descendirent au rez-de-chaussée pour pénétrer dans l'immense surface du supermarché. Des téléviseurs à écrans plats occupaient tout l'espace de l'entrée. En quelques coups de pied ils roulèrent jusqu'aux comestibles et saisirent tout ce qu'ils pouvaient de biscuits secs et de barres chocolatées, avant d'investir le rayon des boîtes de conserve et de remplir leurs sacs à dos et les sacoches de Plume.

– Il faut être plus méthodique, tempéra Ambre, n'emportons pas n'importe quoi. Uniquement des produits non périmés et simples à cuisiner.

– Doug m'a appris que les conserves se gardaient éternellement, contra Tobias.

– Ça m'étonnerait. De toute façon nous n'avons pas le choix, prends tout ce qui est petits pois, flageolets, et laisse les cœurs de palmier en bocaux, ils ont une sale couleur. Il nous faut aussi dévaliser l'étagère des nouilles chinoises, c'est léger et simple à préparer.

– Je ne sais pas vous, mais moi je n'en peux plus de voir toute cette bouffe ! fit savoir Matt. Tobias, tu veux bien sortir ton réchaud à gaz ?

Ils s'installèrent au milieu de la grande surface et firent chauffer deux boîtes de haricots blancs à la sauce tomate qu'ils engloutirent avec des morceaux de biscottes. Une fois repus, ils se vautrèrent sur leur manteau, entre les emballages de gâteaux et les canettes de soda vides. Plume, à peine débarrassée de ses sacoches, avait disparu, peut-être, songea Matt, pour aller se chasser un petit gibier.

Ils bavardèrent et se reposèrent pendant plus d'une heure avant de reprendre la collecte d'aliments. Matt trouva des bâtons lumineux semblables à ceux qu'ils avaient depuis New York et il en craqua un. La réaction chimique produisit une lumière jaune assez forte pour leur permettre de se repérer. Ambre en fit autant et chacun put déambuler au gré de ses envies parmi les étals.

Matt parcourait les rayons de DVD, puis de jeux vidéo, éprouvant une nostalgie poignante face à tous ces souvenirs d'une vie qui semblait lointaine. *Dire qu'à l'époque je trouvais la vie pleine d'incertitudes !*

Il parvint face à des rangées de livres et s'arrêta devant le rayon « Science-fiction ». La lumière jaunâtre atténuait les contrastes des couvertures, les rendant effrayantes. Il envisagea un instant d'en choisir un, pour s'évader de temps en temps lors de leurs bivouacs, mais se ravisa. Il n'éprouvait plus la même fascination pour ces récits. L'aventure il la vivait tous les jours, et à bien y réfléchir, ça n'avait rien de palpitant.

Matt avait accroché le tube lumineux autour de son cou, avec un bout de ficelle ; il attrapa une bande dessinée *Comics* et la tint devant lui pour éclairer les pages qu'il feuilletait.

Une main surgit brusquement par-dessus son épaule pour attraper son éclairage et Matt sursauta.

Les cheveux d'Ambre lui caressèrent les joues et il se calma aussitôt, sans que son cœur cesse pour autant de battre la chamade. Que faisait-elle dans son dos ? Allait-elle l'embrasser ?

Soudain Matt se demanda comment il devait réagir. Souhaitait-il qu'elle l'embrasse ? Il la trouvait douce, jolie et très fortiche, mais avait-il vraiment...

Elle l'attira en arrière et le força à s'accroupir.

– Qu'est-ce qui te prend ? s'inquiéta-t-il en pivotant.

Elle lui posa la main sur la bouche pour le faire taire tout en tirant un coup sec sur la ficelle et fit disparaître le tube dans la poche de son pantalon en Nylon. Une toute petite lueur traversait les fibres, juste assez pour que Matt distingue l'expression apeurée de son visage.

Ambre le libéra de son étreinte.

– Quelque chose est entré dans le supermarché, chuchota-t-elle le plus bas possible.

– Quoi donc ?

– Je l'ignore, mais c'est gros et ça flaire notre piste.

Sur quoi elle lui prit le menton et le guida vers l'entrée de l'espace culturel.

Dans l'obscurité, Matt ne voyait presque rien. Un halo spectral descendait des grandes lucarnes du plafond.

Il distingua néanmoins une forme à moins de dix mètres : énorme, se déplaçant lentement, et ce qui devait être une tête, penchée sur le sol – elle reniflait bruyamment. Une substance se répandait en même temps... Une importante quantité de bave !

Ce n'était pas Plume, la créature était bien plus grosse. Haute comme un cheval.

Et malgré sa corpulence impressionnante, elle se mouvait sans un bruit.

– Elle ne t'a pas vue ? murmura Matt.

– Non, mais je n'ai pas trouvé Tobias. Si elle lui tombe dessus avant nous, j'ai peur de ce qui pourrait suivre.

– Viens.

Il la prit par la main et l'entraîna vers l'extrémité de l'allée Matt était aussi mal à l'aise qu'en colère contre lui-même pour avoir laissé son épée avec leur matériel, autour du réchaud à gaz. Ils n'avaient aucune arme.

Ils suivirent la créature par une allée parallèle, séparés d'elle par des linéaires. Ils l'observèrent qui pressait le pas jusqu'à leurs affaires qu'elle renifla longuement.

Puis une lueur argentée apparut.

– Tobias…, lâcha Matt entre ses dents.

Il remonta vers les bouteilles d'eau de source et de soda pour se rapprocher du monstre.

À genoux, il se pencha pour distinguer son ami.

Tobias avançait lentement en poussant un caddie dont dépassait un télescope. Il tenait son champignon d'une main et lisait attentivement une notice.

Il allait droit sur la créature sans même y prêter attention tandis qu'elle le fixait avec avidité. La lumière l'éclairait de plus en plus.

Elle n'avait plus aucun poil, sa peau laiteuse la faisait ressembler à un grizzli albinos, plus d'oreilles non plus, rien que des trous noirs. Ses babines se retroussaient sur une gueule hérissée de crocs pleins de bave, et ses pattes se terminaient par d'impressionnantes griffes jaunes.

– Il faut agir tout de suite ou bien Tobias est mort, lança Ambre.

– Je ne peux pas atteindre mon épée, elle est sous ce… ce machin ! Est-ce que tu peux la faire venir jusqu'ici ?

– Je vais essayer.

– Il va falloir être rapide. Dès que l'arme bougera, l'ours, ou quoi que ce soit, va le sentir.

Matt savait qu'il n'aurait pas deux occasions de porter ses coups. Si la créature répliquait, il serait taillé en pièces instantanément. Il fallait viser. Et frapper fort.

Son cœur s'emballait. Il avait le souffle court alors qu'il n'avait pas encore porté le moindre assaut.

Ambre était concentrée.

Soudain l'épée se déplaça, d'abord de quelques centimètres, puis d'un mètre. Elle glissait sur le sol.

– Elle est trop lourde, gémit Ambre en grimaçant.

L'ours perçut le mouvement entre ses pattes et sauta de côté tout en scrutant l'objet. Puis ses pupilles rouges se levèrent sur l'obscurité qui l'entourait. Elles se posèrent sur Ambre et enfin sur Matt.

Un grondement guttural fit trembler l'air.

Matt en eut la chair de poule. Il lui semblait que l'ours riait. Un rire cruel.

3.

La Féroce Team

Les pattes s'agitèrent, les muscles roulaient sous la peau blanche, il allait bondir.

On est foutus ! hurla Matt dans sa tête. Il sonda la pénombre à la recherche d'une arme improvisée. Rien.

Tobias s'était arrêté, médusé par l'apparition monstrueuse.

Puis un cri de guerre retentit.

Suivi par des dizaines de hurlements rageurs.

Plusieurs sifflements fendirent l'allée principale et des traits noirs se plantèrent dans le flanc de l'ours albinos qui rugit, révélant deux rangées de dents successives dans sa gueule béante, à l'instar d'un requin blanc.

Il oublia aussitôt Ambre et Matt pour s'élancer vers les cris. Son pas lourd se mit à faire vaciller les étagères, son beuglement résonna dans tout le centre commercial.

Matt vit une flamme rouge surgir et une torche fumigène traversa l'air pour échouer entre les pattes du monstre.

– LA TÊTE ! s'écria quelqu'un.

Les sifflements reprirent pendant une seconde et l'ours dévia de sa trajectoire pour venir s'empaler dans une tête de gondole en produisant un choc assourdissant. Des kyrielles de boîtes de thon s'envolèrent puis roulèrent dans toutes les directions tandis que la créature rendait un dernier râle.

Matt était stupéfait. Tout était allé si vite qu'il ne savait pas ce qui s'était passé.

Il aperçut une douzaine de flèches plantées dans l'ours, et son esprit percuta.

Deux lanternes à huile s'illuminèrent et dix silhouettes difformes apparurent.

– On l'a eu ! triompha une voix d'enfant.

– Personne n'est blessé ? demanda un autre assez fort pour que Matt comprenne qu'on s'adressait à eux.

Ambre sortit la première, suivie par Matt. Tobias demeurait en retrait, encore sous le choc.

Les dix Pans qui leur faisaient face portaient des armures faites avec des épaulières de football américain, des jambières de gardien de but et de casques de hockey. Ils tenaient des arbalètes, des battes de base-ball et un tout jeune était armé d'un club de golf.

– Vous êtes sains et saufs ? interrogea le plus grand.

Ambre hocha la tête.

– Je crois, balbutia Tobias dans leur dos.

Le grand retira son casque et dévoila ses traits d'adolescent, quinze ou seize ans, noir, un bandana vert noué sur les cheveux.

– Je suis Terrell, dit-il en s'approchant de Matt, de la Féroce Team. Et vous ?

– Je m'appelle Ambre, voici Matt et là-bas, c'est Tobias. Ça va, Toby ?

L'intéressé acquiesça mollement et se rapprocha.

Terrell ignorait Ambre et semblait vouloir converser avec Matt.

– Nous sommes sur la trace du Grand Blanc depuis deux jours, expliqua-t-il, nous venions de le perdre lorsqu'on vous a vus entrer ici, pas eu le temps de venir vous accueillir qu'il pointait le bout de sa truffe. Ils sont sacrément rusés, les Grands Blancs !

– Parce qu'il n'est pas seul ? fit Ambre, interloquée.

Ignorant la question, Terrell poursuivit :

– Désolé, on s'est un peu servis de vous comme appât, mais nous n'avions pas le choix. Tous les ours de la région ont muté en ces... machins dégueus pendant la Tempête. D'où est-ce que vous venez ?

– Du nord, l'île Carmichael, ou l'île des Manoirs, répondit Matt. Vous avez reçu la visite de Longs Marcheurs ?

– Un, en effet, il y a quatre mois, et rien depuis. On ne sait même pas s'il nous a référencés, s'il y a d'autres clans de Pans pas trop loin, plus aucune nouvelle !

Le petit, qui n'avait pas dix ans, approcha de la carcasse de l'ours et tâta les blessures de son club de golf.

– Oh, on l'a pas raté ! commenta-t-il entre amusement et fascination.

La fumée de la torche fumigène commençait à empester et à noyer les lieux. Terrell désigna le Grand Blanc :

– Récupérez vos flèches, on viendra chercher sa viande plus tard, il faut rentrer, il va bientôt faire nuit. (Puis, se tournant vers le trio de nouveaux venus, il ajouta :) Vous devez nous suivre, le coin est dangereux à la nuit tombée.

L'Alliance des Trois ramassa ses affaires et Terrell conduisit toute la bande au sous-sol. Chemin faisant, il tira Matt par la manche pour l'écarter des autres.

– Cette femelle, tu peux garantir qu'elle n'est pas une menace ?

– De qui tu parles comme ça ? De Ambre ? C'est mon amie ! Bien sûr que je peux le garantir !

– Très bien, alors garde un œil sur elle. Tu en es responsable.

Matt le regarda s'éloigner pour reprendre la tête du groupe, sidéré.

Ils passèrent sous la marquise d'un cinéma pour pénétrer dans un hall feutré.

Matt se pencha vers Tobias :

– Ils sont bizarres ! Si tu savais ce qu'il vient de me dire !

– T'as vu le monstre que c'était cet ours ? J'en tremble encore…

Ambre se rapprocha :

– Pourquoi ils m'ignorent tous ? demanda-t-elle. Vous avez remarqué ? Ils font comme si je n'étais pas là.

Matt préféra ne pas alerter la jeune fille, il changea de sujet :

– Je suis inquiet pour Plume, je n'aime pas la laisser ainsi derrière nous.

– T'en fais pas, elle flairera notre piste jusqu'ici lorsqu'elle décidera de nous rejoindre.

Terrell tapa trois fois contre une lourde porte à double battant qui s'ouvrit aussitôt sur le couloir desservant les salles de projection.

Des lanternes à huile étaient accrochées au plafond et diffusaient une lumière tamisée dans le long corridor où s'entassaient des racks métalliques pleins de boîtes de conserve, de packs d'eau minérale, de couvertures, et un bric-à-brac d'objets de bricolage, de jeux ou d'armes blanches.

Plusieurs enfants et adolescents circulaient parmi ces réserves pour se diriger vers la salle n° 1 lorsque Terrell et son équipe apparurent. Immédiatement, tous se précipitèrent vers lui pour le submerger de questions avant qu'on ne remarque la présence des trois inconnus. Le silence tomba d'un coup.

– Ce sont des visiteurs, exposa Terrell.

– Vous êtes des Longs Marcheurs ? demanda une fillette. Vous allez nous donner des nouvelles de nos parents ?

Ambre se mordit la lèvre en secouant doucement la tête.

– Non, je suis désolée, dit-elle. Nous venons du nord, d'une île à environ deux semaines de marche.

– Deux semaines ! s'exclama une voix.

– C'est pas loin, répliqua une autre.

– Tu rigoles ? C'est *super* loin ! contra une troisième.

Un petit garçon de sept ou huit ans s'approcha et scruta Matt.

– Vous nous apportez quelque chose ? questionna-t-il.

– Euh… non, fit Matt, gêné. Nous sommes en pleine quête.

– Une quête pour quoi ? voulut savoir Terrell, très intrigué.

– Pour obtenir des réponses. Vous ne le savez peut-être pas, mais tous les adultes qui ont survécu à la Tempête, ceux qui n'ont pas été transformés en Gloutons, les Cyniks comme on les appelle maintenant, sont désormais au sud. Ils ont établi une sorte de royaume, dirigé par une reine. On dit que sur son territoire les cieux sont rouges, et ils chassent les Pans.

– Pourquoi ils nous chassent ? On n'a rien fait de mal ! s'étonna le jeune garçon qui se tenait à côté de Matt.

– Je l'ignore, mais nous avons trouvé un message qui mentionnait une « Quête des peaux ». C'est pour cela que nous descendons, pour savoir.

Matt se garda bien de mentionner l'avis de recherche avec son portrait qu'ils avaient découvert dans les affaires des Cyniks quelques semaines auparavant.

– C'est dangereux ! s'affola le jeune. Vous allez vous faire attraper !

– Je ne l'espère pas, intervint Ambre.

Terrell leva les bras devant l'assemblée et tous se turent.

– Nous revenons d'un périple épuisant, nos visiteurs sont fatigués, alors je propose qu'on aille tous dîner, nous discuterons de tout cela en mangeant.

Ils investirent la salle de cinéma n° 1, une grande pièce au plafond disparaissant dans les ténèbres. Des dizaines de bougies brûlaient sur les marches et d'autres lampes à huile éclairaient l'espace devant l'immense écran que la pénombre rendait gris. Plusieurs marmites bouillaient sur des réchauds à gaz, diffusant une odeur de tomate.

– Soupe aux vermicelles ce soir ! s'enthousiasma quelqu'un.

Une vingtaine de Pans s'étaient rassemblés, de sept à quinze ou seize ans, estima Matt. Ils firent la queue pour se servir de la soupe dans des assiettes creuses et tout le monde s'installa sur les sièges pour déguster le repas.

Un garçon roux, avec des lunettes rafistolées au scotch, vint s'asseoir près de Matt et Tobias.

– Salut ! Je m'appelle Mike. Ce qu'il nous manque ce sont les connaissances pour faire du pain, et aussi apprendre à faire des cultures, pour le long terme, quand on aura épuisé toutes les réserves de la ville. Vous pourriez nous aider ?

– Hélas, on ne sait pas non plus, avoua Tobias, mais un Long Marcheur nous a expliqué que c'était en cours ailleurs, des Pans sont parvenus à se lancer dans l'agriculture ! Vous avez entendu parler d'Eden ?

– Non. Qu'est-ce que c'est ?

– Une ville ! Des dizaines et des dizaines de clans de Pans qui viennent de partout, et qui se rassemblent pour être plus forts, pour bâtir une cité ! Ils sont à l'origine de la plupart des innovations.

– Génial ! Et c'est où Eden ?

– Au cœur du pays, d'après ce que je sais, pas loin de là où se situait Saint-Louis avant que la Tempête ne change tout.

Matt se pencha vers le rouquin :

– Combien êtes-vous ?

– Vingt-six. On s'est rassemblés juste après la Tempête, d'abord dans un dépôt de bus du centre-ville et puis on a élu domicile ici. Au départ on était plus nombreux mais... Depuis on s'est organisés et on ne s'en sort pas trop mal. Il faut juste respecter certaines règles et tout va bien.

– Quelles règles ?

– En premier lieu, se laver les dents quotidiennement, plusieurs fois. Parce qu'on a eu un copain qui a eu des caries, et sans dentiste, c'est vite devenu horrible pour lui, c'était insupportable. On devait augmenter les doses de médicaments pour la douleur presque tous les jours.

– Comment l'avez-vous soigné ?

Mike plongea son regard dans sa soupe.

– On ne l'a pas soigné. Il est mort, à cause des médicaments. Il en a trop pris.

Un silence gêné tomba sur les trois adolescents. Ambre, qui était restée un peu à l'écart, s'approcha pour demander :

– Vous dormez où ?

Mike la sonda comme si elle avait dit quelque chose d'inacceptable.

– Dans la salle 2 pour les garçons, la 3 pour les filles, dit-il d'un air craintif.

– Tiens, c'est comme sur notre île ! s'amusa Ambre. Les filles d'un côté, les gars de l'autre. C'est drôle qu'on fasse tous ça !

Mike fit une grimace pour approuver, incapable de contrôler le malaise qu'il éprouvait face à Ambre. Il se leva, salua Matt et Tobias puis s'éloigna.

– Qu'est-ce que j'ai fait ? s'attrista Ambre.

– Je ne crois pas que ce soit contre toi, fit Matt en détaillant tous les visages qui les observaient en commentant tout bas, par petits groupes.

Après le repas, Terrell rassembla ses troupes autour du trio de visiteurs et le jeu des questions-réponses débuta. Pour une question que posait Matt ou Tobias, ils en recevaient trois en retour. Ambre comprit très vite qu'elle n'était pas la bienvenue et qu'il était inutile qu'elle se mêle aux conversations. Elle croisa ses bras sous sa poitrine et se contenta d'écouter, le cœur serré par cette injustice.

Ce que devenait le monde extérieur était au centre de leurs préoccupations. Comment s'organisaient les autres communautés de Pans, étaient-ils nombreux ? Matt et Tobias y répondaient du mieux qu'ils pouvaient, faisant ressurgir les souvenirs de discours entendus de la bouche des Longs Marcheurs passés par l'île Carmichael.

– Pourquoi aucun Long Marcheur ne s'est plus arrêté chez nous ? voulut savoir un jeune garçon.

– Je l'ignore, avoua Matt. C'est très difficile pour eux de localiser des sites panesques, ils doivent observer avec soin les abords de chaque ville qu'ils traversent, pour relever des traces. Mais la plupart des clans se cachent, effrayés par les prédateurs, les Gloutons et les Cyniks.

– Comment font les Longs Marcheurs pour trouver les villages Pans ? insista un autre enfant.

– Je ne sais pas.

Ambre, malgré son vœu de silence, intervint sur ce sujet qui la passionnait :

– Ils commencent par chercher des épiceries ou des supermarchés et vérifient s'il y a des signes d'activités humaines. Ensuite ils tournent autour des zones de vergers naturels, les fruits frais sont vitaux pour la santé des Pans, et les Longs Marcheurs le savent. S'ils notent la marque d'une activité régulière, alors ils ont de fortes chances d'être dans un secteur habité. Ne reste plus qu'à guetter la fumée des feux, ou tenter de suivre une piste fraîche. Il faut de la détermination, beaucoup de courage et une dose de réussite. Mais soyez sûrs que tôt ou tard un Long Marcheur passera par ici et vous serez à nouveau recensés, et que les nouvelles viendront à vous, c'est une question de temps.

Tout le monde l'avait écoutée avec attention et méfiance. Dès qu'elle eut terminé, les visages se détournèrent d'elle.

Tobias enchaîna :

– Vous maîtrisez l'altération ?

– La quoi ? fit un grand couvert de taches de rousseur.

– L'altération. C'est comme ça qu'on appelle nos pouvoirs. Vous avez bien constaté des changements dans vos corps ces derniers mois, n'est-ce pas ? Certains sont plus rapides qu'avant, d'autres plus forts, peut-être que l'un d'entre vous peut allumer un feu rien qu'avec son doigt ou déplacer des objets par la pensée, rien de tout ça ?

Terrell reprit la parole :

– Personne ici n'est capable de choses pareilles, maintenant, tant que vous serez chez nous, n'abordez plus ce sujet, tout ce qui peut nous changer est mauvais.

– Mais…

– Respecte nos règles ! le coupa sèchement Terrell.

Matt profita du flottement pour enchaîner et révéler leur plan :

– Nous n'allons pas poursuivre vers l'ouest afin de trouver un passage dans la Forêt Aveugle, nous comptons la traverser, ici, dès que nous l'aurons atteinte.

47

– La traverser ? répéta une fillette. C'est plein de monstres !

– Liz a raison, insista Terrell, vous ne pouvez pas vous engager dans la Forêt Aveugle ! Nous y avons déjà fait une incursion et nous n'y retournerons plus jamais ! Le premier rideau est impressionnant, il y a des arbres de plus de cent mètres, et quand vous pénétrerez le cœur de la Forêt Aveugle, ça deviendra impossible ! Les troncs grimpent à un kilomètre de haut, au moins ! Leur feuillage est si dense que la lumière du jour ne parvient pas jusqu'au sol, vous serez dans le noir en permanence, encerclés par une faune aussi improbable que terrifiante ! Et nul ne sait quelle est la profondeur de cet endroit, combien de jours de marche avant de pouvoir ressortir de l'autre côté. Vous ne devez pas passer par là !

– Notre décision est pourtant prise, annonça Matt. De la même manière que nous ne pouvons nous attarder ici. Le temps nous est compté.

– Rien ne presse, au contraire, soyez chez vous, on a tout ce qu'il faut, réfléchissez-y.

Matt ne voulait pas mentionner le Raupéroden et sa crainte de le voir les rattraper. Il déclara :

– Des Pans se font enlever tous les jours, ils sont kidnappés dans d'énormes chariots en bambous tirés par des ours et conduits vers le sud, chez les Cyniks. Nous devons savoir pourquoi et trouver un moyen d'arrêter ces enlèvements. Il n'y a pas de temps à perdre. Dès demain, nous partirons.

Matt vit à l'expression de Tobias que celui-ci serait bien resté un peu plus longtemps. Ambre ne disait rien, elle semblait bouder. Matt ne comprenait pas cette méfiance à l'égard de son amie. Soudain, il réalisa qu'il ne voyait aucune adolescente. Des fillettes, mais aucune fille de plus de onze ou douze ans.

– Vous n'avez pas d'adolescentes dans votre communauté ? interrogea-t-il.

Terrell parut ennuyé. Il guetta la réaction d'Ambre.

– Non, dit-il. C'est trop risqué.

Cette fois, Ambre sortit de sa réserve :

– Risqué ? Quel risque ? Pour quoi nous prenez-vous ?

– Les Pans ne restent pas Pans toute leur vie ! Ils se transforment forcément en adultes un jour, des Cyniks. Chez les filles ça commence dès qu'elles deviennent femmes.

– Comment ça ? voulut savoir Tobias. Vous croyez qu'en grandissant on peut trahir nos amis ?

– C'est certain ! Lorsqu'un adolescent bascule de l'autre côté, lorsqu'il devient adulte, vient un moment où il ne se sent plus à l'aise parmi nous, il est attiré par les Cyniks. Il a des pensées de Cyniks, des réactions de Cyniks, et il finit par nous trahir ! C'est arrivé déjà deux fois ici ! Le premier a essayé de nous vendre à une patrouille Cynik qui passait par notre ville, nous nous sommes battus pour survivre. La seconde fois, c'était une fille, elle a fui notre camp avec tout ce qu'elle pouvait prendre. Nous avons dû changer d'abri pour ne pas courir le risque qu'elle rejoigne les Cyniks et leur donne notre position.

– Alors ça c'est incroyable ! fit Tobias. Maintenant je comprends mieux ! Sur notre île, nous aussi on a eu un traître ! C'était le plus âgé de notre clan. Il s'appelait Colin ! Mais alors… ça veut dire qu'on va tous devenir des Cyniks un jour ?

– C'est comme ça, on n'y peut rien, assura Terrell d'un air sombre. C'est pourquoi nous instaurons des lois, pour la sécurité du plus grand nombre. Dès qu'une fille a ses règles, nous la chassons.

– Quoi ? s'indigna Ambre. Mais c'est absurde !

– Seules, elles n'ont aucune chance là-dehors, affirma Matt.

– Pour les garçons, continua Terrell, nous avons des interdits. Des choses à ne surtout pas faire.

– Comme quoi ? demanda Ambre, pleine de colère.

– Des trucs de garçons ! On ne doit pas y penser.

– Et toi ? Tu n'es plus très jeune pour un Pan, lança Ambre. Qu'est-ce qui prouve que tu ne vas pas trahir bientôt ?

– Nous nous sommes fixé un âge maximum. Dix-sept ans. Je les aurai dans six mois. Je devrai partir à ce moment-là, quitter cette ville et ne jamais plus y revenir.

– C'est atroce ! s'énerva Ambre en se levant. Vous ne vous conduisez pas mieux que les Cyniks eux-mêmes !

– Que peut-on faire d'autre ? s'emporta Terrell. En grandissant, nous allons de toute façon devenir adultes ! On ne peut rien contre ça !

– Peut-être qu'il existe un moyen ! Peut-être qu'on peut rester comme nous sommes en vieillissant ! Il faut essayer ! Au moins y croire !

Les larmes aux yeux, Ambre sauta par-dessus la rangée de sièges devant elle et remonta les marches pour sortir de la salle.

Matt retrouva son amie recroquevillée entre des machines de pop-corn vides. Il s'agenouilla en face d'elle.

– Ils ne sont pas mauvais, tu sais, dit-il. Ils font ça parce qu'ils sont effrayés.

– Nous le sommes tous, répondit-elle tout bas. Ce n'est pas une raison.

Percevant la profonde peine qu'éprouvait Ambre, Matt voulut la serrer dans ses bras. Il n'osa pas. Il chercha à la réconforter avec des mots :

– Ils peuvent se tromper, ce n'est pas parce que Colin l'a fait aussi chez nous que c'est vrai, c'est peut-être le hasard...

Les larmes envahirent les yeux de la jeune fille, son menton se froissa sous l'émotion, elle lutta pour parvenir à confier :

– Je suis une femme, Matt, c'était déjà le cas avant la Tempête, mais je ne suis pas mauvaise ! Je me sens proche de toi, de Toby, je suis une Pan ! Et je ne veux pas que ça change !

Matt déglutit, ne sachant d'un coup plus du tout quoi répondre.

– Je ne veux pas perdre ce que je suis aujourd'hui, continua Ambre.

– Je veillerai sur toi, je te le jure, je t'empêcherai de changer.

Ambre le fixa avec une émotion débordante.

– Je ne suis pas sûre qu'on puisse l'empêcher, souffla-t-elle.

Soudain prêt, Matt se lança et posa sa main sur celle d'Ambre.

La jeune fille frissonna. Puis elle le repoussa.

– J'ai besoin d'être seule, Matt, je suis désolée.

L'adolescent reçut ce refus comme un coup de poignard en plein cœur.

Il se redressa, tourna le dos à son amie et s'éloigna dans le couloir mal éclairé.

4.

Une respiration bienvenue

Matt ouvrit les yeux sans savoir s'il était tôt ou tard dans la matinée. En l'absence de montre qui fonctionnait et de fenêtre, il était incapable de connaître l'heure.

Il sortit de la salle n° 5 qu'il avait occupée avec Tobias – qui dormait encore – et rejoignit le hall du cinéma. Il croisa deux Pans qui grignotaient des biscuits en riant.

Matt se fit ouvrir la porte principale et regagna le rez-de-chaussée avant de sortir.

Le soleil était levé depuis au moins deux heures. Il devait être plus de huit heures.

Matt sonda la clairière de fougères dans l'espoir d'y apercevoir Plume mais ne vit rien.

Il s'interrogea sur leur position exacte. L'île Carmichael se trouvait à l'ouest de Philadelphie. Treize jours de marche plus au sud, jusqu'où étaient-ils allés ? Richmond ? Washington était déjà dans leur dos, ils l'avaient dépassé, ils n'avaient pas dû passer bien loin et pour autant ne s'en étaient pas rendu compte. Et l'océan Atlantique ? À combien de kilomètres était-il ? À peine une centaine, probablement. Matt se demanda ce qu'il pouvait être devenu. Y avait-il toujours des poissons ? L'océan avait-il changé de couleur ?

Il fut arraché à ses pensées par un coup de tonnerre lointain qui lui hérissa les cheveux. Il était sorti avec son seul couteau de chasse, sans son épée. C'était imprudent et il s'en voulut aussitôt.

De gros nuages noirs surgirent au loin, vers l'est. Un simple orage ou bien...

Dis-le, allez ! Pourtant Matt ne put formuler le nom de cette créature qui le traquait.

Je n'en ai pas rêvé cette nuit, c'est déjà un bon point !

Il demeura assis à l'entrée du centre commercial à guetter les cieux menaçants, jusqu'à ce qu'il soit convaincu que l'orage prenait la direction du nord et qu'il les éviterait. En se relevant, il sentit les muscles de son corps ankylosés. Le pire était au niveau des pieds. Les ampoules s'étaient estompées, remplacées par plusieurs crevasses rouges, et la plante était sensible. Jamais il n'avait pensé que marcher intensément pendant deux semaines pouvait être si violent pour l'organisme.

Quelques jours de repos parmi la Féroce Team seraient les bienvenus.

Impossible ! Je ne prendrai pas ce risque. Il ne faut pas s'attarder, pas tant qu'il est sur nos traces.

Et puis il n'aimait pas les regards que tous lançaient à Ambre. Il sentait que ça pourrait vite déraper. Comment allait-elle ce matin ? Elle avait dormi seule dans une des grandes salles de projection. Matt considéra la clairière et se résigna à rentrer.

De retour au sous-sol, il fit chauffer de l'eau et prospecta parmi les racks de vivres pour constituer le panier du petit déjeuner qu'il apporta à la dernière salle. Il frappa puis entra.

Ambre était assise sur son duvet, une lampe à huile allumée à ses côtés, elle se concentrait sur un crayon à papier qu'elle faisait glisser trois mètres plus loin.

– Bonjour, fit Matt. Je t'apporte le petit déjeuner.

Le visage d'Ambre, concentré et sévère, se détendit et s'illumina en voyant son compagnon entrer dans la lumière.

– Merci, Matt, c'est très gentil de ta part. Je faisais des exercices.

– Ça marche ?

– Oui. Le poids des objets est décidément un élément majeur dans l'utilisation de mon altération. Je n'arrive pas encore à déplacer ce qui est lourd, en tout cas pas sans une concentration totale et pour un très court instant seulement.

Matt lui tendit une pomme et une tasse de thé fumante.

– Ils n'ont que ça comme fruit, j'espère que ça t'ira.

– C'est parfait. (Ambre changea de ton.) Matt, je voulais te dire, pour hier soir, je suis désolée, je…

Le jeune garçon leva la main en signe de paix.

– Ne t'en fais pas, c'est oublié, mentit-il.

Curieusement, il se sentait incapable d'exprimer cette tristesse qu'il avait ressentie la veille au soir. Il préférait l'enfouir dans un coin de son cœur et ne plus l'aborder, encore moins avec la principale intéressée.

– Je ne voudrais pas que tu croies…

– Je ne crois rien, la coupa-t-il, tu es mon amie, c'est tout ce qui compte. L'Alliance des Trois, tu te rappelles ?

Elle acquiesça en souriant.

La porte s'ouvrit sur Tobias qui s'exclama en dévalant les marches :

– Ah ! Vous êtes là ! Je vous cherchais ! Oh bah, vous ne vous refusez rien ! Et vous ne venez même pas me chercher pour votre festin ?

— J'allais venir, annonça Matt qui s'éloigna d'Ambre pour ne pas paraître trop intime.

— Je ne sais pas vous, mais moi je suis complètement vanné, enchaîna Tobias en piochant des gâteaux dans le panier. Peut-être qu'on pourrait se reposer ici un jour ou deux, juste le temps de récupérer, pour tenir la distance.

Ambre toisa Matt.

— Non, fit ce dernier, j'ai vu un orage au loin ce matin, je ne veux pas risquer d'être repris par le... Par *Lui*.

— Ça se trouve il a définitivement perdu notre piste ! s'emballa Tobias. Le monde est vaste, il peut errer pendant un moment ! Tiens, est-ce que tu as rêvé de lui dernièrement ?

— Pas cette nuit.

— Alors il ne se rapproche pas

— Pourquoi tu dis ça ? s'étonna Matt

Tobias, jamais avare en commentaires singuliers, exposa .

— J'ai l'impression que le Raupéroden retrouve notre trace quand il fouille ton esprit pendant ton sommeil. Si tu ne rêves pas de lui, c'est qu'il ne parvient pas à sonder ton âme, et tant qu'il n'y arrive pas, il ne peut pas nous retrouver.

Ambre éclata de rire.

— Toby, je ne sais toujours pas si tu es doué d'une imagination prodigieuse ou du don de clairvoyance !

Mais Matt ne riait pas, il trouvait l'idée pertinente.

— Moi, dit Tobias, je vote pour deux jours de repos. Et toi, Ambre ?

Celle-ci reporta son attention sur Matt.

— J'ai décidé de vous suivre dans votre quête, alors je m'en remets à vos décisions, en tout cas pour ce qui est de notre rythme.

Matt pesait le pour et le contre. Il avait du mal à se décider.

– Mais j'avoue que je ne serais pas contre une pause, ajouta Ambre.

– Une fois dans la Forêt Aveugle, il est possible qu'on ne puisse plus s'arrêter, intervint Matt. Il faut donc qu'on y pénètre en pleine forme. Va pour une journée supplémentaire avec ces Pans. Mais pour plus de sûreté, je préférerais que nous ne nous séparions pas. Je n'ai pas un très bon feeling avec Terrell.

Tobias leva le poing en signe de victoire.

Matt passa une large partie de la matinée à guetter Plume au-dehors. Il fit passer le mot, un chien grand comme un poney était leur compagnon de route. À ces mots, plusieurs membres de la Féroce Team se regardèrent, amusés. Ils avaient déjà aperçu un très grand chien, un mois plus tôt, qui furetait dans le centre-ville. Ça ne pouvait pas être Plume, aussi Matt les questionna-t-il longuement sur sa taille, sa description et son comportement. Aussi impressionnant que sa propre chienne, apparemment pas agressif. Ils en avaient perdu la trace après quelques jours.

Plume n'était pas la seule de son espèce.

Certains chiens errants s'étaient regroupés en meute depuis la Tempête, ceux-là tout le monde savait qu'il fallait les éviter à tout prix, mais l'existence d'un autre canidé surdimensionné intrigua Matt.

Le ciel était parfaitement dégagé, bleu saphir, et la chaleur s'intensifia au fil des heures. À midi, le soleil cognait si fort que Matt se félicita d'avoir différé leur départ d'une journée.

Après le déjeuner, Terrell vint voir l'Alliance des Trois pour leur proposer une aventure un peu particulière :

– Il fait chaud dehors, c'est l'occasion d'aller prendre un bain et de vous détendre. Prenez vos armes et venez.

Vingt membres de la Féroce Team formèrent un convoi vers l'étage du centre commercial pour emmener le trio choisir un maillot de bain. Puis ils quittèrent les lieux et s'enfoncèrent dans la forêt.

Terrell les conduisit jusqu'à une petite rivière bordée de plantes aux feuilles immenses, assez grandes pour faire des couvertures, et ils gagnèrent un minuscule étang encadré par un mur de roseaux.

Une cascade de quinze mètres se déversait du haut d'une falaise creusée de trous et bordée par une épaisse mousse verte.

– C'est notre salle de bains estivale ! s'écria-t-il par-dessus le vacarme.

Tout le monde se déshabilla et sauta dans l'eau fraîche en criant.

Matt remarqua aussitôt que les filles allaient d'un côté, les garçons de l'autre. Ambre observa la séparation en soupirant.

Matt lui posa la main sur l'épaule :

– De toute façon on sera dans la même eau au final, non ?

Ambre hocha la tête sans conviction et rejoignit le groupe de filles. Ces dernières l'étudiaient avec appréhension. Le désir d'approcher cette « grande » était palpable, mais la peur qu'elle puisse être du côté des Cyniks les en empêchait.

Matt et Tobias nagèrent en riant, jouant avec la boue de la rive, puis à se couler. Un concours de plongeon fut organisé et un Pan répondant au nom de Diego le remporta à l'unanimité. Il finit par confier à Tobias qu'il était dans une équipe de natation *avant*. Évoquer leur ancienne vie mit un coup au moral de l'adolescent qui grimpa se sécher au soleil. Les Pans parlaient peu de leur existence d'avant la Tempête, et Tobias savait pourquoi. Cela les rendait nostalgiques.

Matt, voyant Ambre s'ennuyer dans son coin, décida qu'il en avait plus que marre d'obéir à des règles idiotes et il nagea vers le groupe de filles. Toutes se dépêchèrent de s'éloigner, sauf Ambre qui l'accompagna dans sa brasse.

Profitant qu'ils étaient à bonne distance de toute oreille indiscrète, Ambre confia à Matt :

– La petite Liz est venue me parler tout à l'heure, elle m'a inondée de questions à propos de l'altération. À croire que j'ai le don pour qu'on vienne m'en parler !

– Est-elle affectée ?

– Oui, elle est terrorisée dans le noir et figure-toi qu'elle me dit être capable de produire de la lumière sous ses ongles ! Une faible phosphorescence mais c'est déjà un début. C'est Terrell qui leur interdit d'en parler, il leur ordonne d'étouffer tout changement en eux, pour ne pas devenir plus vite un Cynik. Il se trompe ! Il faut le leur dire !

– Nous ne pouvons pas débarquer et semer la pagaille, Ambre. Nous ne sommes là que deux jours, eux vont devoir vivre avec les doutes qu'on laissera derrière nous, c'est dangereux pour leur équilibre, ils ont survécu par miracle jusqu'ici.

– Je sais, mais c'est important qu'ils acceptent ce qu'ils sont devenus avec la Tempête !

– Laisse faire le temps. Lorsqu'un nouveau Long Marcheur parviendra jusqu'à eux, qu'il les informera du développement de l'altération un peu partout, ils finiront par en avoir moins peur et ils changeront.

Ambre regretta cette attitude qu'elle considérait un peu lâche, mais n'insista plus.

Ils sillonnèrent l'étang ensemble pendant un long moment avant de regagner leurs serviettes.

En fin d'après-midi, de retour au centre commercial, Matt passa à nouveau une heure à appeler Plume sans succès.

Le soir, il informa toute la communauté que leur trio repartirait le lendemain. Terrell tenta de les dissuader une fois encore d'aller dans la Forêt Aveugle, toutefois, lorsqu'il comprit que c'était peine perdue, il annonça qu'un groupe les accompagnerait jusqu'à la lisière du premier rempart.

Cette nuit-là, Ambre vint frapper à la porte de la salle n° 5 où dormaient Tobias et Matt. Elle ne voulait plus être seule dans une si grande salle, pas ici. Les deux garçons l'accueillirent avec le sourire, surtout Matt.

Ils se réveillèrent au petit matin, mangèrent en silence, vérifièrent qu'ils ne manquaient de rien pour leur voyage, que leurs sacs étaient bien remplis et prirent la direction de la sortie.

Tous les Pans de la Féroce Team s'entassaient dans le hall.

On les salua, leur fit promettre de parler d'eux s'ils croisaient un Long Marcheur ou allaient un jour à Eden, puis Terrell et six autres garçons surgirent. Ils étaient vêtus de leurs équipements de football américain et de hockey, armés d'arbalètes de compétition tout en carbone, couteaux aux ceintures et sacs à dos aux épaules.

Dès qu'ils furent au-dehors, Matt chercha Plume du regard, persuadé qu'elle serait là, prête pour le départ.

Mais il n'y avait aucune trace de la chienne.

Il ne se résignait pas à partir sans elle.

Elle a du flair, elle saura suivre notre piste, nous rattraper.

Cela lui déchirait le cœur de s'en aller sans savoir si elle allait bien. *Où qu'elle soit, si elle en est capable, elle nous retrouvera. Je la connais, j'en suis certain.*

Terrell attendait pour lancer l'expédition.

Matt fit signe qu'ils étaient prêts.

Il contempla une dernière fois la clairière de fougères et se mit en route.

5.
Du soleil et des ombres

Le soleil est le pire ennemi du marcheur.

À mesure qu'il gagnait en altitude dans le ciel, son rayonnement plombait l'atmosphère d'une chape étouffante, la température grimpait sans cesse, et à midi il faisait aussi chaud que sur une plage d'été, le vent en moins.

Matt capitula, il ôta le gilet en Kevlar qu'il portait sous son manteau et l'accrocha à son sac à dos.

Le groupe s'efforçait de rester à l'ombre autant que possible, la Féroce Team avait retiré ses casques qui pendaient aux sacs à dos, longeant les lisières des bois, préférant se ralentir en passant par une forêt plutôt que par une plaine brûlante. Les collines de l'après-midi étourdirent les voyageurs, alternant les montées ardues à gravir et les pentes ensoleillées qu'ils dévalaient. Chaque ruisseau, chaque mare, devint propice à une halte prolongée.

Terrell estimait à trois jours le périple jusqu'aux contreforts de la Forêt Aveugle. Dans ces conditions, ce serait trois jours d'enfer.

À plusieurs reprises, Matt crut apercevoir une silhouette ou un mouvement lointain, au sommet d'un escarpement ou à l'entrée d'un bosquet, mais chaque fois qu'il s'attardait pour en discerner davantage, il n'y avait plus rien.

Le soir ils bivouaquèrent à l'abri d'un immense rocher, dans l'anfractuosité ouverte à son pied comme une niche. Melvin, un Pan d'environ treize ans, s'occupa d'allumer un feu avec une grande dextérité, pendant que chacun étalait son duvet ou ses couvertures en cercle autour des flammes.

Un des garçons sortit de son sac des lamelles de viande fraîche qu'ils firent cuire et dévorèrent. Lorsque Tobias demanda de quoi il s'agissait et qu'il apprit que c'était le Grand Blanc tué deux jours plus tôt, il apprécia moins son repas. Le souvenir de l'ours albinos continuait de le faire frissonner.

Tandis qu'ils digéraient sous les crépitements du foyer, Terrell demanda à Matt :

– Qu'est-ce que c'est, d'après toi, cette « Quête des peaux » ?

Matt haussa les épaules, en appui sur ses coudes.

– Quand je pense aux Pans que les Cyniks enlèvent dans ces grands chariots, dit-il, j'imagine le pire.

– Tu crois qu'ils… arrachent la peau des Pans ? Pour quoi faire ?

Plusieurs garçons émirent des petits cris horrifiés.

– Je ne sais pas, ça semble très important, c'est tout ce que je peux vous dire. On compte bien l'apprendre.

– Mais une fois en territoire ennemi, si vous y parvenez, comment ferez-vous pour ne pas vous faire remarquer ?

– D'ici, c'est impossible à dire, nous improviserons sur place. Déjà en restant à bonne distance des patrouilles Cynik. J'espère que nous parviendrons jusqu'à l'un de leurs camps, et qu'en observant nous pourrons comprendre de quoi il retourne. Sinon…

Comme il se taisait, Terrell le relança :

– Sinon quoi ?

– Sinon il faudra prendre des risques pour voler des informations. On verra bien. Vous en voyez souvent par ici ?

– Non, presque jamais, heureusement. Par contre il y a pas mal de Gloutons.

À l'évocation de ces créatures sauvages, autrefois humaines, Matt fut pris d'un malaise.

– Beaucoup ont survécu ? demanda-t-il. Parce qu'ils sont tellement... stupides, je pensais que la plupart ne passeraient pas la fin de l'hiver.

– Hélas oui, répondit Terrell. Ils sont parvenus à s'adapter, ils se sont même regroupés, ils vivent dans des grottes ou des trous qu'ils recouvrent de branches, il ne faut pas les sous-estimer ; les Gloutons sont devenus dangereux. Ils chassent les petits animaux mais dès que l'opportunité d'avoir plus gros dans leur marmite se présente, ils ne ratent pas l'occasion. Nous avons eu des soucis avec eux il y a trois semaines de ça.

– Vous utilisez aussi le mot Glouton, s'étonna Tobias, c'est le Long Marcheur qui vous l'a communiqué ?

– Exactement. Il nous a laissé tout le lexique utilisé par les Pans, tout ce qu'il savait. Ça date un peu maintenant, j'imagine qu'il y a eu beaucoup de nouveautés.

– Pas tant que ça, modéra Tobias. Et les Scararmées, vous en avez dans la région ?

– Qu'est-ce que c'est ?

– Les millions de scarabées qui avancent sur les anciennes autoroutes. Vous n'en avez jamais vu ?

– Non.

– C'est un sacré spectacle ! Ils produisent une lumière avec leur ventre, bleu d'un côté et rouge de l'autre, ils ne se mélangent pas, des millions et des millions !

– Que font-ils ? demanda, fasciné, Melvin.

– Personne ne sait. Ils circulent, c'est tout. On ne sait pas d'où ils viennent ni où ils vont, c'est juste superimpressionnant à contempler !

– J'aimerais bien en voir un jour, dit Melvin, les yeux brillants de rêves.

Ils finirent par s'endormir et la fraîcheur de la nuit contrasta avec la journée suffocante qu'ils avaient encaissée.

Le lendemain, Matt se sentait nauséeux. Il avait des gargouillis dans le ventre et devina qu'il risquait d'être malade. Il suspecta l'eau des mares d'en être responsable. Il parvint néanmoins à suivre le rythme et cette deuxième journée fut moins chaude que la précédente. En milieu d'après-midi ils remarquèrent la fumée d'un feu à l'ouest, un panache fin qui ne s'épaissit pas au fil de l'heure. Ce n'était donc pas un feu de forêt. Il fut décrété qu'on n'approcherait pas pour voir de quoi il s'agissait, craignant une patrouille Cynik, bien que Terrell soutenait que même les Gloutons étaient parvenus à faire du feu.

Le soir, par sécurité, ils n'allumèrent pas de brasier, et mangèrent des boîtes de sardines à l'huile avec des biscottes.

Matt, Tobias et Ambre dormaient côte à côte, la jeune adolescente entre les deux garçons.

Le lendemain matin, lorsque Matt ouvrit les yeux, il sentit les cheveux d'Ambre dans sa main, le poids de son corps contre le sien. Il n'osa bouger, et resta un moment ainsi, à apprécier sa présence chaude contre lui.

Lorsqu'il ouvrit les yeux, il s'aperçut que ce n'était pas Ambre.

Plume dormait profondément.

Matt sauta de joie et serra la chienne contre lui, celle-ci souleva ses paupières difficilement, comme si elle n'avait pas assez dormi, et lâcha un long soupir.

Cette troisième journée fut plus agréable pour Matt, le retour de Plume lui mit du baume au cœur et le rassurait sur cette silhouette qu'il croyait avoir aperçue dans leur sillage, nul doute que ce devait être elle.

Depuis qu'ils avaient franchi les collines, le premier jour, la Forêt Aveugle étendait sa masse noire, gigantesque, sur l'horizon. Elle écrasait toute perspective.

Maintenant qu'ils en étaient tout proches, Matt put distinguer clairement les contreforts, ce que Terrell appelait le premier rideau. Il s'agissait d'une bande d'arbres immenses, que Matt trouvait encore plus volumineux que les séquoias de son ancienne vie. Le premier rideau s'enfonçait sur plusieurs kilomètres de profondeur et sa cime montait au fur et à mesure, dressant un toit pentu vers la véritable Forêt Aveugle. En comparaison de celle-ci, les contreforts paraissaient minuscules. Dans le ciel surgissaient des troncs hauts comme des montagnes, larges comme plusieurs terrains de football.

Comment la nature avait-elle pu produire un mur pareil ?

En seulement sept mois.

Depuis la Tempête, non seulement la végétation s'était réapproprié les villes, mais elle poussait à une vitesse alarmante, plus rapide qu'une forêt tropicale, et ses mutations ne cessaient de surprendre.

Le groupe traversa une longue plaine, parcourant quinze kilomètres en moins de quatre heures, pour atteindre les premières flaques de fougères, les bosquets de peupliers et de chênes.

Matt comprit que, ce soir, ils dormiraient au pied de la Forêt Aveugle et, pour la première fois depuis son départ de l'île Carmichael, il fut saisi d'un doute. Était-il vraiment judicieux de passer par ici ? Cet endroit semblait appartenir à un autre monde, il n'avait aucune idée de ce qui pouvait les y attendre.

Tandis qu'il réfléchissait, Matt prit un peu de retard sur la marche. Il vit ses camarades, devant lui, avançant en silence, déterminés.

Il était trop tard pour faire demi-tour.

Le campement du soir fut établi à moins d'un kilomètre des contreforts, sous un chêne majestueux. Tobias attrapa ses jumelles et profita de la fin du jour pour faire de l'observation ornithologique. Matt avait oublié qu'autrefois son ami se passionnait pour les oiseaux.

– Ne t'éloigne pas ! lui lança-t-il, inquiet.

– Oui papa ! ironisa Tobias en grimpant sur un rocher.

Tous se reposèrent sur leur duvet, se massant les pieds, se mouillant le visage à l'eau fraîche d'un ruisselet ou s'allongeant simplement à l'ombre des branches. Plume s'en alla chasser son dîner et revint une heure plus tard pour aller se vautrer contre le sac de Matt et dormir en ronflant doucement.

Matt sortit une pierre à aiguiser d'une des pochettes en cuir de sa ceinture et entreprit de l'humidifier légèrement pour la frotter contre le tranchant de son épée.

Chaque fois qu'il répétait ce geste, les sensations de sa lame pénétrant les chairs de ses adversaires lui revenaient en mémoire. Tout d'abord un frémissement, presque imperceptible, tandis que la pointe perfore les vêtements et la peau, puis une résistance qu'il faut forcer, et enfin l'impression d'enfoncer un grand couteau dans du beurre tendre. Jamais, avant de vivre cette expérience, il n'aurait pu imaginer qu'elle était à ce point traumatisante.

Non seulement il avait mutilé des corps d'êtres vivants, parfois même des êtres humains, mais en plus il leur avait pris la vie.

Il avait tué.

Pour survivre, pour protéger.

Mais il avait tué tout de même.

Il fallait vivre avec ce sentiment de culpabilité, avec le souvenir des assauts, des blessures mortelles infligées, des mises à mort. Le sang, les gémissements, les râles des agonisants.

Tobias finit par descendre de son observatoire et s'agenouilla face à Matt.

– Il faut que tu viennes voir ça, dit-il tout bas.

À l'air anxieux qu'il affichait, Matt comprit que c'était important.

Ils montèrent au sommet du rocher et Tobias lui tendit les jumelles.

– Tu vois ce groupe d'oiseaux là-bas, qui forment un V dans le ciel ? Suis-les avec les jumelles.

Matt s'exécuta et pointa l'objectif. Le grossissement n'était pas suffisant pour étudier en détail l'espèce dont il pouvait s'agir, aussi Matt se demanda-t-il ce que Tobias cherchait à démontrer.

– Je suis supposé remarquer un truc insolite ?

– Suis-les, c'est tout.

La formation se dirigeait vers la Forêt Aveugle. Avec les jumelles, les troncs jaillissaient avec encore plus de démesure, plus larges que des gratte-ciel. Les oiseaux s'apprêtaient-ils à disparaître dans la Forêt Aveugle ?

Ils prirent de l'altitude, juste avant d'entrer dans l'obscurité des arbres, puis ils décrivirent un large cercle et les battements d'ailes redoublèrent tandis qu'ils s'élevaient au fil de leur spirale.

C'est alors que quelque chose surgit des ténèbres et happa l'un des oiseaux. C'était allé si vite que Matt n'avait rien pu distinguer.

Un autre oiseau fut arraché à son ascension. Puis encore un.

Soudain Matt aperçut ce qui ressemblait à une langue fine et interminable, qui fouetta l'air pour saisir l'un des imprudents voyageurs et l'engloutir parmi les branches.

– Oh ! la vache ! s'exclama Matt sans lâcher les jumelles.

– T'as vu ? C'est flippant, pas vrai ? Je n'ai pas réussi à voir ce que c'était, ça ressemble à une sorte de gros lézard.

– Vu la distance et ce qu'on voit de la langue, je pense que c'est une créature énorme, conclut Matt, la voix tremblante. Colossale.

En trente secondes il n'y eut plus aucun survivant.

Matt rendit les jumelles à son ami et se laissa tomber sur la pierre.

– J'espère que ce machin vit uniquement dans les hauteurs, dit-il.

Tobias s'assit près de lui.

– Ce n'est pas tout. J'ai vu le feuillage bouger plusieurs fois, et ce n'était pas le vent ! Un truc énorme, qui produisait une lueur rouge, pas très forte, ça a palpité pendant une minute et puis plus rien. Et il y a aussi des sortes de libellules géantes ! Je te le jure ! Vraiment, je me demande si on fait bien de s'y aventurer.

Matt voulut faire part de ses propres doutes, mais il se ravisa. C'était lui qui sentait l'urgence de ne pas perdre du temps, lui qui les guidait, qui insufflait à leur trio la détermination en se montrant sûr et volontaire. S'il doutait, ils seraient moins forts.

Et à la veille de se faufiler dans la Forêt Aveugle, ils ne pouvaient pas se le permettre.

Matt ravala ses angoisses et s'ordonna d'être confiant, d'être rassurant.

Il pouvait tenir le coup.

Mais pour combien de temps ?

6.

Miel, spores et chitine

Le soleil se levait à peine et déjà Terrell vérifiait l'état de ses troupes. Les sacs sanglés, les gourdes remplies au ruisselet ; ils étaient prêts.

Le grand garçon s'approcha de Matt :

– C'est l'heure de se dire adieu.

– Et pourquoi pas au revoir ?

Terrell tendit la main vers Matt.

– Peut-être.

Matt et Tobias le saluèrent, mais quand vint le tour d'Ambre, Terrell fit comme si elle n'existait pas. Il montra les contreforts de la Forêt Aveugle :

– Plein sud, bon courage, ne soyez pas trop bruyants, ne faites pas de feu, pas de lumière vive, bref, restez toujours discrets. (Se penchant vers Matt et dressant le pouce vers Ambre, il ajouta tout bas :) Et garde un œil sur elle, c'est une femme maintenant, elle te jettera de mauvaises idées en tête et elle fera de toi un Cynik avant même que tu ne t'en rendes compte.

Matt allait répliquer quelque chose de cinglant lorsque aucun mot ne lui vint. Il voulait défendre Ambre, pourtant il ne savait que dire. C'était une fille bien, il n'avait rien à craindre d'elle.

Terrell et sa bande s'enfoncèrent dans les hautes herbes et, sur un signe de la main, ils disparurent derrière un bosquet.

– À nous de jouer, fit Matt en enfilant son sac à dos sur ses épaules, par-dessus le baudrier de son épée.

– Je commençais à m'habituer à eux, déplora Tobias, ça va nous faire bizarre de n'être plus qu'entre nous. Je crois même qu'ils vont me manquer.

– Pas à moi ! lança Ambre en ouvrant la marche.

La lumière tomba en moins de vingt minutes, tandis qu'ils approchaient de l'orée du premier rideau. Le soleil du matin semblait prisonnier derrière un voile opaque et Matt comprit d'un coup pourquoi le nom « rideau » allait si bien à cette forêt.

Ils slalomèrent entre les herbes leur arrivant à la taille et entre les énormes marguerites aux pétales soyeux, grandes comme des roues de voiture.

Puis ce fut le moment tant redouté.

Rien que pour pénétrer le premier rideau, l'Alliance des Trois dut escalader une racine haute de deux mètres, puis ils progressèrent sur un entrelacs de gigantesques souches avant de retrouver la terre ferme. Toutes les plantes qui poussaient entre les arbres étaient surdimensionnées, leurs feuilles dépassaient parfois la taille d'une planche de surf. Et plus le trio s'enfonçait dans la forêt, plus les arbres étaient volumineux. Après une heure de marche, Matt ne pouvait plus en distinguer le sommet.

La lumière avait décliné, ils redoublèrent d'attention pour s'assurer de ne pas mettre le pied dans un terrier, il n'y aurait rien de pire que de se tordre la cheville.

Lorsqu'ils passèrent devant des arbustes couverts de baies multicolores, Ambre dut insister une fois de plus pour que les garçons n'y goûtent pas.

Plume les suivait sans peine, bondissant lorsqu'il fallait escalader un talus, et abandonnant quelques touffes de poils dans les ronces quand ils franchissaient des remparts en se faufilant.

Toute la matinée, ils cheminèrent lentement, contournant les plantes trop étranges, longeant des troncs larges comme des maisons, escaladant des talus escarpés ou faisant un détour pour ne pas avoir à descendre dans une cuvette au fond tapis de brume.

Ils mangèrent peu le midi, pas très rassurés, et se remirent en route rapidement.

Même Plume semblait aux aguets, la truffe au vent, tournant brusquement la gueule dans la direction de chaque bruit suspect, ce qui inquiétait d'autant plus les trois voyageurs qu'elle incarnait habituellement la sérénité.

Ce fut Tobias qui remarqua les premières coulures.

Ils marchaient parmi de curieuses plantes, ressemblant à des artichauts de cinq mètres de hauteur dont certains, entaillés, libéraient un fluide épais et ambré. Tobias s'approcha de cette sève collante et fut intrigué par l'odeur sucrée qui s'en dégageait. Avant même que Ambre puisse l'en empêcher il trempa son index dedans et porta le liquide pâteux à ses narines. Le parfum était attirant. Familier.

Il plongea son doigt dans sa bouche.

– C'est du miel ! s'écria-t-il.

Matt vint à son niveau et prit un petit morceau qu'il avala à son tour.

– Il est drôlement bon en plus ! se réjouit-il.

– Vous êtes fous ? protesta Ambre. Vous vous rendez compte que ça pourrait vous tuer ? Et si cette nuit vous vous tordez de douleur, comment je fais, toute seule au milieu de cet endroit ?

Matt ne la laissa pas continuer, il lui étala une large dose de miel sur les lèvres avec sa main. Ambre fut trop estomaquée pour crier, elle se contenta de le fixer, hallucinée par l'affront. Puis sa langue effleura le miel et elle changea d'attitude.

– C'est vrai qu'il est bon, avoua-t-elle.

– On remplit nos gourdes vides ! déclara Matt.

Ils se chargèrent chacun de deux litres de ce nectar et, pendant qu'ils le recueillaient, Tobias se pencha vers l'entaille.

– Vous croyez que c'est naturel ces encoches ? demanda-t-il.

– Maintenant que tu le dis…, répondit Ambre, non, on dirait bien des traces, et il y a ces encoches parallèles, au-dessus et en dessous.

– Des coups de griffes, révéla Matt.

– Tu crois ? fit Tobias, sceptique.

– Certain, répliqua l'adolescent d'une voix blanche.

– Et si c'était…

Tobias s'interrompit en constatant que son ami désignait du doigt le sol. Une empreinte dans la terre meuble. Le double de celles qu'aurait laissées un éléphant, avec quatre sillons sur le devant, comme de puissantes griffes.

– Je crois qu'il vaut mieux filer en vitesse, conclut Ambre en rangeant sa gourde pleine.

Ils s'élancèrent d'un pas pressé, multipliant les regards alentour. Cela faisait à peine cinq minutes qu'ils avaient quitté les grands artichauts à miel lorsqu'un spectacle magnifique se découvrit à eux.

Les rares rayons du soleil qui parvenaient à traverser les cimes faisaient miroiter des milliers de bourgeons dorés le long de plantes plafonnant à trente ou quarante mètres et qui ressemblaient à d'immenses tulipes mauves.

Sans s'en rendre compte, l'Alliance des Trois se mit à ralentir sous ce plafond brillant. À bien y regarder, il s'agissait de spores jaunes en forme de petite ancre, pas plus grandes qu'un piolet d'escalade. Ils se mirent à frémir, Matt supposa que c'était à cause du vent.

Puis une spore se décrocha du poil transparent qui la reliait à la plante. Elle chuta lentement, et plusieurs autres furent également emportées par le vent. En quelques secondes, une centaine de ces spores dérivèrent en direction du sol.

Les premiers tombèrent aux pieds du trio tandis que Plume bondissait dans les fougères, effrayée par ce ballet.

– C'est beau, s'émerveilla Ambre.

Tobias approuva :

– On dirait ces fleurs sur lesquelles il faut souffler pour que des dizaines de particules s'envolent comme des grappes de poussière !

Une des spores effleura Ambre qui l'attrapa au vol.

– Beurk ! fit-elle. C'est collant !

Elle se débattit pour parvenir à se détacher de la spore, et, ce faisant, ne prêta pas attention à toutes les autres qui se déposaient sur ses épaules, ses bras et son dos.

Soudain, les cinq spores qui s'étaient agrippées à elle se relevèrent et commencèrent à remonter en sens inverse.

– Qu'est-ce que…, balbutia Tobias. Ambre ! Tu… tu es accrochée !

L'extrémité des spores s'était fichée dans ses vêtements et tenait bon, à l'instar de petits hameçons.

– Des fils ! remarqua Matt. Ils sont reliés à des fils presque invisibles !

Les fils se tendirent et Ambre décolla du sol en criant.

Tobias releva la tête vers les hauteurs. Deux énormes capsules surgirent et s'ouvrirent sur ce qui ressemblait à des bouches roses et huileuses.

– UNE PLANTE CARNIVORE ! hurla Tobias en courant entre les spores pour rejoindre Plume et son arc.

Ambre était entraînée vers les bouches qui sécrétaient un liquide de digestion.

Matt s'empara du pommeau de son épée et la sortit de son baudrier dorsal. Il bondit sur un rocher et sa lame se mit à chanter en fendant l'air.

Les cinq fils tranchés, Ambre tomba au sol et se rattrapa à Matt. Elle se serra contre lui.

Deux spores venaient de s'accrocher à son sac à dos et tentaient de le tracter à son tour. Ambre lui prit l'épée des mains et les sectionna.

La corde de l'arc trembla.

Tobias visait les bouches qui s'agitaient dans les airs mais ses flèches ne montaient pas assez haut.

– On se tire ! cria Matt en les entraînant à sa suite.

Ils zigzaguèrent entre les petits harpons dorés et coururent jusqu'à ce qu'un point de côté les oblige à ralentir, le souffle coupé.

Aucune spore n'était en vue.

– Quelle saleté de plante ! pesta Matt en reprenant sa respiration.

Ambre posa les mains sur ses genoux, haletante.

– Ça commence bien pour un premier jour ! dit-elle.

Lorsqu'ils furent remis, ils reprirent leur périple, jusqu'à un petit étang à l'eau noire. Ils décidèrent de s'arrêter là pour la nuit, fourbus. Ambre proposa qu'ils se lavent dans l'étang mais Matt et Tobias refusèrent. Après l'épisode des spores ils ne voulaient plus risquer d'autres mauvaises surprises. Malgré les protestations des deux garçons, Ambre s'agenouilla sur la rive boueuse. Quand elle se trouva face à face avec la gueule d'un poisson énorme, elle se précipita vers le campement et il fut décrété qu'ils ne se laveraient pas durant toute la traversée de la Forêt Aveugle à moins de trouver une eau claire.

Selon les conseils de Terrell, ils ne firent pas de feu et mangèrent froid, du thon et du maïs en boîte ainsi que des gâteaux en guise de dessert. La nuit tomba encore plus vite qu'à l'extérieur des contreforts.

À mesure que l'obscurité s'intensifiait, des lueurs blanches apparurent dans les fourrés environnants. Immobiles.

Matt saisit son épée et s'approcha de la plus proche.

Il écarta les feuilles d'un buisson, la source de luminosité était assez imposante.

Un insecte géant.

Sur le coup, son cœur bondit, il s'apprêtait à frapper avec la pointe de son arme lorsqu'il s'aperçut que la créature était morte.

Vide.

Il ne s'agissait que de la carapace d'une fourmi. Vivante, elle devait avoir la longueur d'un labrador. Ses pattes avaient disparu, il ne restait qu'un corps lisse et rigide en plusieurs tronçons.

– Qu'est-ce que c'est ? demanda Tobias par-dessus son épaule.

– Vous pouvez venir, c'est une fourmi morte.

– Ce qu'elle est grosse ! s'exclama Ambre.

– C'est sa chitine qui est phosphorescente comme ça ? Incroyable !

– Sa chitine ? répéta Matt.

– Oui, sa peau si tu préfères. Dis donc elle a l'air résistante.

Tobias donna des petits coups dessus qui sonnèrent creux.

– Solide, révéla-t-il. Faudrait pas tomber sur un nid de ces engins vivants !

– Il y en a partout dans cette direction, constata Ambre. Aucune ne bouge, elles sont toutes mortes ?

Matt alla inspecter d'autres lueurs et revint en hochant la tête.

– On dirait une sorte de champ de bataille.

– Ou un cimetière, ajouta Tobias. Ce qui signifie qu'elles peuvent revenir.

Matt ne s'attarda pas :

– Retournons au camp, je fais confiance à Plume pour sentir l'approche d'un danger pendant que nous dormons, et au moins on les verra arriver de loin ces fourmis !

Plus tard, Ambre s'était endormie contre la chienne. Mais ni Tobias ni Matt ne parvenaient à en faire autant. Le lieu les rendait nerveux.

Tous les squelettes de fourmis brillaient dans la nuit, comme autant de fantômes scellés à la terre.

Les deux garçons bavardèrent un moment, en chuchotant.

Puis l'épuisement prit le dessus et leurs paupières se fermèrent.

Ils ne virent pas la brume qui coulait entre les troncs, à toute vitesse, comme une vague.

Leur souffle était celui du dormeur.

Elle encercla le campement.

7.
Songes et réalité

Sa silhouette avait la finesse d'un drap et pourtant il abritait tout un monde de ténèbres. Son corps était une porte vers l'au-delà, une terre sans vie, aride et obscure, abritant son âme.

Et ainsi séparé, son être avait tout du monstre.

Rapide, puissant, impitoyable.

Le Raupéroden filait d'arbre en arbre, entouré par son manteau de brume et son escorte d'échassiers.

Il avait fait taire l'orage et progressait moins vite mais avec plus de discrétion. Ses membres claquaient au vent tandis qu'il changeait sans cesse de direction.

Il se rapprochait, il le savait.

Le garçon était tout proche.

Il pouvait presque le flairer.

L'âme du Raupéroden tournoyait sur elle-même, au cœur de cette lande de roche noire, excitée, impatiente.

Il fallait établir le contact, le localiser.

Le Raupéroden se concentra. Quelque part, dans ce territoire qui était le sien, se trouvaient des puits bourdonnants, des trappes vers des plans éloignés, des passages vers des formes différentes de conscience et d'inconscience. Il chercha celui qui affleurait la réalité du monde, cette couche fragile et invisible qui reliait chaque être non par ce qu'il sait, mais par ce qu'il ignore. Un minuscule fil, impalpable, comme un tourbillon s'échappant de la face cachée de son esprit.

L'inconscient de tout être était constitué d'un réseau fait d'ombres et de désirs refoulés. De tabous.

Le Raupéroden plongea son âme dans ce maillage complexe et sonda, plus vif qu'un courant électrique dans un câble, tout ce qui circulait.

Les rêves et les cauchemars étiraient leurs formes jusqu'à prendre assez d'élasticité pour fuir hors du rêveur, pour se répandre, parfois même se partager avec d'autres.

Le Raupéroden fouillait ces bribes de rêves, ces scories de pensées, se précipitant vers chaque image, chaque mot qui flottait sur ce plan.

Cela lui prit un long moment pour sentir qu'il se rapprochait de Matt. Le garçon dormait, et il rêvait. Il était là, tout proche, il pouvait presque percevoir la saveur si caractéristique de ses rêves.

Et tout d'un coup, il fut là.

Le Raupéroden identifia le tourbillon qu'il traquait et le remonta, lentement, tout doucement, pour ne pas risquer de réveiller le garçon.

Puis il fut sur le seuil de son âme.

Faite de deux formes siamoises.

Sa conscience brillait d'une lueur palpitante, sur un rythme calme, en partie inactive. L'inconscient, lui, émettait au contraire une lumière puissante, en mouvement, puisant dans sa jumelle endormie une énergie qu'il transformait pour s'alimenter.

Le Raupéroden s'insinua à l'intérieur, il n'avait plus de temps à perdre, il ne fallait surtout pas que le garçon lui échappe.

Il était à deux doigts de lire enfin ses pensées.

L'inconscient réagit à la présence étrangère par des flashes violents qui altérèrent aussitôt les rêves du garçon.

Le Raupéroden sut qu'il devait agir vite.

Il enfonça ses sondes, comme autant de forets perçant la matière cérébrale, et se mit à sucer les informations.

Le garçon cauchemardait à présent.

Il pouvait voir le Raupéroden l'encercler.

Prêt à l'absorber.

Le Raupéroden réussit à obtenir ce qu'il cherchait. Le garçon était localisé, il mémorisait le chemin qu'il avait suivi.

D'autres pensées se bousculaient mais il ne parvenait pas encore à les lire.

Cheveux blonds... garçon à la peau noire... animal hirsute...

Un flash surpuissant repoussa le Raupéroden et, brusquement, l'inconscient du garçon baissa en intensité tandis que sa conscience s'illuminait.

Une explosion de lumière l'aveugla, douloureuse, et brutalement l'âme du Raupéroden fut repoussée dans le puits, renvoyée dans son monde froid et inhospitalier.

Matt sursauta et aspira un grand bol d'air, la gorge sifflante, la sueur aux tempes.

Pendant les premières secondes du réveil, il chercha où il était.

Et en même temps que lui revenait le souvenir de cette forêt, jaillissait celui du Raupéroden dans son sommeil.

Non seulement la forme noire qui l'avait encerclé en murmurant, mais aussi sa nature abominable : une créature capable de percer la barrière de son crâne pour venir lire dans son cerveau.

Matt comprit ce qui venait de se passer et surtout ce que cela impliquait.

Il faisait encore très sombre, mais une lueur bleutée parvenait depuis les cimes lointaines. Le soleil allait se lever.

Tout autour du campement, le brouillard formait un nid blême dont Matt n'aurait su dire s'il fallait le craindre ou s'en féliciter car il les dissimulait.

Il tendit la main vers Tobias, puis vers Ambre, pour les réveiller.

– Il nous a retrouvés ! dit-il tout bas.

– Quoi ? Qui ça ? fit Tobias tout ensuqué.

– Lui... Le... Le Raupéroden.

Cette fois Tobias se redressa, parfaitement lucide.

– Tu en as rêvé ?

– Oui. Et cette fois, il... C'était différent.

– Comment ça ? voulut savoir Ambre.

Matt s'assit dans son duvet qu'il remonta jusqu'à son cou pour se protéger de la fraîcheur du petit matin.

– Je crois qu'il a pris moins de précautions que d'habitude, je... je ne sais pas l'expliquer mais c'était comme s'il était pressé, ou peut-être inquiet de ne pas pouvoir établir le contact, il s'est précipité.

– Tu veux dire que tu l'as senti... *en* toi ? demanda la jeune fille.

– Oui, c'est ça. Tobias, tu avais raison, il y a un lien entre mes rêves et le Raupéroden, il s'en sert pour nous atteindre. Il sait où nous sommes. Il se rapproche.

Matt fronça les sourcils.

– Ça ne va pas ? s'inquiéta Ambre.

– Si... C'est... Je crois qu'en allant trop vite, il a laissé quelque chose d'ouvert, je... Pendant qu'il me... fouillait, j'ai aussi pu voir des choses en lui. Son cœur, ou plutôt ce qui ressemble à son âme, elle n'est pas dans le même monde que nous, il la porte en lui, son corps est un passage vers cette âme qu'il cache. Vers un endroit... C'est... c'est flippant ! On dirait une sorte de purgatoire, où les gens peuvent être enfermés, ils sont enchaînés à lui, ils le servent, et il se nourrit d'eux.

– Il t'a laissé voir tout ça ? s'étonna Tobias.

– Non, il ne l'a pas fait exprès, j'ai même le sentiment qu'il l'ignore. En tout cas il n'y a pas une seconde à perdre, il faut se mettre en route, il est sur nos talons.

– Encore loin ? interrogea Ambre.

– Je ne sais pas, peut-être un jour ou deux, je n'arrive pas à comprendre ce que j'ai pu ressentir, c'était une sorte de câble entre nous, et nous pouvions plonger l'un dans l'autre. Une sensation très désagréable.

– Tout de même, j'aimerais bien savoir ce qu'il peut bien te vouloir ! avoua Tobias.

– Rien de bon, j'en ai peur.

Matt fit la grimace et se leva, en caleçon. Ambre tourna la tête. Il sauta dans son jean, enfila son pull et cette fois mit son gilet en Kevlar avant de manger quelques céréales qu'ils avaient emportées. Ambre s'habilla directement à l'intérieur de son duvet.

– Je commence à en avoir marre de ces céréales, pesta Tobias, elles sont déjà toutes molles, et puis les dates seront bientôt dépassées, faudrait pas tomber malade !

– C'est toi qui dis ça ? releva Ambre en se brossant les cheveux. D'habitude tu es prêt à manger n'importe quoi !

– Oui mais là ce sont des céréales ! Le petit déjeuner c'est important !

Ambre pouffa.

– Ne t'en fais pas, si tu veux mon avis, tu ne risques rien.

Matt se dépêcha de se brosser les dents, ne sachant quand il retomberait sur une source d'eau potable, il se rationna et se rinça la bouche avec une seule gorgée. Puis il rassembla ses affaires et referma son sac à dos.

Une fois Plume sanglée de ses sacoches, tout le groupe put repartir pour une nouvelle journée.

Aujourd'hui, ils le savaient, ils allaient pénétrer dans le cœur de la Forêt Aveugle.

L'Alliance des Trois franchissait une colline couverte de cèdres plus hauts que des immeubles de New York, et dont la circonférence dépassait les trente mètres. Il se dégageait de ces masses spectaculaires un parfum légèrement amer, pas désagréable.

Le brouillard s'était dissipé au fil des heures.

Mais une difficulté en remplaçant une autre, depuis la fin de matinée le trio devait veiller à ne pas se prendre les pieds dans les ronces ou sombrer dans quelque trou tant la lumière du jour s'affaiblissait, prisonnière du plafond végétal.

Ils parvenaient au sommet d'une butte quand Plume, en tête, s'immobilisa et émit un bref aboiement surpris en levant la gueule.

Si la végétation leur avait, jusqu'à présent, semblé démesurée, cette fois ils en restèrent abasourdis.

Ils se tenaient au pied d'un rempart titanesque.

Les racines des arbres s'emmêlaient en une nasse de gigantesques vers inertes grimpant à plus de cent mètres. Au-dessus partaient les troncs colossaux, dont les branchages se perdaient dans le ciel.

L'Alliance des Trois semblait miniaturisée, pas plus grands que des fourmis.

– J'ai l'impression d'être au pied d'une montagne, souffla Ambre, pleine d'une déférence craintive.

– Cette forêt a l'air si... énorme ! On dirait qu'elle est là depuis la nuit des temps ! ajouta Tobias.

Plume elle aussi la contemplait avec un respect mêlé de peur.

Lorsque Matt avança sans un mot pour y pénétrer, la chienne émit une longue protestation à son attention.

L'adolescent guida le groupe vers ce qui ressemblait à un passage entre les hautes racines. Ils durent en escalader plusieurs pour franchir des paliers et enfin s'enfoncer dans la Forêt Aveugle.

Ils n'avaient pas parcouru un kilomètre que la lumière du jour disparut. Le paysage face à eux était plongé dans un noir d'encre.

Tobias sortit son champignon lumineux et le planta au bout de son bâton de marche.

– Tu devrais porter ton arc, l'avertit Matt.

– Il me fait mal, la corde frotte contre mon épaule à chaque foulée.

– On te coudra une pièce de cuir sur l'épaule ce soir, si tu veux, mais ce lieu ne me dit rien qui vaille, je pense qu'il serait plus prudent que tu sois armé.

Tobias approuva à contrecœur et prit son arc et son carquois sur le dos de Plume. Se tournant vers Ambre, Matt demanda :

– Au fait, as-tu une arme ?

– J'ai ce poignard que j'ai pris sur l'île lors de notre départ.

– C'est tout ?

– C'est déjà assez, de toute façon je ne sais même pas m'en servir, nous formons un binôme avec Tobias, ne l'oublie pas.

– Je sais mais… Je préfère que nous soyons prêts. Au cas où.

– Ne t'en fais pas, dit-elle en lui posant une main amicale sur le bras avant de repartir.

Tobias s'approcha d'elle et, après une longue hésitation, il lui chuchota :

– C'est quoi un binôme ?

– Un groupe formé de deux partenaires.

– Ah.

Tobias parut un peu déçu, comme s'il s'était imaginé quelque chose de plus excitant.

Ils progressaient dans un labyrinthe d'écorce, passant sous les arches naturelles de souches énormes ; ils gravissaient des murs de bois, franchissaient des cuvettes insondables sur un tronc renversé, et durent même ramper dans un boyau humide sous une racine si volumineuse qu'elle était infranchissable à moins de se lancer dans une escalade dangereuse.

Après trois heures à ce rythme, éreintés, ils firent enfin une pause pour se désaltérer. Ce qui les surprenait le plus était de trouver également toute une végétation à leur taille : des champs de fougères, d'arbustes et de buissons. Et au-dessus, ces colosses comme les piliers de quelque palais des dieux.

La forêt résonnait de bruits particuliers, des ululements lointains, des cris aigus provenant des hauteurs, des plaintes graves semblables à celles de baleines, ou des ricanements de singes. Pourtant, s'ils apercevaient de temps à autre une petite ombre sautant de branche en branche ou une autre s'envoler, jamais ils ne virent distinctement d'animaux. Le champignon de Tobias ouvrait un cône de moins de dix mètres de circonférence, tout le reste n'était qu'un mur de ténèbres bruyantes ; ils avaient le sentiment d'évoluer au fond d'un abysse.

Matt consultait sa boussole régulièrement, craignant de dévier du bon chemin, et l'absence de repère temporel commençait à l'embarrasser. Comment sauraient-ils quand il serait temps de manger, de dormir ? Fallait-il faire confiance à leur corps ?

Matt se rassura en se répétant qu'ils s'habituaient peu à peu à ce rythme, au fil des jours. À l'instinct, ils sauraient quand s'arrêter.

Une lueur apparut soudain, à travers les frondaisons basses. Blanche et relativement intense.

– Vous croyez que des gens habitent ici ? s'enhardit Tobias.

– Va savoir…, fit Matt.

– Non, trancha Ambre. Et je propose qu'on la contourne.

– Ça pourrait être une source d'éclairage supplémentaire pour nous, contra Matt.

– Ou un danger de plus !

– Je vote pour qu'on s'en approche. Et toi Tobias ?

– Euh… Je sais pas. Oui, d'accord, on jette un œil et si ça craint, on fait le tour.

Ambre soupira et leva les mains au ciel.

– Pourquoi je fais équipe avec deux mecs !

La lueur n'était pas si proche qu'ils l'avaient cru, et lorsqu'ils l'atteignirent enfin, ils furent surpris de découvrir une minuscule clairière de terre, et ce qui ressemblait à une lanterne suspendue à dix mètres de hauteur.

Sa lumière dévoilait les premières branches, des feuilles de taille normale, et Matt supposa qu'elles grossissaient à mesure que la branche prenait de l'altitude. Au sommet, chaque feuille devait être de la dimension d'une piscine olympique.

– Qu'est-ce que c'est ? réfléchit Tobias tout haut.

Ambre se pencha pour mieux voir et répondit :

– On dirait un globe lumineux, comme un plafonnier.

– Peut-être qu'en tirant dessus, il y aurait moyen de le décrocher. Je me demande s'il fonctionnerait encore au sol.

Tobias attrapa son arc et encocha une flèche. Matt lui fit signe d'attendre :

– Il y a quelque chose là-haut, on dirait que ton plafonnier est relié à... une sorte de perche.

Matt saisit une bûche et la lança dans la clairière, juste sous le globe.

Aussitôt les épais buissons en face du trio s'écartèrent et une vaste gueule pleine de crocs luisants surgit, surmontée de gros yeux noirs.

Un monstre dont chaque croc était aussi grand que Matt.

8.

Des étoiles très filantes

Une langue poisseuse et couverte de pustules énormes lécha la bûche lancée par Matt. Elle la recracha aussitôt et réintégra l'abri de la gueule monstrueuse.

Les globes noirs s'agitèrent, deux fentes qui servaient de narines palpitèrent.

La créature cherchait sa proie.

Matt attrapa ses deux compagnons et les serra contre lui pour leur intimer de ne pas bouger.

Rien que la tête de cette horreur dépassait de loin, en taille, toute forme de vie que Matt avait pu voir jusqu'à présent. Il n'osait pas imaginer la dimension de son corps. Qu'était-ce ? Une sorte de ver ? L'étrange plafonnier était relié à son crâne par une antenne jaunâtre, et il ressemblait à un poisson que Matt avait déjà vu à la télé, dans un documentaire sur la faune des abysses.

– Il ne nous a pas vus, murmura Tobias qui posait un pied en arrière pour fuir.

Matt le retint.

– Attends ! Il guette…

Après plusieurs secondes, l'incroyable visage recula parmi les buissons et retourna à sa cachette, laissant la clairière sous le piège de l'éclairage.

– Maintenant, chuchota Matt.

Ils reculèrent prudemment et, lorsqu'ils furent assez éloignés, ils pressèrent l'allure pour mettre un maximum de distance entre eux et le monstre.

– Peut-être que la prochaine fois vous m'écouterez, conclut Ambre. Il n'y a rien de bon à espérer de cet endroit, rien. Plus vite nous traverserons, mieux ce sera.

– On ne sait pas combien de temps ça nous prendra, n'est-ce pas ? questionna Tobias.

– Non. Quelques jours au moins.

Ils se forcèrent, malgré l'épuisement, à continuer pendant trois heures – personne n'était prêt à dormir à proximité d'un tel danger – et finirent par établir leur bivouac à l'abri d'une voûte formée par le pied d'un arbre. Une caverne d'écorce recouverte d'une épaisse mousse verte leur offrit un certain confort.

Ils mangèrent à nouveau un repas froid, et lorsqu'il vit Plume partir pour chasser sa pitance, Matt eut un pincement au cœur. Elle s'éloignait craintivement. Il hésita à la rappeler, à partager avec elle ses vivres, mais il n'en fit rien. Elle était assez grande pour se débrouiller, elle ne prendrait pas de risques inutiles, et puis mangerait-elle des haricots froids ? Il devait de toute façon économiser ses provisions, ils n'en auraient peut-être pas assez pour tenir tout le voyage, comment feraient-ils s'ils venaient à manquer au milieu de cette forêt ?

Matt veilla jusqu'à ce que Plume rentre, et put enfin fermer les yeux lorsqu'elle se coucha contre lui.

En s'endormant, il songea au Raupéroden. Et s'il revenait sonder son esprit dans la nuit ? Il n'était pas loin, c'était fort possible.

Matt chercha à se rassurer, il pourrait lui-même en profiter pour l'explorer, s'il laissait encore la porte ouverte... Mais il rechignait à cette idée. Il n'avait pas envie de ressentir tout ce qu'il abritait. Matt avait effleuré la désolation de cette terre où tournoyait son âme, il avait perçu le malaise, la tristesse, la rage et toutes les peurs qui tapissaient le lieu, et il fallait s'estimer chanceux si aucun de ces sentiments ne s'était jeté sur lui. Car maintenant qu'il y pensait, il lui semblait que tout cela *vivait* dans le Raupéroden, comme une meute cherchant sa proie.

Peut-être qu'en fermant son esprit, il pourrait somnoler tranquillement, en s'empêchant de rêver ou bien en...

Matt s'était endormi.

La forme noire claquait dans le vent et la brume. Fusant à toute vitesse autour de Matt, en quête d'une brèche pour s'y engouffrer. Bien qu'il ne parvienne pas à agir, Matt détectait la présence maléfique autour de lui. Son sommeil était comme un chalet avec quelques fenêtres et une porte qu'il devait vérifier en permanence, pour s'assurer qu'aucune intrusion ne survenait. Le Raupéroden tournait autour, dans la forêt, de plus en plus vite, se précipitant vers chaque vitre pour la tester, sur la serrure pour la forcer, sans y parvenir. Pour l'instant.

Matt courait d'une pièce à l'autre.

Et si l'un des accès venait à céder, il lui faudrait aller vite. Bondir vers le placard, le dernier abri qui lui resterait.

Toute la nuit, le Raupéroden chercha à entrer.

Matt tint bon.

Tobias dut insister pour le réveiller.

– Ambre et moi n'arrivons plus à roupiller, c'est qu'il doit être tard, prévint-il, on a attendu pour te réveiller mais ça commence à faire un moment.

– D'accord…, fit Matt en s'étirant.

Il se sentait exténué. Sa nuit n'avait rien eu de reposant.

Au-delà de leur abri, il faisait parfaitement noir. Matt ne s'habituait pas à cette obscurité permanente, déstabilisante.

– Tu as rêvé de *lui* ? voulut savoir Tobias.

– Oui. Il a voulu entrer en moi et… il s'est passé quelque chose hier, lorsque j'ai pu distinguer ce qu'il était. J'ai compris des mécanismes, je ne saurais pas l'expliquer clairement… Mais cette nuit il n'a pas pu me… pénétrer.

– C'est pour ça que tu as une tronche pareille ? T'as l'air exténué !

– Ça va aller.

Cette nouvelle journée de marche fut plus difficile encore que la précédente. La cloche de ténèbres qui les coiffait en permanence commençait à user leurs nerfs. Le terrain, de plus en plus accidenté, les contraignit souvent à faire demi-tour pour tenter de débusquer un autre passage, plus loin, mais chaque arbre à contourner leur prenait une heure.

Des appels étranges surgirent des hauteurs, stridents et puissants, une sorte de mugissements qui d'un coup vrillaient dans les aigus pour devenir frénétiques.

Puis un cri de paon répondit derrière l'Alliance des Trois. Et le feuillage se mit à trembler, un bruissement spectaculaire, si impressionnant que le trio se jeta à terre tandis que Plume rampait sous un massif de fleurs transparentes.

Quelque chose passa juste au-dessus de leur tête.

Tobias se dépêcha d'attraper le champignon lumineux et de l'enfermer dans sa poche pour les plonger dans l'obscurité.

Le bruissement se rapprocha et tout d'un coup, la forêt entière sembla se soulever. Des centaines de formes filèrent ensemble dans le feuillage, semblables à un banc de poissons ; le vacarme devint si assourdissant que les trois voyageurs allongés, les mains sur le crâne pour se protéger, eurent le sentiment que des milliers de bêtes se ruaient dans les feuillages qui pleuvaient sur eux, déchiquetés.

Et aussi vite qu'il était apparu, le vol s'éloigna vers le sud-est, laissant dans son sillage un parterre de branches mutilées.

Tobias ressortit le champignon et ils purent contempler les dégâts. Mais au-dessus d'eux, la végétation demeurait si dense qu'elle paraissait intacte.

Le soir, défiant le conseil de Terrell, ils firent un petit feu, ils n'en pouvaient plus de manger des boîtes de conserve froides. Leur plat à peine tiède, ils éteignirent la flamme pour ne pas attirer une faune de prédateurs.

Matt appréhendait le moment de dormir.

Il avait besoin de repos, cependant il craignait le Raupéroden.

Le sommeil l'emporta en quelques petites minutes, grâce à l'épuisement.

Pendant qu'ils rêvaient, la Forêt Aveugle continuait de vivre, dans cette nuit permanente. De petits êtres glissèrent le long des ramures pour venir sentir ces odeurs nouvelles, d'étranges sons circulèrent, que jamais oreille humaine n'avait entendus.

Des lueurs rouges, orange, puis jaunes, palpitèrent loin dans les hauteurs.

L'Alliance des Trois dormait depuis seulement cinq heures lorsque Matt se releva d'un coup, le souffle court.

Il se précipita sur Tobias pour le secouer et leur agitation réveilla Ambre.

– Il est tout proche ! Vite ! s'écriait Matt. Levez-vous ! Il faut fuir !

– Calme-toi ! lança Ambre. Comment le sais-tu ? N'est-ce pas un mauvais rêve ?

– Non, j'en suis certain, je l'ai senti, il est là, tout près, allons-y, il n'y a pas une seconde à perdre !

Ils rangèrent leurs affaires en toute hâte et Matt vérifia le sud sur sa boussole pour les guider.

Après un temps, de marche, le sol devint moins ferme, et ils traversèrent une zone marécageuse, pleine de clapotis angoissants, dont ils s'extirpèrent en franchissant une longue pente escarpée.

Parfois l'écorce des gigantesques arbres dessinait des escaliers ou des rampes sur lesquels Matt hésitait à s'aventurer ; il semblait possible de grimper dans leur cime par ce passage, mais pour quoi faire ? Existait-il un moyen de circuler de branche en branche ? Était-ce pour autant plus sûr ?

Matt ne prit pas le risque.

Il conduisait le groupe à vive allure, observant peu de pauses. Si, comme il le pensait, le Raupéroden était si proche, alors ils ne pouvaient se permettre de ralentir.

Il leur faudrait pourtant se reposer, manger, dormir !

Matt éluda la question, ils se sustenteraient debout, et pour le sommeil… ils verraient bien.

Cependant, au fil des heures, la cadence diminua. Même Plume tirait la langue.

– Nous ne pouvons plus continuer, Matt, prévint Ambre, lucide.

– Encore un peu, juste un peu…

– Tu dis ça depuis un moment, nous sommes lessivés, il faut faire une halte.

Matt capitula devant l'insistance de la jeune fille et ils s'assirent sur des champignons en guise de tabourets pour grignoter des biscuits secs et des carrés de chocolat.

– Je boirais bien du lait, murmura Tobias. Ça me manque du bon lait frais !

– On a le miel ! s'exclama Ambre en sortant l'une de ses gourdes.

Le liquide épais et sucré leur fit du bien au moral.

Ils reprirent la marche peu après, Matt jetant des coups d'œil derrière lui, comme s'il était capable de voir au-delà du mur d'obscurité qui les encerclait en permanence.

Ils s'engagèrent dans un rideau d'herbes qui les dépassait, pensant que ce n'était que pour quelques pas, avant de comprendre qu'ils entraient dans un champ interminable. Ils avançaient les bras et les mains entaillés par les bords tranchants de ces brins aussi longs qu'un pied de maïs adulte. Pour ne pas finir écorchés de partout, ils durent ralentir.

Deux heures plus tard, quand ils en sortirent enfin, ce fut pour tomber sur plusieurs crottes fraîches, vertes, et du volume d'un ballon de rugby.

– Je ne sais pas ce qui a laissé ça, commenta Tobias, mais je n'ai pas du tout envie de le rencontrer.

Ils redoublèrent de prudence pour continuer, veillant à ne pas écraser de branches sèches et à garder le silence.

Matt supposait qu'ils approchaient la fin d'après-midi, il n'en pouvait plus. Même sa crainte du Raupéroden ne suffisait plus à le faire avancer. Il devait prendre une décision.

Le jeune garçon défit les sangles de son sac à dos et le laissa choir parmi les petits champignons marron qui les entouraient.

– C'est fini pour aujourd'hui, décida-t-il, nous n'arriverons pas à aller plus loin.

Ambre et Tobias soupirèrent de soulagement autant que d'épuisement et s'effondrèrent sur la mousse.

– J'ai cru que j'allais mourir ! gémit Tobias.

Ils se reposèrent ainsi pendant une demi-heure, sans même sortir leurs affaires, juste pour reprendre quelque force avant de manger.

Les deux yeux blancs, aveuglants, jaillirent de la nuit dans leur dos, à moins de dix mètres.

À peine le rayon lumineux passa-t-il sur eux qu'une longue plainte aiguë traversa la forêt, aussitôt reprise par d'autres guetteurs.

– Des échassiers ! s'écria Matt, la peur au ventre.

Il attrapa son sac à dos et se précipita vers Tobias pour l'aider à enfiler le sien avant de courir. Dans la panique, Tobias ne remarqua pas qu'il allait de plus en plus vite, ses jambes multipliaient les appuis et il distançait avec une facilité déconcertante ses deux amis.

Mais le champignon lumineux qu'il tenait au bout de son bâton filait avec lui, laissant les ténèbres recouvrir progressivement Ambre et Matt ainsi que Plume qui ne lâchait pas son maître.

– Tobias ! hurla ce dernier déjà à court de souffle. Attends-… nous !

La terreur rendait Tobias sourd. Il n'avait plus qu'une seule idée, une seule pensée : fuir. Vite et loin.

Et son altération semblait gagner en puissance, il allait désormais aussi vite qu'un sprinter de haut niveau. Les feuilles lui griffaient le visage sans qu'il s'en préoccupe. Le souvenir de ces échassiers qu'ils avaient affrontés à New York suffisait à étouffer en lui toute douleur.

Ambre, Matt et la chienne furent soudain plongés dans l'obscurité totale.

Matt saisit la main de son amie.

– Je vais... prendre un... bâton de lumière, souffla-t-il.

Les échassiers fusaient tout autour, ils se rapprochaient. Matt comprit tout à coup qu'il n'aurait pas le temps d'ouvrir son sac et de chercher le cylindre en plastique.

Il était trop tard.

Il préféra repousser Ambre derrière lui et brandit son épée.

– Je ne les laisserai pas te prendre, affirma-t-il.

– Peut-être qu'on peut leur parler, trouver un compromis ?

– Non, ce sont les soldats du Raupéroden, et je sais qu'il me veut. Je sens aussi que c'est une... *chose* maléfique. Tiens-toi prête, lorsque ça commencera, mets-toi à genoux et protège-toi.

Matt remarqua alors les dizaines d'étoiles qui les surplombaient. Des lueurs blanches, minuscules dans la cime de ces arbres sans fin.

Il en vit une qui glissait dans le ciel de feuilles noires, petite étoile filante qui disparut derrière les branches. Qu'étaient-elles en réalité ? Des vers luisants suspendus à cent mètres de hauteur ?

Le premier guetteur sauta face à Matt, éclairant l'adolescent de ses deux projecteurs. Matt se couvrit les yeux de son bras.

Il devina un mouvement devant lui et aperçut, malgré la clarté éblouissante, un bras de peau opaline qui s'avançait dans sa direction. Les immenses doigts se déplièrent pour le saisir.

Matt fouetta l'air de sa lame et sentit une résistance tandis qu'il tranchait les premières phalanges.

Le guetteur lança un cri strident, abominable pour les tympans humains.

Ambre et Matt hurlèrent à leur tour.

Un autre guetteur surgit par le côté, puis un troisième.

Matt fit tournoyer son épée devant lui et tenta de trancher tout ce qui les approchait. Plume bondit sur une des hautes silhouettes spectrales et la mordit en grognant, la faisant reculer.

Les grandes mains des échassiers avançaient et reculaient, tentant des feintes. Les autres accouraient déjà et Matt pouvait distinguer les phares d'une dizaine de ces créatures.

Ne pas se faire prendre !

Il le savait, s'il était capturé, ce serait pire que la mort. Il devait tout tenter, tout risquer plutôt que de terminer dans les bras du Raupéroden. Mieux valait mourir en combattant que de le subir.

La lame sifflait, parfois entaillait les membres sans chair de leurs agresseurs, et Matt tenait bon. Plume faisait tout son possible pour les retarder, sautant et mordant.

Matt vit une pierre décoller juste devant lui et se projeter à toute vitesse vers la tête d'un des guetteurs. Elle percuta l'un de ses yeux qui s'éteignit sous le coup dans un hurlement aigu.

Ambre !

À deux, peut-être avaient-ils une chance de les repousser…

Plume voulut renverser l'un des échassiers qui se précipitait vers Matt mais la chienne encaissa un violent coup d'échasse qui l'envoya rouler dans les buissons. Aussitôt, les guetteurs redoublèrent de violence.

Matt comprit que c'était peine perdue. Ils étaient trop nombreux, trop mobiles et malins.

C'était fini. Tout espoir s'effondrait.

Quand il entendit le claquement de drap au loin, son cœur se recroquevilla dans sa poitrine.

Il était là.

Soudain, craignant une autre manœuvre fourbe des guetteurs, Matt leva la tête au-dessus de lui.

Les étoiles bougeaient.

Grossissant à vue d'œil.

Elles descendent ! Elles vont s'écraser ici ! Sur nous !

Distrait, Matt ne vit pas le guetteur dans son dos et une main lui encercla le torse, immobilisant son bras armé

– NON ! NON ! s'époumona-t-il. COURS, AMBRE ! FUIS !

Un autre guetteur s'empara de l'adolescente avant même qu'elle puisse se relever.

Les étoiles filantes giclèrent littéralement de la mer de feuilles et une gerbe d'éclairs s'abattirent sur les guetteurs.

Dans un concert de crépitements et de râles aigus les étoiles lançaient des pics de foudre qui repoussèrent les créatures en quelques secondes. L'une d'elles s'approcha de Matt et l'arracha des bras de l'échassier qui titubait, transpercé par une flèche électrique.

Aussitôt, l'étoile se mit à remonter, si rapidement que Matt eut l'impression que ses organes s'écrasaient dans le bas de son corps.

Il en eut le souffle coupé.

Sa conscience vacilla, il tenta de lutter mais c'était trop violent, et pendant qu'il s'envolait dans les hauteurs de la Forêt Aveugle, il perdit connaissance.

9.

Vert !

Quand Matt revint à lui, il se crut pendant un instant encore en plein rêve, allongé dans une sphère étroite en compagnie d'un être étrange, vêtu d'une tenue futuriste.

Il referma les paupières, se concentra puis les ouvrit à nouveau.

L'individu était toujours présent. Son plastron rigide, blanc, son casque et ses jambières brillaient dans le noir, illuminant l'intérieur de cette sphère en bois tressé.

Elle tremblait, parfois même s'agitait brutalement en heurtant quelque chose qui craquait contre ses parois.

Matt comprit qu'ils étaient en mouvement. Les chatouillis dans ses membres et la sensation de vertige se prolongeaient.

Nous montons. C'est un ascenseur ! Et à en croire mon ventre, on grimpe à toute vitesse !

Malgré la lueur que diffusait l'armure, Matt ne parvenait pas à distinguer les traits de celui qui se cachait dessous. Il avait les cheveux longs, semblait costaud, et se cramponnait aux poignées au-dessus de sa tête pour ne pas tomber à chaque heurt.

L'épée, le sac à dos, sa besace et son manteau étaient à ses pieds mais Matt portait encore son gilet en Kevlar.

La remontée dura longtemps, plusieurs minutes, estima-t-il.

Soudain, la sphère ralentit et s'immobilisa avec une série de déclics extérieurs.

Matt entendait des échos, des voix, comme si la sphère venait de parvenir dans un vaste hangar. Le bois se remit à craquer pendant que des mains s'affairaient dessus et une trappe s'ouvrit sur le côté. On aida Matt à sortir, aussitôt suivi par l'étrange guerrier.

C'était une grande pièce toute en longueur, au sol, aux murs et au plafond en planches, sans fenêtre, entièrement éclairée par des lanternes contenant une substance molle qui produisait une lumière blanche. Les parois émettaient des craquements et des grincements comme si elle se trouvait au fond d'un bateau.

Matt se tenait au pied d'une grande roue sur laquelle s'enroulaient des centaines de mètres d'une corde noire.

Le guerrier se dressa devant Matt.

Son casque était un crâne de fourmi géante.

Matt réalisa enfin ce qui s'était passé.

Il n'y avait pas d'étoiles filantes, mais plusieurs hommes revêtus d'armures en chitine de fourmis, celles-là mêmes dont l'Alliance des Trois avait aperçu un cimetière. Des armures qui émettaient une clarté argentée.

Étaient-ils suspendus aux arbres ? Par des filins ?

Tous les regards se braquaient sur lui.

Matt vit alors qu'il s'agissait de Pans.

Aucun adulte, rien que des enfants et des adolescents.

Différents.

Leurs yeux semblaient refléter la lumière à la manière d'un chat capturé par les phares d'une voiture. Des iris verts brillaient autour de ces minuscules miroirs ronds. Leur chevelure également était curieuse, verte aussi.

– Quelle tribu t'a rejeté ? Quel a été ton crime ? lui demanda le garçon qui venait de le sauver.

– Une tribu ? Non, dit Matt, je n'en ai pas. Je... Je m'appelle Matt, je viens du nord et nous traversons la Forêt Aveugle pour...

– La Forêt Aveugle ? De quoi parles-tu ?

– Et mes amis ? Vous avez trouvé une fille, blonde, enfin un peu rousse aussi, et un gars, de mon âge, la peau noire, il...

– Enfermez-le ! ordonna une voix dans le dos de Matt. Nous verrons plus tard ce qu'on en fait, pour l'heure il faut se remettre en route.

Matt protesta mais fut aussitôt conduit dans un couloir étroit et poussé sans ménagement dans une toute petite pièce avec un seau en bois et un broc d'eau accroché au mur.

Les pas s'éloignèrent et Matt s'effondra par terre, désespéré.

Et si Ambre et Tobias n'avaient pas été secourus ? Comment les retrouverait-il ?

Il faudrait déjà que je puisse sortir d'ici, je ne sais même pas où je suis !

Une voix familière traversa les interstices des planches.

– Matt ? C'est toi ?

Le cœur du garçon s'emballa.

– Ambre ?

– Oui ! Oh ! ce que je suis contente que tu sois là ! Tobias aussi est avec nous, dans la cellule à ma gauche !

– Toby ?

Matt lâcha un soupir interminable, brutalement interrompu par l'image de sa chienne.

– Et Plume ? demanda-t-il, paniqué.

– Non, Matt, je ne l'ai pas vue, ni entendue.

Nouveau soupir, triste cette fois.

– On est où ? Vous avez une idée ? interrogea-t-il.

– Nous sommes montés, ça j'en suis certaine ! Et j'ai entendu le mot « navire » dans la bouche d'un des... Pans.

– Navire ? C'est impossible, il ne peut pas y avoir d'eau au sommet de la Forêt Aveugle !

– Matt, tu as vu comme ils sont bizarres ? Leurs yeux...

– Oui, ils ne sont pas comme nous. Il faut qu'on sorte d'ici.

– Et comment ? Les portes sont fermées par un loquet ! J'ai déjà essayé.

– Utilise ton altération ! Tu devrais pouvoir le lever, non ?

– Je ne le vois pas, et je n'arrive pas à agir sur ce que je ne vois pas.

Matt pesta.

– Dans ce cas, je vais essayer, dit-il, si j'ai assez de force pour enfoncer la porte.

– Ne fais pas ça. Nous ne savons pas qui ils sont, ce qu'ils nous veulent et de quoi ils sont capables. Attends.

– Ils nous ont enfermés !

– Ils nous ont aussi sauvés des guetteurs ! Soyons patients, lorsque nous aurons une idée plus claire de la situation, nous pourrons agir. Profitons-en pour nous reposer, je suis exténuée et Tobias aussi.

– Comment va-t-il ?

– Bien.

– Au moins nous sommes sains et saufs.

Toute la structure en bois qui les entourait se mit à grincer et Matt devina qu'elle se mettait en mouvement.

Ça ressemble vraiment à un bateau ! Où est-ce qu'on peut être ?

Matt se désaltéra et réfléchit à ce qu'Ambre lui proposait. Elle n'avait pas tort, après tout, c'était l'occasion de souffler un peu.

Après une bonne heure, on vint les chercher, Ambre, Tobias et Matt se retrouvèrent dans la petite coursive et s'enlacèrent brièvement, avant qu'on ne les sépare.

Ils furent conduits à travers un dédale de couloirs jusque dans une longue salle meublée d'une table interminable et d'une vingtaine de chaises disposées tout autour. Assises au fond, trois adolescentes discutaient à voix basse, quand l'Alliance des Trois fut introduite par les cinq Pans armés de couteaux et de hachettes qui les encadraient. On les fit asseoir en face des jeunes filles, deux garçons étaient installés sur un banc, derrière elles.

Tous arboraient une chevelure d'un vert aussi éclatant que celui de l'herbe sous le soleil et le même regard perçant couleur d'émeraude.

– Vous êtes à bord du Vaisseau-Matrice, annonça l'une des filles. Nous en sommes les capitaines. Quelle est votre tribu ?

– Aucune, répondit Matt. Nous sommes des Pans libres.

– Nul ne peut survivre sans sa communauté ici ! répliqua la plus grande des trois capitaines.

Ambre se pencha pour intervenir :

– Nous ne venons pas d'ici, nous sommes des voyageurs, nous ne souhaitons que passer la Forêt Aveugle vers le sud.

– Qu'appelez-vous la Forêt Aveugle ? demanda celle qui avait de grosses joues.

Matt remarqua que tous les Pans à bord avaient également les lèvres très claires, et les ongles étrangement bruns.

– Eh bien, cet endroit, expliqua Ambre, cette forêt gigantesque et si haute que la lumière du jour ne filtre pas jusqu'au sol.

– C'est la mer Sèche. C'est ainsi que nous l'appelons. Et vous étiez perdus dans ses abysses lorsque nous vous avons trouvés. Vos cris ont alerté nos hommes. Une chance pour vous qu'ils aient été en plongée proche.

– Nous n'étions pas perdus ! précisa Matt.

La plus grande des capitaines enchaîna aussitôt :

– Il faut être égaré soi-même ou fou pour parcourir la mer Sèche par ses entrailles plutôt que par sa surface !

– Vous voulez dire que nous sommes *dessus* ? bredouilla Ambre.

– En effet, nous flottons. Alors vous n'êtes vraiment pas d'ici ? Il y a d'autres survivants au-delà de la mer ? Êtes-vous nombreux ?

– Oui, des centaines, des milliers probablement.

La surprise se lut sur le visage des trois capitaines.

Un des deux garçons sur le banc se tourna vers elles.

– C'est peut-être une ruse ! Pour endormir notre vigilance et saboter nos défenses ! Le clan des Becs en est capable !

La grande, qui semblait la plus autoritaire, secoua la tête :

– Il faudrait être idiot pour sacrifier trois de ses membres en les envoyant dans les abysses et en comptant sur la chance pour qu'on les trouve ; impossible ! Et nous avons examiné leur équipement, ils ont beaucoup d'objets du passé, aucun clan ici n'en a autant

– Il faut nous croire, insista Ambre, tout ce que nous voulons c'est traverser la Forêt, pardon, la mer Sèche.

Matt prit la parole pour demander :

– Pendant le sauvetage, vous n'auriez pas remonté une grande chienne ? Très grande en fait.

On lui répondit non d'un signe de tête et Matt inspira profondément pour étouffer la peine qui lui creusait la poitrine. Plume était perdue.

C'est une chienne pas comme les autres, elle saura se débrouiller, elle trouvera la sortie de la forêt !

Pourtant, au fond de lui, il n'en était pas sûr. Cet endroit était pire qu'une jungle, Plume avait très peu de chance d'y survivre plus de quelques jours.

Une des capitaines s'inclina vers ses deux acolytes pour chuchoter :

– Leur existence même pourrait remettre en cause la croyance de l'Arbre de vie ! C'est dangereux pour l'équilibre de notre communauté !

– Non, fit une autre, il n'y a qu'à les regarder, ils ne sont pas comme nous.

Matt, qui entendait tout, déclara :

– Faites-nous confiance, nous avons beaucoup à vous apprendre sur ce que le monde, en dehors de cette mer, est devenu. Nous ne vous voulons pas de mal !

Les capitaines se levèrent pour se concerter avec les deux garçons puis revinrent annoncer :

– Nous vous ramenons avec nous jusqu'au Nid, notre cité flottante. Là, le conseil des Femmes décidera quoi faire.

– Quoi faire ? répéta Tobias, qui était resté muet depuis le début.

– Oui, si vous êtes nos prisonniers, nos invités ou si vous devez être bannis dans les profondeurs.

– Et on y sera quand, à votre Nid ?

– Demain dans la matinée si les vents nous portent. En attendant, vous serez passagers sur ce navire, vous n'êtes pas aux fers, mais ne circulez pas seuls sinon vous serez attachés. Un repas va vous être servi. D'ici à votre entrevue avec le conseil, tâchez d'être discrets, pour votre bien.

Les trois adolescentes et les deux garçons sortirent en laissant trois gardes du corps pour les surveiller.

– Nous flottons ! s'enthousiasma Ambre. Je suis impatiente de voir au-dehors à quoi ça ressemble !

– Ne t'emballe pas, modéra Matt, pour l'heure, nous ne sommes pas considérés comme bienvenus.

– Je leur fais confiance, ils ont l'air drôlement intelligents !

– C'est parce que ce sont des filles qui commandent, ça te plaît ! s'esclaffa Tobias.

– Ne dis pas de sottises !

La porte s'ouvrit à nouveau et on leur apporta à chacun un grand bol de soupe chaude avec des morceaux de viande blanche, et un petit pain tiède tout vert.

– Du pain ! s'émerveilla Tobias. Je n'en peux plus de manger des biscottes rassises !

Ils engloutirent leur dîner avant d'être conduits dans les étages supérieurs jusqu'à une chambre avec un lit et deux hamacs suspendus entre les poutres. Une grande fenêtre occupait le fond, rendue parfaitement opaque par la nuit. Ambre se précipita dessus.

– C'est une vraie baie vitrée ! Je veux dire que c'est de la récup ! Les montants sont en aluminium contrairement à tout le bateau qui semble en bois.

Voyant qu'elle abaissait la gâchette pour l'ouvrir, Matt intervint :

– Tu ne devrais pas faire ça, on ignore tout de ce qu'il y a dehors !

Sans écouter le conseil, Ambre fit coulisser la fenêtre et l'air frais du dehors s'engouffra dans la petite pièce.

– Je ne vois rien ! s'écria-t-elle. Oh ! Si ! Attendez, c'est... c'est l'océan !

La lune ouvrait un œilleton entre les nuages, permettant de distinguer un horizon sombre, relativement plat. Le vent soufflait dans les cheveux d'Ambre.

Matt la tira à l'intérieur et referma la fenêtre.

– C'est dangereux ! gronda-t-il. Tu cherches à te faire happer par l'une des créatures qui vivent là-dessous ?

Ambre maugréa pour la forme avant de remarquer leurs sacs à dos. Toutes leurs affaires, sauf les armes, leur avaient été rendues.

Les deux garçons attribuèrent le lit à Ambre et chacun installa des couvertures dans son hamac pour le rendre plus douillet.

Ambre tira le rideau qui fermait un coin pour découvrir une chaise à trou en guise de toilettes, une bassine en fer et un robinet au-dessus.

– Ce qu'ils sont ingénieux ! admira-t-elle.

– Ce qu'ils sont louches tu veux dire ! répliqua Tobias en lui tournant le dos. Ils sont verts ! Leurs cheveux, leurs yeux et même leurs lèvres sont d'un vert pas normal !

Tobias s'intéressait en même temps à l'une des deux lanternes en verre. La substance molle à l'intérieur projetait sa lueur argentée sans émettre de chaleur.

– On dirait de la gelée, dit-il.

Matt observait la porte, les mains sur les hanches.

– Ils ont fermé à clé, rapporta-t-il. Nous sommes des passagers sous surveillance. Et si nous tentions une petite sortie nocturne, comme lorsque nous étions sur l'île Carmichael ?

Ambre répondit par la négative :

– Si tu trahis leur confiance dès le premier jour, comment veux-tu qu'ils nous acceptent ensuite ? Non, dormons et demain nous en apprendrons davantage sur eux.

Matt ne partageait pas l'excitation de son amie mais il n'insista pas. Il profita du coin d'eau pour faire sa toilette, il n'y avait pas beaucoup de pression au robinet cependant l'eau claire lui fit du bien ; et il sauta dans son hamac vêtu d'un caleçon et d'un tee-shirt.

Tobias l'imita tandis que Ambre passa plus de temps derrière le rideau tiré. Elle leur demanda de tourner la tête lorsqu'elle sortit pour aller se coucher et Tobias fit remarquer qu'ils n'avaient pas « éteint » les lampes à substance molle. Il chercha un moyen de neutraliser la phosphorescence – interrupteur, produit, cache – sans rien trouver. En désespoir de cause, il osa toucher la curieuse matière et la sortit de son globe en verre pour la déposer dans une petite malle.

– Beurk, c'est dégoûtant ! C'est tout visqueux et froid !

Il répéta l'opération avec la seconde et put se recoucher.

La lune entrait par la fenêtre, soulignant les traits fatigués des trois compagnons. Dehors, quelques mètres plus bas, une mer noire et étrangement silencieuse encerclait l'embarcation.

– Et dire qu'on flotte à mille mètres d'altitude, s'émerveilla Ambre.

– Tu crois que ce sont eux qui l'ont construit ? fit Tobias. Il a l'air vraiment grand ce bateau.

– En tout cas je suis impatiente de le visiter et de faire la connaissance de ce peuple. Nous avons tant de choses à nous dire !

– T'as l'air drôlement joyeuse, je te rappelle qu'on est enfermés !

– Ils se protègent, c'est normal.

Matt se mêla à la conversation :

– Demain, les amis, demain nous saurons s'ils sont nos alliés ou nos ennemis.

Ils discutèrent longuement et le balancement lancinant du navire finit par clore les paupières d'Ambre et de Tobias.

Matt, lui, resta à scruter le plafond dans l'obscurité.

Il songeait à Plume.

La peine le garda éveillé longtemps.

10.

Soleil et grand air

La lumière du soleil ne cessait d'augmenter, toujours plus aveuglante.

Après plusieurs jours plongés dans les ténèbres, l'Alliance des Trois éprouvait ce matin-là le plus grand mal à ouvrir les yeux dans cette cabine baignée de rayons dorés. Ils y passèrent une demi-heure avant de pouvoir se lever.

Le petit déjeuner leur fut apporté bien plus tard et Matt comprit qu'ils s'étaient réveillés très tôt.

Le plateau comportait ce qui ressemblait à des fruits, bien qu'il n'en ait jamais vu de semblables auparavant, et un pichet de liquide blanc qu'il estima être du lait de coco. Ils savourèrent chaque bouchée de ce repas frais et sucré.

En milieu de matinée, on vint les chercher pour les conduire sur le pont principal. De coursives en escaliers étroits, ils parvinrent au grand air par une écoutille, au pied d'un gros mât sanglé de cordages.

Les trois voyageurs en eurent le souffle coupé.

Ils naviguaient à bord d'un énorme voilier. Quatre mâts, sur lesquels de gros ballons en cuir brun étaient accrochés par grappes, portaient tout le bateau à la manière d'une nacelle de montgolfière. Matt compta six à dix ballons par mât, et fut pris de vertige lorsqu'il vit un garçon circuler en hauteur sur une minuscule passerelle pour vérifier le maillage des cordes tendues.

Plus haut encore, au sommet du grand mât avant, un poste de vigie était installé. Assez spacieux pour contenir plusieurs personnes.

Matt distingua des silhouettes en train de s'activer et de tirer sur des filins en direction de ce qu'il avait d'abord pris pour des nuages.

Des voiles immenses tractaient le voilier, arrimées au bastingage par d'autres câbles interminables elles opéraient à l'instar de cerfs-volants, loin dans le ciel, gonflées par le vent.

Sonné par la démesure de l'ouvrage, Matt reprit ses esprits peu à peu, alors qu'il n'en finissait plus de constater le génie de ces Pans.

Le pont principal faisait quinze mètres de large ; les châteaux de proue et de poupe s'élevaient au-dessus comme des immeubles de deux étages. Et rien qu'à leur niveau, une vingtaine de personnes s'activaient à briquer le plancher, faire ou défaire des nœuds, ou à grimper aux mâts le long des haubans qui tissaient une toile d'araignée autour du navire.

À la lumière du jour, la couleur de leurs cheveux était plus vive, leurs regards plus pénétrants encore et Matt s'aperçut que leurs ongles n'étaient pas bruns comme il l'avait cru la veille sous l'éclairage des niveaux inférieurs, mais bien verdâtres également. Certains avaient les lèvres pâles, d'autres foncées, mais toujours vertes. Le garçon en conclut qu'ils s'étaient développés au cœur de cette forêt absorbant une partie des essences qui la constituaient, avec le choc de la Tempête.

– Hey ! Faut avancer ! cria l'un de leurs gardes du corps.

Ils suivirent leur guide jusqu'à l'escalier du château arrière et montèrent sur son toit où les attendaient les trois capitaines entourées de plusieurs membres d'équipage. Un grand poste de pilotage ouvert aux vents trônait au centre, avec une table et une boussole incrustée sur le côté.

– C'est vous qui avez construit ce navire ? demanda Ambre.

– Oui. Il est achevé depuis seulement un mois. Nous y avons consacré toutes nos ressources et notre énergie, répondit la grande capitaine. Je suis Orlandia.

La plus jeune s'avança :

– Clémantis.

– Faellis, ajouta la troisième.

Ambre fit les présentations à son tour pour enchaîner sur une autre question :

– Comment avez-vous fait ? C'est un travail de titans qui demande des connaissances précises !

– Nous ne sommes pas comme vous, expliqua Orlandia dont les yeux brillaient avec l'intensité d'une pierre précieuse. Nous avons des *capacités* spéciales.

Ambre et Matt s'observèrent brièvement.

– Comme quoi ? s'enquit ce dernier.

– Nous réfléchissons vite, certains sont capables de mémoriser des livres entiers rien qu'en les feuilletant, quelques-uns produisent des petits éclairs comme les guerriers qui vous ont sauvés, d'autres sont plus forts qu'un bison, et nous avons autour de notre Nid des matériaux à profusion. Malgré tout, la construction du Vaisseau-Matrice nous a pris cinq mois.

Nouveau coup d'œil d'Ambre vers Matt.

Orlandia faisait allusion à l'altération. Ici aussi, ils en ressentaient les effets. Toutefois, ils semblaient bien la contrôler, comme s'ils en avaient cerné les possibilités bien plus tôt que les Pans de la terre ferme.

– Whouah ! s'exclama Tobias.

Tous se tournèrent dans sa direction. Il se tenait contre le bastingage et admirait la vue.

Une mer d'un vert foncé à l'infini. Les creux et les vagues semblaient figés, à peine tremblaient-ils sous l'effet du vent.

Ils flottaient au-dessus de la cime des arbres.

– Vous ne connaissez rien à la mer Sèche ? s'enquit Clémantis.

– Non, c'est la première fois que nous la contemplons, admit Ambre.

– C'est le sommet d'une forêt profonde de plus d'un kilomètre. Le feuillage est d'une telle densité que par endroits on peut flotter à la surface. Nous sommes obligés d'utiliser des poids pour plonger lorsque nous opérons des expéditions dans les abysses.

– C'est ce que vous faisiez hier, lorsque vous nous avez secourus ?

– En effet. Dans la cale-hangar du Vaisseau-Matrice, se trouve une trappe par laquelle nous faisons descendre une sphère de bois tressée. Elle est reliée à un câble pour la remonter. Nos cultivateurs entrent dans la sphère et sont conduits le plus bas possible.

– Des cultivateurs ?

– En effet, il existe de nombreuses racines comestibles, plantes médicamenteuses et substances aux propriétés pratiques dans les profondeurs de la mer Sèche.

– C'est incroyable ! s'écria Ambre, tout excitée.

- Parlez-nous du territoire d'où vous venez.

– Ce n'est pas vraiment un territoire, c'est un pays tout entier ! Enfin, ce qu'il en reste.

– La mer Sèche n'a pas tout recouvert alors ?

– Non, je crois même pouvoir affirmer qu'elle n'est qu'une petite partie du pays.

– Les survivants, en bas, sont tous jeunes ? Il n'y a pas d'adultes ? intervint un des garçons en retrait.

– Euh… si, il y a des adultes, avoua Ambre, l'air plus sombre.

Elle se lança alors dans de longues explications sur ce qu'était devenue la vie entre les Pans, les Gloutons et les Cyniks, puis elle aborda leur propre histoire, l'île Carmichael, et expliqua qu'ils étaient partis dans une Quête vers le sud, pour découvrir ce que manigançaient les Cyniks.

Ambre parla pendant près d'une heure, sans interruption.

– Comment se fait-il que les adultes soient tous agressifs ? s'étonna Faellis. Vous avez essayé de leur parler, de faire la paix ?

– Il n'y a pas moyen, affirma Tobias. Ce sont des brutes désormais. Et tout ce qu'ils veulent, c'est nous emprisonner dans leurs gigantesques chariots tirés par des ours.

– Notre Quête est de savoir ce qu'ils font des Pans enlevés, répéta Ambre, comment ils se sont organisés, et qui est leur Reine.

Et de comprendre pourquoi cette Reine veut à tout prix me capturer ! songea Matt. *Et encore, je passe sur le Raupéroden !*

– C'est un joli nom, Pan, fit remarquer Clémantis. Nous nous appelons le peuple Gaïa.

– Gaïa ? articula Tobias. Ça veut dire quoi ?

– Gaïa, à l'origine, est une divinité grecque. C'est le symbole de la Terre toute-puissante, son âme. C'est elle qui a déclenché la Tempête, pour punir les hommes de leurs excès. Elle nous a épargnés et nous a transformés pour que soyons plus en harmonie avec elle, plus respectueux. Avant, nous étions tous...

— Clémantis ! la coupa Orlandia.

Matt perçut un malaise entre les deux capitaines. Faellis enchaîna :

— Il n'y a qu'à nous regarder, la chlorophylle a impacté nos cellules, nous sommes plus proches de la nature maintenant, nous pouvons sentir des choses, le frémissement d'un arbre par exemple, le vent nous chante des chansons lorsqu'on s'arrête pour l'écouter. Nos vies sont bouleversées.

Matt posa la question qui lui brûlait les lèvres depuis un moment :

— Hier, vous nous avez pris pour les membres d'une tribu, de quoi s'agit-il ?

— D'autres enfants, des Pans comme vous dites. Ils ont survécu à la Tempête, mais ne sont pas comme nous, ils vous ressemblent, ils n'ont pas reçu la bénédiction de Gaïa. Ils sont disséminés sur la mer Sèche, ils forment de petites tribus qui tentent de nous piller.

— Vous voulez dire qu'ils sont vos ennemis ? déplora Ambre.

— Oui, ils sont jaloux de nous, de tout ce que nous accomplissons depuis la Tempête.

Matt considéra les représentants du peuple de Gaïa qui se tenaient en face d'eux. Que s'était-il passé pour qu'ils soient tous modifiés en même temps et de cette manière ? Pourquoi les autres Pans de la Forêt Aveugle n'avaient-ils pas subi cette modification ?

— Savez-vous ce qui a entraîné votre... ce changement chez vous, demanda-t-il, cette sensibilité à la chlorophylle ?

— C'est Gaïa, c'est son choix.

— Il y a certainement une explication plus réaliste, vous ne croyez pas ?

Un des garçons fit un pas vers lui et d'un geste rapide dégaina une longue tige, comme un fleuret d'escrime, avec une pointe recouverte d'une substance rose ressemblant à du chewing-gum écrasé.

La pointe fouetta l'air et s'arrêta juste sous le nez de Matt.

– Du respect pour la Mère-Gaïa ! s'écria-t-il, plein de morgue.

Matt recula et cet incident mit un terme à la conversation. On installa l'Alliance des Trois sur un banc à l'arrière, dans une alcôve surplombant le vide d'où ils pouvaient admirer le paysage.

Le ciel s'était dégagé et de rares nuages isolés stagnaient sous ce plafond bleu. L'équipage s'activait, vérifiant les ballons, lançant des ordres depuis les haubans, et de temps en temps une des capitaines sortait du poste de pilotage pour aller inspecter les manœuvres. Matt avait remarqué la présence de tubes se terminant par un cornet dans lesquels parlaient les officiers. Tout un système de communication entre le pont principal et la vigie, quarante mètres plus haut. Les trois capitaines étaient les seules femmes à bord, Matt comprit que les adolescents les plus âgés avaient la sécurité en charge, avec leurs fleurets en bois à la ceinture, les plus frêles servaient d'officiers et se reconnaissaient à leur casque en demi-coquille de noix géante, tous les autres constituaient la bordée de quart.

– Ils sont sacrément susceptibles sur la question de leur origine ! souligna Tobias.

– Ils cachent quelque chose, affirma Ambre. Lorsque Clémantis a failli nous en dire trop, vous avez vu comme Orlandia l'a reprise ?

– Je n'aime pas ça, avoua Matt. Pourquoi les Pans qui habitent sur la mer Sèche veulent-ils leur faire la guerre ? Ça n'a aucun sens, ils devraient tous s'entraider. C'est louche.

– Nous sommes les premiers Pans de la terre à les rencontrer, réalisa alors Tobias. Nous sommes des explorateurs ! Et ça nous donne le droit de leur choisir le nom qu'on veut ! C'est nul, le peuple Gaïa, je propose qu'on les appelle les Kloropanphylles avec un K parce qu'ils sont spéciaux !

Matt ricana.

– Si tu veux, dit-il.

Une sirène retentit soudain, Matt vit un des garçons de la sécurité qui soufflait de toutes ses forces dans un cor.

– Qu'est-ce qui se passe ? s'inquiéta Tobias.

Plusieurs Kloropanphylles jaillirent des ponts inférieurs, équipés de leur armure blanche en chitine de fourmi, et brandirent des arcs pendant que d'autres sortaient en hâte du château avant quatre grosses arbalètes sur roues pour les aligner sur le flanc tribord.

L'Alliance des Trois se colla au parapet pour observer sans gêner la manœuvre.

Des bras pointaient l'horizon et Matt suivit la direction du regard.

Une lumière rouge palpitait sous la frondaison, à moins de cent mètres. Elle clignotait comme un gyrophare.

Avisant la présence d'Orlandia, Matt l'interpella :

– Qu'est-ce qui se passe ?

– C'est un Requiem-rouge !

– Et c'est dangereux ?

Orlandia tourna la tête pour plonger son regard dans le sien. Elle était paniquée.

– Il n'y a rien de pire dans toute la mer Sèche.

11.
Le bannissement

Tobias frissonnait.

– C'est un monstre puissant, c'est ça ?

Orlandia déglutit avec peine, partageant son attention entre la lumière qui venait dans leur direction, son équipage et l'Alliance des Trois.

– Une sorte de pieuvre géante qui enroule ses tentacules de branche en branche pour avancer, expliqua-t-elle. La palpitation marque son excitation, plus elle s'intensifie, plus elle est prête à combattre. Si elle s'approche à moins de cinquante mètres, nous n'aurons plus le choix.

– Et c'est difficile à tuer ce truc ? demanda Tobias.

– Si le combat s'engage, tout ce que nous pourrons faire, c'est gagner du temps, avant qu'elle ne nous détruise ou qu'elle se fatigue. On ne peut pas la tuer, elle est beaucoup trop puissante.

La cadence des illuminations s'accélérait.

– Armez les arbalitres ! hurla quelqu'un.

Matt vit qu'ils chargeaient chaque arbalète d'une longue flèche creuse. Ils la remplirent de plusieurs litres d'un liquide épais et brun et refermèrent la partie coulissante.

– C'est un poison extrêmement puissant qu'on tire d'une variété d'arbres, expliqua Orlandia qui avait suivi le regard de Matt.

Matt la remercia d'un signe de tête. Pour la première fois, et malgré les circonstances, il se surprit à la trouver jolie.

L'énorme clignotement devint frénétique.

Il était à moins de soixante-dix mètres et se rapprochait encore.

Tout l'équipage restait figé, les poings serrés, ou se tenant fermement à une balustrade. Plus personne ne bougeait, tous les regards scrutaient l'horizon avec anxiété.

Soudain, le Requiem-rouge cessa de clignoter, il était maintenant à moins de cinquante mètres, la lumière écarlate qui provenait de sous la frondaison s'éteignit avant de rejaillir plus intense. Celui qui commandait les soldats Kloropanphylles leva un bras en direction des arbalitres et fit signe d'attendre.

Plusieurs arbres s'agitèrent, Matt crut distinguer un corps spongieux entre les branches mais le Requiem-rouge disparut dans les profondeurs en soulevant un nuage de feuilles et de branchages qui vinrent s'échouer jusque sur le pont principal. Le Vaisseau-Matrice, qui flottait à quelques mètres de la cime, ne bougea pas tandis qu'au-dessous, des hectares de forêt grinçaient en s'agitant telle une mer en furie.

Le silence revint tout d'un coup.

Un soupir collectif traversa le bateau.

Tobias émit un long sifflement de soulagement ponctué d'un :

– Je dois avouer que j'ai eu la trouille !

– Cette créature est ce qu'il y a de pire chez nous, exposa Orlandia, priez pour ne jamais plus en recroiser un, car bien des nôtres sont morts entre leurs bras.

Sur quoi elle retourna, l'air sombre, au poste de pilotage.

En fin de matinée, le navire s'anima et Matt perçut une excitation nouvelle à bord. Il comprit en apercevant le récif vers lequel il se dirigeait.

À mesure qu'ils s'en rapprochaient, Matt entendit plusieurs fois le mot « nid » parmi les marins à présent joyeux.

Cinq énormes troncs surgissaient de la surface, reliés entre eux par des passerelles de planches et de cordes tendues qui tissaient un maillage de rues et de terrasses.

Matt repéra également une sorte de quai, un grand débarcadère qui s'étalait sur la mer Sèche.

Le bateau entama alors son approche finale, une quarantaine de Kloropanphylles investirent les mâts pendant que la plupart des voiles s'affalaient, ne laissant flotter que quelques carrés de toile loin dans le ciel. Matt fut stupéfait par la dextérité des hommes d'équipage, suspendus si haut. Ils enroulèrent les immenses rectangles blancs sur les vergues supérieures. Le Vaisseau-Matrice ralentit.

Le Nid se révéla beaucoup plus grand que ce que Matt avait d'abord pensé. Les chênes dépassaient la hauteur du grand mât, ce qui n'était pas peu dire. Et s'il existait bien un réseau complexe de passerelles suspendues entre chaque arbre, Matt remarqua aussi le plancher qui encadrait chaque chêne et qui les reliait entre eux par de larges jetées prenant appui quelque part sous les frondaisons vertes. Des bâtiments en bois s'agglutinaient au pied des chênes, dans l'ombre. Matt vit également plusieurs formes rectangulaires qui pouvaient être des habitations dans les feuillages.

Derrière le Nid, une masse de verdure s'agitait, que Matt ne put distinguer clairement.

Trois navires, sans comparaison possible avec le Vaisseau-Matrice, plutôt de frêles embarcations, étaient amarrés à l'extrémité ouest du Nid, leurs ballons dégonflés les faisaient reposer directement sur la surface du feuillage dans lequel ils s'enfonçaient de deux bons mètres.

La foule se précipita sur le quai principal pour admirer la manœuvre d'accostage, et durant plus d'une heure, l'Alliance des Trois put observer longuement les visages et les silhouettes.

Tous étaient empreints du sceau de la chlorophylle, chevelure éclatante, regard perçant.

– Ils sont supernombreux ! constata Tobias, stupéfait.

– Je dirais… au moins cinq cents, estima Matt.

– Au moins !

Le navire à quai, Orlandia ordonna qu'on « coupe la nourriture du Souffleur ». Après quoi, l'équipage niché dans les mâts s'attaqua aux rangées de ballons et en tirant sur des cordages les marins libérèrent l'air chaud emprisonné à l'intérieur.

En quelques minutes tout le Vaisseau-Matrice descendit de plusieurs mètres jusqu'à s'enfoncer à mi-coque dans l'épais feuillage de la surface.

Sur le quai, un groupe de Kloropanphylles fit rouler une passerelle en bois pour l'emboîter dans le pont principal, par un trou dans le bastingage qui venait d'être démonté.

L'équipage dévala la pente pour se précipiter dans les bras de leurs compagnons dans une clameur enthousiaste.

Clémantis s'approcha de l'Alliance des Trois :

– Vous allez m'accompagner, je vais vous présenter.

Le tumulte joyeux retomba d'un coup lorsqu'un cor puissant résonna depuis le chêne central.

Tobias paniqua un instant, craignant le retour du Requiemrouge, avant de comprendre qu'il n'en était rien.

Tous les Kloropanphylles se tenaient droit, calmes. Ils s'écartèrent pour ouvrir un chemin au milieu du quai.

Une silhouette surgit de la pénombre sous l'arbre massif, hésitante. Deux soldats en armure de chitine le poussèrent de la pointe de leurs lances. Contraint, l'homme reprit sa marche sur le quai et Matt crut discerner de la peur dans son attitude.

Que craignait-il ? Il s'agissait pourtant d'un Kloropanphylle, sans doute possible, ses cheveux verts en témoignaient.

Matt fut soudain alerté par le silence pesant qui s'était abattu sur la ville et sur le bateau. Tous guettaient le malheureux, sans un mot.

Matt se pencha vers Clémantis pour lui demander :

– Qu'est-ce qui se passe ?

– Apparemment c'est un bannissement.

– Un des vôtres ?

– Oui, je le reconnais, il s'appelle Paléos.

– Si vous le bannissez, que va-t-il devenir ?

– Il est chassé du Nid, sans espoir de retour. Il doit s'enfoncer dans les abysses de la mer Sèche.

– Mais… il va mourir ?

– Très certainement. C'est la sanction la plus dramatique qui existe. Il faut avoir commis un crime ou un acte de haute trahison pour être banni. Le conseil des Femmes ne prononce presque jamais cette peine, car c'est ce qui peut arriver de pire. J'ignore ce que Paléos a pu faire pour mériter pareil sort.

Tous les regards se portaient sur le pauvre garçon qui trébuchait, les jambes tremblantes. La foule s'écartait à mesure qu'il avançait comme si tous évitaient de le toucher.

À l'extrémité du quai, Paléos se tourna vers le Nid et ses habitants. Il était grand, musclé et beau garçon, malgré la peur qui envahissait chaque parcelle de son corps.

– Vous… vous savez que cela nous arrivera à tous, dit-il.

– Le conseil des Femmes a prononcé un jugement, il est définitif ! répliqua l'un des soldats. Pars, maintenant.

L'autre garde en armure tendit un sac et un long couteau à Paléos qui les prit avant de poser un pied sur la première marche du petit escalier qui terminait le quai. Étroit, il s'enfonçait dans un trou entre les feuillages.

— Je ne suis pas un criminel ! s'écria-t-il.

Puis il disparut dans l'épaisseur de la mer Sèche.

La consternation plomba le débarquement qui suivit, les rires et les tapes dans le dos du début étaient remplacés par des soupirs et des regards bas.

Les trois capitaines descendirent parmi les derniers, accompagnées par l'Alliance des Trois et une petite escorte. Tous les Kloropanphylles reculèrent sur leur passage, échangeant des murmures inquiets.

— Vous êtes conduit au conseil des Femmes pour statuer sur votre sort, expliqua Orlandia.

— Les filles commandent votre communauté ? demanda Ambre.

— Oui. Nous sommes plus sages et moins impulsives que les garçons. Ils sont nos conseillers, ils savent analyser une situation, mais nous prenons les décisions.

— Et les garçons acceptent ?

— Ils sont ainsi débarrassés de toute pression, inclus dans le processus sans pour autant avoir à gérer les choix, personne ne s'en plaint.

Au pied du grand chêne, ils gravirent un chemin fait de planches et de cordes qui épousait son écorce sur toute la circonférence, montant en pente douce dans les hauteurs.

Pendant l'ascension, Tobias se glissa entre Ambre et Matt pour demander à voix basse :

— Qu'est-ce qu'on fait s'ils ne veulent pas de nous ?

— Il faut les convaincre de nous aider, répliqua Ambre, nous l'avons bien vu, la Forêt Aveugle est trop grande et dangereuse pour qu'on puisse espérer la traverser sans leur aide. S'ils nous renvoient en bas, nous sommes…

– Morts ? fit Tobias, pas vraiment rassuré par la franchise d'Ambre. À bien réfléchir, je préfère quand tu me mens !

– S'ils refusent de nous assister, dit Matt, alors qu'ils nous rendent nos armes et quelques provisions, on se débrouillera.

Ambre l'attrapa par le bras :

– Matt, ne t'obstine pas, la Forêt Aveugle finira par avoir notre peau, tu as vu sa taille ? Elle s'étend dans toutes les directions, vaste comme un océan. Jamais nous n'en sortirons vivants en passant par ses profondeurs !

Tobias approuva, terrifié.

– Elle n'a pas tort ! Les convaincre, par tous les moyens, je ne vois que ça.

– Je ne saurais l'expliquer, continua Ambre, mais j'ai un bon feeling avec eux, certes ils sont parfois… étranges, néanmoins j'ai confiance. Il faut tout faire pour qu'ils nous aident. Nous avons besoin de repos, de vivres et d'un moyen de transport jusqu'à l'extrémité sud de cette mer Sèche. Matt, promets-moi de ne pas t'entêter contre eux.

– Je ne les sens pas. Ils cachent quelque chose.

– Parce qu'ils sont différents, c'est tout.

À plus de vingt mètres, ils atteignirent une longue plate-forme occupée en partie par une maison recouverte de mousse verte. À l'intérieur, accrochées aux parois, des soucoupes en bois accueillant un morceau de substance molle projetaient un éclairage blanc sur des bancs et des tapis bruns. Clémantis fit signe à l'Alliance des Trois de s'asseoir pour patienter pendant que Faellis et Orlandia s'éclipsaient par une porte à double battant.

Profitant de cet instant, Ambre interrogea Clémantis d'un air innocent :

– Ce matin, j'ai cru comprendre que vous vouliez nous parler, je me trompe ?

– Ce n'est rien.

– Pourquoi nous le cacher alors ?

Clémantis lui jeta un regard mal à l'aise avant de guetter la grande porte.

– Je n'ai pas le droit d'évoquer ce sujet, vous êtes des étrangers.

– Ne serait-ce pas justement l'occasion de faire de nous des amis ?

Clémantis parut touchée par cette remarque et avisa Ambre.

Orlandia réapparut à cet instant, en s'écriant :

– Le conseil va nous recevoir. Préparez-vous !

Tandis que ses deux compagnons se levaient, Ambre chuchota à Clémantis :

– Doit-on les craindre ?

Après une hésitation, Clémantis répondit sur le même ton de conspirateur :

– Elles ne sont pas toutes commodes, si elles considèrent que vous pouvez représenter la moindre menace pour nous, alors elles n'hésiteront pas à vous bannir. Soyez francs. Et surtout, que vos deux amis ne manifestent aucune forme d'agressivité !

Toute la bande s'engagea dans une salle voûtée, dont un des murs était l'écorce même du chêne. Un trou de trois mètres de large s'ouvrait sur l'intérieur de l'arbre, un escalier taillé à même l'aubier, irradié par d'autres lampes à substance molle, montait vers le sommet.

Guidée par Orlandia, la petite troupe se mit en marche vers le conseil des Femmes.

12.

Conseil sous les étoiles

Ambre, Matt et Tobias furent installés dans une petite pièce circulaire où on leur apporta de quoi manger. Ils avaient tellement gravi de marches qu'il leur semblait avoir atteint le sommet de l'arbre. Leurs cuisses et leurs mollets étaient en feu.

– Nous ne devons pas rencontrer le conseil ? s'étonna Ambre.

– Si, toutefois vous devez prendre des forces avant, expliqua Clémantis, pour ne pas être épuisés.

– Épuisés ? répéta Matt. Quel genre de conseil est-ce donc ? Un combat ou je ne sais quoi ?

Clémantis s'amusa de sa question.

– Non, dit-elle en souriant. Pour que le conseil puisse prendre la meilleure décision, ses membres auront besoin d'un maximum de précisions, et c'est ce que vous allez devoir leur fournir cet après-midi.

– Et quand verrons-nous les membres du conseil ? s'enquit Tobias.

– Ce soir. Le conseil ne se rassemble qu'à la nuit tombée.

Ils mangèrent ensemble, un repas chaud, de la viande blanche ressemblant au poulet, et une purée de pomme de terre qui sentait la terre mouillée. Ensuite, Clémantis et Orlandia les

123

saluèrent et laissèrent la place à une douzaine de garçons de tous les âges. Le plus jeune ne devait pas avoir plus de huit ans et le plus âgé seize. Ils s'assirent à table, en face de l'Alliance des Trois et le plus grand lança :

— Faellis nous a expliqué les circonstances de votre rencontre, et tout ce que vous lui avez dit à propos de votre monde.

— C'est *notre* monde à tous, intervint Matt, la Forêt Aveu… pardon, la mer Sèche en fait partie !

L'adolescent ne sembla pas apprécier la précision, il toisa Matt longuement avant de poursuivre :

— Ce qui compte, c'est que vous êtes désormais ici, au Nid, et que nous avons des règles strictes. Nous allons donc devoir débattre pour savoir si vous êtes les bienvenus ou si vous constituez un danger potentiel.

Cette fois, aucun membre de l'Alliance des Trois n'osa lui couper la parole, même si l'envie d'affirmer qu'ils n'étaient nullement une menace les démangeait.

— Nous nous sommes reconstruits grâce à l'Arbre de vie, reprit l'adolescent, vous devez vous engager à le respecter, lui et nos croyances.

Ambre hocha la tête en signe d'acceptation, bientôt imitée par Tobias puis Matt.

— Très bien, je m'appelle Torshan. Commençons par le faire couler dans vos veines, venez.

Torshan et ses compagnons se levèrent pour emmener les trois nouveaux dans un couloir étroit, creusé à l'intérieur de l'aubier. Ils descendirent quelques marches et s'arrêtèrent dans une sorte de grotte blanche au centre de laquelle se dressait une colonne de bois. Un liquide épais et ambré s'écoulait très lentement d'une profonde entaille qui semblait naturelle.

– Voici la sève de l'Arbre de vie, annonça Torshan en plongeant un petit gobelet dans la saignée. Vous devez boire son sang.

– Qu'est-ce que… qu'est-ce que ça va nous faire ? demanda Tobias.

– Absorber le sang de l'Arbre de vie c'est faire partie de notre tribu. Si après cela vous nous mentez, alors il n'y aura aucun doute possible, vous serez nos ennemis. Nul n'a le droit de mentir lorsque coule en lui le sang de notre Arbre sacré.

Il tendit le gobelet à Tobias qui le saisit après une courte hésitation. Ses yeux cherchèrent le soutien d'Ambre et de Matt qui l'encouragèrent d'un signe. Tobias but une gorgée avant de passer le gobelet à Ambre. La sève avait un goût amer ; collante, elle était difficile à avaler. Tous l'imitèrent et Torshan laissa éclater son soulagement :

– Vous êtes, au moins pour un temps, les enfants de l'Arbre de vie. Allons-y, débutons notre rencontre.

L'Alliance des Trois fut assaillie de questions. Des heures durant, ils répondirent à tout : d'où ils venaient précisément, ce qu'ils faisaient dans les abysses de la mer Sèche, comment s'étaient-ils connus, ce qu'ils savaient des autres tribus ; l'interrogatoire se prolongeait, sans fin, chaque réponse amenant une nouvelle question. Les garçons le conduisaient avec gentillesse et respect ; toutefois, Matt nota une distance entre eux : leurs sourires et le ton amical n'étaient que simple politesse.

Matt eut le cœur serré lorsqu'il mentionna Plume et sa disparition. Sa chienne lui manquait terriblement.

Torshan dirigeait les débats bien qu'il laissât énormément de liberté aux autres dans le choix des questions. Bientôt, il fut évident que chacun y allait de ses préoccupations personnelles, le plus jeune était moins subtil mais ne s'embarrassait d'aucune manière, tandis que Torshan progressait avec beaucoup plus de malice, questionnant sans en avoir l'air.

Lorsque Matt fut interrogé sur la nature des choses qui les agressaient au moment du sauvetage, il hésita. Son réflexe premier était de n'en pas parler, garder pour lui l'existence du Raupéroden. Cependant, il savait qu'il n'avait pas le droit de mentir. S'il se faisait prendre, ils seraient aussitôt bannis, sans seconde chance.

Comment pourraient-ils savoir que je mens ?

Matt hésitait.

– Eh bien ? s'impatienta le Kloropanphylle en face de lui. Savez-vous par quoi vous étiez attaqués et pour quelle raison ?

– Par des échassiers, lâcha Matt à la grande surprise de Tobias.

Ambre lui jeta un regard complice, et Matt crut un instant y lire de la fierté.

– Plus connus sous le nom de guetteurs, compléta-t-il. Ils sont l'armée d'une créature puissante et très dangereuse, le Raupéroden.

– J'ignore tout de pareille bête, peut-être l'appelons-nous autrement, décrivez-la-nous.

– C'est inutile, je peux vous assurer que vous ne l'avez jamais vu, il vient du nord et il... il me traque.

– Pourquoi vous ?

Je l'ignore. Je le sens, c'est tout. Comme si mon instinct percevait tout le mal qui est en lui, la soif de destruction, et je suis certain que je ne dois surtout pas tomber entre ses mains. En nous sauvant hier, et en nous remontant à bord du Vaisseau-Matrice, vous avez mis entre lui et moi une bonne distance, il n'est pas près de me retrouver, je vous en remercie.

Torshan le contempla un moment avant que Matt ne reprenne la parole. Il raconta l'essentiel : pourquoi ils allaient vers le sud – pour fuir le Raupéroden mais aussi pour en savoir plus sur les Cyniks et les Pans enlevés – et pour comprendre ce qu'un avis de recherche avec son portrait faisait dans les affaires d'un bataillon de soldats.

– Il semblerait que vous soyez quelqu'un de très prisé, Matt Carter, fit Torshan.

– Je ne vous mentirai pas, ma présence parmi vous peut être source d'ennuis à long terme. Mes amis et moi, ne voulons pas rester, seulement nous repos...

Torshan le coupa en levant une paume devant lui :

– Vous exprimerez vos souhaits en temps et en heure, nous ne nous soucions pas de ce que vous voulez, mais avant tout de ce que vous êtes.

Les questions s'enchaînèrent jusqu'au soir, jusqu'à ce que les trois adolescents soient épuisés avec un mal de crâne épouvantable.

Les garçons les laissèrent alors seuls, le temps d'un nouveau repas, et d'un repos bienvenu pendant lequel l'Alliance des Trois médita en silence sur tout ce qui s'était déroulé depuis la veille.

On vint les chercher bien plus tard. Matt soupçonna même qu'il était une heure avancée de la nuit, il somnolait lorsque Torshan entra dans la pièce pour les inviter à le suivre.

Ils furent conduits vers un autre escalier et montèrent encore pour parvenir à une cour, sous les étoiles.

Six coupelles recueillaient la substance molle qui diffusait une clarté argentée. Il n'y avait aucune porte, rien qu'un mur circulaire de trois mètres de hauteur.

Soudain Matt se sentit mal à l'aise, avec l'impression d'être au centre d'une arène comme dans la Rome Antique, attendant qu'on lâche les lions affamés.

Une voix féminine descendit des ombres surplombant le mur, comme s'il existait là un balcon. Matt tenta vainement de percer le voile d'obscurité, il n'aperçut que les dernières branches du chêne avant le ciel. La voix se cachait parmi le feuillage.

— Vous êtes devant le conseil des Femmes.

Une autre voix, toute proche de la première, poursuivit :

— Nous avons écouté nos conseillers relater vos réponses.

— Voici venue l'heure des décisions, annonça une troisième, beaucoup plus jeune.

— Au regard de ce qui nous a été présenté, fit la première, nous estimons qu'il est de notre devoir de vous offrir l'hospitalité. L'Arbre de vie nous a assistées, il ne nous appartient pas, et toute vie qui souhaitera s'y abriter doit pouvoir le faire, si son intention est pure, sans arrière-pensées. Vous êtes donc ici chez vous, comme nous le sommes.

— Torshan est nommé pour faciliter votre installation, il trouvera également comment vous pourrez aider au mieux la communauté en fonction de vos compétences.

Ambre leva la main, comme à l'école.

— Nous t'écoutons, lui dit une fille.

— Vous devez savoir que nous ne demandons pas l'hospitalité pour... Nous ne souhaitons pas rester en fait, nous voudrions nous reposer parmi vous avant de repartir. Et pour cela, nous sollicitons votre aide.

— Nul ne part du Nid s'il n'y est contraint.

— Pourtant, comme il a dû vous être relaté, nous sommes en mission, en quelque sorte. Et nous ne pouvons nous attarder longtemps ici sans mettre en péril votre quiétude.

— Cette créature qui vous traque ne pourra remonter depuis les abysses toute seule, soyez confiants, même si elle survit aux dangers qui rôdent en bas, elle ne retrouvera pas votre trace ici.

Matt grimaça. Il ne partageait pas cet optimisme, ce n'était qu'une question de temps, jours, semaines, peut-être même mois, mais le Raupéroden réussirait à renouer le contact, et donc à localiser Matt en fouillant ses pensées.

– Nous devons poursuivre notre voyage, il en va peut-être de la survie de notre peuple, les Pans, clama-t-il pour bien se faire entendre.

Le silence tomba sur la fosse.

– Tout ce que nous demandons, reprit Matt, c'est votre aide pour atteindre le bord sud de la mer Sèche.

– C'est un long voyage ! s'affola une quatrième voix.

– En effet, reprit la première, un très long voyage, à la mesure du temps qu'il faut prendre avant d'opter pour une décision, quelle qu'elle soit. Vous semblez compétents, notre prospérité repose sur des êtres comme vous. Rester au Nid c'est vous impliquer dans notre projet d'avenir. Nous avons tous besoin les uns des autres.

– Ma sœur dit vrai, vous autres, voyageurs, prenez le temps de vivre ici, et de réfléchir à votre quête. D'ici à cinq nuits, vous reviendrez nous faire part de votre envie de rester ou bien de poursuivre. Et si tel doit être le cas, il faudra nous convaincre, car nous ne risquerons pas nos vies pour vous accompagner loin de chez nous sans une très bonne raison.

– Tout à fait : une excellente raison ! Sans quoi vous resterez ici, pour votre sécurité, et pour la nôtre.

Un froissement d'étoffe leur parvint, tandis que le conseil des Femmes quittait les lieux.

Matt observa ses deux amis.

Ils le regardaient avec la même inquiétude.

Tous trois s'interrogeaient. Cet endroit commençait à ressembler à une douce et belle cage.

Mais une prison tout de même.

13.
Visite guidée

Le lendemain matin, Matt fut réveillé par des petits coups frappés contre sa porte. Son lit était le plus confortable qu'il ait eu depuis son ancienne vie, avant la Tempête. Il avait sombré, la veille au soir, dans un sommeil de plomb, sans rêves.

La lumière du jour perçait les épais rideaux qui imitaient le velours. Il disposait d'une chambre rien que pour lui, tout comme Tobias et Ambre. Cela avait plu à la jeune fille, alors que les deux garçons y voyaient surtout un moyen de les séparer, de les affaiblir.

Matt se leva, encore endormi, et ouvrit la porte à Torshan qui lui expliqua où se rendre pour prendre le petit déjeuner.

Ils se retrouvèrent tous les quatre sur une terrasse, à une vingtaine de mètres d'altitude. Malgré le feuillage, ils pouvaient admirer la vue sur les quais, les grands hangars, et plusieurs passerelles de cordes entre les cinq chênes du Nid. De nombreuses autres terrasses accueillaient des petites maisons rondes ou rectangulaires dans les hauteurs. Le Nid était déjà en pleine activité, on hissait des tonneaux et des caisses par des poulies, on transportait de longues planches sur les quais vers une zone de constructions, et Matt distingua un groupe qui montait à bord du Vaisseau-Matrice pour l'inspecter.

– Combien êtes-vous ? demanda-t-il à Torshan.

– Six cent douze. Pardon, six cent onze maintenant.

– Vous faites allusion au bannissement de Paléos, n'est-ce pas ?

Torshan fut surpris et toisa le jeune garçon.

– Effectivement.

– Qu'a-t-il fait ?

Torshan prit un moment avant de répondre, mal à l'aise :

– Il a commis « l'acte odieux ». C'est... vous savez, avec une fille...

– Il a... *couché* avec une fille ? souligna Tobias entre stupeur et admiration.

– C'est absolument interdit ! lança Torshan en se reprenant.

– Alors la fille aussi a été bannie ? s'inquiéta Tobias.

– Non, car elle a avoué son crime, et elle a expliqué qu'elle s'était laissé convaincre par Paléos parce qu'elle était amoureuse de lui. Le conseil lui a pardonné et lui donne une seconde chance.

– Pourquoi est-ce interdit ? intervint Ambre. C'est pourtant... naturel, et vous vous affirmez proches de la vie, de la nature !

– Si l'Arbre de vie a décidé de ne sauver que nous, de nous offrir cette différence, ce n'est pas un hasard ! répliqua Torshan avec un soupçon d'agressivité. Il n'y a plus d'adultes ou alors ils sont mauvais à vous entendre. L'Arbre de vie commande, et s'il voulait qu'il y ait de nouveaux enfants, il aurait sauvé aussi des adultes ! Nous sommes des enfants, ou des adolescents, et nous devons le rester !

– Et vous croyez qu'en évitant tout rapport sexuel vous resterez jeunes ? gloussa Ambre.

131

– Rappelez-vous votre engagement d'hier ! s'énerva Torshan. Vous devez respecter nos croyances !

Ambre allait répliquer mais elle s'abstint, se contenta de secouer la tête et s'enfonça dans son siège en bois et bambou tressé.

Matt et Tobias la regardaient, estomaqués et admiratifs en même temps. Non seulement elle savait tenir tête, mais voilà qu'en plus elle abordait un sujet tabou sans aucune honte.

La fin du petit déjeuner s'effectua dans un silence gêné. Torshan leur indiqua où laver leurs couverts tout en expliquant que le système d'eau qui alimentait le Nid provenait de grands réservoirs au sommet des arbres, l'eau de pluie s'y déversait et il suffisait d'ouvrir les robinets pour que la différence de niveau génère une certaine pression. Il en allait de même avec le Vaisseau-Matrice dont les réservoirs en forme de sphères occupaient tout un côté du bateau.

– Comment avez-vous récupéré les robinets, les fenêtres, et tout ce qui provient de notre ancienne vie ? questionna Ambre.

Torshan lui jeta un regard perçant.

– Des expéditions dans les abysses. Il reste encore des ruines de cet ancien monde.

– Vous descendez souvent ?

– Parfois. C'est tellement dangereux qu'on évite.

– Et cette mer Sèche, intervint Tobias, c'est vrai qu'on peut flotter dessus ?

Torshan hocha la tête.

– Le feuillage en surface est si dense qu'il porte les corps, voire nos navires ! Par contre il faut se méfier des trous noirs.

– Des trous noirs ? Qu'est-ce que c'est ?

– Des zones plus ou moins étendues où le feuillage est épars, si vous tentez de nager sur la mer Sèche, vous verrez que c'est possible, pas agréable mais possible ; en revanche, si d'un coup vous parvenez à un trou noir, alors il n'y aura plus assez de feuilles pour vous porter, et vous chuterez.

– Jusqu'en bas ? s'alarma Tobias.

– Ça arrive.

– C'est pour ça que vos navires disposent de ballons, fit remarquer Matt. Pour planer au-dessus de la surface, ne pas prendre le risque de tomber dans un trou noir.

– Tout à fait.

Ce fut à Ambre de rebondir :

– Comment alimentez-vous les ballons en air chaud ?

– Par des Souffleurs. Ce sont de grosses limaces, vraiment très grosses pour certaines. Dès qu'elles mangent, elles produisent une chaleur très forte, et comme elles dévorent des feuilles, ce n'est pas difficile à nourrir ! Il suffit de les capturer, de les stocker dans une cale, les enfermer dans des boîtes en fer reliées aux ballons par des tuyaux, et le tour est joué !

Tobias siffla d'admiration.

– Et comment avez-vous construit cet endroit, le Nid ? demanda-t-il.

– Je comprends que vous ayez envie de tout savoir, venez, je vais commencer par vous faire visiter.

Torshan les guida de passerelles en terrasses, d'escaliers dans les troncs en rampes arrimées à l'extérieur, sur l'écorce. Partout où ils passaient, les Kloropanphylles s'interrompaient dans leurs travaux pour examiner les trois visiteurs.

– C'est parce que d'habitude, les gens normaux, comme vous, sont des ennemis, expliqua Torshan. Jamais ils ne peuvent se promener librement ainsi. Vous êtes les premiers.

– Pourquoi est-ce la guerre entre eux et vous ?

– Nous sommes ingénieux, débrouillards, et comme vous pouvez le constater, nous nous sommes bâti une cité confortable. Ils veulent nous la prendre.

– Vous pourriez vous entraider !

– Ils sont différents, ils n'adhèrent pas à la croyance de l'Arbre de vie, parce qu'il ne les a pas transformés. Ils se sentent humiliés. Et pour tout vous dire, si l'Arbre de vie ne les a pas choisis, c'est qu'ils n'en sont pas dignes !

– Alors pour vous, nous trois, nous sommes des êtres inférieurs ? c'est ça ?

Face à la colère grandissante d'Ambre, Torshan fit preuve de sagesse et prit un ton plus humble et amical :

– Vous venez d'en bas, c'est différent chez vous. Ici nous avons nos règles, notre fonctionnement, c'est encore un autre monde.

Il ne laissa pas le temps à Ambre de poursuivre et les entraîna dans une nouvelle direction pour leur montrer les ateliers de confection : ici toutes les fibres végétales exploitables étaient transformées soit en pelotes soit en étoffes, pour faire les vêtements, tapis, draps, rideaux, cordes, voiles, tout ce qui pouvait servir à la vie quotidienne. Ensuite, l'Alliance des Trois fut guidée derrière le Nid, où poussait une forêt de bambou.

– C'était déjà ainsi lorsque nous nous sommes installés, c'est une sorte de gigantesque racine qui affleure la surface sur laquelle pousse toute cette végétation. Il y a nos vergers sur le côté est, la plupart des fruits que vous mangez en proviennent, nous récoltons aussi les tubercules de branches, ça a le goût de pomme de terre.

– Et qu'est-ce qu'il y a dans cette forêt de bambou, au bout de ce chemin ? demanda Matt.

134

– Vous le saurez ce soir. Allons, poursuivons, il reste beaucoup à voir.

Torshan leur montra les quais, les navires servaient parfois à l'exploration et principalement à la chasse, toute la viande qu'ils absorbaient provenait de ces pêches aussi dangereuses que nécessaires. Chemin faisant, Ambre le questionna sur leurs noms étranges et il avoua qu'ils en avaient tous choisi un nouveau après la Tempête. Lorsqu'elle voulut en savoir plus sur cet épisode, il demeura évasif et éluda le sujet en les poussant vers une échelle de cordes difficile à gravir pour gagner un poste d'observation avec longue-vue.

– Pour prévenir de tout danger ! lança-t-il. Attaque ennemie ou créature affamée. Plusieurs postes sont disséminés sur les arbres du Nid.

La vigie les salua avec la même méfiance que tous les autres Kloropanphylles.

Puis ils passèrent par les cuisines, équipées de grands fours à bois taillés dans la pierre, la salle d'armes où s'entraînaient des guerriers en armure de chitine, et enfin la bibliothèque.

Cette dernière était creusée dans la base du chêne principal, trente mètres de diamètre, percée de trous en hauteur pour laisser passer la lumière du soleil. Ses parois étaient tapissées de tranches multicolores. Des milliers de livres. Cinq tables immenses encadrées de bancs en occupaient le centre, de quoi y asseoir près de deux cents personnes. Il régnait là un silence quasi religieux. Les quatre visiteurs déambulèrent en chuchotant pour ne pas troubler la concentration de la petite centaine de lecteurs présents.

En passant non loin d'une table, Tobias désigna les coupelles disposées tous les trois mètres et dont la substance molle brillait doucement.

– Comment ça marche ce truc ? J'ai essayé de l'éteindre l'autre jour, sans réussir !

– Nous la récupérons dans les abysses, elle réagit aux vibrations. Marcher dans un couloir suffit à les activer, parler également. Si vous restez immobile, sans un mot, après quelques minutes elle cesse d'entrer en résonance et s'éteint.

– Ouah ! C'est génial !

Ambre se pencha vers Torshan pour ne pas avoir à élever la voix :

– Je vois qu'ils lisent vite, tous, est-ce que ça fait partie des changements que vous avez subis ?

– Oui. Certains d'entre nous peuvent lire vite, et surtout ils retiennent tout ! C'est grâce à eux que nous avons pu exprimer autant d'ingéniosité ici et construire le Vaisseau-Matrice.

– Pourquoi ce nom ? interrogea Matt.

– Parce que grâce à ce navire, nous allons pouvoir explorer plus loin, tenter des plongées plus longues, plus profondes, et nous garantir nourriture et matériaux nécessaires à notre survie. Il sera la matrice de notre développement.

Tobias désigna une lourde porte à grosse serrure en bois en son centre. Une tête de mort était sculptée au-dessus.

– Qu'est-ce que c'est ?

– Rien, s'empressa de répondre Torshan en les poussant dans la direction opposée, oubliez cet endroit.

Le cor résonna à l'extérieur et tous les Kloropanphylles levèrent la tête avant de ranger leurs affaires.

– C'est l'heure du repas, avertit leur guide. Chacun passe par les cuisines pour recevoir sa ration, ensuite vous pouvez aller où bon vous semble, avec qui vous voulez, pour partager ce moment. Je vais vous laisser réfléchir à tout ça, je serai près du grand hangar sur les quais si vous avez besoin de moi. Tout le monde est prévenu de votre intégration, soyez un peu patients, cela prendra plusieurs jours pour que les regards deviennent plus amicaux, vous devez comprendre qu'ici, votre différence fait peur. Réfléchissez au rôle que vous voudriez tenir pour vous épanouir dans notre communauté. On se retrouve ce soir !

Torshan les accompagna jusqu'aux cuisines où un repas chaud leur fut servi dans une écuelle en bois, puis l'Alliance des Trois alla se poser sur une plate-forme à quelques mètres de hauteur.

— Pas de risque que je finisse dans cette bibliothèque ! commenta Ambre.

— Et moi alors ! se plaignit Tobias. Si toi tu es la cérébrale du groupe et Matt le bras armé qui l'enverra avec les guerriers du Nid, où vais-je finir moi ? Aux cuisines ?

— Ne t'en fais pas, personne ne finira nulle part sur cette... île, intervint Matt.

— Notez que je ne dis pas que cet endroit est désagréable, précisa Tobias, ils ont tout, c'est vachement beau et à la longue je suis certain qu'on peut devenir copains. À bien y réfléchir, ça pourrait même devenir un petit paradis pour nous trois. Ici, je doute que le Raupéroden puisse te retrouver et les Cyniks encore moins !

— Il ne faut pas se laisser endormir, rappela Ambre. Nous ne sommes pas partis vers le sud seulement pour Matt, mais aussi pour en apprendre plus sur cette reine et ses agissements !

Tobias écarquilla les yeux :

— Je te rappelle qu'au début, tu devais nous accompagner pour faire un bout de chemin, pas plus, c'est ce que tu avais dit !

Ambre roula les yeux de dépit :

— C'était une excuse pour me joindre à vous, Toby, rien qu'une excuse.

– Quoi qu'il en soit, enchaîna Matt, nous disposons de cinq jours pour convaincre le conseil des Femmes de nous emmener au bord de la mer Sèche. Au-delà, il faudra non seulement se débrouiller seuls, mais certainement fuir cet endroit.

– Et tu comptes t'y prendre comment ? demanda Tobias.

– Je ne sais pas encore, j'ai été le plus honnête possible avec eux, je leur ai tout dit sur nous, mais je n'ai pas le sentiment qu'ils soient aussi francs en retour.

– Ça, je suis bien d'accord ! Ils cachent quelque chose !

– Matt, tu n'as pas *tout* dit, tu n'as jamais mentionné l'altération, fit remarquer Ambre.

– Disons que je m'en suis gardé un peu sous le coude, au cas où...

– Alors on fait quoi pour les convaincre ?

– C'est de la politique, affirma Matt. Et dans ce genre de débat, plus tu en sais sur ton adversaire, mieux c'est. Il va falloir percer leurs secrets, découvrir ce qu'ils ne veulent pas nous montrer ou nous dire.

– Et si on leur faisait confiance ? proposa Ambre. C'est vrai qu'ils sont un peu cachottiers, cela dit, ça peut se comprendre, il leur faut du temps pour nous accepter ! Je ne suis pas sûre qu'agir dans leur dos soit le meilleur moyen de gagner leur respect.

– Matt a raison, contre-attaqua Tobias, on ne peut pas se permettre d'attendre les bras croisés. (Se tournant vers son ami, il bomba le torse :) Alors, comment s'y prend-on ?

– Torshan nous a dit d'oublier cette porte dans la bibliothèque, je pense que c'est justement par là que nous pouvons commencer. Nous disposons de cinq jours pour trouver un moyen d'y entrer.

Les regards des deux garçons se fixèrent sur Ambre.

– Oh non ! protesta-t-elle. Je vous vois venir tous les deux ! C'est hors de question !

– Tu as de véritables qualités intellectuelles, ils te donneront accès à la bibliothèque, insista Matt.

– C'est une très mauvaise idée !

– Ambre, c'est important, si dans cinq jours ils refusent de nous laisser partir, nous serons dans une impasse, ils nous surveilleront pour qu'on ne leur fausse pas compagnie ou qu'on fasse une bêtise. C'est maintenant qu'il faut agir !

La jeune femme poussa un profond soupir de contrariété.

Matt tendit la main devant lui. Tobias, puis Ambre, après une hésitation, joignirent la leur et ensemble ils s'écrièrent :

– L'Alliance des Trois !

14.
Secret de famille

Dans l'après-midi, Ambre alla trouver Torshan pour lui indiquer que son choix était fait. Elle souhaitait travailler à la bibliothèque, mettre à profit son esprit pour le développement de la communauté.

Pendant ce temps, Matt et Tobias sillonnèrent le Nid à la recherche d'un plan. Il fut décrété que Matt rejoindrait le groupe des guerriers, pour étudier les défenses et la sécurité des Kloropanphylles, tandis que Tobias ne parvenait pas à se décider pour un poste.

— Apprends à naviguer sur un de ces navires, proposa Matt. On ne sait jamais.

— Tu crois que j'en suis capable ?

— Pourquoi pas ?

— C'est juste que des fois j'ai l'impression de...

— Eh bien quoi ?

— Tu sais, à côté de vous deux, je passe un peu pour l'idiot du groupe.

Matt attrapa son ami par les épaules.

— Ne dis pas ça, Toby, Ambre est fortiche quand il s'agit de raisonner, c'est vrai, moi je suis costaud maintenant, mais toi tu es notre ciment. Un peu de tout à la fois. Il faut simplement que tu apprennes à concilier analyse et action, et crois-moi, tu seras le plus doué de nous trois !

Tobias lâcha un sourire gêné.

– C'est gentil…

– Allez, viens, nous n'avons que cinq jours pour savoir qui sont vraiment ces gens et comment les convaincre de nous aider.

Matt prétexta certaines aptitudes au combat et Tobias se proclama doué en orientation et curieux de découvrir les mécanismes des voiliers. Ils se firent présenter à leurs nouveaux camarades et passèrent le reste de l'après-midi à observer et écouter pour être opérationnels dès le lendemain.

Le soir, ils se retrouvèrent avec Ambre pour le dîner, mais à peine avaient-ils commencé à bavarder que Torshan les rejoignait dans l'habitation qu'ils occupaient.

– Cette nuit vous êtes conviés à la cérémonie de l'Arbre, annonça-t-il. Vous verrez, il faut le vivre pour le croire. En attendant, mangeons !

La nuit tomba rapidement sur la mer Sèche et des dizaines de lumières argentées brillèrent partout dans les chênes du Nid.

Une fois le repas achevé, Torshan offrit à chacun un manteau tressé de feuilles longues, en forme de cape d'un brun foncé, et les emmena à l'extérieur, sur les quais.

Tous les Kloropanphylles descendaient des arbres pour prendre la même direction : la forêt de bambou.

Une brise fraîche s'était levée avec le coucher du soleil et Ambre s'emmitoufla dans sa cape après en avoir relevé la capuche. Ce cocon la rassurait.

Les bambous s'entrechoquaient dans le vent, produisant une mélopée rythmée de sons creux qui accompagnait le bruissement de leurs feuilles.

Des lampes à bougie remplies de substance molle éclairaient le chemin d'écorce jusqu'à la clairière où le bois avait été creusé pour ouvrir un amphithéâtre. Tout en bas, au centre, une boule de lumière de trois mètres de diamètre tournoyait lentement au-dessus du sol, à l'instar d'une planète.

– Oh mon Dieu ! s'exclama Ambre. Qu'est-ce que c'est ?

– L'âme de l'Arbre de vie, expliqua Torshan.

Tous les Kloropanphylles prirent place dans l'amphithéâtre qui fut rapidement plein, et la cérémonie débuta.

Un garçon aux cheveux longs s'approcha de la boule de lumière et tendit la main vers elle.

Torshan se pencha vers l'Alliance des Trois et murmura :

– Chaque fois, c'est quelqu'un de différent qui a le privilège de renouer le contact. Il va réveiller l'âme afin qu'elle s'adresse à nous. Regardez !

À mesure que la main du garçon s'approchait de la boule, celle-ci accélérait sa vitesse de rotation et un petit sifflement cristallin en jaillit. Soudain, les doigts du jeune garçon effleurèrent la lumière et un vent surgi de la forêt de bambou vint balayer les bancs de l'amphithéâtre, soulevant les cheveux, plaquant les vêtements aux corps et forçant les spectateurs à se tenir les uns aux autres pour ne pas ployer.

Le ciel se mit à gronder, puis rapidement des flashes illuminèrent les nuages noirs. Le tonnerre résonna depuis les confins de la nuit.

Et comme si la tempête s'était déplacée en un battement de cils, une douzaine d'éclairs s'abattirent autour de la forêt de bambou.

Ambre avait sursauté et Tobias se tenait contre elle.

Brusquement, la boule de lumière s'immobilisa et des rubans de vapeurs s'enroulèrent autour du bras tendu du garçon dont la main disparaissait dans la lumière vive. Des arabesques de fumée glissèrent sous ses manches, surgirent par le col pour lui palper le visage, et bientôt l'enfant ne fut plus qu'une forme vaporeuse où palpitait une lueur blanche.

Ambre perçut des picotements sur ses avant-bras et un poids contre son flanc gauche. Tobias était complètement recroquevillé sur elle.

Une vague de chaleur émana alors de la boule avec un sifflement aigu et lorsqu'elle toucha l'Alliance des Trois, Ambre se sentit totalement électrisée. Elle distinguait avec peine ce qui ressemblait à un clignotement bleu et rouge au centre de la boule, puis une explosion verte jaillit à l'intérieur du mur de brume. L'odeur de la forêt après une bonne pluie lui parvint aux narines.

Parfums d'humus, de plantes aromatiques, menthe et basilic devina Ambre, ainsi qu'une fragrance plus puissante : la sève chaude.

La jeune fille eut tout à coup l'impression que la boule de lumière lui parlait, lui racontait une histoire faite de sens, de couleurs, d'odeurs, et de frémissements. Hélas, le contact fut si bref qu'Ambre n'eut pas le temps d'étudier cette multitude d'émotions.

Un sentiment de bien-être lui tournait doucement la tête.

Le nuage qui entourait le garçon fut aspiré par la boule et celle-ci se remit à tourner tandis que le ciel grondait au loin, et que l'orage s'éloignait.

Tout le monde clignait des paupières, le regard perdu. Certains étaient extatiques, d'autres plus réservés, mais tous avaient ressenti la puissance euphorisante de la boule de lumière.

– Oh ! ça file les jetons ! lança Tobias. Vous avez vu comme ça nous rentre à l'intérieur, j'ai cru qu'elle pénétrait dans ma cervelle ! C'était à la fois flippant et fantastique !

– C'est l'âme de l'Arbre de vie, annonça fièrement Torshan. Celui qui a le privilège de pouvoir le toucher voit la vie, le passé, le futur, intimement mélangés. Nous autres spectateurs ne ressentons que l'onde de choc de ce voyage.

– Ce doit être enivrant comme expérience, avança Matt.

– C'est l'émotion la plus incroyable que je connaisse, avoua Torshan.

Ambre se pencha vers le groupe de garçons :

– Il m'a semblé que cette... « âme », comme vous l'appelez, était vivante, et qu'elle me sondait.

– Moi aussi ! répliqua aussitôt Tobias.

– Elle est vivante ! confirma Torshan avec enthousiasme. C'est l'âme de notre arbre. Lorsque nous sommes arrivés ici, et que nous l'avons découverte, nous avons de suite su qu'elle nous attendait, que ce serait notre Nid.

– Comment avez-vous atterri ici ? demanda Ambre. D'où viennent autant d'adolescents et d'enfants ?

Torshan parut gêné, il haussa les épaules :

– Nous étions tous liés, et avant la Tempête, nous étions les faibles de ce monde. La Tempête a tout changé, elle a inversé la donne, et désormais nous sommes le peuple de Gaïa, fier et puissant !

– Je ne comprends pas, vous étiez tous ensemble *avant* que notre monde bascule ?

Torshan chassa l'air devant lui d'un geste de la main :

– C'est de l'histoire ancienne, le présent est plus important.

Ambre répliqua aussitôt :

– Comprendre qui nous sommes et d'où nous venons nous permet d'appréhender plus facilement le chemin à venir !

– Alors considère que notre histoire est un secret de famille, et que nous ne souhaitons pas l'étaler !

Sur quoi Torshan tourna les talons et s'en alla vers la foule qui quittait l'amphithéâtre dans le brouhaha des commentaires.

L'Alliance des Trois attendit que l'arène soit déserte pour se lever.

– J'aimerais beaucoup tenter l'expérience, dit Ambre en fixant la boule qui tournait lentement sur elle-même.

– Pas maintenant, lança Matt en observant le haut de l'amphithéâtre. Ils nous surveillent.

Faellis, la capitaine aux grosses joues, veillait sur eux, à bonne distance, mais accompagnée par quatre soldats en armure de chitine.

– Peut-être que si tu en fais la demande, ils accepteront que ce soit toi la prochaine, fit Tobias, confiant.

– Il ne faut pas rêver, nous sommes des étrangers, rappela Matt.

Ambre, sur le ton de la confidence, demanda :

– Vous avez remarqué comme Torshan est mal à l'aise lorsqu'on évoque leur passé ? J'ai peine à croire qu'ils se connaissaient tous avant la Tempête.

– La porte dans la bibliothèque, affirma Matt. Il avait la même expression troublée lorsqu'on l'a interrogé à ce sujet. S'ils cachent un secret de famille, c'est derrière cette porte qu'il se trouve. Rentrons nous coucher, attendons que tout le monde dorme et nous pourrons y aller !

– Trop dangereux ! protesta Ambre. Nous ne savons rien de ce lieu, de sa sécurité. Laissez-moi au moins une ou deux journées pour travailler dans la bibliothèque et observer, glaner des infos. Ensuite nous passerons à l'action.

À contrecœur, Matt approuva.

– Venez, dit Ambre en jetant un rapide coup d'œil à Faellis et à sa garde rapprochée, n'éveillons pas les soupçons, il est temps de rentrer.

Le trio remonta vers le chemin qui traversait la forêt de bambou pendant que Faellis et les siens les suivaient à bonne distance, tout en ramassant une à une les lampes à substance molle.

Lorsqu'ils furent de retour au Nid, Faellis se tourna vers la forêt devenue obscure. Elle porta un sifflet à ses lèvres et souffla dedans.

Un étrange son creux résonna et aussitôt toute la forêt de bambou se mit à frémir. Le feuillage s'agita à toute vitesse.

Pourtant, Ambre en était certaine, il n'y avait pas de vent.

15.

Plus de temps à perdre

Matt était en garde, le fleuret devant lui, prêt à fouetter son adversaire.

La grande salle d'armes sentait le bois de santal. Tous les regards convergeaient vers le combat qui se préparait.

Pour le tester, le chef des guerriers l'avait fait affronter deux garçons pas maladroits que Matt avait vaincus facilement et rapidement. Les deux garçons avaient la même tactique : se servir de leur force, frapper un coup sec à la base du fleuret pour l'écarter puis profiter de la surprise pour fondre sur leur proie et la toucher de leur lame en bois. Sauf que Matt n'avait pas bronché. Le coup brutal sur son arme ne l'avait nullement perturbé, et avait encore moins ouvert sa garde, la stratégie s'était même retournée contre les deux guerriers qui, emportés par leur élan, étaient venus s'embrocher sur Matt.

Depuis la Tempête il n'était assurément plus le même. Il ne se reconnaissait pas, à vrai dire. Téméraire, efficace et prompt à s'adapter aux situations de stress, lui qui s'était rêvé ainsi dans ses parties de jeux de rôles mais qui craignait les brutes de son collège, sa personnalité s'était métamorphosée. Il se souvenait des premiers jours après la Tempête, la peur, les pleurs, la fuite de New York, la violence, loin des scènes épiques de ses jeux de rôles qu'il affectionnait tant à l'époque. Il s'interrogeait souvent sur la nature de ce changement, était-ce la Tempête qui l'avait révélé ou l'avait-elle totalement transformé ?

À présent, Matt devait faire preuve d'intelligence. Il ne pouvait poursuivre sur cette voie sans éveiller les soupçons sur sa force anormale et, dans le même temps, il ne souhaitait pas perdre cet affrontement. Il savait qu'une partie du respect de l'assemblée se gagnerait là. S'il était admiré et craint, il serait plus vite accepté ou en tout cas obtiendrait plus facilement renseignements et aide.

Le bretteur en face de lui, qui répondait au doux nom de Butrax, fit des moulinets avec son fleuret, promenant la pointe dans les airs, exerçant son jeu de jambes, sans que Matt sache si c'était pour l'impressionner ou pour se jeter sur lui au moment voulu. Matt ne voyait pas très bien avec le casque qu'il était obligé de porter, une sorte de noix géante, ouverte d'un côté, dans laquelle des trous étaient percés pour les yeux.

Soudain Butrax lança sa jambe en avant et poussa sur l'autre pour tenter une fente, le bras tendu, la pointe filant à toute vitesse vers le torse de Matt. Celui-ci eut tout juste le temps d'esquiver d'un rapide mouvement du bassin et, tandis qu'il préparait sa riposte vers les flancs de Butrax, il sentit une grosse main lui attraper le bas du casque et le repousser en arrière.

Déstabilisé, Matt voulut reprendre son équilibre mais sa cheville fut aussitôt accrochée et il bascula sur le dos. Butrax n'obéissait à aucune règle, il venait de lui faire un croc-en-jambe. Le souffle coupé par la chute, Matt s'attendait à voir son adversaire reculer en s'excusant, au lieu de quoi il leva son fleuret pour l'abattre violemment vers lui.

Matt roula sur plusieurs mètres, des coups de fouet claquèrent pendant que Butrax terrassait le parquet de ses puissants assauts qui manquaient Matt de peu. Butrax perdit de précieuses secondes à ajuster son casque afin de mieux viser. Matt se redressa sur un genou, para l'assaut suivant, faisant racler les deux lames de bois jusqu'aux gardes rondes qui s'entrechoquèrent, puis il allait se relever totalement lorsque Butrax lui colla une claque monumentale qui résonna dans tout le casque. Matt chancela, le fleuret ennemi se souleva dans les airs, tournoya et s'abattit en sifflant, droit vers le visage de Matt.

Sans réfléchir, le jeune adolescent brandit son arme de toutes ses forces pour parer le coup. Le fleuret de Butrax se brisa net sous l'impact, et celui de Matt vint se casser contre le casque du bonhomme qu'il fendit en deux. Ce qui restait de la lame de Matt craqua contre le front de Butrax, entaillant la peau et ouvrant une longue estafilade sanglante.

Matt lâcha aussitôt son épée et se précipita vers lui en s'excusant.

Le chef des guerriers repoussa Matt.

– Il n'a que ce qu'il mérite ! aboya-t-il. Recule ! Tu es sacrément costaud dis donc ! Comment fais-tu ?

– Je… j'ai eu peur, c'est tout.

Le chef lui lança un regard soupçonneux puis hocha mollement la tête.

– Si tu le dis. Quoi qu'il en soit tu n'es pas maladroit, il te manque de la technique, mais tu as l'agilité et la force pour toi. Viens, je vais t'apprendre des bottes.

Le chef attrapa un fleuret en bois dans le râtelier et le lança à Matt.

– Où as-tu appris à te battre ? demanda celui-ci.

– Je pratiquais l'escrime avant.

– Avant ? Tu veux dire, avant la Tempête ?

Le chef haussa les épaules, mal à l'aise.

– Allez, mets-toi en garde ! ordonna-t-il.

Matt le jaugea quelques secondes : un grand garçon d'environ seize ans, cheveux verts et regard d'émeraude d'où aucune émotion ne transparaissait. Difficile de dire s'il fallait espérer son assistance ou s'en méfier. Puis il se mit en position.

Matt retrouva Tobias devant les cuisines où il patientait pour se faire servir son déjeuner. Ambre les rejoignit un peu plus tard et ils allèrent s'installer à l'extrémité d'un quai, sous l'ombre d'un navire flottant sur la cime de la forêt.

– J'ai du nouveau, annonça Ambre aussitôt. À propos de cette porte dans la bibliothèque. Personne ne souhaite en parler, c'est un sujet tabou, et ils ont bien insisté pour que non seulement je change de sujet mais que je ne l'approche pas ! Seule une des filles, la plus bavarde, a accepté de m'en dire un peu plus : c'est là qu'ils entreposent leur secret !

– Raison de plus pour y aller ! affirma Matt.

– Il y a un problème, continua Ambre. Apparemment, il y aurait une sorte de gardien.

– Comment ça une sorte ? intervint Tobias. Quel genre de gardien ?

– Je l'ignore, elle est restée évasive, sauf que j'ai bien vu la chair de poule sur ses bras quand elle a prononcé le mot « gardien » ! C'est alors que j'ai repensé à hier soir, lorsque nous avons quitté la forêt de bambou, Faellis a porté un sifflet à ses lèvres et lorsqu'elle l'a actionné, toute la forêt a changé ! Quelque chose s'est mis à y bouger, comme une surveillance ! Je pense que c'est le même genre de gardien.

– Il nous faut ce sifflet, annonça Matt.

Tobias roula des yeux, nettement moins déterminé que son ami :

– Et s'il n'a aucun rapport avec le gardien de la porte ?

– Je doute qu'ils en aient plusieurs, c'est certainement la même créature, de toute façon nous ne pouvons plus attendre.

Ambre avala sa bouchée de viande qui ressemblait à du thon mi-cuit et leva devant elle la cuillère en bois avec laquelle elle mangeait :

– Toute expérience est enrichissante, nous avons beaucoup à apprendre parmi les Kloropanphylles.

– Nous devons nous organiser pour quitter cet endroit, insista Matt en se penchant. Ce soir, nous prendrons le sifflet à Faellis !

– Ce n'est pas comme ça qu'on se fera accepter et aider ! protesta Ambre.

– Qui a dit qu'ils le sauraient ? Nous allons nous introduire dans sa chambre, lui emprunter le sifflet et avant qu'elle ne se réveille il sera de retour, ni vu, ni connu !

Ambre ne dissimula pas son manque d'enthousiasme pour ce plan. Elle termina son repas en silence et retourna travailler à la bibliothèque, rongée par le doute.

Ce plan n'était pas bon.

Le soir, ils dînèrent en compagnie de Torshan qui leur posa mille questions sur leur première journée d'indépendants parmi la communauté. Si Ambre et Matt répondirent évasivement, préférant savourer leur repas chaud, Tobias lui, manifesta un enthousiasme non feint. Il connaissait déjà par cœur le nom des mâts, les différentes parties d'un navire, et se proposa même de faire la démonstration des nœuds qu'il avait retenus.

Satisfait, Torshan embrassa tout le paysage qui s'étendait depuis la terrasse de leur habitation :

— Vous allez rapidement vous rendre compte qu'il n'y a aucune raison de quitter le Nid une fois qu'on y est !

— Sauf si ça n'est pas chez nous, ne put s'empêcher de dire Ambre.

Torshan afficha une mine circonspecte.

— Existe-t-il encore un lieu sur cette Terre que vous puissiez appeler ainsi ? Je ne le crois pas.

— Là où sont nos amis.

— En avez-vous seulement ?

Ambre prit un air vexé :

— Qu'est-ce que vous croyez ? Que tous les Pans qui ne sont pas comme vous sont des sauvages ? Que nous sommes dénués de bonté et d'intérêt ? Le monde est grand, les survivants s'organisent de mieux en mieux au fil des mois. Enfermés dans votre tour d'ivoire vous ignorez tout de ce qui se déroule à vos pieds.

Cette tirade moucha Torshan pour la soirée. Il ne tarda pas à les laisser enfin seuls.

À peine sa silhouette disparue au bout de la passerelle, Matt se pencha par-dessus la table avec son air de conspirateur :

— Il faut attendre que tout le monde dorme, je crois que j'ai repéré tous les postes de surveillance, ils sont essentiellement tournés vers l'extérieur du nid, nous ne devrions pas avoir de problème pour atteindre la chambre de Faellis.

— Je continue de penser que c'est une mauvaise idée, protesta Ambre, nous ne devrions pas foncer tête baissée !

— Mon instinct me dit de nous méfier d'eux, ils cachent quelque chose ! S'ils étaient si sympas et ouverts que ça ils nous auraient déjà rendu nos armes ! Je n'attendrai pas une nuit de plus.

C'est ainsi qu'à minuit passé ils arpentaient les escaliers et les terrasses du Nid pour s'approcher des appartements de Faellis. Dans l'après-midi Matt avait visité tous les points de contrôle pour se familiariser avec la sécurité du Nid et il prit soin de les contourner. À l'intérieur des arbres, la substance molle se mettait à briller dès qu'ils approchaient, les vibrations de leurs pas les activant instantanément. Ils s'arrêtèrent devant une porte ronde.

– Je crois que c'est ici, expliqua Matt, du moins c'est là que je l'ai vue entrer.

– Tu l'as suivie ? s'étonna Ambre.

– Rapidement, en fin d'après-midi.

– Mieux vaut t'avoir pour ami que pour ennemi, lâcha la jeune fille en haussant les sourcils.

Matt posa la main sur la poignée, le cœur cognant contre sa poitrine. Il la tourna et poussa doucement.

La porte n'était pas fermée à clé, elle tourna sur ses gonds.

Matt se tordit le cou pour inspecter la pièce. La lumière du couloir lançait une lueur argentée sur un grand bureau, une armoire grossière et ce qui ressemblait à un pied de lit.

Il entra pour découvrir la forme de Faellis entortillée sous ses draps.

Le sifflet, il faut que je trouve ce fichu sifflet !

Matt se faufila derrière le bureau en guettant les réactions de Faellis. Elle ne bougeait pas. *Ouvrir les tiroirs risque de faire du bruit !* pesta-t-il en silence. Derrière lui, Tobias s'engageait dans l'appartement à son tour. Ensemble ils inspectèrent le bureau, les étagères et Matt approchait de l'armoire lorsque Tobias lui tapota l'épaule pour lui montrer la table de chevet.

Le sifflet y était posé.

Tobias allait s'élancer quand Matt le saisit par le bras pour l'en empêcher. À son tour il pointa du doigt un petit morceau de substance molle dans une coupelle posée sur la tablette. S'ils s'approchaient à moins de deux mètres les vibrations risquaient de l'activer.

– On ne peut pas avancer davantage, murmura Matt à l'oreille de son compagnon.

Tobias se tourna vers le seuil et fit signe à Ambre de venir. Celle-ci obtempéra en faisant la moue.

– Peux-tu guider le sifflet jusqu'à nous ? demanda-t-il tout bas.

Ambre prit son inspiration et se concentra.

Le sifflet se souleva lentement et commença à traverser la pièce dans leur direction.

Matt présenta sa paume et le sifflet s'y déposa.

Il afficha un sourire triomphant.

Ils redescendirent et entrèrent dans la grande bibliothèque. De nuit, la salle était impressionnante avec la lune qui entrait par les hautes fenêtres et ses longues tables de travail. Le trio s'immobilisa devant la porte à tête de mort.

– Comment peut-on sculpter une chose aussi laide ? s'indigna Ambre.

– Ils ne l'ont pas choisie au hasard, fit Tobias. Une tête de mort c'est le symbole du danger, non ? Nous nous apprêtons peut-être à faire une énorme bêtise…

– C'est le symbole de la mort, forcément, ajouta Ambre.

Matt s'agenouilla devant la serrure en bois.

– Ambre, crois-tu que tu pourrais actionner les systèmes à l'intérieur ?

– Si je peux les distinguer, certainement. Laisse-moi regarder… Ah. Je ne vois rien. Il va nous falloir de la lumière.

Tobias se précipita vers les tables et avant même qu'il ait pu se saisir d'une des coupelles de substance molle, celle-ci entra en résonance avec son déplacement et s'illumina. Il la porta jusqu'à la jeune fille qui put reprendre son inspection.

– Je ne sais pas comment faire mais je suppose que si je pousse tous les loquets dans un sens, ça devrait marcher…

Il y eut plusieurs clics successifs et soudain la porte s'entrouvrit.

Les trois visages s'observèrent sous la lumière spectrale de la substance molle.

– Le moment de vérité, dit Matt avec moins d'assurance qu'il ne l'aurait voulu.

16.

Le secret des Kloropanphylles

L'Alliance des Trois avançait dans un couloir étroit, Matt en premier.

– Quand est-ce qu'il faut utiliser le sifflet ? s'inquiéta Tobias.

– Je pense qu'on le saura en le voyant, répondit Matt sans ralentir.

Ils entrèrent dans une pièce au cœur de l'arbre ouverte en son milieu d'un grand trou sur la forêt. Un système complexe de poulies, de molettes, et une interminable bobine de cordage plus haute que Matt occupait le tiers arrière de la salle.

Tobias se pencha au-dessus du puits.

– Oh ! fit-il en se reculant aussitôt. Ça file tout droit vers les profondeurs on dirait !

La corde retenait une petite nacelle en bois, à peine de quoi y tenir à trois. Ambre secoua vivement la tête :

– Je ne descends pas là-dedans !

– Il va bien falloir, pourtant, annonça Matt sans l'ombre d'une hésitation.

La nacelle craqua de toute part lorsqu'il monta dedans en écartant le battant mobile qui servait de porte.

– Peut-être qu'on ferait bien de revenir avec des armes, proposa Tobias.

Matt toisa ses amis.

– Vous vous êtes passé le mot ou quoi ? Allez ! Nous n'aurons peut-être pas de seconde chance !

Sur quoi il commença à défaire le nœud de corde qui arrimait la nacelle contre le bord du puits.

Tobias grimpa en se tenant fermement aux rebords et il s'assit immédiatement sur le banc circulaire.

Ambre soupira. Matt lui tendit la main.

– Allez, viens, tu sais que sans toi on est des gamins paumés, pas vrai ?

– Si tu crois m'avoir avec ton charme puéril, je te le dis tout de suite : je monte parce que je ne supporterais pas d'ignorer ce qu'il s'est passé si vous ne remontez jamais !

Matt eut un pincement au cœur. Qu'entendait-elle par « charme puéril » ? Le mot ne lui plaisait pas du tout. Mais ayant plus important et urgent à régler il finit de libérer les amarres et s'assit avec ses compagnons avant d'actionner l'unique levier de commande.

Les mécanismes dans leurs dos lancèrent des cliquetis et les rouages s'ébranlèrent tandis que la frêle embarcation se mit à descendre. Elle sortit du tronc gigantesque par le cœur de ses racines, sous la cime de la mer Sèche.

Tobias tenait la coupelle de substance molle devant lui, tel un trésor. Ce fut seulement à cet instant qu'il réalisa que la forêt en dessous d'eux était éclairée.

– Regardez ! s'écria-t-il. Il y a des centaines de lumières partout !

– Ce n'est pas de la substance molle en tout cas, remarqua Ambre.

Des glands de la taille de ballons de rugby diffusaient une clarté verdâtre très vive.

Les trois adolescents contemplaient l'incroyable spectacle : des milliers de branches dessinant un gouffre sans fin, circulaire, de plus de dix mètres de diamètre, jalonné par ces gousses éclairantes.

Soudain les murs de feuilles s'agitèrent, un frémissement parcourut la forêt et quelque chose glissa le long d'une racine pour s'enfoncer en même temps que la nacelle.

– J'ai vu une forme là ! cria Tobias. Une créature énorme ! Siffle, Matt, siffle !

Matt prit le sifflet dans sa poche et l'observa un instant. Taillé dans le bois il était fin et long, presque comme une flûte.

Le feuillage fut secoué, tout près des trois explorateurs.

Matt porta le sifflet à ses lèvres et souffla dedans. Un son léger, creux, s'envola et aussitôt les mouvements dans la forêt s'interrompirent.

Les épaules de Tobias se décontractèrent et il s'épongea le front à l'aide de son bras.

– D'habitude je suis curieux, avoua-t-il, mais cette fois je vais me réjouir de ne pas savoir de quoi il s'agit !

La nacelle continua sa descente, de plus en plus vite, la vitesse leur projetait les cheveux en arrière et ils se cramponnaient au banc.

– Il y a un moyen de ralentir ? s'écria Ambre par-dessus le vent.

Matt abaissa le levier de moitié et la nacelle perdit de la vitesse.

Le puits semblait sans fin. Lorsque Matt leva la tête, il ne distingua plus l'immense arbre dont il venait, rien d'autre qu'une cheminée gigantesque délimitée par les fruits lumineux et palpitants.

Puis, avant que Matt ne commande quoi que ce soit, la nacelle se mit à freiner jusqu'à s'immobiliser brusquement.

Aucun gland lumineux ne brillait plus depuis une centaine de mètres, seule la substance molle apportée par Tobias les éclairait. Matt se leva et inspecta la corde qui les retenait, parfaitement tendue.

– Elle s'est coincée ? demanda Ambre, anxieuse.

– Je ne crois pas. Toby, éclaire par là, tu veux bien ?

Une branche apparut tandis que le jeune garçon s'exécutait. Puis le sol, moins d'un mètre plus bas.

– Nous y sommes ! s'exclama-t-il. Nous sommes arrivés tout en bas ! Non mais vous imaginez la longueur et la résistance de cette corde ?

– J'imagine surtout les dangers qui nous guettent, répliqua Ambre. J'ignore comment ce truc fonctionne mais il serait bon de s'y intéresser pour remonter…

Matt ouvrit la porte battante et se laissa tomber sur la terre ferme.

– Les Kloropanphylles n'ont pas construit tout ça pour rien, venez on va faire le tour des environs.

Avant que Ambre puisse protester à nouveau Tobias avait sauté pour rejoindre son ami, et elle n'eut d'autre choix que de les suivre pour ne pas rester seule dans le noir.

Matt craignait de ne pouvoir progresser bien loin à cause de la végétation et fut surpris de la constater légère.

– Vous sentez le sol ? demanda Ambre. Il n'est pas normal !

Tobias s'agenouilla et fouilla la terre du bout des doigts pour révéler une croûte de béton.

– En effet, quelque chose existait ici avant la Tempête, quelque chose qui n'a pas complètement disparu.

– Éclaire un peu par là, fit Matt.

Tobias approcha son cube de lumière et un mur apparut, dans lequel s'ouvrait une porte en bois haute de plus de cinq mètres. Un bâtiment colossal s'enfonçait dans les branches et les feuilles noires, enseveli sous une épaisse chevelure inextricable.

– C'est ça le secret qu'ils cherchent à tout prix à protéger ? s'étonna Tobias.

– Entrons, commanda Matt en poussant le battant qui grinça.

Ils traversèrent un immense hall de marbre couvert de poussière et de terre, où un escalier tout aussi démesuré faisait courir ses arabesques de part et d'autre de la salle.

– Impressionnant ! commenta Tobias sur le même ton respectueux qu'il aurait eu pour une cathédrale. Où est-ce qu'on est ?

Une dizaine de vers luisants volants surgirent des étages pour plonger autour des trois adolescents, formant un bouquet de petites diodes bourdonnantes avant de disparaître à toute vitesse dans les coursives latérales.

Matt marcha jusqu'à l'escalier. Il gagna l'étage lentement, en prenant soin de demeurer silencieux. Du balcon, il ne distinguait plus le rez-de-chaussée maintenant que Tobias était à ses côtés, alors il s'engagea dans un long couloir de baie vitrée. Au-delà du verre régnaient les ténèbres. Parfois quelques ronces noires plaquées sur les vitres comme des tentacules cherchaient à pénétrer les lieux. Ils découvrirent une enfilade de salles désertes, puis ce qui ressemblait à des chambres. Les sommiers ne portaient plus de matelas et les armoires étaient vides.

– Au moins on sait où ils s'approvisionnent en matériel, commenta Matt.

Ambre approuva et ajouta :

– Cet endroit me fait penser à une école, avec son internat.

Oubliant un instant les nouvelles règles de politesse, Tobias se tourna vers la jeune fille :

– Tu étais dans un internat, toi ?

À la grande surprise du garçon, Ambre répondit :

– Oui, c'est même moi qui l'ai demandé.

– T'as voulu aller en internat ? Mais pourquoi ?

– Crois-moi, lorsque tu réalises que ta mère ne quittera jamais l'épave qui lui sert de compagnon malgré sa violence, tu deviens prêt à tout ! Je détestais mon beau-père...

Tobias scruta la jeune fille dans la pénombre. Elle était en colère.

– Ce n'est pas une école, affirma Matt. Regardez.

Il posa son index sur une plaque dans le couloir. Une succession de lettres et de flèches se superposaient entre deux fenêtres. « Admission », « salle de repos », « salle de jeux », « salle des parents », et plus bas : « infirmerie A2 », « infirmerie A3 », « Bloc opératoire »...

– C'est un hôpital, ajouta-t-il. Un hôpital pour enfants.

– Mais oui ! s'écria Ambre. Bien sûr ! Torshan nous en a parlé ! « Nous étions les faibles, a-t-il dit ! Et la Tempête a changé tout cela. »

– C'est ça leur secret ? répéta Tobias, déçu.

– C'est pour ça qu'ils se connaissaient tous avant la Tempête.

– Et l'hôpital les a transformés en Kloropanphylles ?

Ambre secoua la tête tandis que l'escadrille de vers luisants tournoyait à nouveau derrière eux.

– Des organismes vulnérables, très sensibles, voilà ce qu'ils étaient, les effets de la Tempête ont été plus puissants sur eux que sur nous.

– La Tempête a bouleversé la génétique de la végétation, rappela Matt, pour qu'elle se développe plus vite, qu'elle soit plus forte, pour lui rendre sa place. Au passage notre propre génétique a pris du grade, pour accélérer notre développement, nous donner une chance de survie, c'est l'altération. Il faut croire que les enfants malades ont été si réceptifs qu'ils ont pris un peu des deux.

— En quoi c'est un secret ? Ils devraient plutôt en être fiers ! s'étonna Tobias.

— J'imagine qu'ils ne veulent pas évoquer leur passé de malades, déclara Ambre. Avant la Tempête ils étaient à part et fragiles, maintenant ils sont encore à part mais puissants. Ils sont en phase avec la nature, beaucoup plus que nous ne le sommes, rappelez-vous ce qu'ils racontent, ils ont l'impression d'avoir été choisis. Parler de leur passé serait avouer leur ancienne faiblesse, ce doit être douloureux.

Matt avait ramassé des documents jaunis qui traînaient sur le sol ; il les leva devant lui :

— C'était l'un des plus grands hôpitaux pour enfants du monde ! C'est pour ça qu'ils sont si nombreux au Nid. Non mais vous imaginez plus de six cents Pans en phase avec le vent, avec les arbres, capables de prouesses physiques et intellectuelles hors normes ! Quel avantage ça pourrait nous donner contre les Cyniks !

Tobias ricana :

— Ah, eh bien là tu peux toujours rêver ! Déjà qu'ils ne veulent pas nous laisser repartir, si tu crois pouvoir les convaincre de venir se battre pour nous protéger, tu te fourres le doigt dans l'œil !

— Toby a raison, fit Ambre. L'inverse serait mieux : il faudrait que tous les Pans puissent venir au Nid, pour être en sécurité, loin des Cyniks.

— C'est trop petit et jamais les Kloropanphylles ne nous accepteraient ! modéra Matt. Ils sont un peu spéciaux, faut le reconnaître. À se croire les élus de l'Arbre ou je ne sais quoi...

– N'empêche qu'ils ont la drôle de boule de lumière ! dit Tobias. Peut-être qu'ils sont *vraiment* les élus.

– Élus de quoi ? Ne te laisse pas abuser par leur folklore ! Personne n'est élu, il n'y a que des poignées de survivants qui ont encaissé les effets surpuissants de la Tempête à leur manière : les adultes, les enfants et la nature qui reprend ses droits.

Les vers luisants s'immobilisèrent brusquement puis filèrent vers le plafond pour disparaître dans une profonde fissure.

L'Alliance des Trois demeura en alerte, surpris par cette fuite brutale.

– On dirait que quelque chose est entré dans le bâtiment, murmura Ambre.

– Moi aussi j'ai cru l'entendre, avoua Tobias.

– OK, on sort ! lança Matt en se précipitant vers le couloir.

– S'ils se sont rendu compte qu'on leur a volé le sifflet, protesta Ambre, ce sera fichu pour la confiance !

Ils se dirigèrent vers le balcon et ralentirent sur les derniers mètres. Aucune lumière ne brillait en bas.

– Pourtant je vous jure que j'ai entendu du bruit, insista Ambre en chuchotant.

Tobias se pencha par-dessus la rambarde de pierre, le bras tendu dans le vide pour illuminer le hall avec la substance molle.

Sur le coup, il ne vit rien de particulier, le marbre couvert de poussière, la grande porte d'entrée... puis il leva son regard.

Deux gigantesques araignées, aussi volumineuses que des voitures, étaient suspendues dans les lustres. Elles attendaient, à la même hauteur que l'Alliance des Trois, leurs gueules monstrueuses bavaient, leurs six yeux globuleux et visqueux les fixaient, passionnés par ce spectacle appétissant. Les chélicères s'entrouvrirent pour laisser apparaître des bouches pleines de filaments.

La substance molle se mit à trembler de plus en plus et soudain la coupelle glissa des mains de Tobias.

Leur unique source de lumière commença à disparaître, plongeant les trois adolescents dans les ténèbres en compagnie de créatures terrifiantes.

Puis le cube de lumière argentée s'immobilisa dans les airs tandis que la coupelle se brisait bruyamment dans le hall, avant de faire le chemin inverse, à toute vitesse, jusque dans la main d'Ambre.

Ce fut le déclic. Matt attrapa Tobias par le manteau et le tira pour sprinter. Aussitôt, les deux araignées bondirent sur le balcon et le jeune garçon comprit qu'elles étaient juste dans son dos en percevant le bruit mou de leurs corps flasques contre le sol. Matt courait aussi vite qu'il le pouvait, bientôt dépassé par Tobias. Ambre un mètre derrière.

Les pattes des araignées s'agitaient tout près, martelant le sol sur un rythme infernal.

Matt n'avait aucune arme.

Ils ne tiendraient pas longtemps avant d'être des proies. Il avisa son environnement, sous l'éclairage agité que tenait Ambre.

Lance d'incendie. Placards rouges. Portes des chambres.

Placards rouges !

Matt se précipita dessus, planta son coude dans le verre Sécurit et s'empara de la hache d'incendie qu'il leva devant lui en faisant face aux deux abominations.

La première se jeta immédiatement sur lui.

Matt frappa aussi fort qu'il put.

L'acier s'enfonça dans les chairs tendres, trancha les cartilages et vint cogner contre le carrelage en tintant.

Une odeur nauséabonde s'échappa du corps fendu en deux.

La seconde araignée, plus prudente, tenta de saisir Matt avec la griffe qui terminait ses pattes velues. Le garçon sauta en arrière et para avec la hache. L'extrémité de la patte fut sectionnée nette.

Le monstre émit une longue plainte aiguë, pleine de rage et de souffrance. Ambre se tenait en retrait par rapport à Matt et celui-ci avait des difficultés à distinguer les mouvements de la chose qui reculait dans l'obscurité.

Toutefois, lorsqu'elle plia ses articulations, Matt comprit ce qui allait suivre : il plia les bras à son tour, l'arme contre l'épaule, et lorsqu'elle se déploya pour lui tomber dessus, chélicères ouvertes, prête à mordre, la hache siffla aussi vite qu'un carreau d'arbalète et se planta entre les yeux du monstre. La force développée par Matt fut telle que l'impact stoppa net l'araignée qui malgré son poids s'effondra non sur lui mais à ses pieds.

Matt en eut le souffle coupé.

Tous ses muscles tétanisés par l'effort.

– Oh mon Dieu ! gémit Ambre.

Matt releva la tête pour apercevoir de l'agitation au bout du couloir. Le hall était envahi d'araignées. Les cris de leurs congénères les avaient alertées.

Il y en avait tellement que, pendant une seconde, Matt crut que les murs bougeaient.

Et toutes se précipitaient sur eux.

17.

Action et conséquences

Matt lâcha la hache et ils se remirent à courir aussi vite que possible glissant dans les virages, sautant les marches, enfonçant les portes coupe-feu plus qu'ils ne les poussaient. Tobias dérapait sur le carrelage pour prendre un virage lorsqu'une fenêtre toute proche explosa et que deux longues pattes surgirent pour tenter de le saisir. Il parvint à éviter les griffes en roulant au sol.

Le plafond se mit à grincer. Elles les suivaient également par l'étage supérieur. Elles étaient partout.

Ils débouchèrent dans une vaste salle pleine d'étagères à moitié vides : la bibliothèque. Ils n'eurent pas le temps de reprendre leur souffle qu'une araignée, bientôt imitée par d'autres, jaillissait sur les rayonnages qui commencèrent à basculer. Les unes après les autres, toutes les rangées s'écroulèrent comme un jeu de dominos géants. Ambre, Tobias et Matt fusaient vers le centre de la pièce en essayant d'aller plus vite que les meubles qui vacillaient de part et d'autre. Les araignées bondissaient dans les hauteurs, nullement gênées par le mouvement des bibliothèques qui se propageait telle une vague.

Plusieurs fenêtres volèrent en éclats.

Matt comprit qu'ils ne pourraient aller plus loin. Ils allaient se faire encercler. Il fallait combattre.

Il y en a trop ! Jamais on ne pourra toutes les repousser !

Les trois adolescents ralentirent et se mirent dos à dos pour faire face au danger. Il était partout. Au plafond, sur les murs, dans les allées : des dizaines d'araignées approchaient en même temps, stridulantes.

Quelque chose fendit l'air et l'une des créatures s'effondra, terrassée sur le coup. Puis une autre.

Un groupe de guerriers Kloropanphylles se tenait près des fenêtres brisées, arcs tendus et lances en main. Matt fut stupéfait. Ils étaient si bien organisés qu'une demi-douzaine d'entre eux parvenaient à tenir en respect vingt, puis trente araignées. Torshan était parmi eux, il leur fit signe d'accourir. Une fois à leur niveau, Ambre voulut s'excuser :

– Nous sommes vraiment désolés, nous ne voulions…

– Ce n'est pas le moment, venez, suivez-moi !

Il les entraîna par les fenêtres du premier étage jusqu'à un large balcon. Plusieurs sphères de bois semblables à celles qui les avaient remontés la première fois flottaient au niveau de la balustrade. Sous la protection des guerriers Kloropanphylles, ils se hissèrent à l'intérieur et en moins d'une minute toute l'unité fut évacuée.

Le bruit de l'ascension détendit Matt, le frottement des branches, la sensation de vertige et les craquements de la sphère, tout cela le rassura. Il se tourna vers Torshan qui partageait leur nacelle :

– Merci, dit-il.

Torshan se contenta de lui tendre la main. Matt y déposa le sifflet, très embarrassé.

167

– Nous ne pensions pas à mal, vous le savez, continua-t-il. C'était juste pour… savoir qui vous êtes vraiment. Vous ne nous aviez pas tout dit !

Torshan l'ignora, le regard fixé dans le vide, et Matt comprit qu'il ne servait à rien d'insister.

Ils retrouvèrent le navire amiral des Kloropanphylles, le Vaisseau-Matrice d'où les nacelles étaient lancées, puis furent débarqués sur le quai où les attendaient plus de cinquante personnes au visage fermé.

Brusquement, Matt réalisa que les gardes autour d'eux n'étaient plus là pour les protéger mais pour les escorter. La foule s'écarta et Orlandia, la grande capitaine, apparut. Expression dure et regard de braise.

– Vous avez commis un acte de trahison, lança-t-elle. Aussi êtes-vous désormais nos prisonniers. Le conseil des Femmes se réunira demain soir pour statuer sur votre sort. Gardes, emmenez-les.

Avant que Ambre puisse répondre, les soldats en armure de chitine les poussaient brutalement vers les hauteurs jusqu'à une série de petites pièces en bois suspendues par des cordes au-dessus du vide. Les trois furent séparés, chacun dans sa cellule, avant que les gardes ne s'éloignent.

– Et voilà ! soupira Ambre à travers les barreaux de la porte.

– Bon, d'accord, dit Tobias, on a fait une bêtise, mais ils ne vont pas nous laisser là-dedans jusqu'à demain soir tout de même ?

– Qu'est-ce qu'ils vont faire de nous d'après vous ? demanda Matt.

Tobias, l'imagination toujours fertile, fut le plus prompt à proposer :

– Nous donner à manger à l'une des créatures immondes qui vivent sous la mer Sèche ? Sans blague, vous croyez qu'ils vont nous tuer ?

– Ce n'est pas leur genre, répliqua Ambre. Par contre ils pourraient nous bannir. Comme ce garçon que nous avons vu le premier jour.

– Ce serait nous condamner à mort, fit Matt d'un ton lugubre. Nous le savons désormais, la Forêt Aveugle est impossible à traverser par le bas, trop dangereux. Je crois qu'il faut se préparer à plaider notre cause. Que sait-on de plus qui pourrait nous servir ?

– Nous savons que nous avons été trop loin, déclara Ambre, que nous n'avons pas voulu leur faire confiance alors qu'ils nous ouvraient leurs portes, nous les avons trahis ! Franchement, il n'y a aucune excuse à se chercher ! C'était une mauvaise idée depuis le début et je le savais !

– Alors on fait quoi ? demanda Tobias, tout penaud.

– Plus rien ! s'énerva Ambre. Ils vont nous bannir et ils auront bien raison !

Du fond de son cachot de bois, Matt secoua la tête.

– Je ne redescends pas dans cette forêt, dit-il, nous n'y tiendrons pas deux jours. Il faut trouver une solution.

– Je n'en ai pas à vous proposer, lâcha Ambre, agacée. Je crois que nous avons suffisamment agi bêtement.

Ils se turent. Chacun garda le silence et s'allongea sur la paillasse qui leur servait de lit. Malgré l'heure tardive, aucun d'eux ne trouva le sommeil.

Ils songeaient à ce qu'ils avaient fait et plus encore à ce qu'ils allaient devenir.

Au petit matin, l'agitation du Nid les réveilla, courbaturés et encore épuisés. On leur apporta un repas constitué de fruits et

169

d'un bouillon épais, sans un mot. La journée ne leur offrit aucune visite. Et lorsque le soleil vint se coucher sur l'horizon de la mer Sèche, l'Alliance des Trois songea au conseil des Femmes qui se rassemblait au même moment pour décider de leur sort.

Les lumières argentées illuminèrent la ville dans et autour des grands arbres, puis peu à peu, elles s'éteignirent pour plonger le Nid dans la torpeur de la nuit.

Soudain, une lanterne apparut au bout de la passerelle et une silhouette enveloppée d'un grand manteau à capuche se glissa jusqu'aux cachots. Elle s'accroupit à leur hauteur et chuchota :

– Vous serez bannis demain matin. Je vous ai défendus contre mes sœurs mais c'était peine perdue.

Le halo de la lanterne caressa les traits de son visage. Clémantis.

– Vont-ils nous rendre notre matériel, nos armes ? demanda Matt.

– Je l'ignore. Vous serez obligés de descendre dans les profondeurs.

– Alors nous allons mourir, n'est-ce pas ? fit Tobias d'une petite voix craintive.

Clémantis ne répondit pas. Elle garda le silence un moment, puis ajouta :

– Je sais que vous n'avez pas agi en pensant à mal, hélas, le conseil a décidé qu'on ne pouvait plus vous faire confiance, que vous étiez une menace pour notre équilibre et notre sécurité.

Ambre sortit de sa réserve pour dire :

– Je comprends. Vous nous avez ouvert vos portes et nous avons enfoncé celles qui ne devaient s'ouvrir qu'avec le temps, rien que pour satisfaire notre curiosité. Notre comportement est inacceptable. Et pourtant vous avez pris des risques en venant nous chercher en bas.

– Jusqu'au conseil de ce soir, vous faisiez partie de notre communauté, et nous ne laissons jamais tomber les nôtres. (Elle hésita avant d'ajouter :) Il y a une dernière chose que vous devez savoir. Si par miracle vous survivez dans les abysses, abandonnez votre idée de rejoindre les terres du Sud.

– Pourquoi cela ? interrogea Matt dont la curiosité était soudain en alerte.

– La vérité est que nous connaissons cette reine. C'est un secret bien gardé ici, une poignée seulement est au courant pour ne pas semer la confusion et la panique. Il y a plusieurs semaines, nous avons eu un contact, l'une de nos patrouilles est descendue de la mer Sèche, par son bord sud. Pour voir ce qui s'étendait au-delà. Elle s'est fait aborder par des hommes, des adultes en armures noires, avec des étendards rouges. Ils ont voulu nous emprisonner, au nom de leur reine Malronce, c'est ainsi qu'ils l'appellent. Elle est mauvaise, tout comme ses hommes. Notre patrouille s'est enfuie, mais trois d'entre nous l'ont payé de leur vie. Il ne faut pas aller au sud. C'est un lieu dangereux. Ces gens sont cruels. Si vous le pouvez, rentrez chez vous, le monde a changé, nous ne pouvons plus compter sur les adultes, et regardez, même entre nous, les différences nous poussent à tant de méfiance, nous ne sommes pas encore prêts. À présent je dois vous laisser, je n'ai pas le droit de vous parler.

– Non ! Attendez ! implora Matt. Cette reine, Malronce, que veut-elle ? Pourquoi ordonne-t-elle d'enlever tous les enfants ?

– Je l'ignore. Quoi qu'ils en fassent c'est assurément abominable. Maintenant vous savez ce qui vous attend, vous avez la nuit pour vous y préparer. Adieu.

Clémantis se redressa et disparut rapidement dans le dédale des couloirs.

– On ne peut attendre ici sans rien faire, lança Matt, il faut sortir de ces cages !

– Et après ? demanda Tobias.

– Je crois savoir où se trouve notre équipement, il y a une grande réserve près de la salle d'armes où je me suis entraîné. Tobias, tu penses pouvoir manœuvrer l'un de leurs navires ?

– Cette nuit ? Non ! Je connais à peine le nom et l'utilité de chaque instrument, je serais bien incapable de le faire naviguer !

– Tant pis, il faut tenter notre chance.

Ambre intervint sèchement :

– Les Kloropanphylles nous ont accueillis, nous les avons trahis, et maintenant vous voulez leur piquer un de leurs bateaux ? Vous ne croyez pas que nous avons assez fait de dégâts comme ça ?

– Si on ne fait rien, demain matin nous serons condamnés à redescendre là-dessous ! pesta Matt en tendant le bras entre les barreaux pour montrer la cime de la forêt. Autant dire que nous serons morts avant le coucher du soleil !

– Je me demande si je n'ai pas fait une erreur…, marmonna Ambre.

– En nous suivant, c'est ça ? Trop tard pour les regrets, nous sortons cette nuit, et nous sortons tous les trois, je ne laisse personne derrière. Si tu ne veux pas, alors nous serons bannis ensemble, nous sommes l'Alliance des Trois. Tous ensemble quoi qu'il arrive. C'est toi qui décides.

Ambre se rapprocha de la cellule de Matt.

– Si on sort d'ici je voudrais que vous me promettiez de ne plus agir comme… comme des mecs ! Vous êtes trop impulsifs ! Ça finira mal ! Le plan d'hier je ne le sentais pas mais vous n'avez pas voulu m'écouter !

– C'est promis, répondit Tobias aussitôt, sur le ton des excuses. Tu as raison, nous ne t'avons pas écoutée.

Matt marmotta quelque chose qui ressemblait à un assentiment.

Puis il attrapa les barreaux en bois de sa porte et commença à tirer dessus, de plus en plus fort. Il y eut un craquement sec avant même que l'adolescent n'ait à user de toutes ses forces ; il avait arraché une partie de la grille. Il se faufila à l'extérieur et délivra ses compagnons de la même manière.

– Je fonce à la réserve pour essayer de récupérer notre materiel et nos armes, dit-il, pendant ce temps Tobias tu vas préparer le bateau et Ambre tu fais le plein de provisions aux cuisines, ça vous va ?

– Je ne crois pas que je pourrai faire partir le bateau, avoua Tobias.

– Tu *dois* y parvenir.

Matt descendit de son côté dans les entrailles du chêne principal et n'eut pas à forcer la porte de la réserve qui était ouverte. Leurs sacs, leurs armes et tout ce qu'ils possédaient y était entreposé dans un coin. Matt se harnacha et fila dans les couloirs les bras pleins, croulant sous le poids de leur équipement.

Tobias leur avait indiqué sur quel navire il avait débuté sa formation et il traversa le quai en silence pour y embarquer. Le poste de vigie le plus près était trop haut pour pouvoir le distinguer à moins que le garde ne se penche. Matt avait le ventre noué par la tension. Il suffisait d'un bruit ou d'un insomniaque pour donner l'alerte. Qu'adviendrait-il d'eux ensuite ?

Matt trouva Tobias dans la cale principale, affairé à remplir deux grandes cages en verre de feuillage.

– Je nourris les Souffleurs pour qu'ils produisent de l'air chaud et gonflent les ballons ! expliqua-t-il.

– Et ça va prendre longtemps ?

– Absolument aucune idée !

– Tobias, faut qu'on parte avant le lever du jour.

– Je sais, je sais !

Tobias courait pour entasser le plus de feuilles possibles pour les limaces, puis il suivit du doigt les tuyaux qui partaient des aquariums jusqu'à atteindre les molettes. Il les tourna toutes et remonta sur le pont.

Matt était inquiet pour Ambre qui n'était toujours par revenue.

– Aide-moi ! commanda Tobias. Défais toutes les cordes accrochées là-bas. On va libérer les ballons.

Matt s'exécuta tout en jetant des coups d'œil réguliers vers les quais espérant voir Ambre apparaître.

– Les vigies vont nous voir quand on quittera le Nid, n'est-ce pas ? questionna Tobias.

– La lune est en partie masquée par les nuages, avec un peu de chance, on passera inaperçus si on n'allume aucune lumière. Au pire, nous aurons un peu d'avance le temps qu'ils donnent l'alerte et qu'ils préparent un bateau pour nous pourchasser

– Tu crois qu'ils feraient ça ?

– Pas pour nous, Tobias, mais pour récupérer ce qu'on leur vole ! Tu imagines un peu le temps et l'énergie que ça leur a pris de construire ce voilier ?

Les ballons commençaient à se gonfler au-dessus d'eux. L'opération allait prendre bien moins de temps que Matt ne l'avait craint. Il aida Tobias à préparer les voiles. Ce dernier se débrouillait bien mieux qu'il ne l'affirmait, même s'il faisait et refaisait parfois trois fois le même nœud sans parvenir à se décider s'il fallait ou non attacher telles et telles cordes ensemble.

Après une heure, le navire, long comme un wagon, commença à se soulever. Les amarres qui le maintenaient à quai se tendirent et grincèrent affreusement.

– Tobias ! s'alarma Matt entre ses dents. Il faut les défaire tout de suite avant qu'ils ne réveillent le Nid !

– Si on fait ça je ne saurai pas maintenir le bateau à quai !
Tant que Ambre n'est pas à bord on ne peut pas !

Les cordes se tendaient de plus belle, et tout le bâbord se
pencha en arrachant une plainte à la coque.

– Coupe-les ! ordonna Matt en attrapant une longue gaffe.

Il se servit du crochet à l'extrémité de la perche pour agrip-
per les planches du quai. Tobias trancha les amarres avec son
couteau de chasse, une par une, en grimaçant sous l'effort.
Soudain, le navire libéré retrouva son équilibre et allait s'éloigner du Nid lorsque Matt tira sur la gaffe pour le garder contre
la jetée. Les planches craquèrent. La première se fendit, puis la
seconde.

– Ambre ! fit Tobias. Elle arrive !

Matt serrait de toutes ses forces la perche de bois, mais le
poids du bateau était trop important. Il ne tiendrait plus longtemps.

Ambre lança plusieurs sacs à bord, puis de lourdes gourdes
avant de se hisser avec l'aide de Tobias.

La troisième et dernière planche céda et Matt s'effondra sur
le dos.

– Il faut faire monter les voiles ! prévint Tobias. Et vite !
Sans ça on n'avancera pas !

– Et s'il n'y a pas de vent ? s'alarma Matt en se relevant.

– N'oublie pas que nous sommes à près de mille mètres
d'altitude, il y en a toujours. Allez, venez, je n'y arriverai pas
tout seul.

Suivant les instructions de Tobias, ils firent prendre le vent
à trois cerfs-volants de grande taille qui eux-mêmes entraînè-
rent d'autres voiles plus nombreuses, et plus celles-ci prenaient
de la hauteur et se gonflaient, plus elles tiraient sur de nouvelles voiles de plus en plus grandes. En un quart d'heure il y

avait assez de voilure dans le ciel, à l'avant du navire, pour tracter la tonne de bois au-dessus du feuillage.

— Je vais faire descendre le gouvernail dans la cime ! s'écria Tobias dès qu'ils furent à une centaine de mètres du Nid.

Matt s'approcha d'Ambre.

— Tout s'est bien passé ? Tu as été sacrément longue et j'avoue m'être un peu angoissé.

— Oui.

La réponse était trop laconique. Matt s'interrogea : lui en voulait-elle pour les avoir mis dans ce pétrin ou lui cachait-elle quelque chose ?

— Quelle direction on prend ? demanda Tobias depuis l'arrière.

Matt observa Ambre un instant avant de partir rejoindre leur pilote, une boussole à la main.

— Le sud ! L'extrémité sud de la Forêt Aveugle. En route pour le pays Cynik et pour les terres de cette Malronce.

Matt jeta un dernier coup d'œil à Ambre. Elle guettait le Nid et ses dernières lueurs.

18.

La mort en rouge

L'Alliance des Trois navigua sur la mer Sèche toute la nuit, Tobias aux commandes, Matt obéissant à ses directives pour aller tirer sur tel ou tel cordage afin de ramener certaines voiles au fil des vents. Finalement, le pilotage s'avérait moins insurmontable que prévu.

Ambre s'était endormie dans la grande cabine.

L'est se mit à blanchir lentement.

– Tu crois que Ambre nous en veut vraiment ? demanda Tobias.

– Probablement.

– C'est vrai qu'on a été idiots sur ce coup.

– Je ne regrette pas, avoua Matt, déterminé. Les Kloropanphylles sont mystérieux, ils cultivent le secret : le conseil des Femmes est masqué, leur histoire, leurs origines sont taboues, je sentais qu'ils ne nous disaient pas tout, regarde, ils savaient pour la Reine des Cyniks !

– Faut les comprendre, les seuls Pans qu'ils ont croisés ont essayé de les attaquer !

Matt haussa les épaules.

– Je reconnais que j'ai été un peu impatient et paranoïaque, dit-il après avoir pris le temps de trouver les mots justes.

Tobias savoura le vent frais qui lui caressait les cheveux. Cela faisait plusieurs mois qu'il ne les avait coupés et ils prenaient peu à peu la forme et le volume d'un casque arrondi.

– C'est quoi le plan maintenant ? demanda-t-il.

– Trouver des Cyniks, et s'il est impossible de les aborder sans que cela se transforme en guerre, alors les suivre pour voir ce qu'ils font de tous les Pans qu'ils enlèvent. Au final je suis certain qu'on parviendra à en savoir plus sur cette Malronce et ses ambitions. Et puis sur l'avis de recherche qui me concerne.

Voyant que Matt était préoccupé, Tobias lui tapota l'épaule. Comme il lui semblait qu'un bon ami devait faire dans ces circonstances.

Ils demeurèrent silencieux pendant l'aurore, la fatigue commençait à peser sur leurs paupières, leurs membres ankylosés, leur esprit embrumé. Ils maintenaient le cap et avançaient à bonne vitesse au-dessus de la cime, l'imposant gouvernail fait de bois et de morceaux d'acier récupérés était leur seul contact avec la forêt, laissant une piste de branchages cassés dans leur sillage. Matt tendit la main dans sa direction :

– Je n'avais pas pensé à ça ! pesta-t-il. Ils vont pouvoir nous suivre facilement !

– Tu crois qu'ils vont vraiment chercher à le faire ?

– Le contraire m'étonnerait.

Ambre se leva en milieu de matinée, toute fraîche et souriante.

– Si vous m'expliquez comment ça marche je vais vous remplacer pour que vous preniez un peu de repos.

Tobias ne se fit pas prier, il lui apprit à suivre le cap en jouant à la fois sur le gouvernail et la voilure, et insista pour qu'elle s'assure régulièrement que les Souffleurs disposaient de feuillage pour maintenir l'air chaud dans les ballons. Après quoi il fonça dans la cabine en bâillant. Matt resta aux côtés de l'adolescente. Il l'observait pendant qu'elle barrait.

Elle était très jolie ainsi assise dans la lumière de midi. Le soleil ciselait ses taches de rousseur.

– Je voudrais m'excuser, dit-il après plusieurs minutes d'hésitation. Tu as raison, nous devons t'écouter davantage.

Ambre ne répondit pas.

Agacé, Matt la relança :

– Je t'ai dit que j'étais désolé !

– J'ai bien entendu, et j'en suis très contente, mais il faut que cela nous serve de leçon. Un jour il se pourrait bien que nous n'ayons pas de seconde chance.

Ce qu'elle pouvait parfois l'énerver ! Il faisait l'effort de reconnaître ses torts et plutôt que de l'en féliciter, elle s'en servait pour lui faire la morale ! Il allait s'éloigner lorsqu'elle ajouta :

– C'est intelligent de ta part de te remettre en question. Je ne l'ai pas vraiment pensé cette nuit, quand j'ai dit que je regrettais d'être venue.

– Je sais. Allez, on fait la paix ! plaisanta Matt en lui tendant la main.

Elle se fendit d'un sourire et serra la main tendue. Un peu plus longtemps que nécessaire. Ils se regardaient. Le contact était agréable.

Puis Ambre lâcha la main de Matt. Il s'assura qu'elle ne manquait de rien puis alla se coucher à son tour.

Ils se retrouvèrent en milieu d'après-midi, Ambre était toujours aux commandes. Matt se servit d'un grand filet au bout d'une perche pour reconstituer les réserves des Souffleurs, et ramassa de grandes quantités de feuillages qu'il fit tomber dans la cale par l'écoutille ouverte. Ils mangèrent en fin de journée et la nuit tomba rapidement.

Pendant la soirée, qu'ils passèrent tous les trois à l'arrière, près du gouvernail, Ambre remarqua une source lumineuse au loin, vers le nord.

— Tu as tes jumelles ? demanda-t-elle à Tobias.

Celui-ci les attrapa dans son sac à dos et les lui tendit.

— C'est bien ce qu'il me semblait, dit-elle après avoir sondé l'horizon. Un bateau nous suit. Et il est très grand.

— Le Vaisseau-Matrice, firent en chœur Tobias et Matt.

— S'ils nous rattrapent, on n'a aucune chance face à leurs arbalitres ! ajouta Tobias.

— Ils chercheront à nous aborder, corrigea Matt, ce qu'ils veulent, c'est récupérer leur navire. En revanche, je ne serai pas étonné qu'ils nous passent par-dessus bord si nous sommes capturés, après tout ce qu'on leur a fait… Toby, tu as un moyen d'aller plus vite ?

Le garçon secoua la tête.

— On est déjà au maximum.

Ambre désigna le cube de substance molle qui les éclairait au milieu de la dunette.

— Si on peut les voir, alors ils en font autant, peut-être devrions-nous l'éteindre, vous ne croyez pas ?

— Il faut pouvoir garder le cap au sud, rappela Matt. De toute façon, notre gouvernail laisse un sillon derrière nous, ils n'ont aucune difficulté à nous suivre. Non, notre seule chance c'est d'arriver au bord de la mer Sèche rapidement. Si nous le pouvons, nous laisserons le navire pour qu'ils puissent le récupérer et nous rejoindrons la terre ferme.

Durant la nuit, ils se remplacèrent au poste de pilotage.

Au petit matin, l'ombre du Vaisseau-Matrice se découpait sur le paysage, plus près que jamais. À ce rythme-là, l'Alliance des Trois serait abordée avant la prochaine nuit.

Toute la journée, ils guettèrent la silhouette imposante qui gagnait lentement du terrain. Au crépuscule, le navire amiral de la flotte Kloropanphylle se tenait à cinq cents mètres. Matt pouvait distinguer les têtes se pencher par-dessus le bastingage pour les observer.

Devant eux, la mer Sèche semblait se poursuivre à l'infini.

Il fallait trouver une solution miraculeuse s'ils voulaient espérer s'en sortir.

– Tobias, fit Matt, à ton avis, si on nourrit les Souffleurs sans arrêt, des quantités toujours plus grandes de feuillages, est-ce que le bateau va prendre de l'altitude ? A-t-on une chance de pouvoir passer au-dessus du Vaisseau-Matrice ?

– Non, on est déjà presque au maximum, le volume des ballons est calculé selon le poids qu'ils doivent soulever, ils sont déjà saturés d'air chaud, on ne pourra pas faire plus. À moins de perdre beaucoup de poids...

Matt se précipita dans les cales pour estimer ce qu'ils pouvaient jeter et revint, déçu.

– Faut trouver une autre idée. Et vite !

Avant même qu'ils puissent faire une proposition, une imposante lumière rouge surgit des profondeurs de la mer Sèche.

La forêt s'agita sur plusieurs hectares, et le clignotement rouge s'intensifia.

– Un Requiem rouge ! hurla Ambre.

– Oh, non ! fit Tobias en serrant le gouvernail.

Aussitôt, de gigantesques tentacules jaillirent de la végétation en arrachant des branches au passage, ils tournoyèrent dans les airs, à vingt mètres de hauteur, projetant une lumière rouge palpitante.

Tout le monde à bord retint son souffle, attendant de voir ce qu'allait faire la créature réputée pour être ce qu'il y avait de pire dans toute la Forêt Aveugle. Le clignotement rouge était si rapide qu'il ne laissait aucun doute sur l'état d'excitation qui l'animait : elle chassait. Les tentacules projetaient la végétation dans tous les sens, puis soudain elle se figea. Les pseudopodes se rétractèrent et la lumière rouge disparut.

Lorsqu'elle se ralluma, encore plus vive, le Requiem rouge fonça vers le Vaisseau-Matrice.

Sous la lune éclairant ce spectacle sinistre, l'Alliance des Trois vit l'imposant navire effectuer une manœuvre spectaculaire en tournant brusquement, une volée de carreaux d'arbalitres s'envola pour plonger vers le monstre. Les premières secondes, le Requiem ne sembla pas encaisser le moindre dommage, avant de subitement ralentir pour virer et prendre de la distance.

L'accalmie fut de courte durée. Le Requiem prit en chasse le Vaisseau-Matrice par l'arrière, il était si furieux que la lumière rouge était maintenant fixe, puissante comme sa détermination à détruire sa cible.

Les arbalitres firent feu à nouveau, depuis le château arrière, moins nombreuses, et moins précises. Le Requiem gagnait du terrain. Il y eut soudain des flammes dans le ciel, elles provenaient du Vaisseau-Matrice, et semblèrent freiner le prédateur, mais il revint à la charge.

Après plusieurs minutes, l'Alliance des Trois ne vit plus que les lueurs argentées du Vaisseau-Matrice, le carmin sous la frondaison et les jets flamboyants qui illuminaient le ciel par intermittence.

— S'ils se font détruire par notre faute, je ne me le pardonnerai jamais, déclara Ambre.

– Je crois qu'ils ont réussi à le faire reculer avec le feu, ils devraient s'en sortir, affirma Matt.

Au bout d'un moment, tout danger avait disparu, ils s'étaient éloignés et tout le monde retrouva un semblant de calme. Ils se relayèrent comme la veille pour piloter.

Le lendemain midi, Matt contemplait la mer Sèche depuis la proue de l'embarcation.

Combien de temps encore allaient-ils naviguer ?

Le cri d'Ambre le tira de ses réflexions, il se précipita à la poupe. Elle pointait du doigt la lumière rouge qui se rapprochait par le nord.

– C'est à nouveau le Requiem rouge, il nous a retrouvés ! s'écria-t-elle.

– Il faut absolument gagner de la vitesse ! s'affola Tobias. Jetez tout ce que vous pouvez par-dessus bord, et s'il y a assez de draps, essayez de les accrocher ensemble avec de la corde légère pour faire des voiles supplémentaires !

Ambre et Matt firent rapidement quelques allers-retours pour balancer les meubles inutiles : tabourets, tables, caisses vides... Puis ils se hâtèrent de rassembler les draps du bord pour les coudre avec le nécessaire de survie que Ambre transportait pour soigner les blessures.

– Voilà ! fit-elle après une heure de labeur. Ça ne résistera pas à une tempête mais c'est mieux que rien.

Ils firent monter leur voile improvisée à l'aide de cerfs-volants, sur le même modèle que ceux qui équipaient déjà le bateau et gagnèrent quelques mètres carrés de voilure.

Le Requiem était de plus en plus près, à moins d'un kilomètre désormais.

Lorsqu'il ne fut plus qu'à cinq cents mètres, une heure plus tard, et qu'il ne faisait plus aucun doute qu'il allait les rattraper, Matt avertit ses camarades :

– Mettez votre équipement, qu'on soit prêts à quitter le pont si nécessaire. Nous ne pourrons pas lutter contre lui, s'il attaque, il faudra s'enfuir par la Forêt Aveugle et espérer le semer dans la végétation.

Matt retrouva son gilet en Kevlar qu'il n'avait plus porté depuis presque une semaine, son épée, et son grand sac à dos. Ambre se précipita dans la cabine pour en revenir avec des provisions qu'elle enfourna dans leurs affaires, les gourdes pleines.

Le Requiem était maintenant à deux cents mètres et fonçait en soulevant un nuage de verdure.

Il devenait de plus en plus évident qu'aucune autre solution ne les sauverait. Matt hésitait. S'ils attendaient trop, le Requiem serait sur eux en un rien de temps, mais s'ils sautaient maintenant, la vitesse risquait de les blesser.

Il s'approcha du bord. Le feuillage était épais. Suffisamment pour amortir le choc.

– Vous êtes prêts ? interrogea-t-il.

Ambre et Tobias acquiescèrent mollement.

Matt enjamba le bastingage.

– Il faut sauter tous en même temps, sinon on va se perdre là-dessous ! avertit-il.

Tobias saisit son bras pour le retenir, une main tendue vers l'avant.

– Regardez ! s'écria-t-il d'une voix tremblante où la peur et l'espoir se mêlaient.

La mer Sèche s'interrompait d'un coup. À moins d'un kilomètre, le ciel semblait descendre sous la ligne d'horizon.

Cette vision leur redonna la force d'y croire. Ils se précipitèrent à la proue pour tenter d'apercevoir ce qu'il y avait au-delà, sans rien distinguer. Et si c'était le vide ? Matt supposa qu'ils resteraient à flotter dans les airs grâce aux ballons. Il suffirait alors de réduire le débit d'air chaud avec les molettes pour progressivement regagner le plancher des vaches.

Ils avaient une chance de s'en sortir !

Matt avisa la distance qui les séparait du Requiem.

Une bonne centaine de mètres. Combien de temps avant qu'ils ne soient à portée de tentacule ? Cinq minutes ?

Le bord de la mer Sèche se rapprochait.

Tout comme le Requiem rouge.

Et alors qu'ils franchissaient les derniers arbres, le panorama se dévoila : la forêt retombait en pente abrupte vers une immense plaine. En moins de cinq kilomètres, la Forêt Aveugle se transformait en lisière spectaculaire puis en bois modeste.

Le Requiem rouge fut sur eux.

Le bateau vola au-dessus du vide pendant qu'un tentacule énorme se dépliait pour venir les frapper. Matt aperçut les ventouses et comprit qu'ils allaient être aspirés en arrière. Le Requiem allait les couler pour les dévorer.

Mais le monstre, surpris par la fin soudaine de son environnement, enroula ses membres autour des derniers troncs et stoppa brutalement sa course folle. Le tentacule vint frapper l'embarcation avec une violence phénoménale, arrachant toute la cale, éventrant la frêle construction. Ambre, Tobias et Matt furent balayés par le choc. Tobias se cramponnait avec une telle énergie qu'il resta sur place mais Ambre et Matt s'envolèrent et allaient passer par-dessus bord lorsque Matt se rattrapa à la rambarde et put saisir Ambre par son sac à dos.

Le Requiem glissa en arrière, et sa masse spongieuse repartit dans les entrailles de son monde de ténèbres.

Mais le navire était amputé de tout son tiers inférieur. Les cages des Souffleurs avaient disparu, et un sifflement inquiétant monta de la coque endommagée.

185

Matt tira sur son bras qui soutenait Ambre pour parvenir à la hisser sur le pont et ils roulèrent sur le plancher. Elle avait les yeux exorbités, frappée de terreur. Elle s'était vue mourir.

Le bateau se mit à chuter.

Les cordages retenant les ballons se rompirent les uns après les autres, libérant l'air chaud au passage.

Tout le navire plongea et vint heurter la cime des arbres en contrebas. Les voiles continuaient de les entraîner et ils se mirent à dévaler la pente à toute vitesse, les faîtes des hauts sapins arrachant un peu plus de la coque à chaque choc. L'étrave se désagrégeait de seconde en seconde, ce qui restait du gouvernail fut arraché, l'écoutille du pont se souleva et s'envola, sectionnant au passage d'autres haubans qui retenaient les ballons et manquant décapiter Tobias.

Et puis le plancher se disloqua, les derniers ballons se dégagèrent et la dunette arrière où se tenait l'Alliance des Trois vint s'encastrer dans une butte en projetant ses occupants sur plusieurs mètres.

Un nuage de poussière dessina un champignon au-dessus de l'épave tandis que les voiles continuèrent de voler sans aucune charge au bout des cordages. Elles prirent de l'altitude et devinrent rapidement des points sur le ciel bleu.

Les trois adolescents étaient étendus, inconscients.

Au pied des contreforts sud de la Forêt Aveugle.

Sur les terres de Malronce.

Malronce

DEUXIÈME PARTIE
Le royaume urbain

19.

Filature

Tobias revint à lui à cause de la douleur.

Son flanc gauche l'élançait vivement. Il ouvrit les yeux et constata tout d'abord qu'il n'était plus dans l'embarcation. Ce qu'il en restait gisait dix mètres plus loin, répandu parmi les rochers. Ambre et Matt étaient invisibles.

Il allait se relever lorsqu'une vive douleur lui arracha un gémissement.

Un long morceau de bois était planté au-dessus de sa hanche. Tobias manqua de s'évanouir en le voyant pendre ainsi avec l'auréole de sang qui maculait ses vêtements ; il parvint à se reprendre en respirant profondément. D'une main il tira sur le pieu et de l'autre il appuya sur la plaie. La pointe très effilée était heureusement peu enfoncée. Il lui fallait néanmoins nettoyer la blessure.

D'abord les copains !

Tobias laissa son sac à dos sur place et fouilla les débris à la recherche de ses deux amis. Il trouva Matt inconscient, dans l'herbe, et Ambre un peu plus loin, tous deux couverts d'ecchymoses et de griffures. Ils reprirent leurs esprits tandis qu'il leur faisait couler un peu d'eau sur le visage, et chacun de constater les dégâts.

– Une sacrée veine qu'on s'en soit sortis avec trois fois rien ! s'étonna Matt.

Tobias souleva son tee-shirt et dévoila la vilaine plaie qui saignait beaucoup.

– Parlez pour vous ! Je crois que je vais m'évanouir !

Matt examina la blessure et se rassura en constatant qu'elle n'était que superficielle.

– Ambre, tu peux me passer la trousse d'urgence ? dit-il. Il ne faudrait pas que cela s'infecte.

Il terminait à peine de poser le pansement, quand Ambre désigna une colonne de fumée dans le ciel.

– On dirait qu'il se passe quelque chose derrière cette colline.

– Restez là, je vais aller jeter un coup d'œil.

Pendant que Matt gravissait le monticule à grandes enjambées, Tobias et Ambre rassemblèrent leurs affaires.

Ils virent Matt redescendre à toute vitesse.

– Nous avons de la visite ! Une patrouille Cynik, faut vite se planquer ! lança-t-il.

Ils eurent le temps de courir à l'abri d'un massif de ronces et de s'enfoncer dessous en rampant. Sous un pareil labyrinthe d'épines, personne ne pouvait les remarquer.

– Qui était le dernier ? demanda Tobias. C'était toi Matt, non ? Tu as pense à effacer les traces au sol ? Qu'ils ne nous suivent pas jusqu'ici !

– T'en fais pas.

Cinq cavaliers noirs surgirent, lances à la main. Ils sillonnèrent toute la zone de l'accident en sondant les débris.

– On dirait bien un bateau ! s'exclama l'un d'eux.

– Qu'est-ce qu'il fait ici ? Il n'y a pas de rivière à moins de dix kilomètres !

– Il n'est pas entier, ce sont des fragments ! s'étonna un troisième. C'est un de ces navires qui volent ! Comme celui qu'une patrouille a croisé le mois dernier ! Ces satanés gamins aux cheveux verts et aux yeux étranges. Les démons de la forêt !

– Où sont les corps alors ? S'il s'est écrasé, il y a forcément des corps ! Ils n'ont pas pu survivre tout de même ?

– Qu'est-ce que j'en sais moi ? T'as qu'à descendre de ton cheval et explorer ce qui reste de l'épave ! Les autres, avec moi ! On va faire le tour par le sommet de la colline, et vérifier qu'ils ne sont pas tombés dans la plaine, allez !

Les chevaux se lancèrent au galop pendant que le soldat Cynik fouillait les décombres. Ses compagnons ne tardèrent pas à le rejoindre.

– Personne de ce côté. Viens, on retourne à la caravane.

– C'est tout ? Peut-être qu'ils sont dans les contreforts de la forêt, si on se dépêche on pourra les rattraper !

– Pas le temps, il faut rentrer à Babylone avec notre cargaison.

Sur quoi il éperonna son cheval et avec ses hommes rebroussa chemin.

Lorsqu'ils eurent disparu, l'Alliance des Trois rampa hors de leur cachette en s'époussetant.

– Si nous les suivons, à bonne distance bien sûr, ils nous conduiront à l'une de leurs villes, proposa Ambre.

– C'est drôlement risqué ! fit Tobias en frissonnant.

Matt approuvait déjà l'idée de la jeune femme et il se mit en route aussitôt.

Parvenus de l'autre côté de la colline, ils virent toute une caravane de chevaux, de chariots tirés par des ours et une cinquantaine d'hommes à pied. Des étendards noir et rouge flottaient au-dessus des roulottes pleines de ballots. Après une minute, les Cyniks se remirent en route, soulevant dans leur sillage un long panache de poussière brune.

L'Alliance des Trois attendit que la caravane ne soit plus qu'une ligne noire au loin, puis ils se lancèrent à sa suite, se servant de l'empreinte éphémère laissée dans le ciel comme d'un guide. Leurs corps étaient douloureux, les maux de tête s'intensifièrent avec les heures de marche, cependant aucun des adolescents ne se plaignit, trop concentrés qu'ils étaient sur l'horizon.

La surprise fut grande lorsqu'ils entrèrent dans un champ de coquelicots flamboyants qui couraient sans fin, l'écume rouge de cette mer dansant avec le vent sous l'azur des cieux ; c'était un spectacle somptueux qu'ils ne s'étaient pas attendus à voir sur des terres qu'ils imaginaient mornes et arides.

À vrai dire, ils ignoraient tout de cet endroit, des mœurs de ces adultes barbares. Vivaient-ils dans des cités ou des campements ? Étaient-ils seulement capables d'ingéniosité hors du domaine de la guerre ? Y avait-il des femmes parmi eux ? Des… enfants ?

En fin de journée la caravane s'immobilisa et plusieurs feux apparurent pour le bivouac. L'Alliance des Trois s'installa à son tour, sur le flanc d'un coteau, à l'abri d'une dépression. Ainsi protégés, ils purent eux aussi allumer un feu et cuire un peu de viande qu'ils avaient pris au Nid.

À la lueur des flammes, ils reprisèrent leurs vêtements déchirés par le crash. Tobias nettoya sa blessure, et Matt en profita pour ôter son gilet en Kevlar qui lui pesait. Au moment de se coucher, l'absence de Plume se fit plus vive encore. Matt aimait s'endormir et se blottir contre sa chienne au cœur de la nuit. Il se demanda si le vide qu'elle laissait disparaîtrait un jour, s'il parviendrait à l'oublier. Il ferma les paupières en écoutant houhouler un hibou tout proche.

C'était leur première nuit en pleine nature après une semaine de lits confortables, et malgré leurs duvets moelleux, le sol dur et l'humidité nocturne perturbèrent leur repos.

Au petit matin, Ambre s'était absentée, elle revint déçue de n'avoir trouvé aucun point d'eau pour ses ablutions et ils reprirent leur marche dès que la colonne de fumée apparut dans le ciel.

En fin de matinée, leurs pieds les faisaient souffrir et leurs sacs à dos semblaient peser une tonne sous le soleil étincelant. Ils s'étaient habitués à la température fraîche du Nid, tout là-haut au sommet de la Forêt Aveugle, oubliant que dans la plaine c'était l'été. Ils suaient abondamment, buvaient beaucoup, et les réserves d'eau s'épuisaient.

Depuis plusieurs kilomètres ils marchaient sur ce qui ressemblait à une piste : l'herbe était écrasée quand elle n'était pas remplacée par de la terre craquelée. De fréquents passages avaient creusé un mince sillon qui traversait des bois, des plaines de hautes fougères et grimpait à flanc de colline. La variété des fleurs éblouissait la petite troupe, étincelantes de couleurs vives au spectre large, toutes les nuances du cyan, du bleu-vert au violet, s'égrenaient au fil de leur marche, mélangées au pourpre, au jaune et à l'orange ; une vraie palette de peintre lançait ses arômes doux que le soleil intensifiait encore.

Tobias avançait en tête, les pouces sous les sangles de son sac à dos, une brindille coincée entre les lèvres, l'arc se balançant derrière lui au rythme des foulées. Comme le bon petit scout qu'il avait été autrefois. Matt enviait son détachement apparent, presque de la nonchalance.

C'est une façade, songea-t-il, *Toby est un anxieux de nature... Il avait tout pour être bien sur l'île Carmichael, et pourtant il est là, dans cette galère avec moi, parce que je suis son ami, parce que je suis tout ce qu'il lui reste de son ancienne vie rassurante...*

Matt prit soudain conscience que s'il venait à disparaître, Tobias n'aurait plus rien. Il se rattachait à lui comme à une bouée au milieu de cet océan gigantesque où il se savait perdu.

Si je meurs, que fera-t-il ?

Matt ne songeait pas souvent à la mort. Encore moins à la sienne. C'était étrange à vrai dire. S'imaginer mourir encore, mais mort ! Fini, le néant... *Et s'il y avait une vie après ? Un paradis, un enfer ? Non...* Il n'y croyait pas. La vision de la Bible lui semblait bien trop simpliste pour ce monde si complexe. Elle n'était qu'un moyen de canaliser les peurs de vivre, et de mourir. Comment disaient les adultes déjà ? *Un anxiolytique ! Voilà ce que c'est !*

Pourtant, maintenant qu'il y réfléchissait, Matt réalisait que l'humanité, en créant ses civilisations, avait évolué, jusqu'à élaborer une mémoire et une projection de l'avenir. Et donc un but. *Alors c'est l'homme qui a donné un sens à sa vie, pas Dieu !*

Matt ne parvenait pas à imaginer qu'un Dieu puisse avoir tout préparé, depuis le singe jusqu'à aujourd'hui. *Quel gâchis ce serait pour toutes les générations qui ont été avant l'avènement de la civilisation...*

Puis il songea à l'héroïsme qu'il aimait tant.

C'était exactement cela. Donner un but à son existence. Être prêt à tous les sacrifices pour accomplir sa quête. L'héroïsme était-il une autre réponse de l'homme face au vide de son existence ? Une autre solution alternative à la religion ? Bien que compatible également...

Que s'était-il passé ce jour de décembre où tout avait basculé ? Un Dieu était-il derrière tout cela ? L'hypothèse de la Nature toute-puissante lui plaisait. Il se souvint tout à coup d'Ambre sur l'île, qui lui avait demandé d'être plus respectueux des croyances de chacun.

Je crois que c'est elle qui a raison. La Terre nous a donné naissance d'une certaine manière, nous étions une sorte de... d'expérience, un véhicule pour propager ce qu'elle est par essence : la vie. Et lorsque nous nous sommes mis à dévier de ce pour quoi nous étions faits, lorsque nous nous sommes mis à devenir une menace pour la vie plus qu'un moyen de la répandre, alors la Terre, la Nature, nous a corrigés violemment. Il y a eu des avertissements, les changements climatiques, les catastrophes naturelles à répétition. Nous n'avons pas écouté. Elle s'est énervée une bonne fois pour toutes. Maintenant, il faut repartir sur de bonnes bases, nous avons une seconde chance, il ne faut pas la manquer !

Soudain il se demanda ce qu'il adviendrait de l'humanité, du moins ce qu'il en restait, si la guerre entre Cyniks et Pans persistait ?

Et si c'était une sorte de gigantesque test ?

Ne pas parvenir à s'entendre signifierait une autre Tempête. La dernière.

Matt en était là de ses interrogations, absorbé par ses pensées et par la marche forcée, lorsque Tobias s'immobilisa tout net avant de se précipiter vers ses camarades pour les pousser sur le bas-côté.

– Planquez-vous ! s'écria-t-il en sautant dans un fourré.

À peine étaient-ils dissimulés que deux chevaux surgissaient du virage au galop, portant des soldats en armures noires. Tobias attendit une bonne minute après leur passage pour ressortir.

– Je crois qu'il y a une ville derrière cette forêt, venez !

Il retourna au sommet de la butte d'où il avait aperçu le danger et pointa du doigt la vallée.

– Incroyable ! s'exclama-t-il. Incroyable !

Ambre et Matt le rejoignirent pour contempler une rivière traversée par un pont de pierre.

Une cité faite de torchis blanc et de bois s'étendait au-delà, des habitations basses à l'exception d'un complexe néogothique qui ressemblait à plusieurs églises.

– C'était une université, pensa Ambre à voix haute. Avant la Tempête. Les Cyniks ont bâti leur cité autour.

Une seconde rivière, plus large que la première, coupait la ville en deux. Un grand bateau mouillait au port. De son côté, la plus haute tour de l'université avait été modifiée pour y ajouter de longues structures en bois ressemblant à des quais suspendus dans les airs.

Les Cyniks étaient bien plus inventifs qu'ils ne l'avaient imaginé.

Et partout sur la ville, flottait le drapeau noir et rouge de la Reine Malronce.

20.

Un plan qui divise

Ambre, Tobias et Matt avaient fait le plein d'eau au bord de la rivière et avaient attendu qu'il n'y ait plus personne en vue pour traverser le pont de pierre en direction de la cité. À moins de cinq cents mètres ils débusquèrent un poste d'observation idéal. Aussi s'installèrent-ils dans un large trou, entre des racines et des arbustes en fleurs. De là ils pouvaient surveiller l'accès principal à la ville.

Les Cyniks avaient sorti de terre cet endroit avec beaucoup de célérité et d'application. Un mur d'enceinte haut de cinq mètres la protégeait totalement. Matt supposait que c'était davantage un rempart contre les prédateurs que pour se mettre à l'abri d'une guerre. Les maisons, pour ce qu'il en avait aperçu, étaient étroites et hautes, des façades blanches aux poutres de la structure apparente, coiffées de toits pointus et garnis de cheminées. Tout cela ressemblait beaucoup à une ville du Moyen Âge.

Des gardes discutaient sous l'arche de l'entrée, ne prêtant pas de réelle attention aux gens qui circulaient dans les deux sens, pas plus qu'aux marchandises transportées par des carrioles grinçantes tractées par des ânes, des chevaux et parfois des ours.

– Il faut trouver un autre endroit pour entrer, fit Matt, c'est trop risqué, même s'ils ne sont pas vigilants.

Ambre le considéra attentivement.

– Matt, je peux te demander ce que tu espères trouver ici ? demanda-t-elle.

– Des réponses à nos questions.

– Mais nous sommes des Pans ! Jamais ils ne nous laisseront approcher !

– Nous sommes assez grands pour passer pour des adultes, il suffira de dissimuler nos visages sous nos capuches.

– Rappelez-vous Colin, intervint Tobias, c'était un Pan et pourtant les Cyniks l'ont accepté.

– Les adolescents qui sont sur le point de devenir adultes, dit Matt, les Cyniks les acceptent certainement.

– Tu crois qu'en grandissant on va tous devenir des Cyniks ? s'angoissa soudain Tobias.

– Je n'espère pas !

Ambre se pencha pour mieux distinguer les portes de la ville :

– Regardez ! Des Pans !

Cinq petites silhouettes portant des seaux de bois sortaient, la démarche traînante, accompagnées par un Cynik. Quelque chose dans leur attitude clochait. L'absence de vie dans leur regard, les expressions figées de leurs traits, ils ne se comportaient pas comme des enfants prisonniers, mais plutôt comme des marionnettes dociles.

Matt remarqua alors la chaînette qui reliait la ceinture du Cynik à chacun des enfants et disparaissait dans les plis de leurs chemises sales.

Ils passèrent non loin de l'Alliance des Trois et allèrent remplir leurs seaux à la rivière avant de revenir, sous l'œil attentif de leur geôlier. Le dernier Pan n'avançait pas très vite et cela déplut fortement au Cynik qui s'approcha de lui en soupirant.

– Tu vas encore geindre ? s'énerva-t-il. Avance, fichu gamin !

Sur quoi il lui décocha une gifle sur l'arrière du crâne que l'enfant encaissa sans broncher.

Matt se redressa, tous les muscles de son corps prêts au combat. Il allait mettre ce Cynik en pièces.

Tobias et Ambre l'attrapèrent pour le ramener sous la protection des feuillages.

– Ça ne va pas ! s'emporta Ambre. Tu veux nous faire tuer ? Les gardes pourraient entendre !

Sa colère retomba aussitôt et il réalisa qu'il avait perdu tout contrôle. La violence du Cynik l'avait rendu ivre de rage, lui qui avait désormais la force de leur tenir tête. Cela lui fit peur. Était-ce la rançon de tout le sang qu'il avait versé ? La violence dont il avait dû faire preuve pour se défendre au fil des semaines l'avait-elle contaminé ?

Non, je suis fatigué et un peu impulsif, c'est tout…, tenta-t-il de se rassurer.

Ils restèrent là à observer, une heure durant, avant d'établir leur stratégie : attendre l'aube pour entrer couverts de leur manteau à la capuche relevée. Avec la chaleur de l'après-midi, ils ne pouvaient se vêtir ainsi sans éveiller la méfiance des gardes. Si par malheur ils étaient interrogés, ils prétexteraient être de nouveaux Cyniks ayant trahi leur clan Pan. Il fallait croiser les doigts pour que ce plan fonctionne.

Profitant de cette pause inespérée, chacun se reposa, se massant les pieds, mangeant un morceau de viande séchée ou ce qui ressemblait à du pain de couleur verte. La nuit tomba et sa fraîcheur bienvenue leur permit de s'endormir rapidement.

Au petit matin, avant même que l'est ne blanchisse, Ambre réveilla ses compagnons. Ensemble, ils se rapprochèrent par la forêt qui cernait le rempart pour n'être plus qu'à quelques dizaines de mètres de la guérite d'entrée.

Les portes étaient ouvertes, encadrées par deux gardes de faction dont un qui semblait somnoler sur un tabouret.

Tandis qu'ils attendaient les premiers rayons du soleil, Ambre finit par remarquer les affiches jaunies qui ornaient l'arche sous le rempart. À cette distance, elle ne pouvait les distinguer clairement, aussi se concentra-t-elle sur son altération. Elle se savait capable de le faire. Lorsque Tobias tirait ses flèches, elle réussissait à les guider sur de bonnes distances. Sauf que cette fois il fallait procéder en sens inverse, parvenir à *percevoir* un objet à distance pour le faire venir à elle, ce qui n'était pas une mince affaire.

Après plusieurs minutes de focalisation et d'essais infructueux, elle parvint à décoller un coin, puis un autre, de l'affiche qui glissa le long du mur jusqu'au sol. Personne autour ne l'avait remarqué.

Au prix d'un nouvel effort, elle la fit flotter laborieusement entre les jambes d'un garde, jusque dans l'herbe. Les trente derniers mètres furent brusquement plus faciles et l'affiche traversa au ras du sol jusqu'à venir se poser dans la main ouverte d'Ambre.

— Pourquoi tu ne m'as pas demandé mes jumelles ! s'exclama Tobias.

— Comment veux-tu que je progresse avec mon altération si je ne m'entraîne pas ?

— Qu'est-ce que c'est ? s'enquit Matt.

— Je l'ignore mais il y en a plein les murs de l'entrée, dit-elle en déroulant le papier parcheminé.

Le visage de Matt apparut en noir et blanc. Un dessin très réaliste accompagné d'un texte manuscrit :

« *Par ordre de la Reine, il est déclaré que toute personne qui croisera ce garçon devra en faire rapport aussitôt aux autorités de son Altesse Sérénissime. Quiconque apportera le moyen de le localiser sera généreusement récompensé.* »

– Mince, pesta Tobias, ça se complique.

Matt secoua la tête.

– C'est fichu ! Je ne peux pas entrer avec ça placardé en ville !

– On ne change rien au plan sinon que tu nous attends là, annonça Ambre.

Matt commença à faire signe qu'il n'était pas d'accord et Ambre pointa sur lui un doigt menaçant en ajoutant d'un ton autoritaire :

– Vous m'avez promis de m'écouter, alors je vous le dis : cette ville est en effet l'occasion d'en apprendre plus, avant de pouvoir rentrer chez nous. Ici, nous pourrons glaner toutes les informations que nous espérons. Tobias et moi allons nous y rendre, pendant ce temps, tu vas nous attendre et nous promettre de ne rien faire d'idiot !

– Je ne suis plus un gamin, répliqua Matt, vexé, inutile de me dire ce que je dois faire.

Tobias sentit la tension monter et préféra ne pas se mêler de la conversation qui, de toute façon, en resta là. Ils patientèrent une heure encore. Les lanternes furent éteintes, des lampes alimentées par de la graisse animale, qui produisait une flamme d'un jaune tirant sur le rouge. Les premiers passants apparurent dans la fraîcheur de l'aube : un homme tirant une vache fatiguée, puis deux types poussant des brouettes en bois.

Ambre et Tobias enfilèrent leurs manteaux à capuche et Ambre s'adressa à Matt :

– On se retrouve là où nous avons dormi, tu y seras plus en sécurité. Attends-nous jusqu'à ce soir. Si nous ne sommes pas revenus d'ici là, c'est que nous sommes capturés ou pire. Ne tente rien pour nous, mieux vaut deux pertes que trois.

— Ne dis pas ça.

Ambre le fixa un instant, sans que Matt puisse déterminer le sentiment qui animait la jeune fille. Puis elle s'élança dans la lumière blanche des premiers rayons du jour, aussitôt talonnée par Tobias qui eut à peine le temps de saluer son ami.

Matt les vit approcher les grandes portes sous le regard méfiant d'un soldat. Ils allaient entrer lorsque celui-ci s'approcha d'eux.

Son baudrier se décrocha tout seul au même moment et s'effondra sur ses pieds, lui arrachant un cri de douleur tout autant que de colère. Le soldat s'accroupit et du coup les ignora pendant qu'ils franchissaient l'arche.

C'est un coup d'Ambre ça, j'en suis certain ! se félicita Matt.

Ambre et Tobias étaient dans la place forte.

Ce fut tout ce qu'il put voir avant qu'ils ne disparaissent dans le dédale des rues.

21.
Une boutique pas comme les autres

Les rues, bien qu'étroites, étaient occupées par des étals que des marchands recouvraient de fruits, d'objets travaillés dans le cuir ou le bois, et de vêtements tressés. Le marché s'installait avec le soleil qui remplaçait progressivement les lanternes à graisse. L'odeur de viande grillée se répandait dans les ruelles puis celle plus sucrée du miel chaud. Les vendeurs constituaient encore l'essentiel de la population à cette heure matinale et ils discutaient fort entre leurs présentoirs, riant ou râlant pour un rien.

Ambre et Tobias progressaient avec précaution au milieu de cette foire de bruits et d'odeurs. Voir les Cyniks ainsi était rassurant, sans leurs armures d'ébène et leur obsession de capturer ou tuer les Pans. Pendant un moment, les deux adolescents auraient pu croire qu'ils étaient des adultes normaux, un jour de marché, et que tout allait finalement s'arranger.

Puis ils virent une femme, la première depuis la Tempête, et cela leur fit un choc. Plus grand encore lorsqu'ils la virent tenir en laisse un enfant de dix ans à peine. Plutôt qu'une vraie laisse en corde, c'était une chaînette en acier, reliée à un bracelet de cuir au poignet de la femme. La chaîne s'enfonçait sous la blouse de l'enfant, et, tandis qu'il marchait, celle-ci s'ouvrit un peu au niveau de son ventre. Les deux Pans contemplèrent l'horreur.

La chaînette se terminait par un anneau noir qui mordait les chairs au niveau du nombril tout gonflé.

Était-ce ce qui les rendait si amorphes ?

La femme faisait ses courses et tout ce qu'elle achetait elle le donnait à porter à l'enfant qui tendait les bras sans réaction.

– On dirait un petit zombie, fit Tobias tout bas en frissonnant.

– Viens, ne restons pas là, ça me dégoûte.

Les rues commençaient à se remplir, Ambre et Tobias se sentaient de mieux en mieux, ainsi noyés par la foule. Plusieurs fois, ils croisèrent des affiches à l'effigie de Matt. N'y tenant plus, Tobias arrêta un passant, lui désigna le portrait et demanda d'une voix qu'il tenta de rendre plus grave :

– Hé ! Sais-tu ce qu'elle lui veut, la Reine, à ce garçon ?

L'homme fronça les sourcils, et tenta d'apercevoir le visage qui lui parlait sous cette capuche obscure.

– C'est la Reine, non ? répondit-il en levant les épaules. Elle fait ce qu'elle veut !

Tobias lança un grognement qui se voulait une approbation et ils s'éloignèrent, bien trop tremblants pour insister.

– Nous allons finir par nous faire repérer, augura Tobias.

– Pas si nous nous en tenons au plan ! Tiens-toi droit et masque la peur dans ta voix. Il faut trouver une auberge ou un établissement de ce genre, pour écouter les conversations.

– Et comment on paiera ? Tu as vu, ils s'échangent des petites pièces ! Ils ont déjà mis au point toute une économie avec de l'argent !

– Et ça te surprend venant des adultes ? Pour l'auberge, suffira de ne pas consommer. Allez, viens.

Ils marchaient en direction de l'université depuis cinq minutes à peine quand Tobias trouva encore à se plaindre :

– N'empêche, on aurait dû laisser nos sacs à Matt, on n'est pas discrets ! Et puis mon arc, ça fait une arme, je sens que ça ne leur plaît pas...

– Tais-toi un peu, tu veux ? Et n'oublie pas que nous sommes des voyageurs, notre équipement contribue au rôle !

– Désolé, c'est quand je stresse, je parle beaucoup.

Une corne de brume résonna dans toute la ville et une partie des promeneurs prit la même direction, que Ambre et Tobias décidèrent de suivre. Ils parvinrent à une grande place pavée où plus de trois cents personnes s'étaient rassemblées. Une avenue partait en direction d'une haute porte dans l'enceinte extérieure. Trois immenses cages en bambou venaient de passer entre les murs de la muraille pour remonter en direction de la place. Des dizaines d'ours tiraient ces étranges charrettes s'élevant à près de dix mètres. Tobias et Ambre reconnurent les cages à Pans. Rondes et remplies d'enfants apeurés.

– Les Ourscargots ! s'enthousiasma la foule. Les Ourscargots !

Une cinquantaine de soldats en armure noire les encadraient.

Le convoi s'immobilisa au milieu de la foule et les cages furent ouvertes par les militaires qui forcèrent les enfants à entrer dans un grand bâtiment sans fenêtre – sa façade s'ornait des mêmes drapeaux rouge et noir que partout en ville avec en plus une pomme argentée au centre. Parmi les Pans, il y avait des fillettes de moins de cinq ans, des garçons qui pleuraient à chaudes larmes et même quelques-uns qui semblaient méchamment blessés. Et pourtant nul ne s'en souciait. On les poussait sans ménagement dans ce lieu éclairé par des lanternes malodorantes avant que la porte ne se referme brutalement.

Combien y en avait-il ? se demandait Tobias. Au moins cent prisonniers !

Comme la foule ne semblait pas bouger, attendant autre chose, Ambre et Tobias firent de même. La porte finit par se rouvrir après de longues minutes et les enfants ressortirent, un par un, entièrement nus, en sanglotant. On les conduisit sur l'estrade qui surplombait la place et là débuta une vente aux enchères pour acquérir chaque Pan.

Ambre et Tobias étaient écœurés.

Une trentaine d'enfants de cinq à treize ans furent ainsi partagés dans la foule. On les présentait comme du bétail, vantant leur jeune âge qui garantissait des années de bons services, leur force, leur gabarit frêle pour des travaux particuliers, jusqu'à ce que le dernier soit attribué.

Le pire restait à venir.

Une fois payé, chaque esclave était amené de force vers une roulotte d'où s'échappaient une fumée grise et une odeur de soufre. Là, deux hommes musclés et gras le tenaient fermement pendant qu'un troisième, aux dents pourries, venait enfoncer une longue pince brûlante dans le nombril de l'enfant. Les pinces se refermaient d'un coup et plantaient un petit anneau noir dans les chairs sous les cris de souffrance de la pauvre victime.

Curieusement, les râles s'interrompaient dans la minute, avec la pose de l'anneau. La vie semblait quitter le petit visage déformé par la peur et la douleur et les larmes cessaient. Une chaînette était clipsée dans l'anneau et le propriétaire repartait avec son domestique au bout de sa laisse.

Le Cynik qui opérait comme commissaire-priseur termina la vente par :

— C'est tout pour aujourd'hui, les autres doivent rester pour de plus amples analyses afin de servir la Quête des Peaux. Je vous invite à revenir demain matin, et gloire à notre Reine Malronce !

Une bonne partie de la foule rassemblée reprit « Gloire à notre Reine » en chœur avant de se dissiper.

– Je crois que je vais vomir, murmura Ambre en s'éloignant.

– Ils sont devenus fous. Totalement déments, conclut Tobias en séchant discrètement ses joues humides.

Ils approchaient d'une zone très fréquentée lorsque Tobias demanda à Ambre :

– C'est quoi la Quête des Peaux d'après toi ?

– Avec ce que j'ai vu ce matin, j'imagine le pire. Trouvons une auberge et quittons cet endroit de malheur !

Ils finirent par repérer une enseigne en lettres enchevêtrées « Taverne Mousse&bouf » cependant Tobias s'arrêta au milieu de la rue.

– Qu'est-ce qui ne va pas ? s'alarma Ambre.

Tobias bifurqua vers une devanture poussiéreuse aux vitrines opacifiées par la crasse.

– Je connais cette boutique ! dit-il, presque joyeux.

– « Au Bazar de Balthazar », lut Ambre tout haut.

– J'y suis déjà allé ! À New York ! Avec Matt et Newton ! Viens, il faut vérifier si c'est bien le même !

Un an plus tôt Tobias aurait donné tout ce qu'il possédait pour ne pas avoir à franchir cette porte et voilà qu'aujourd'hui il s'empressait d'y pénétrer, plein d'espoir. D'une certaine manière, l'échoppe constituait un lien avec son passé. Une preuve que cette autre vie n'était pas un rêve, qu'elle avait bien existé, *avant*.

Tobias entra le premier, il reconnut cette atmosphère mystérieuse et cette odeur de renfermé. Les rayonnages avaient changé, tout comme les articles en vente, il y avait beaucoup de vieux livres désormais, et énormément d'objets d'autrefois : briquets, pochettes d'allumettes, lunettes en tout genre, couteaux de toutes tailles, couvertures, vaisselle, un lavabo en porcelaine, des fenêtres en aluminium, des caisses à outils remplies… Partout où il posait les yeux, Tobias découvrait des fragments de leur ancienne existence.

Balthazar était au fond de son échoppe, accoudé à un comptoir en zinc. Il releva la tête vers ces deux clients encapuchonnés et ses sourcils broussailleux se contractèrent.

C'était toujours le même. Avec son visage creusé, ses touffes de cheveux blancs au-dessus des oreilles, son long nez fin et son regard perçant au travers de vieilles lunettes.

En le voyant, Tobias songea à une expression que Newton, son ami, employait tout le temps dans ce genre de situation : « T'as pas une gueule de porte-bonheur ! » qui faisait référence à l'un de leurs films préférés : *Predator*. Cela l'amusa avant que la mélancolie ne l'envahisse.

Qu'était-il advenu de Newton depuis la Tempête ? Était-il vraiment… mort ? s'interrogea Tobias.

– C'est pour quoi ? voulut savoir Balthazar de sa voix éraillée.

Tobias approcha assez près pour ne pas avoir à crier mais resta assez loin pour que son visage soit flou dans la pénombre. Pour une fois, il trouvait la couleur de sa peau bien pratique.

– Vous êtes le vieux Balthazar qui était à New York, pas vrai ?

– New York ? Qu'est-ce que c'est ? fit le vieux bonhomme.

Tobias et Ambre échangèrent un bref regard. Les Cyniks avaient-ils perdu la mémoire de leur ancienne vie ?

– Avant d'avoir votre boutique ici, où étiez-vous ? insista Tobias.

– J'ai toujours été ici, depuis le Cataclysme ! Qui êtes-vous pour poser pareille question ?

– Pardonnez-nous, nous ne sommes pas de cette région. Nous venons de l'Ouest, improvisa Tobias. Et nous souhaitons nous rallier à vous.

– Vous n'avez pas vu les Brasiers du Rassemblement ?

– Non, de quoi s'agit-il ?

– Environ deux mois après le Cataclysme, d'immenses colonnes de fumée sont apparues dans le ciel, pendant plusieurs semaines. Chaque survivant ou groupe de rescapés du Cataclysme s'est dirigé vers ces feux. C'était la Reine Malronce qui les avait allumés. C'est elle qui nous a guidés. Ça ne vous dit rien ?

– Non, nous ne savons rien de tout cela dans l'Ouest, inventa Tobias.

Le vieillard, content d'enfin partager quelques mots, enchaîna :

– Elle nous a expliqué qu'un terrible mal nous avait frappés à cause de nos erreurs passées, de nos péchés. Elle nous a montré la voie à suivre pour survivre. C'est elle qui nous a révélé que les enfants étaient la cause de nos maux !

– Les enfants ? répéta Ambre incrédule. Comment ça ?

– C'est par leur faute que tout ça s'est produit ! Leur insouciance, leurs caprices, leurs excès ! Tout cela nous a menés vers le chaos ! Pour plaire à nos enfants, nous avons toujours voulu plus, toujours fait plus, jusqu'à aboutir au Cataclysme !

– Mais les enfants n'y sont pour rien ! s'indigna Ambre.

– Bien sûr que si ! La Reine le sait ! Elle fait des rêves vous savez… Elle a vu l'avenir.

– Quel avenir ? La Quête des Peaux, c'est ça ? voulut savoir Tobias.

Balthazar parut tout à coup méfiant. Il pencha la tête pour mieux distinguer ses visiteurs.

– Dites-moi, quel âge avez-vous ? demanda-t-il, soupçonneux.

Ambre ne se démonta pas et fit un pas en avant en abaissant sa capuche pour dévoiler son visage.

– Je vais sur mes seize ans, dit-elle. Mais soyez rassuré, nous ne sommes pas comme tous ces enfants, nous avons décidé de nous joindre à vous, car vous êtes dans le vrai. Il n'y a pas de futur à rester parmi les Pans.

Balthazar acquiesça largement.

– Ah ! Vous avez atteint l'Âge de Raison ! C'est une bonne chose, n'est-ce pas, que de recouvrer la vue après une longue période d'aveuglement !

– C'est quoi l'âge de raison ? interrogea Tobias avec moins d'assurance que Ambre.

– Ce que tu viens de vivre, garçon ! Quand un adolescent prend enfin conscience des enjeux de la vie, il franchit un cap, il prend ses responsabilités et devient l'un des nôtres. Chaque semaine, des jeunes hommes et des jeunes filles comme vous parviennent jusqu'à nous, trahissant leur clan, en ouvrant enfin les yeux.

– Colin…, murmura Tobias.

Balthazar semblait capable de prouesses extraordinaires car il releva malgré la distance :

– Colin ? Oui, je connais un jeune garçon de ce nom qui a récemment quitté son clan.

Ambre et Tobias se jetèrent un nouveau coup d'œil furtif.

– Un châtain aux cheveux longs avec plein de boutons ? fit Tobias.

– Je crois que cette courte description lui correspond bien !

– Ah oui ? Et vous savez où on peut le trouver ? questionna Ambre.

– Pour être accepté parmi nous, vous devrez prouver votre utilité. Lui a promis qu'il livrerait tout un clan à nos troupes. Il a échoué aussi il aurait dû être banni, pourtant un homme dans cette ville prend sous son aile les adolescents refusés.

– Comment s'appelle-t-il ?

– Vous ne devriez pas l'approcher, croyez-moi, c'est un personnage que nul ne devrait côtoyer ! Nous l'avons surnommé le Buveur d'Innocence. Il vit dans la haute tour de pierre, au centre de la ville. Mais si c'est Colin que vous cherchez, allez donc à la taverne en face, il s'y trouve presque tous les jours quand le Buveur n'est pas en ville.

Tobias s'approcha à son tour :

– Vous n'avez vraiment aucun souvenir de votre passé ?

Balthazar se frotta les mains sous le menton, intrigué par ce curieux promeneur.

– Pourquoi donc, mon petit ?

– Je… Je me demande, c'est tout.

– Non, aucun souvenir. Maintenant sortez de ma boutique. Vous êtes nouveaux en ville, des jeunes de surcroît, vous devez aller vous signaler au Ministère de la Reine dès à présent, c'est une obligation sans quoi vous pourriez être arrêtés. C'est au cœur de la ville, les vieux bâtiments, ceux qui ressemblent à un château.

Ambre le remercia et tira Tobias en arrière pour le faire sortir. Sur le seuil, le vieux Balthazar leur lança :

– Je devrais rapporter aux autorités votre présence en ville, vous savez ! Mais je n'en ferai rien. Je vous fais confiance. Maintenant hâtez-vous de légaliser votre situation ou fuyez cet endroit !

Et tandis qu'ils sortaient dans la rue, Tobias crut voir les yeux du vieil homme devenir jaunes, avec une longue pupille noire verticale, comme un serpent ! Il leur adressa un clin d'œil et la porte se referma.

22.

Une vieille connaissance

Ambre était assise sur un banc en pierre, l'air dévastée.

– C'est inéluctable, dit-elle d'un ton triste. En grandissant, nous allons tous changer jusqu'à rejoindre le camp des Cyniks.

Tobias se laissa choir à côté d'elle et se permit de la prendre par les épaules :

– C'est pas sûr ! Regarde-nous, malgré tout ce que nous traversons, nous ne nous sentons pas du tout proches d'eux ! Et pourtant, je pense pouvoir affirmer que côté maturité nous ne sommes pas les derniers !

– Si tu veux mon avis ça va plus loin que la maturité, c'est aussi... physique.

– Comment ça ?

– L'attirance, Toby ! Le désir ! Ces choses qui commencent à nous tirailler, j'ai peur que cela nous éloigne des autres Pans, plus jeunes, et qu'on finisse par ne plus se sentir en harmonie avec eux. La sexualité bouleverse notre équilibre interne, et si les hormones nous font peu à peu dévier vers les Cyniks alors il n'y a aucun espoir parce qu'on ne peut lutter contre cette évolution normale de chacun de nous !

– Je ne crois pas que ce soit seulement ça, parce que... moi par exemple, il m'arrive des fois de faire des rêves un peu... tu vois ce que je veux dire ? Eh bien c'est un truc de garçon, ça fait déjà pas mal de temps que j'y pense tu vois ? Et... euh... enfin je n'ai pas l'impression que ça me fait virer du mauvais côté, tu comprends ?

Ambre hocha la tête doucement.

– Et puis, ajouta Tobias, on dit bien que certains adultes sont de grands gamins ! Si on cultive cette insouciance, peut-être qu'on pourra se préserver ! Franchement, tu te sens proche des Cyniks, toi ? Tiens, on va se faire une promesse, si l'un des membres de l'Alliance des Trois commence à basculer, les autres devront le remettre sur le droit chemin ! OK ? Allez, reprends-toi, ça ne te ressemble pas d'être aussi abattue ! Je crois que nous devrions aller trouver Colin pour lui parler.

– C'est risqué, il nous a déjà trahis une fois, il pourrait recommencer.

– Oh, sois certaine que jamais plus je ne lui ferai confiance ! Il a tué l'oncle Carmichael ! Et il a fomenté l'assaut de l'île avec les Cyniks, rien que pour ça je préférerais le savoir mort ! Mais si on peut s'en servir pour en apprendre davantage, ça me va, allez en route !

Ils entrèrent dans la taverne qui empestait la transpiration et le tabac. Les fenêtres n'étaient que de minuscules lucarnes, aussi des lanternes à graisse diffusaient-elles une clarté ondoyante en même temps qu'une odeur rance. Les trois quarts de l'établissement étaient occupés par des hommes affalés aux tables ou jouant aux cartes en parlant bruyamment. Tobias n'eut aucun mal à repérer Colin assis tout seul face à un pichet en terre cuite. Son regard se perdait dans le vin comme si ses prunelles ne faisaient plus qu'un avec l'ivresse pourpre. Il avait toujours ses longs cheveux châtains, son acné dévorante et ses dents jaunes.

– Surprise, fit Tobias en s'asseyant en face de lui.

Colin se redressa mollement puis, lorsque sa mémoire se réactiva, il voulut se relever pour fuir mais Ambre, qui se tenait dans son dos, le plaqua à sa chaise en le tenant par les épaules.

– Tout doux, dit-elle, nous ne sommes plus là en ennemis. C'est toi qui avais raison.

– Oui, nous te devons des excuses, enchaîna Tobias, ces idiots de Pans ne méritent pas qu'on se batte pour eux. L'avenir est ici, avec les adultes !

Colin fut soulagé et lâcha un long soupir ponctué d'un rot sonore.

– Vous m'avez fichu une de ces trouilles ! avoua-t-il en se resservant du vin.

– J'avoue avoir cru à un fantôme en entrant ici, gloussa Ambre. Nous qui pensions que tu t'étais noyé !

– Oh j'ai bien failli ! Les soldats ou ce qui en restait se faisaient bouffer par tous les poissons du fleuve, c'était un enfer ! J'ai tellement bu de flotte cette nuit-là que jamais plus je ne pourrai en avaler ! lança-t-il en levant son verre pour le vider d'une traite.

L'image des soldats blessés se faisant happer par les créatures des profondeurs arracha un frisson de dégoût à Tobias. Cette violence le rendait malade encore aujourd'hui.

– Comment t'es-tu retrouvé ici ? demanda Ambre.

– À Babylone ? Oh, plus par chance à vrai dire, j'ai erré dans une forêt pendant une semaine, j'ai failli me faire dévorer vif par des Gloutons et finalement j'ai marché jusqu'à la fumée d'un campement Cynik qui patrouillait dans le secteur. Ce sont eux qui m'ont ramené ici.

– Et tu as été accepté ?

Colin plongea à nouveau dans son verre.

– Pas vraiment.

– Alors comment as-tu fait pour rester ?

– J'ai un protecteur.

Nouvelle rasade. L'expression qu'il affichait fit soudain de la peine à Tobias. Il semblait hanté par quelque chose. Quel que fût son protecteur, sa simple évocation le faisait boire plus que de raison.

– Ce n'est pas notre cas, exposa Ambre, alors nous sommes un peu paumés dans cette ville, peut-être pourrais-tu nous aider ?

– Oui, surenchérit Tobias, par exemple, qu'est-ce qu'ils font aux Pans qui débarquent en ville avec cette espèce de piercing au nombril ?

– C'est l'anneau ombilical. Au début, les soldats se livraient à toutes sortes d'expériences sur les enfants qu'ils capturaient. Un jour, un peu par hasard, ils ont découvert que planter dans le nombril un anneau de leur alliage spécial avec lequel ils fabriquent leurs armes rendait les Pans totalement dociles. Maintenant tous les esclaves en ont un.

– Toi, tu n'en as pas ? interrogea Tobias.

– Je ne suis pas un esclave ! s'écria Colin en postillonnant. Je suis venu de ma propre initiative ! Je suis volontaire pour rejoindre l'armée de Malronce !

Plusieurs regards pivotèrent dans leur direction. Ambre se rapprocha de Colin pour l'inciter à baisser d'un ton :

– Et qui est-elle cette reine ?

– C'est elle qui va nous guider vers l'avenir, vers la rédemption. Sans elle, nous ne sommes que des sauvages. Elle, elle a la connaissance, elle *sait* !

– Elle sait quoi ? demanda Tobias qui ne voyait pas où Colin voulait en venir.

– Tout ! Ce qui nous est arrivé, et comment défaire cette malédiction qui pèse sur nos épaules ! C'est pour ça que tout le monde l'adore et la sert !

– Sais-tu pourquoi elle veut capturer Matt ? Nous avons vu les avis de recherche en ville.

Colin se renfrogna en constatant qu'il avait fini son pichet de vin.

– Non, sais pas, balbutia-t-il, seule la Reine le sait.

– Et as-tu…, commença Ambre.

– Trop de questions ! l'interrompit Colin en gémissant. Vous posez trop de questions ! D'abord, vous êtes-vous déclarés au Ministère en arrivant en ville ?

– Oui, bien sûr, mentit Ambre avec aplomb.

– Alors faites voir vos bracelets ! Tous les jeunes qui sont acceptés ont un bracelet du Ministère pour prouver qu'ils sont enrôlés !

En voyant leurs mines défaites, Colin eut un rictus cruel.

– Je le savais. Vous n'y êtes pas encore allés. (Il se redressa péniblement et se mit à tituber.) Je vais aller vous dénoncer, ça me rapportera un peu de crédit !

Ambre et Tobias le suivirent jusqu'à la sortie en tâchant d'être les plus discrets possibles puis, une fois dans la rue, Ambre se plaça devant lui :

– Ne fais pas ça, nous venons tout juste d'arriver, cela pourrait nuire à notre intégration.

– C'est… pas mon… problème, bafouilla-t-il, visiblement très éméché. Poussez-vous…

Une ombre passa sur son visage.

Et sur toute la rue. Puis sur le quartier tout entier.

Un immense ballon dirigeable survolait la ville à basse altitude. La nacelle était vaste comme un trois-mâts et sa voilure avait... Tobias cligna des paupières plusieurs fois pour s'assurer qu'il ne rêvait pas.

La voilure était constituée d'une très longue enveloppe rosâtre aux reflets violets, striés par des veines bleues. Elle palpitait et frémissait, agitant une corolle blanche d'où sortaient des centaines de filaments translucides au bout desquels s'arrimait la nacelle.

Le dirigeable était en fait une gigantesque méduse oblongue.

Tobias perçut alors une odeur acide et remarqua que Colin venait de s'uriner dessus.

– Oh ! non, il rentre plus tôt que prévu, dit-il, plein de peur. Je dois rentrer, je dois rentrer !

Il semblait avoir dessaoulé pour le coup.

– Qui est-ce ? demanda Ambre.

Colin se mit à courir en direction de l'ancienne université.

– Le Buveur d'Innocence, hurlait-il, le Buveur d'Innocence !

23.

Périr pour l'amour d'une bête

La matinée était interminable pour Matt.

Assis au fond de son trou, il attendait le retour de ses amis en se persuadant qu'il ne pouvait rien leur arriver de grave. Personne ne les connaissait, leurs têtes n'étaient pas mises à prix comme c'était le cas pour la sienne, et donc il n'y avait aucune raison d'envisager le pire.

Si vraiment quelques Cyniks tiquaient sur leur jeune âge, ils pourraient se faire passer pour des traîtres Pans venus grossir les rangs de l'armée de Malronce.

Oui, plus il y réfléchissait, et plus Matt se rassurait. Ils ne couraient pas de risque majeur.

Mais tout de même ! Le soleil était presque à son zénith, il était midi et toujours aucune nouvelle…

De temps à autre, il remontait la pente pour aller espionner la piste qui conduisait à l'entrée de la cité. Il y avait plus de circulation qu'il ne l'avait imaginé, beaucoup de gens partaient en forêt chasser, parfois en groupes entiers armés d'arcs, d'autres revenaient avec de lourds fagots ficelés sur le dos des ânes, d'autres encore rapportaient des bambous. Et au milieu de ces allées et venues : ni Ambre ni Tobias.

Il est encore tôt, se répétait-il en boucle. *Ils m'ont donné jusqu'à ce soir. J'ai promis de ne rien faire en attendant. Patience...*

Il n'y tenait plus. C'était insupportable de ne pas savoir comment ils allaient, s'ils n'étaient pas en danger, s'ils n'avaient pas besoin de lui à cet instant précis !

Il jeta un regard vers la porte. Deux gardes en poste. Et deux autres un peu plus loin. Une chance qu'il n'y ait aucun vigile au sommet des remparts ! Pouvait-il escalader ces murs ?

Il n'y a pas de prises, et je suis nul en escalade !

Il songea à faire le tour de la cité, inspecter les différents points de passage et peut-être envisager de s'introduire par le fleuve qui coupait la cité en deux... Tout cela était idiot, il risquait de se faire prendre ou du moins d'attirer l'attention et de ne pas être au point de rendez-vous si ses deux compagnons rentraient d'ici là ! C'était complètement idiot même et il avait promis de ne rien faire de tel en leur absence.

Matt se morfondait. Il prit une lamelle de viande séchée pour tuer le temps et mâchouilla.

Un énorme dirigeable était arrivé plus tôt dans la matinée, ça c'était un sacré spectacle, bien qu'il n'ait duré que quelques minutes. Matt l'avait suivi du regard avant d'aller grimper dans un arbre pour le voir s'arrimer à la plus haute tour de la ville, celle avec des quais suspendus.

Et plus rien d'intéressant depuis.

Tout en terminant sa viande, il pensa aux rêves qu'il ne faisait plus, ou plutôt aux cauchemars ! Le Raupéroden... La Forêt Aveugle avait certainement mis un sacré coup d'arrêt à sa traque ! Matt s'interrogea sur sa mortalité... Le Raupéroden pouvait-il avoir été tué par l'une des nombreuses créatures de la forêt ? En tout cas si c'était possible, alors il fallait croiser les doigts pour que ce soit arrivé…

Ses pensées voguèrent vers l'île Carmichael qu'ils avaient quittée depuis un mois déjà. Cela lui semblait peu et en même temps il avait vécu tant de choses depuis. Que devenaient les frères Doug et Regie ?

Puis le visage de ses parents apparut. Sa poitrine se serra. Au fil des mois, il avait appris à ne plus y penser, à se protéger contre la peine. Au fond de lui, il savait qu'il ne les reverrait jamais plus. Comme des millions de gens, ils avaient été désintégrés par la Tempête.

Il ne demeurait qu'une poignée de rescapés, des adultes cruels et barbares et des enfants abandonnés.

Matt chassa ces idées tristes d'une gorgée d'eau fraîche.

Il s'allongea sur la terre, sur ses affaires, et croisa les mains sous sa nuque pour contempler le ciel. Ses paupières se firent plus lourdes, jusqu'à se clore.

Il rêva de Plume, bien qu'aucune image précise ne lui revînt en mémoire quand il se réveilla, sinon le cri distant de ses jappements malheureux.

Matt se dégourdit les jambes en faisant quelques pas et soudain tout son corps se raidit.

Il entendait bien des jappements de chien au loin. Ce n'était pas un rêve.

Matt alla s'allonger au sommet du trou et scruta l'horizon.

Une caravane approchait, bien plus modeste que celle qu'ils avaient suivie, seulement deux chariots et une dizaine de gardes en tout. Les charrettes transportaient des cages remplies d'animaux. Les jappements du chien provenaient de l'une d'elles.

Le convoi passa sous les yeux de Matt et il fallut qu'il enfonce ses doigts dans la terre pour se retenir de foncer lorsqu'il aperçut une très grande cage avec un chien gigantesque à l'intérieur.

Plume !

Comment était-ce possible ? Dans un monde aussi vaste, qu'elle se retrouve juste ici, sous ses yeux, était inouï.

Si c'est possible ! tenta de se convaincre Matt. *Elle a continué la traversée seule, dans la même direction jusqu'au sud ! Peut-être a-t-elle flairé ma trace jusque-là ! Ou bien une patrouille Cynik l'a faite prisonnière pour la ramener ici, leur cité la plus au nord !*

La chienne pleurait.

C'est elle ! Aucun doute ! C'est bien elle ! Elle a survécu à la Forêt Aveugle ! Elle est vivante !

Matt n'en pouvait plus. Il exultait.

Un des gardes, lassé par les couinements de l'animal, prit un bâton et alla cogner contre les barreaux :

– La ferme ! hurla-t-il.

Matt le fixa, furieux.

Encore cinquante mètres et le premier chariot serait en vue pour les gardes de la ville. Qu'allait-il advenir de Plume ? En feraient-ils un animal de trait ? Une bête de foire ? Pouvaient-ils aller jusqu'à la... manger ?

Matt refusait l'idée de la perdre une seconde fois. La retrouver maintenant était inespéré, il savait qu'il n'aurait pas une deuxième chance. Il fallait agir.

Treize gardes tout de même, compta-t-il.

Avec l'effet de surprise c'est possible.

Matt sangla son gilet de Kevlar au plus près de son corps, attrapa son épée et se faufila entre les fougères et les arbres.

– Mais tu vas te taire ! s'écria le garde en enfonçant son bâton dans les flancs de la chienne qui émit un gémissement de douleur.

C'en était trop pour Matt. Ses phalanges blanchirent sur la poignée de l'épée et il fendit les derniers branchages en surgissant face au soldat.

Ce dernier vit un éclair d'argent dans le ciel puis la douleur fut sienne. Un flot bouillonnant de couleur rouge l'aveugla et il s'effondra en criant sa souffrance.

Matt ne laissa aucune chance au guerrier Cynik suivant, il lui sectionna le bras d'un moulinet du poignet et prépara sa garde pour enchaîner. Les Cyniks ne comprenaient pas encore ce qui leur arrivait, Matt sauta sur le chariot pour frapper de toutes ses forces la cage qui vola en éclats. Plume releva la truffe et ses yeux s'agrandirent quand elle reconnut Matt

Mais deux Cyniks montaient à bord, armés d'une hache et d'une masse.

Matt fit volte-face en brandissant sa lame que les deux hommes voulurent parer de leurs armes lourdes.

Jamais ils n'auraient pu deviner qu'un adolescent puisse développer une force pareille.

Ils décollèrent du chariot sous la puissance du coup et roulèrent au sol tandis que la masse du second vint écraser le visage du premier en retombant.

Matt avait déjà bondi sur la terre ferme pour affronter un nouveau soldat qu'il terrassa en deux coups d'épée. Sa force prodigieuse lui permit d'en désarmer un autre, et ceux qui assistaient au spectacle commencèrent à comprendre que quelque chose d'anormal se produisait avec ce garçon. Ils se regroupèrent pour avancer sur lui, arme au poing.

Matt attrapa la hache devant lui et la lança sur le premier avec une telle puissance que sa cible n'eut pas le temps de l'esquiver et prit le manche en pleine tête ; le second fut transpercé de part en part par l'épée qui sifflait en dansant dans les airs ; le troisième eut la mâchoire déboîtée par un coup de poing phénoménal, les deux autres reculaient en brandissant leurs épées comme des boucliers.

Matt était aveuglé par la colère.

Chaque fois qu'il se battait face à des Cyniks, il éprouvait la même rage. Ils le contraignaient à cette violence en refusant d'être pacifiques et en se dressant contre les Pans. Ils avaient choisi d'être des ennemis plutôt que des alliés.

Chaque fois que l'acier qui prolongeait son bras pénétrait des tissus humains, il savait que le souvenir de ce geste hanterait ces nuits à venir, que tout le sang répandu viendrait se déverser sur sa conscience. Et cela le rendait ivre de rage.

Il ne pouvait se montrer hésitant, frapper doucement. Il l'avait appris à ses dépens : l'affrontement ne pouvait qu'être entier. Il fallait s'engager totalement pour triompher, sans demi-mesure. Et répandre le sang.

Ils l'obligeaient à cela.

Parce qu'il n'existait aucune autre solution alternative.

L'adolescent ne vit pas les deux Cyniks qui l'avaient contourné avec des gourdins et des poignards. Leurs armes se levèrent et soudain un rugissement féroce couvrit les gémissements des blessés tandis que Plume bondissait sur le dos des assaillants. En deux coups de gueule elle leur brisa les bras.

Matt et Plume se retournèrent vers la forêt pour fuir lorsqu'ils avisèrent dix soldats qui venaient d'accourir de la cité, essoufflés et surpris par un tel champ de bataille.

– C'est le gamin qui a fait ça ? lâcha un des Cyniks, estomaqué.

– Qu'est-ce qui te prend, garçon ? s'écria celui qui semblait commander le groupe. Tu n'as pas fait tout cela pour cet animal quand même !

– Otez-vous de mon chemin ! ordonna Matt.

– Ne sois pas idiot, tu n'as aucune chance, tu ne vas pas périr pour une bête !

Trois Cyniks foncèrent sur lui avant qu'il puisse répondre. Matt cueillit le premier par la pointe de sa lame, en lui tranchant la joue. Il pivota sur lui-même pour donner plus d'élan à son arme et entailla le deuxième au niveau des épaules tandis que le troisième arrivait si vite que Matt ne put tourner l'épée pour présenter le fil de la lame au moment du contact, mais il cogna si dur avec le plat qu'il entendit les os du crâne se briser.

Le Cynik tomba à la renverse raide comme une planche.

Plus d'une douzaine d'hommes gisaient à ses pieds, certains morts, d'autres agonisants.

Néanmoins ils s'entêtaient, épuisant le garçon coups après coups. Plume en renversa son lot, elle mordit et griffa tout ce qui approchait.

Soudain la chienne fut éperonnée par une lance qui lui enfonça les flancs. Le cri de la chienne blessée décupla les forces de Matt qui écrasa son adversaire comme une mouche.

Il se mit à courir pour secourir sa chienne qui tentait d'arracher la lance.

Il ne remarqua pas les deux cavaliers qui jaillirent avec un grand filet.

Matt pulvérisa le casque du Cynik qui lui barrait le passage et allait prendre la défense de Plume quand le filet lui tomba dessus en le déséquilibrant.

Il roula et perdit sa lame dans la chute pendant que les mailles s'entortillaient autour de ses membres. Au moment de se relever il perdit à nouveau l'équilibre et poussa un cri de désespoir en saisissant le filet pour le déchirer à mains nues.

Le chanvre craqua sous les regards éberlués des soldats.

Un officier se jeta sur Matt et commença à le rouer de coups avec son gourdin. Matt répliqua d'un direct du droit et les dents se brisèrent.

Un autre guerrier accourut, puis un autre. Ils furent bientôt huit à l'éreinter à coups de bâton.

Après trente secondes, le garçon, recroquevillé sur lui-même, ne bougeait plus.

Inconscient.

La chienne gémissait, prisonnière d'un autre filet.

L'un des gardes se pencha pour ausculter Matt et s'esclaffa :

– Je crois bien qu'on l'a eu ce fumier ! Il est mort !

Il cracha par terre, l'air satisfait.

Puis il vit les corps de ses camarades mutilés et perdit son sourire.

Près d'une vingtaine des siens étaient tombés sous les coups de ce gamin.

24.
Une bien longue journée

En début d'après-midi, la ville était en pleine efferves-cence, les petits porteurs d'eau enchaînaient les allers-retours avec le fleuve qui traversait la cité, les livreurs de fagots empi-laient les tas de bois devant les portes des maisons et les fours à pain se réactivèrent pour préparer la fournée du soir.

Ambre et Tobias sillonnaient les rues en laissant traîner les oreilles, pour glaner un maximum d'informations.

Ils apprirent ainsi que Malronce demeurait loin au sud, sous un ciel rouge, entourée de terres hantées, dans un lieu que les Cyniks appelaient : Wyrd'Lon-Deis. Rien que le nom déplaisait forte-ment à Tobias. Les Cyniks s'étaient dotés d'un drapeau rouge et noir pour bannière, et lorsque celui-ci comportait une pomme argentée en son centre, ils surent qu'il s'agissait des autorités de la Reine, la pomme étant son emblème. Un peu plus tard, ils surprirent une conversation : chaque homme qui s'enrôlait dans l'armée de Malronce se voyait offrir une bonne paye et parfois même des terres cultivables dans l'Ouest. Ils apprirent aussi que les femmes géraient les constructions des maisons et que plus une famille disposait d'esclaves Pans, plus elle était riche.

– Les mêmes bons vieux travers qu'autrefois ! pestait Ambre.

Il devint également évident après quelques heures que les Cyniks avaient totalement perdu la mémoire de leur vie d'avant la Tempête qu'eux-mêmes nommaient Cataclysme.

Le dirigeable de méduse ne cessait d'impressionner Tobias qui l'admirait aussi souvent qu'il le pouvait entre la perspective des façades.

En définitive, ils n'avaient pas abordé les environs de l'ancienne université car il fallait pour cela traverser le pont qui enjambait le fleuve vert et la présence de gardes des deux côtés les en avait dissuadés. Maintenant qu'ils savaient pour les bracelets, leur plan semblait plus risqué.

– Au pire, si on nous coince, on pourra toujours dire qu'on était justement en train de chercher le Ministère ! avait dit Ambre à Tobias qui souhaitait quitter la ville.

La faim commençait à se faire pressante, d'autant plus que les fragrances de volaille rôtie et de pain chaud flottaient perpétuellement dans les rues.

– Ça me rappelle New York, révéla Tobias. Partout dans les rues, ça sent le graillon ! Cette odeur me manque...

Depuis un moment déjà ils croisaient de plus en plus de patrouilles.

– C'est moi, ou ça s'est intensifié ? demanda Tobias en désignant les gardes.

– En effet, on dirait qu'ils ont redoublé de vigilance.

– Je n'aime pas ça. Viens, il est temps de sortir, on a déjà appris pas mal de choses.

Ils regagnèrent la rue principale et approchaient de la grande porte quand ils remarquèrent un attroupement de gardes en armure d'ébène. Tobias poussa Ambre sous l'ombre de l'encorbellement d'une maison, le temps que les militaires les dépassent. Deux chariots transportaient des cages.

– Il faut le brûler ! hurlait la foule ! Qu'on fasse un bûcher pour exposer son corps !

– Oui ! Lui mettre le feu ! Pour avoir tué nos maris ! s'écria une femme.

Tobias et Ambre virent alors Matt allongé sur une cage, et leurs deux cœurs s'arrêtèrent de battre. Plume était dans la cage.

L'officier sur le chariot s'époumonait à donner des ordres :

– Toutes les gardes sont doublées et les contrôles renforcés ! Je vais prévenir le conseiller que nous avons une possible intrusion !

Tobias, d'un petit coup de coude, attira l'attention d'Ambre sur la porte : huit soldats en barraient l'accès pour dévisager chaque personne entrant ou sortant. Ils fouillaient même les carrioles, enfonçant leur lance dans la paille ou donnant des coups de pied dans les ballots de marchandises.

– Toby, dis-moi qu'il n'est pas mort.

– Matt ? Impossible ! Il ne peut pas mourir.

– Il avait pourtant l'air mal en point. Viens, il faut les suivre, savoir où ils l'emmènent.

Tobias jeta un dernier regard à la porte de sortie.

– De toute façon, c'est fichu pour fuir ce satané endroit ! dit-il tout bas.

Prenant soin de garder une bonne distance de sécurité, ils marchaient derrière le groupe de soldats qui encadraient le corps de Matt. Tobias remarqua alors que le second chariot était rempli de cadavres Cyniks.

– Y a pas de doute, ils se sont frottés à Matt, murmura Tobias pour lui-même.

Le convoi se sépara sur la grande place où avait lieu la vente aux enchères du matin, et Matt fut transporté à l'intérieur de l'édifice avec les drapeaux à pomme.

– Ça sent le roussi, fit Tobias. Un bâtiment de la Reine. Ils l'ont sûrement reconnu !

– Peut-être pas, ils vont le déshabiller pour leur inspection, pour la Quête des Peaux. Si tu veux mon avis, il ne bougera pas de cet endroit avant au moins demain matin. Ça nous laisse du temps.

– Du temps pour quoi faire ?

– Nous organiser, viens !

Ambre retourna dans le dédale de ruelles sinueuses qui quadrillaient le nord-est de la ville et chercha parmi les terrains vagues un tas de planches et de gravats. Elle prit toutes leurs affaires encombrantes, y compris l'arc de Tobias, et les dissimula en dessous, ne gardant que le minimum sous son manteau à capuche.

– Nous attirerons moins l'attention ainsi, commenta-t-elle pendant que Tobias vérifiait l'état de son couteau de chasse.

– Tu as vu, fit Tobias, il y avait Plume ! Elle est en vie ! Si Matt l'apprend, il sera fou de joie !

– Je serais surprise qu'il ne le sache pas. Voire qu'il se soit fait capturer en essayant de la libérer.

Tobias approuva, c'était logique et ressemblait bien à ce que son ami était capable de faire.

– Je me demandais, dit-il après un silence : pourquoi les Pans capturés ne se servent-ils pas de leur altération pour fuir ?

– J'imagine que la plupart ne la maîtrisent pas, c'est encore une force étrangère, probablement effrayante. Et une fois qu'ils ont l'anneau ombilical, de toute façon, ils sont soumis. Ce truc semble les priver de tout libre arbitre. Rien que d'y penser ça me donne la nausée. Tobias, promets-moi que, quoi qu'il arrive, jamais tu ne me laisseras avec une chose pareille ! Je préfère encore mourir.

– T'en fais pas. Ils ne nous auront pas.

Avant de repartir, Tobias désigna les deux sacs à dos :

– Tu as gardé quelques provisions ?

– Non, j'ai tout laissé à Matt avant que nous entrions en ville, pour m'alléger.

Tobias fit la grimace.

– Pareil pour moi ! Faut que je mange, je ne tiendrai pas sinon.

– Nous allons trouver une solution.

– Mais on n'a pas d'argent !

Sans répondre, Ambre le tira par le bras jusqu'à rejoindre les bords du fleuve où les rôtisseries et les marchands de légumes s'entassaient. Elle attendit le bon moment, et lorsqu'il n'y eut plus aucun client et personne pour surveiller les étalages, elle se concentra sur un des poulets grillés et le souleva à distance pour le faire venir jusqu'à eux. Leur larcin en main, ils se précipitèrent dans une contre-allée pour dévorer leur repas.

Ils terminaient à peine qu'une silhouette massive surgit.

Le propriétaire de la rôtisserie se tenait face à eux, un hachoir à la main.

– Je le savais ! tonna-t-il.

Il se précipita vers eux mais Tobias fut nettement plus rapide, il lui jeta la carcasse de poulet au visage et eut le temps de frapper un coup à l'estomac avant même que le gros bonhomme ne puisse comprendre ce qui lui arrivait.

Les deux adolescents s'enfuirent par l'autre bout de l'allée et quand le rôtisseur apparut sur leurs talons, Ambre déclencha l'ouverture d'une porte pour qu'il s'y encastre, ce qui termina de sonner leur poursuivant.

Ils se réfugièrent sur la terrasse d'une maison à toit plat et s'assurèrent qu'ils n'étaient plus traqués pour enfin se détendre.

– Nous ne tiendrons pas longtemps avant d'être repérés dans cette ville, confia Tobias.

– C'est pourquoi on ne bouge plus jusqu'à ce soir. Connaissant les adultes, la nuit ils seront dans les rues à boire leur vin, la vigilance retombera.

Ils somnolèrent jusqu'au crépuscule, sursautant au moindre passage dans la rue en contrebas. Tobias pansa à nouveau sa blessure qui l'élançait.

Les lanternes à graisse s'allumaient pour chasser la noirceur de la nuit, et rapidement des centaines de lueurs dansèrent au milieu de l'obscurité.

De leur cachette, Ambre et Tobias pouvaient discerner l'autre côté du fleuve, l'ancienne université et ses bâtisses en pierre salies par le temps, ses hautes fenêtres pointues, ses arches et ses gargouilles. Le drapeau à la pomme flottait au-dessus de la plus grande des constructions, le Ministère de la Reine. Plus haut, se dressait la tour du Buveur d'Innocence au sommet de laquelle ondulait la gigantesque méduse. Tobias admirait le spectacle, s'interrogeant sur la nature des ombres qu'il voyait parfois passer derrière les fenêtres illuminées.

Un grand parc qui semblait sauvage, presque un bois, encadrait l'université, avant que la ville ne se poursuive jusqu'à l'enceinte ouest.

En voyant tout cela, Tobias prit conscience que les Cyniks étaient bien plus évolués que les Pans ne l'estimaient. Et plus nombreux à priori.

S'ils décidaient de tous se mettre en marche, aucun clan panesque ne pourrait leur résister.

Tobias frissonna.

– Il est temps de descendre, l'avertit Ambre.

Capuche sur la tête, ils retournèrent sur la grande place et se postèrent en face de l'endroit où était retenu prisonnier Matt

– Et maintenant ? demanda Tobias.

– Maintenant on entre et on libère notre ami.

25.

Maux de tête et crâne d'acier

Les sons traversaient un long tunnel qui les déformait, les voix paraissaient plus graves, les mots plus hachés.

Il faisait tour à tour trop chaud puis trop froid.

Il fallut du temps avant que Matt puisse comprendre un mot, puis un autre, que les phrases s'assemblent.

Quelqu'un parlait fort, très fort, trop fort :

– Alors, où est-il ? Ah, le voici ! Montrez-moi son visage. Oui ! C'est lui ! Aucun doute ! Vous êtes certain qu'il n'est pas mort ?

– Catégorique, monsieur le Conseiller, l'officier qui l'a examiné n'est pas très compétent. Il n'a pas su trouver son pouls mais je l'ai ausculté moi-même et puis vous garantir qu'il est en vie. Ce curieux gilet lui a probablement sauvé la vie. Il reviendra à lui bientôt.

– Et ce qu'on m'a rapporté à propos de sa force prodigieuse, est-ce vrai ?

– Je le crains, monsieur, à ce qu'on m'a dit, peu d'hommes sur nos terres seraient capables de rivaliser avec la sienne ! C'est incroyable !

– Sait-on pourquoi il a agressé nos troupes ?

– Pour libérer un chien ; oui, je sais, c'est étrange. Il faut dire que c'est un chien un peu singulier, il fait plus d'un mètre cinquante au garrot.

– Vous avez trouvé ses affaires, c'est ce sac ?

– En effet, il n'avait pas grand-chose sur lui, mais en sondant les environs, nous avons découvert ceci.

– Très bien. Je les prends. Ainsi que le chien, s'il avait de l'importance pour lui, je veux l'avoir avec moi.

– Je ne l'ai pas encore déshabillé pour la Quête des Peaux, dois-je le faire ?

– Inutile, nous verrons cela en haut lieu. Je vais me détendre un peu, prévenez-moi dès qu'il reviendra à lui.

Matt entendit des pas s'éloigner, des portes claquer et la sensation de chaud-froid reprit de plus belle.

Il alterna les somnolences et les épisodes de semi-conscience au cours desquels il ne parvenait pas à bouger mais pouvait entendre et sentir. Tout était calme. Une odeur huileuse, assez désagréable, flottait autour de lui.

Il parvint enfin à ouvrir les paupières, il se trouvait sur une table au centre d'une grande pièce éclairée par des lanternes à graisse qui produisaient cette odeur nauséabonde.

Son corps était très douloureux. Il avait l'impression que son cerveau palpitait contre l'intérieur de sa boîte crânienne.

– Ah, je vois que tu reviens à toi, c'est très bien. Tu veux un peu d'eau peut-être ? Il faut boire, ne pas te déshydrater.

Un quadragénaire aux cheveux hirsutes et à la barbe fournie lui redressa la tête en lui portant un gobelet d'eau claire aux lèvres.

Quand il tourna le dos, Matt voulut se lever et constata qu'il était attaché à la table. De larges sangles en cuir. Même en donnant le meilleur de lui, il ne pouvait les déchirer. Ses épaules, ses côtes et ses bras l'élancèrent vivement, aussi abandonnat-il tout effort pour ne pas reperdre connaissance, il se sentait très faible.

L'homme n'était plus dans la pièce. Il revint accompagné d'une autre personne enveloppée dans une grande cape en velours rouge. Un homme d'une cinquantaine d'années, visage sec et aride, regard de rapace sous une broussaille de sourcils blancs. Une plaque d'acier moulait parfaitement son crâne.

– Quel est ton nom ? demanda-t-il sans aucune douceur.

Matt parvint à déglutir, mais pas à parler.

L'homme saisit le poignet de Matt et le tordit d'un coup, arrachant une vive douleur à l'adolescent qui poussa un cri perçant.

– Alors ? insista le tortionnaire.

– Matt…, gémit l'adolescent. Matt Carter.

– Que fais-tu ici ?

– Je… je…

Comme il parlait doucement, l'homme dut se pencher pour entendre :

– Je cherche à… cracher dans l'oreille du Cynik le plus stupide que je croiserai, dit Matt en crachant le peu de salive qu'il avait.

L'homme se redressa lentement, il alla chercher un morceau d'étoffe avec lequel il s'essuya puis il se posta au-dessus de Matt.

D'un coup, il frappa l'abdomen du garçon, juste là où ses ecchymoses étaient les plus vives.

Puis, l'homme recommença, encore plus fort.

Matt hurla.

– Je disais donc : que fais-tu ici ?

Matt tenta de reprendre son souffle, le cœur palpitant de douleur.

– Je me suis perdu, lança-t-il entre deux hoquets.

L'homme serra le poing, menaçant à nouveau.

– Je vous le jure ! insista Matt. Je cherchais un passage vers le Sud et je me suis retrouvé ici !

– Pourquoi vers le Sud ?

– Pour rencontrer Malronce, votre reine.

L'homme accusa le coup, un de ses épais sourcils relevé.

– Que lui veux-tu ?

– C'est plutôt à moi de lui demander ce qu'elle me veut, j'ai vu les avis de recherche avec mon portrait, expliqua Matt des larmes plein les yeux.

L'homme le scrutait attentivement, cherchant à séparer le vrai du faux.

– Très bien, dit-il en s'éloignant. Qu'on le transporte sur mon navire. Mon garçon, je vais exaucer ton vœu. Tu vas rencontrer Malronce. (Il fit une grimace où se mêlaient dégoût et cruauté :) Mais je ne pense pas que ça va te plaire.

26.

Cambriolage

Les chauves-souris tournoyaient au-dessus de la ville ; virevoltantes, elles rasaient les murs et les toits avant d'aller se nicher dans d'obscures cachettes, le temps d'avaler les moucherons qu'elles venaient d'attraper.

Tobias guettait ce ballet en songeant à Colin. Lui qui savait communiquer avec les oiseaux. Sa réaction plus tôt dans la journée en apercevant le retour de celui qu'il considérait comme son protecteur avait été si violente que Tobias doutait que le mot fût approprié. Il terrorisait Colin plus qu'il ne le protégeait.

Tobias reporta son attention sur le bâtiment où était retenu Matt. Quelques secondes avant qu'ils ne s'élancent pour y pénétrer, un imposant cortège militaire avait surgi du pont pour y entrer, guidé par un individu caché sous une cape écarlate.

Ambre avait décidé de différer l'intrusion.

– Ils ne sont pas là pour Matt tout de même ! s'impatienta Tobias. Moi je propose qu'on s'introduise maintenant à l'intérieur, et si vraiment on ne peut l'approcher, alors on se planque pour intervenir dans la nuit.

Ambre secoua la tête sans répondre.

Tobias soupira et croisa les bras sur son torse.

Il était allé reprendre son arc dans leur cachette et se sentait frustré de devoir attendre sans rien faire.

Cinq ivrognes passèrent sur la place en chantant, s'arrimant les uns aux autres dans un équilibre précaire.

Soudain, les soldats ressortirent pour franchir le fleuve en sens inverse en direction du Ministère de la Reine.

– Le type avec sa cape n'est plus avec eux, nota Ambre.

– Ce n'est pas lui qui m'angoisse, mais plutôt tous ces mecs en armures ! Cette fois, la voie est libre, allez !

Mais Ambre le retint par le bras.

Une grande porte cochère s'ouvrait sur le côté de la longue maison. Un carrosse tiré par deux chevaux s'élança vers le pont et tandis qu'il passait tout près d'Ambre et de Tobias, la jeune fille distingua l'intérieur fugitivement.

L'homme à la cape rouge et Matt à ses côtés, inconscient.

– Viens ! s'écria-t-elle par-dessus le vacarme des sabots sur le pavé. Il ne faut pas les perdre !

En se rapprochant du pont, ils virent les gardes qui en réglementaient l'accès. Ambre poussa brusquement Tobias juste avant qu'ils ne se fassent repérer et, emporté par son élan, il alla s'écraser contre une pile de cageots sentant le chou.

Par chance, le fracas fut couvert par le galop des chevaux et les gardes ne cillèrent pas.

– Bon sang ! s'énerva Ambre, si on perd sa trace c'est fichu !

Elle cherchait une solution, sondant les quais et les façades des maisons qui surplombaient le fleuve.

Sur l'autre berge, le carrosse s'arrêta face à un grand trois-mâts battant pavillon royal.

Malgré la distance, Ambre aperçut deux gardes qui portaient Matt pour le hisser à bord.

– Ils l'ont reconnu, comprit-elle Ils vont le descendre vers le Sud, pour l'apporter à la Reine Malronce !

– Oh non, fit Tobias l'air sévère. Nous allons le sortir de là.

– Il faut atteindre l'autre rive.

Tobias lui désigna les gardes sur le pont du navire :

– Ils surveillent ! Impossible d'approcher sans se faire repérer, il y a au moins cinquante mètres de découvert sur les quais avant d'arriver à la passerelle ! Et l'abordage côté fleuve est à oublier : ils sont encore plus attentifs de ce côté-ci, on dirait.

– Commençons par trouver un moyen de traverser, fit Ambre en se relevant.

– Où vas-tu ?

– Je ne connais qu'un endroit où nous avons une chance de débusquer du matériel !

Tobias s'empressa de la suivre.

– Non, ne me dis pas que tu penses à cambrioler… le Bazar de Balthazar ?

– Exactement !

– Non, non, non ! s'emporta Tobias. Tu ne sais pas ce dont ce type est capable ! C'est une très mauvaise idée ! La pire que tu aies jamais eue ! Et pourtant tu en as eu des drôles !

– Et elles ont toujours fonctionné n'est-ce pas ?

– Cette fois c'est autre chose… Balthazar c'est un peu une sorte de… d'ogre, tu vois ? À New York, tous les gamins savaient qu'il était mauvais, que ce mec n'était pas normal, et je peux t'assurer qu'il était déjà bizarre *avant* la Tempête ! Il est louche !

– Raison de plus pour aller y faire un tour.

Tobias était à court d'arguments.

– Tu réagis comme Matt, déplora-t-il. Ça c'est typiquement le genre de décision téméraire qu'il aurait prise.

– Faut croire qu'il me manque assez pour que je prenne sa place.

Tobias poursuivit en silence, réfléchissant à cette dernière remarque et à ce qu'Ambre voulait dire.

Le bazar de Balthazar était plongé dans l'obscurité. Seules deux fenêtres au-dessus de la vitrine étaient illuminées.

– À tous les coups c'est lui qui habite à l'étage ! avertit Tobias.

– Je vais tenter de crocheter la serrure, tu as de la substance molle sur toi ?

– Je l'ai laissée dans mon sac, mais j'ai mieux.

Tobias sortit le morceau de champignon lumineux qui ne quittait jamais ses poches.

– Parfait ! s'exclama Ambre en prenant la direction de la boutique après s'être assurée qu'ils étaient seuls sur la petite place.

Tobias se posta à l'angle de la rue pour faire le guet.

Armée du champignon, Ambre s'agenouilla face à la serrure qui, comme beaucoup de choses reconstruites dans la précipitation par les Cyniks, n'était pas très complexe. Avec un peu de concentration, d'observation et de déduction elle parvint à faire tourner le mécanisme jusqu'à produire un déclic sonore de bon augure. Elle saisit la poignée et ouvrit la porte.

Tobias accourut et ils refermèrent derrière eux.

La pièce était impressionnante, de nuit, sous le minuscule éclairage du champignon blanc.

– On cherche quoi au juste ? demanda l'adolescent.

– N'importe quoi qui pourrait nous aider à franchir le fleuve, gilets de sauvetage, canoë, ou de quoi se faire un radeau de fortune.

Collés l'un à l'autre, ils déambulaient parmi les allées mal rangées, soulevant des bâches, repoussant des piles de chaises pliantes ou sondant des caisses en plastique afin de tout inspecter.

– Il n'y a rien, conclut Tobias après avoir fouillé attentivement. Tout ça pour rien.

– Allons, courage, s'il faut explorer tous les recoins de cette fichue ville nous le ferons, viens.

Ils approchaient de la sortie lorsque le halo du champignon révéla une paire de pantoufles et une longue robe de chambre barrant la porte.

Balthazar les toisait de ses yeux brillants. Ses rides se creusèrent d'un coup et ses prunelles s'allongèrent pour devenir des pupilles verticales tandis que le blanc de l'œil jaunissait.

Une langue de serpent, fine et frémissante, jaillit d'entre ses lèvres et il dit :

– J'ai toujours détesté les fouineurs !

27.
Confidences inattendues

Balthazar tenait une lourde canne dans les mains.

Tobias était bien trop près pour sortir l'arc.

Ambre leva les mains devant elle en signe d'excuses :

– Nous sommes vraiment navrés, monsieur Balthazar, nous vous aurions laissé un mot si nous avions pris quelque chose, pour vous expliquer et vous présenter nos excuses...

– Vous ne vous êtes pas déclarés au Ministère, lança-t-il vous êtes des criminels !

Tobias posa une main sur le manche de son couteau de chasse, sous son manteau.

– Nous allons le faire ! mentit Ambre. Nous avons juste peur des réactions, laissez-nous un peu de temps !

– Pour que vous cambrioliez ma boutique ? s'énerva le vieil homme.

– C'était pour dormir ! Nous cherchons un endroit à l'abri de l'humidité !

Les mâchoires de Balthazar roulèrent sous ses joues. Ses yeux de serpent étaient effrayants, énormes, ils passaient d'Ambre à Tobias à toute vitesse.

– Vous me mentez, jeune fille, dit-il plus bas. Mais je vais vous laisser une chance de me dire la vérité, toute la vérité. Et alors, nous verrons ce que je ferai de vous.

Ambre et Tobias étaient assis dans l'arrière-boutique, à une table usée, un bol de lait chaud devant eux. Si Balthazar était en colère contre eux, il était au moins attentionné. Son visage avait repris aspect humain et il se tenait à l'autre bout de la table, dans un gros fauteuil matelassé, les fixant.

– Alors ? dit-il lorsqu'ils eurent trempé leurs lèvres dans le lait chaud.

Ambre et Tobias échangèrent un regard furtif, embarrassé.

– Nous avons un ami qui est ici, commença Ambre sous le regard stupéfait de Tobias. Il a été fait prisonnier par les soldats de la Reine et il va être emporté loin de nous. C'est notre ami, et il n'a rien fait !

– Si la Reine le veut, alors soyez certains qu'elle a une bonne raison ! répliqua Balthazar.

– Vous allez nous dénoncer ! déplora Tobias d'un ton accablé.

– Pourquoi le ferais-je ?

Ce n'était pas la réponse qu'attendait Tobias, il se redressa un peu sur sa chaise.

– Parce que… vous êtes un Cynik ?

– Un Cynik ? C'est ainsi que vous nous appelez dans le Nord ? Des Cyniks ! Ah !

Et Balthazar se mit à rire bruyamment avant de se reprendre.

Ambre et Tobias ne savaient plus comment réagir, ils ne comprenaient pas qui était en face d'eux.

Il dégageait une malice particulière que les Cyniks n'avaient jamais manifestée jusqu'à présent. Et comme pour le confirmer il enchaîna :

– Vos parents à tous étaient-ils à ce point indifférents pour que vous ayez une si mauvaise image des adultes ? Cela dit, je ne peux vous en blâmer... quand on constate le manque de curiosité intellectuelle dont ils font preuve désormais ! Ils ne lisent pas ! Sauf les conseillers spirituels et leurs bibles... Malgré tous les ouvrages riches de savoirs qui sont à notre disposition, personne ne les ouvre ! Ils sont bien trop obsédés par leur rédemption et par les discours de Malronce !

– S'ils n'ont plus de mémoire et qu'ils ne lisent pas, comment font-ils pour bâtir des villes ou des armes ? s'interrogea Ambre.

– Oh pour ça, nous sommes forts ! Les souvenirs ont disparu, pas les savoir-faire : les maçons, les ferronniers ou tout simplement les bons bricoleurs sont devenus des stars ! Ils ignorent tout de leur identité, de leur vie passée, par contre pour ce qui est de tailler des pierres, ça ne pose pas de problème. C'est une partie très précise de la mémoire qui s'est évaporée !

Soudain, Ambre comprit :

– Vous vous souvenez, n'est-ce pas ? Votre mémoire n'a pas été effacée par la Tempête, pardon, je veux dire par le Cataclysme !

Balthazar se fendit d'un rictus admiratif.

– Jolie et pertinente avec cela ! dit-il.

– Comment est-ce possible ? s'étonna Tobias. Oh ! Je sais ! Vous faites de la magie ! Tout ce qu'on racontait sur vous à New York était donc vrai !

Balthazar rit à nouveau, il en parut presque sympathique.

– J'avais si mauvaise réputation ? s'amusa-t-il. Mes enfants, je vous propose un marché : mon histoire en échange de la vôtre ? Cela vous convient-il ? (Ambre et Tobias acquiescèrent après s'être consultés brièvement.) Très bien. Disons que depuis toujours, je suis un passionné de ce qui est caché. Je suis devenu neurologue bien avant que vos parents ne naissent, pour très vite m'intéresser à cette grande partie du cerveau dont on ne sait pas se servir. Mes recherches m'ont emmené un peu partout dans le monde, j'ai beaucoup travaillé avec des anthropologues auprès de tribus indiennes, chamans d'Amazonie, d'Asie, d'Indonésie et même d'Australie. Figurez-vous qu'en ayant une autre culture, une autre approche de l'existence, certains peuples ont modelé l'usage de leur cerveau autrement, ils ont des perceptions différentes des nôtres ! En définitive, je me suis convaincu qu'il était possible d'utiliser la plasticité de notre cerveau pour en explorer des zones nouvelles, pour en faire un usage différent.

— Alors ce n'est pas de la magie ? dit Tobias, déçu.

— Certainement pas ! L'homme au quotidien n'exploite qu'une infime partie des capacités de son cerveau, ce que j'ai fait consiste à élaborer une gymnastique quotidienne pour améliorer ce rapport. Un peu comme si nous habitions un château mais que nous n'utilisions que les pièces centrales, mes travaux ont consisté à retrouver les portes et les couloirs cachés derrière des meubles et dans des recoins oubliés qui mènent dans d'autres pièces encore plus grandes !

— Et vous êtes capable de lire dans les pensées maintenant ? s'enthousiasma Tobias. Et de voyager avec votre esprit ?

— Non, fit le vieil homme avec un sourire, rien de tout cela. Ma pratique m'a ouvert l'esprit, j'ai acquis une perception différente de mon univers.

— Quoi ? C'est tout ?

Balthazar observa Tobias longuement avant de répondre.

— Ma sensibilité aux gens, aux interactions, et surtout à la nature m'a permis de survivre au Cataclysme ! C'est déjà bien, tu ne crois pas ?

Tobias haussa les épaules, pas tellement convaincu. Soudain, il fronça les sourcils.

– Vous ne dites pas tout ! Vous êtes capable de vous transformer en serpent !

Nouveau sourire du vieil homme.

– À New York, je pouvais créer une forte pression sur tes perceptions pour te le faire croire. L'environnement, la force de l'esprit et du regard...

– Non, non ! protesta Tobias. Je vous ai vu tout à l'heure, ce n'était pas de l'autosuggestion ! C'était pour de vrai ! Vos yeux ! Votre langue !

Balthazar approuva vivement.

– Les choses ont changé avec le Cataclysme, dit-il. J'avais une autre passion, avant, les serpents. Je passais des heures avec eux enroulés autour de mes bras ou de mes jambes. Ils m'aidaient à me concentrer, à percevoir leurs vibrations... Lorsque l'étrange tempête a frappé, cette nuit-là, de grands bouleversements génétiques se sont produits. Au petit matin, non seulement l'ouragan m'avait arraché à ma ville pour me transporter sur des centaines de kilomètres jusqu'ici, mais en plus j'étais... différent. Mes serpents n'étaient plus là. Ils étaient en moi.

– Vous avez... fusionné ? balbutia Ambre.

Le vieil homme hocha la tête.

– C'est dégoûtant ! commenta Tobias sans délicatesse.

– À présent je suis un peu eux et ils sont un peu moi, expliqua Balthazar.

– C'est pour ça que vous n'êtes pas semblable aux autres Cyniks, conclut Ambre.

– C'est à cause de la mémoire, corrigea-t-il. Ils ne savent plus rien de ce qu'ils sont. Ils sont perdus, habités de peurs et de colères que la Reine a su apaiser en leur promettant la rédemption et en pointant du doigt les coupables : vous, les enfants.

– Tout ça parce qu'ils n'ont plus de mémoire ? s'étonna Tobias.

– La mémoire est ton identité, tes valeurs, et la connaissance qu'ils n'ont plus les a transformés en coquilles vides. Malronce n'a eu qu'à les remplir de certitudes rassurantes pour en faire ses marionnettes.

– Vous ne semblez pas d'accord, remarqua Ambre.

– J'ai gardé la connaissance. Je ne suis pas une coquille vide qu'on remplit à loisir pour servir et obéir.

Tobias retrouva un peu d'espoir et lâcha spontanément :

– Alors vous n'allez pas nous dénoncer ?

Balthazar se racla la gorge et s'enfonça dans son siège.

– Si vous ne me mentez plus, je vais y réfléchir. Maintenant c'est à vous de me raconter qui vous êtes.

Ambre commença, sans entrer dans les détails et sans faire mention de l'altération ; elle raconta leur traversée de la Forêt Aveugle et comment ils avaient atterri ici à Babylone. Matt s'était fait capturer sans qu'ils sachent pourquoi. Lorsqu'elle évoqua l'homme en cape rouge, Balthazar se contracta :

– C'est un conseiller spirituel de la Reine, précisa-t-il. Il s'appelle Erik, il est cruel et fanatique. S'il emporte votre ami avec lui jusqu'à Wyrd'Lon-Deis, vous pouvez lui dire adieu dès à présent.

– C'est le royaume de la Reine, n'est-ce pas ? demanda Ambre.

– Malronce a choisi ce nom, c'est là que se trouvent les mines où travaillent les enfants les plus résistants et les mutants. Le ciel est rouge, encombré par la fumée noire des grandes forges qui produisent des armes. Malronce y possède son domaine, on le dit hanté. Là-bas, elle sait qu'elle est en sécurité, personne n'oserait l'approcher.

Ambre se leva :

– Matt ne doit pas partir pour le Sud. Vous n'êtes pas comme eux, je le vois bien, vous devez nous faire confiance, il ne faut pas nous dénoncer, les Cyniks ne feront qu'une bouchée de nous, je vous en prie, ne vous comportez pas comm..

– Du calme ma petite ! Du calme ! Je n'ai jamais eu l'intention de vous livrer en pâture. J'avoue avoir joué un jeu cruel pour mieux vous tirer les vers du nez... Quand vous êtes passés me voir hier, j'ai eu un doute, j'ignorais si vous étiez bien les *traîtres* que vous affirmiez être ou des rôdeurs suicidaires ! Je vous ai même incités à quitter la ville tant que vous le pouviez encore. Vous n'avez rien à craindre de moi.

Tobias remit son couteau de chasse dans son étui, sous la table. Il s'était préparé à toute éventualité. Balthazar poursuivait :

– Je suis peut-être un adulte, toutefois je m'estime très différent de tous ces moutons crédules.

– Vous pourriez rejoindre les forces Pans, proposa Tobias. Nous aurions bien besoin de quelqu'un de votre trempe.

– J'ai déjà bien assez à faire ici ! Tout ce que je demande c'est qu'on me laisse en paix. Je suis un observateur si tu préfères. Je vais regarder ce que je peux faire pour vous aider à fuir Babylone, en attendant vous pourrez dormir à l'étage.

– Nous ne partirons pas sans Matt, opposa Ambre aussitôt.

– Il est à bord du navire du conseiller, vous ne pouvez plus rien faire.

– Je n'abandonnerai pas. Ne cherchez pas à nous en dissuader, nous sommes l'Alliance des Trois et rien ni personne ne saurait nous séparer !

— Je crois que tu ne comprends pas bien : c'est déjà trop tard. Votre ami est dans les mains d'Erik, et...

— Ne gaspillez plus votre salive, monsieur, le coupa Ambre, déterminée comme jamais. Nous ne laisserons pas Matt derrière nous.

Balthazar était contrarié.

— Vous êtes têtus ! (Il secoua la tête d'un air dépité.) Et quand souhaitez-vous sauter dans la gueule du loup ?

— Cette nuit même, répliqua Ambre. Je n'attendrais pas que le navire appareille. Cette nuit même.

28.
Limon, lichen et libellule

Balthazar avait conduit Ambre et Tobias dans un petit hangar jouxtant son échoppe.

– Voilà, c'est là que j'entrepose le surplus, les commandes spéciales et tout ce que je n'ai pas la place d'exposer en boutique, dit-il.

– Où est-ce que vous trouvez tout cela ? demanda Tobias en contemplant les matelas, meubles, et toutes les caisses pleines de souvenirs de la vie avant la Tempête.

– J'ai mes petits secrets, confia-t-il mystérieusement. Alors, de quoi auriez-vous besoin ?

– D'un moyen de traverser le fleuve, exposa Ambre.

Balthazar tiqua.

– Le fleuve ? répéta-t-il avec une grimace comme si le mot même était désagréable. C'est dangereux ! Cette eau est pleine de choses visqueuses et redoutables !

– Tant pis, à moins que vous puissiez nous faire passer le pont ?

– Hélas non, depuis la capture de votre ami, les gardes ont été doublées et les soldats ne laissent plus rien passer sans une inspection attentive, encore plus aux abords du Ministère.

– Et si nous nous présentions comme des traîtres Pans ? proposa Tobias. Et on demande à rejoindre le Ministère pour nous faire accepter !

– Surtout pas ! objecta Balthazar. Vous seriez aussitôt escortés jusqu'au bâtiment pour y recevoir une batterie de tests, c'est presque un lavage de cerveau ! J'ai vu des adolescents dans votre genre y entrer pleins de doutes et ressortir prêts à égorger leurs anciens copains ! Vous y passeriez plusieurs jours et le navire du conseiller serait déjà loin quand vous en ressortiriez !

Balthazar s'enfonça entre de hautes étagères et fouilla longuement l'intérieur de grandes malles avant de revenir avec un morceau de caoutchouc jaune.

– C'est un bateau gonflable, dit-il, certes pas ce qui existe de mieux, c'est hélas tout ce que j'ai.

– Ce sera parfait, répondit Ambre en inspectant l'embarcation.

– Et une fois de l'autre côté ? demanda Tobias. Ça ne résout toujours pas le problème pour s'introduire à bord ! On ne fera pas dix mètres sur les quais avant d'être repérés ! Il n'y a aucune cachette !

– Les égouts, intervint Balthazar. Du fleuve, vous pouvez entrer dans les collecteurs principaux, il suffira de patauger jusqu'à trouver une grille proche du navire pour remonter, il y en a partout pour recueillir l'eau. Ils datent d'avant le Cataclysme, c'est le meilleur moyen.

Ambre se frotta les mains.

– Et voilà, Tobias, nous avons désormais un plan !

Des nuages noirs passèrent devant la lune, plongeant momentanément Ambre, Tobias et Balthazar dans l'obscurité.

Ils terminaient de remplir d'air le canot jaune à l'aide d'un gonfleur qui s'actionnait au pied. Tobias avait usé de sa célérité aussi souvent que Balthazar ne regardait pas dans sa direction pour accélérer l'opération. Une pellicule de sueur maculait le front du jeune garçon et il savoura la fraîcheur nocturne.

La nuit était déjà bien avancée, presque toutes les lumières de la ville étaient éteintes, mises à part les lanternes des gardes et les hautes fenêtres étroites au sommet de la grande tour où était arrimé le dirigeable.

– Qui est-ce, le Buveur d'Innocence ? s'informa Tobias en admirant l'ombre gigantesque de la méduse qui flottait au-dessus de l'ancienne université.

Balthazar se crispa.

– Vous avez eu affaire à lui ? demanda-t-il aussitôt d'un ton effrayé.

– Non, c'est juste que je suis curieux.

– Il n'y a rien à savoir sinon qu'il ne faut pas l'approcher.

– C'est un proche de la Reine ?

– Non, certainement pas, le Buveur d'Innocence ne travaille que pour lui-même. Il fait alliance parce que ça l'arrange, bien qu'il n'aime pas la Reine.

– Alors lui aussi a encore sa mémoire ? supposa Ambre.

– Je ne pense pas, mais il existe d'autres choses que la connaissance et la mémoire pour ne pas être une coquille vide.

– Comme quoi ?

Balthazar prit une profonde inspiration avant de répondre du bout des lèvres :

– La perversion. Un être rempli de vices n'est pas une enveloppe que l'on peut remplir aisément avec autre chose, ses vices prennent trop de place et sont tenaces. Le Buveur d'Innocence est de ce genre-là. Ne l'approchez pas !

Tobias insista, trop intrigué par cet étrange personnage qui possédait une tour si grande et un dirigeable aussi singulier :

– C'est un homme puissant, n'est-ce pas ? Comment fait-il s'il n'est pas au service de Malronce ?

– C'est un rat d'influence, il connaît tout le monde, rend des services, et lorsque vous lui êtes redevable, soyez sûr qu'il saura un jour vous faire payer en retour ! Quiconque a besoin de quelque chose qu'il n'obtient pas vient le voir et il trouve toujours un arrangement.

– Il pourrait libérer Matt pour nous ? demanda Ambre.

– Non ! s'écria Balthazar bien trop fort.

Les deux adolescents se jetèrent à terre et tous les trois attendirent une longue minute avant d'être assurés qu'aucune patrouille ne les avait entendus.

– Non, répéta Balthazar plus bas, le prix à payer serait bien trop élevé ! Et personne ne gagne jamais en définitive avec le Buveur d'Innocence.

Le canot était prêt, ils attendirent que la lune revienne et ensemble ils le lancèrent à l'eau en le gardant accroché par une cordelette.

– Encore une fois, je vous le dis : renoncez ! insista Balthazar. Vous êtes libres, vous pouvez encore quitter cette ville !

– Pas sans Matt, fit Tobias en s'engageant sur l'échelle à barreaux qui descendait au niveau du fleuve, trois mètres plus bas.

Ambre se posta devant le vieil homme :

– Je suis désolée pour le cambriolage de cette nuit. Merci pour votre aide. Je ne crois pas que nous nous reverrons.

Balthazar prit la main de la jeune fille entre les siennes.

– Si d'aventure vous avez besoin d'un lieu pour vous cacher, vous savez où me trouver. Bonne chance !

Une fois les deux Pans installés dans le canot, Balthazar leur lança la cordelette qui les maintenait à quai et ils saisirent les rames pour pagayer dans les eaux troubles du fleuve.

Une pellicule sombre et poisseuse ne tarda pas à recouvrir l'extrémité des rames, et Tobias constata que toute la surface du fleuve était recouverte d'un limon épais.

– Il ne doit pas y avoir beaucoup de poissons avec ce truc ! fit-il d'un air dégoûté.

– Seuls les plus gros et les plus résistants doivent survivre ! Pas un bon point pour nous.

Le courant était heureusement moins fort qu'ils ne l'avaient craint, et ils parvenaient à ne pas trop dériver. Ils s'étaient élancés du point le plus au nord en espérant atteindre l'autre berge avant d'être emportés au niveau du pont où ils craignaient d'être repérés par les gardes.

– Une fois que nous aurons récupéré Matt, on saute dans le canot et on se laisse porter par le courant jusqu'à la sortie de la ville, tout au sud ! exposa Tobias.

– Il faudra que ce soit avant le lever du jour ! Regarde, il y a des tours de vigies à l'entrée et à la sortie du fleuve dans la ville. Ils nous verront certainement passer et donneront l'alerte.

– Peux-tu soulever le canot ou au moins le faire aller plus vite avec ton altération ?

– C'est trop volumineux et surtout très lourd, au mieux je tiendrais sur quelques mètres, pas plus.

Tobias haussa les épaules.

– Alors tant pis, on improvisera !

De temps à autre de sinistres formes affleuraient la surface en émettant des bruits humides. Tobias préférait les ignorer.

Le vieux Balthazar se tenait encore dans l'ombre des façades, il les suivait du regard. Tobias eut un pincement au cœur en songeant à ce personnage atypique, à sa solitude. Et dire qu'à New York ils le prenaient pour un tyran…

Pendant vingt minutes ils pagayèrent le plus vite possible en direction de la terre ferme et lorsque le quai fut à portée de bras, Tobias se sentit nettement plus rassuré. Ils n'avaient affronté aucune attaque monstrueuse.

Avisant la bouche ronde d'un collecteur d'égout, Ambre se servit de sa rame comme d'un gouvernail pour les rapprocher de l'œil noir qui sourdait de la maçonnerie. Avec quelques figures d'équilibre ils parvinrent à se hisser à l'intérieur et Tobias trouva même un clou qui dépassait pour nouer la cordelette de leur embarcation.

Le garçon sortit son champignon lumineux de sa poche et le leva devant lui.

Le collecteur faisait deux mètres de diamètre et ses parois étaient couvertes d'un lichen vert et jaune qui ressemblait à une toison emmêlée.

– Ne pose pas tes mains là-dessus, avertit Ambre, un Long Marcheur m'a raconté une fois que certains lichens des souterrains sont devenus encore plus urticants que le pire des sumacs vénéneux !

Tobias s'écarta vivement des parois.

Ils n'étaient pas très bien armés pour une opération commando, songea-t-il. Il n'avait que son arc et son couteau de chasse et Ambre ne disposait probablement que d'un canif, c'était peu pour résister à des épées, des haches et des masses !

Avec notre altération, cela peut faire la différence, tenta-t-il de se rassurer.

Un résidu d'eau croupie stagnait au milieu du tunnel et, pour éviter tout contact avec le lichen, ils étaient obligés de marcher dedans, produisant des éclaboussures tout de même plus bruyantes que ce qu'ils auraient souhaité.

Un bourdonnement sourd résonna dans le réseau de galeries.

Puis il s'intensifia, et pendant un moment Tobias pensa même qu'il pouvait s'agir du métro avant que les vibrations se rapprochent assez pour qu'il n'ait plus aucun doute :

– C'est animal ! releva-t-il. Et ça vient droit sur nous !

Tout d'un coup, un nuage s'abattit sur eux, des centaines de créatures se jetèrent contre leur corps, s'agrippant à leurs cheveux ou leurs vêtements. Ambre agitait les bras, paniquée tandis que Tobias se protégeait la bouche et le nez de crainte que les bêtes n'entrent en lui.

Sous la lueur du champignon, il put détailler les insectes. Longs, munis de deux paires d'ailes... *Des libellules ! C'est juste des libellules !*

La nuée ne s'attarda pas sur eux et poursuivit sa route, à peine ralentie, pour jaillir à l'extérieur et disparaître au-dessus du fleuve.

Tobias rassura Ambre en lui expliquant que ce n'étaient que de grosses libellules, mais cela n'eut pas l'air de lui plaire davantage.

Ils prirent à gauche à la première bifurcation pour être certains de longer les quais et Tobias reprit confiance en apercevant des grilles tous les vingt-cinq mètres qui laissaient pénétrer un rayon de lune. Ils en comptèrent sept et décidèrent de grimper pour vérifier leur position.

Tobias poussa de toutes ses forces sur la trappe d'acier qui se souleva en tintant et il remonta doucement la tête.

Le navire du conseiller royal, le Charon, se dressait à seulement trente mètres.

Il redescendit et s'élança vers le puits d'accès suivant.

– Nous y sommes presque, déclara-t-il.

Ils se faufilèrent par la grille suivante à la surface. Ils n'avaient plus qu'une demi-douzaine de pas à parcourir pour atteindre la passerelle d'embarquement...

– Il y a un truc qui cloche, comprit Tobias aussitôt.

– Quoi donc ?

– La passerelle ! Elle n'est plus à quai !

Ils virent alors que les amarres étaient jetées, et les grandes voiles baissées.

– Ils partent ! s'alarma Tobias en se relevant.

Le navire s'éloignait lentement du quai.

Défiant toute prudence, Tobias se tenait debout à découvert, constatant avec la plus grande détresse que Matt leur échappait.

Il partait pour le Sud.

Dans les griffes de Malronce.

29.

Une arme secrète

Les voiles produisaient un son agréable en se gorgeant de vent. Un feulement qui respirait le grand air. Avec la douceur de la nuit, c'était un moment magique pour Roger.

Il se tenait agenouillé sur la hune du mât de misaine, à douze mètres de haut, surplombant le pont principal et s'offrant ainsi une vue parfaite sur les quais et le rempart extérieur, le temps que le navire sorte de la ville.

En tant que second du capitaine et chef de la sécurité, il aimait prendre de la hauteur lors des manœuvres un peu délicates.

Pendant quelques secondes il crut discerner un individu sur les quais, avec ce qui ressemblait à un arc accroché dans le dos. Puis la silhouette se dissipa dans la pénombre et Roger l'oublia. Il n'y avait pas à s'en faire pour ça maintenant qu'ils quittaient Babylone.

Sur ce navire, ils étaient en sécurité.

Roger en connaissait les moindres recoins par cœur, ses hommes également, ils disposaient d'armes en grande quantité, et il souhaitait bon courage à quiconque tenterait de les aborder !

Toutefois, Roger fut saisi par un doute. Pourquoi diable envisageait-il le pire ? Pourquoi penser à une attaque ? Ce n'était jamais arrivé...

– À cause de notre précieuse cargaison, dit-il tout haut.

Cette fois, ce n'était pas un voyage comme les autres. Ils transportaient un passager particulier.

Roger attrapa le hauban et descendit sur le pont principal pour s'assurer que tout était en ordre. Ils allaient passer les tours de vigilance qui encadraient la sortie sud du fleuve et qui délimitaient l'extrémité de la ville.

Un des gardes de la tour la plus proche se pencha par-dessus les créneaux et agita une lanterne pour leur souhaiter bonne route.

Tout allait pour le mieux, se félicita Roger. Comme d'habitude.

Il devait se départir de ce sentiment d'anxiété. La présence à bord de ce gamin n'allait rien changer à leur croisière.

Le conseiller spirituel de la Reine apparut sur le pont. Avec sa longue robe noire et la plaque de métal moulée sur son crâne, il ne passait pas inaperçu.

– Belle nuit pour un départ, Conseiller, fit Roger pour engager la conversation.

– Le départ m'importe peu, je suis bien trop impatient d'arriver à Wyrd'Lon-Deis pour offrir à notre Reine cet enfant qu'elle recherche tant ! Serons-nous plus rapides qu'à l'aller ?

– Dans le sens du courant, c'est certain, monsieur. Moins de trois jours pour atteindre Hénok, sauf si nous ne pouvons y être avant le crépuscule, vous savez pour les Mangeombres, dans ce cas, nous attendrons une nuit de plus avant d'approcher. Ensuite il faut compter douze à vingt-quatre heures pour faire transiter le navire par les Hautes-écluses. Cinq jours plus tard nous serons aux pieds de Sa Majesté.

– Neuf jours ! Bon sang que c'est long !

– Ce garçon, monsieur, c'est bien celui qu'on cherchait ?

– Cela ne fait aucun doute.

– Et il est aussi important qu'on le dit ?

– C'est l'affaire de la Reine, je ne peux rien te dire.

– C'est pour la Quête des Peaux ?

– Tu es bien curieux pour une fois, Roger, que t'arrive-t-il ?

– Rien monsieur, des rumeurs circulent à bord, c'est tout.

– Quel genre de rumeur ?

– Eh bien, il se dit que cet enfant pourrait bien nous offrir la rédemption tant attendue. Alors nous ne voudrions pas le perdre.

– Sois certain que cela n'arrivera pas ! Toi et tes hommes allez redoubler de méfiance et de prudence, ne nous faites pas passer par les régions les plus sauvages, évitez les Marais Infectés aux approches de Wyrd'Lon-Deis, tant pis pour la perte de temps.

– Comptez sur nous.

– Et le chien, il est dans les cales ?

– À l'avant, dans une grande cage, il se lèche sans arrêt, il a une blessure au flanc.

– Faites le nécessaire pour le soigner, je ne veux pas qu'il meure ; on ne sait jamais, si le gamin a risqué sa vie pour lui, il se pourrait qu'il ait de l'importance, la Reine en jugera.

Constatant que le navire remontait d'un bon mètre par rapport au niveau du fleuve, Roger informa son supérieur :

– Le lombric de quille vient de sortir, nous allons prendre de la vitesse, monsieur, je vais faire remonter les voiles, vous pouvez aller vous reposer, dans une minute nous irons plus vite que tous les bateaux du monde !

– Parfait. Que personne n'entre dans la cabine de l'enfant.

Roger salua son supérieur et allait s'occuper des manœuvres lorsque le conseiller l'appela :

– Roger ! Détends-toi. Cet enfant n'est pas une menace pour ce bateau. Bien au contraire. Tout ce que je peux te dire c'est qu'avec lui, nous serons bientôt en mesure d'écraser tous les Pans de cette terre. Il est une sorte d'arme secrète si tu préfères...

Ces mots rassurèrent Roger qui retrouva le sourire.

Une arme secrète.

Cette idée lui plaisait bien.

30.

Un pacte avec le diable

L'aurore pointait son nimbe blanc au-dessus de l'horizon de toits et de cheminées.

Ambre et Tobias se sentaient fourbus. Après un sommeil agité et trop court, ils avaient somnolé dans leur canot à la sortie des égouts, au milieu des odeurs et du lichen, incapables de retraverser le fleuve plus tôt dans la nuit pour rentrer chez Balthazar.

N'avoir pu rejoindre Matt leur était un véritable accablement.

Tobias se réveilla tenaillé par la faim et le désespoir.

Il vit Ambre, les yeux grands ouverts, qui contemplait les maisons sur la rive opposée.

– On ne va pas pouvoir rester là plus longtemps, dit-elle, des gens pourraient nous voir d'en face.

– Alors on fait quoi ? Il n'y a que des petits bateaux amarrés, même si on parvient à les piloter, jamais nous ne pourrons rivaliser de vitesse avec un trois-mâts !

– J'ai mon idée.

Tobias retrouva un peu d'entrain et se redressa. Ambre avait le visage fermé, l'air préoccupé.

– Alors ! s'impatienta Tobias, à quoi tu penses ?

– Nous allons frapper à la porte de la grande tour, demander à Colin qu'il nous introduise auprès du Buveur d'Innocence.

– Quoi ? Tu n'as pas entendu les mises en garde de Balthazar ? Il ne faut surtout pas approcher ce type !

– C'est le seul capable de nous aider. Quoi qu'il veuille, nous trouverons bien un moyen de le convaincre.

– Et s'il nous vend aux Cyniks ?

– C'est un risque à courir. De toute façon, nous n'avons plus d'autre option. C'est ça ou nous abandonnons Matt à Malronce.

– Plutôt crever !

– Alors c'est parti.

Ambre monta les trois marches de pierre du perron et prit à deux mains l'imposant heurtoir en bronze qui ornait la porte de la tour.

Les deux coups résonnèrent lourdement dans l'édifice.

Il fallut presque trois minutes pour que l'un des battants s'ouvre enfin sur le visage gibbeux de Colin.

– Nous avons besoin de ton aide, dit Ambre en guise de salut. Pour solliciter une entrevue avec le Buveur d'Innocence.

Colin fronça les sourcils.

– Pour quoi faire ?

– Nous avons un marché à lui proposer.

Colin regarda furtivement par-dessus son épaule et fit un pas au-dehors.

– Ne faites pas ça, dit-il plus bas. N'entrez pas ici, vous n'avez rien à y gagner, croyez-moi !

– Nous n'avons plus le choix, il faut vraiment que tu nous emmènes à lui.

Colin les observa longuement.

– Vous devez être dans une situation désespérée pour en arriver là. Si c'est parce que les Cyniks vous ont refusés, vous feriez mieux de repartir dans la forêt.

– Nous venons de notre plein gré, insista Tobias.

– Alors c'est que vous êtes devenus fous !

Il s'écarta pour les laisser entrer à contrecœur et les accompagna vers un large escalier blanc. Ils franchirent plusieurs paliers et, à chaque fois, l'ambiance des étages surprit le duo de visiteurs. Les murs étaient roses, pêche, marron clair ou vert d'eau, des tapis jaunes, orange et bleus ajoutaient encore plus de couleurs à la décoration pourtant déjà acidulée. Il y avait même des bocaux de verre remplis de friandises dans des alcôves. Tobias s'empressa de piocher dans l'un d'eux et partagea aussitôt sa joie avec Ambre :

– Ils sont encore bons ! C'est génial cet endroit !

Mais Ambre ne se départait pas de sa méfiance :

– Moi ça me fait penser aux contes pour enfants, tu sais la maison en pain d'épices et la sorcière qui attend ses proies à l'intérieur, ce genre de truc flippant.

Au dernier étage, ils avaient les cuisses en feu et le souffle coupé. Colin les fit patienter sur un banc recouvert de mousse bleue et il se faufila derrière une grande porte.

– De quelle monnaie d'échange dispose-t-on ? demanda Tobias. Parce que je ne vois pas bien ce qu'on va pouvoir lui proposer !

Ambre avait toujours l'air préoccupé.

– Ne t'en fais pas pour ça, répondit-elle mystérieusement.

La porte s'ouvrit sur Colin qui leur fit signe de le rejoindre :

– Il est prêt à vous accorder une audience.

Ils pénétrèrent dans une longue pièce couverte de velours violet et de coutures aux reflets dorés au fond de laquelle trônaient une petite table et un grand fauteuil dont le dossier s'élevait à plus de trois mètres.

Un homme tout sec y était vautré, une fine moustache blanche au-dessus de la lèvre supérieure, des yeux très rapprochés par un nez beaucoup trop fin, un front haut qu'arrêtait une coiffe rouge semblable au chapeau des cardinaux.

– Les voici, maître, fit Colin en se courbant.

La tête du Buveur d'Innocence se dressa au bout d'un cou étroit avec un certain dédain pour ces deux visiteurs.

– Approchez ! ordonna-t-il. Que je vous voie mieux.

En découvrant Ambre et Tobias, deux adolescents, sa raideur se dissipa et le soupçon d'un sourire parvint même à ses lèvres.

– Qui vous envoie ? demanda-t-il.

– Personne, répondit Ambre. Nous venons de nous-mêmes pour vous demander un service. Il nous a été dit en ville que vous étiez ce genre de personnage, capable de tout arranger.

– C'est en effet ce qu'on dit de moi. Et que peuvent souhaiter deux jeunes gens ici, à Babylone ?

– Notre ami a été emporté sur un navire cette nuit, il fait route vers le Sud et nous devons le retrouver au plus vite.

Le sourire du Buveur d'Innocence se contracta.

– Rien que ça ? Un seul navire a pu partir dans la nuit, c'est *le Charon*, celui du conseiller spirituel Erik. Ce n'est pas une poursuite qui s'engage à la légère !

– Il transporte avec lui notre ami, et c'est le garçon dont le visage est placardé partout en ville ! Celui-là même que la Reine Malronce recherche activement.

– En quoi devrais-je être concerné ?

– Pour que la Reine le veuille à ce point, il a forcément de l'importance ! Ne voudriez-vous pas le rencontrer avant que la Reine ne l'enferme ?

Le Buveur d'Innocence se gratta le menton en plissant les lèvres.

Tobias en profita pour se pencher vers Ambre et lui chuchoter :

– Que fais-tu ? On ne va pas refiler Matt à ce dingue ?

– Chaque problème en son temps, répliqua-t-elle sur le même ton de conspirateur. Déjà il faut que nous reprenions Matt aux soldats Cyniks !

– Que me proposez-vous ? demanda le Buveur d'Innocence.

– Si vous…, commença Ambre.

– Stop ! la coupa-t-il. Déposez sur cette table devant vous, ce que vous m'offrez en échange de mon aide. C'est ainsi que je procède. C'est la table des offrandes. La table des pactes.

Ambre parut décontenancée, elle hésita puis se reprit et, ignorant la table, elle expliqua :

– Vous nous aidez à rejoindre le bateau et à récupérer Matt, ensuite nous répondrons à toutes vos questions, ce sera autant de renseignements précieux que vous pourrez monnayer en ville !

– Et me déclarer ouvertement contre Malronce ? Ah ! Quelle brillante idée ! ironisa-t-il.

– C'est tout ce que nous avons ! Mais si la Reine le veut tellement, c'est bien qu'il sait quelque chose, n'est-ce pas ?

Le Buveur d'Innocence fit une grimace de déception.

– Je ne prends pas de si gros risques sans garantie.

– Nous n'avons rien d'autre…, fit Ambre d'un ton implorant.

Soudain le Buveur d'Innocence bondit de son trône et approcha des deux adolescents qu'il contourna en les jaugeant comme de la marchandise. Puis, vif et déterminé, il attrapa Ambre qu'il assit sur la table.

– Voilà qui est bien mieux ! triompha-t-il.

– Quoi ? paniqua Ambre. Moi ? Vous me voulez moi ? Comme esclave ?

– Non ! Bien sûr ! Je ne propose que des marchés qui peuvent être conclus, je ne suis pas stupide ! Je vous propose mon aide pour retrouver votre ami en échange de… vous.

– Qu'est-ce que ça veut dire ? s'énerva Tobias en approchant du Buveur d'Innocence.

– Allons, allons, mon garçon, insista l'homme, tout mielleux, tu n'as qu'à sortir, Colin va te faire visiter la tour pendant que ton amie et moi trouvons un terrain d'entente.

– Je ne la quitte pas…

Ambre pivota vers Tobias. Elle avala sa salive avec difficulté, les mains tremblantes.

– Laisse-nous, Toby, dit-elle la voix chargée d'émotion.

– Non ! Certainement pas !

– Nous n'avons plus le choix.

– Mais tu ne vas tout de même pas…

– C'est ça ou Matt est condamné ! s'énerva-t-elle. Maintenant sors ! Ne t'en fais pas, je te retrouve tout à l'heure.

Tobias n'était pas dupe, il apercevait la panique en elle malgré ses efforts pour paraître rassurante.

– S'il te plaît, Toby, ajouta-t-elle les yeux rougis.

Tobias comprit alors qu'il ne fallait pas rendre ce moment encore plus insurmontable qu'il ne l'était déjà.

Ils étaient acculés, ils n'avaient plus le choix.

Il fallait respecter la décision d'Ambre.

Tobias secoua la tête, serra les mâchoires pour ne pas pleurer et suivit Colin vers la grande porte.

31.
Haïssable héroïsme

Tobias expérimenta la relativité.

Chaque seconde dura une heure. Tous les sons : grincements de porte, vent contre les fenêtres, craquements de bois, lui redonnaient espoir, avant que le silence ne revienne le torturer.

Que se passait-il tout là-haut, au sommet de cette tour maudite où le langage pouvait sceller bien des malheurs ?

Ambre souffrait-elle ?

Tobias avait bien son idée mais il refusait de l'admettre.

Colin lui proposa un verre d'orangeade, il le refusa sèchement.

– Vous n'êtes pas vraiment là pour trahir les Pans, comprit Colin. Pas vrai ?

Tobias l'ignora. Il n'en pouvait plus d'attendre. Il ne rêvait que d'enfoncer la porte et tirer son amie des griffes de cet odieux bonhomme.

Cela signifiait abandonner Matt.

Alors pour sauver l'un d'entre nous, nous sommes prêts à sacrifier une part de notre innocence ? Ce qui fait encore de nous des Pans...

Après cela, Ambre allait-elle changer ? Devenir une Cynik petit à petit ?

Tobias préférait ne pas y penser, c'était trop abominable.

Puis la grande porte se déverrouilla, le déclic descendit dans l'escalier jusqu'à l'étage où s'impatientait Tobias. Il se précipita.

Ambre était sur le seuil, les bras croisés comme pour se protéger. Elle n'exprimait rien. Ni peine, ni joie.

Tobias chercha une raison d'être soulagé en la scrutant, il croisa son regard mais elle baissa les yeux.

Alors le cœur de Tobias se serra, s'enfonça tout au fond de sa poitrine, comme dans un petit coffre trop étroit.

Il se sentit mieux immédiatement. Moins vulnérable.

Moins proche d'Ambre aussi.

Le Buveur d'Innocence approcha, tout sourires :

– Je vais vous aider, dit-il, il n'y a pas de temps à perdre si nous voulons rattraper le bateau d'Erik, je vais préparer le dirigeable. Colin va s'occuper de vous !

Sur quoi il se coula dans une autre petite tour.

Tobias voulut poser sa main sur l'épaule d'Ambre pour la réconforter mais celle-ci se dégagea aussitôt.

– Comment te sens-tu ? demanda-t-il. Tu veux en parler ?

– Nous n'en parlerons pas, nous n'en parlerons jamais, et à partir de maintenant toi et moi allons considérer qu'il ne s'est rien passé. C'est compris ?

Tobias acquiesça doucement.

Peut-être avait-elle raison ? C'était mieux ainsi, ne plus évoquer le sujet… Pourtant il lui semblait qu'enterrer ce genre de malaise c'était compromettre la terre sur laquelle Ambre allait se construire, et tout ce qu'elle sèmerait ensuite à cet endroit de sa personnalité risquait de … pourrir.

C'est son choix, je ne peux rien décider pour elle, regretta-t-il avant de constater que le coffre qui protégeait son cœur fonctionnait assez bien.

– Alors nous partons en chasse ? dit-il. Pour retrouver Matt !
Ambre se fendit d'un sourire qui sonnait faux.

Les préparatifs ne prirent pas plus d'une heure, puis Colin
les conduisit jusqu'au sommet de la tour, sous un toit pentu,
vers des passerelles suspendues au-dessus du vide.

Le vent soufflait assez fort, renforçant la sensation de vertige.

Au bout des planches, la nacelle du dirigeable flottait,
accrochée par des dizaines de filaments translucides à la longue méduse qui flottait dans le ciel. De près elle évoquait *le
Nautilus* à Tobias ; contrairement à ses camarades de classe, il
avait toujours adoré les romans de Jules Verne qu'il trouvait
passionnants. Trente mètres de long, de larges fenêtres rondes
et une forme profilée, elle ressemblait à un sous-marin.

– Cette créature produit de l'air chaud dans son ventre
pour se tenir à température élevée, et comme celui-ci est creux
et immense, elle vole en permanence ! expliqua le Buveur
d'Innocence en criant par-dessus les rafales. À l'instar d'une
montgolfière !

Ils prirent place dans la cabine de pilotage à l'avant, face à
une grande baie vitrée qui leur donna l'impression de marcher
au-dessus de la ville.

Colin terminait de charger les affaires. Il avait couru à
l'autre bout de Babylone à la demande des deux adolescents
pour récupérer leurs sacs à dos et transpirait abondamment.

– Comment obligez-vous la méduse à prendre la direction
de votre choix ? s'informa Tobias, désireux de comprendre.

Le Buveur d'Innocence tapota sur une grosse boussole puis
désigna plusieurs manettes en bois et en cuir devant lui :

– Il suffit de choisir un cap et ensuite ces instruments
permettent d'effectuer différentes pressions sur les filaments

principaux, à droite, et elle vire à tribord, à gauche, et elle tourne à bâbord. Cette molette ouvre un clapet au niveau de son ventre et dégaze de l'air chaud qui fait chuter l'altitude. Celui-là la stimule et elle produit davantage d'air chaud pour grimper dans les airs, et enfin ici, je peux tirer pour exercer une force sur l'avant de son corps, ce qui la fait ralentir. Il n'existe par contre aucun moyen de la faire aller plus vite, elle se déplace à une vitesse constante.

Tobias était admiratif, il en oubliait toute méfiance.

— Bien entendu, c'est moi qui ai tout conçu, ajouta l'homme fièrement.

— Elle se nourrit comment ?

— Je te montrerai pendant le voyage, c'est assez impressionnant. À présent installez-vous, nous allons partir. Colin ! Libère les amarres et ferme la porte !

Colin obéit, après quoi le Buveur d'Innocence actionna diverses manettes et toute la nacelle craqua tandis qu'ils se mirent à avancer.

Le spectacle par la grande baie était magnifique. La tour s'éloigna d'un coup ; rapidement, ils survolèrent les remparts, puis le fleuve et en un instant la ville fut derrière eux.

— Qu'y a-t-il à bord ? interrogea Tobias après avoir admiré la vue.

— Ce poste de conduite, un vaste salon puis quatre chambres et le hangar à l'arrière. Bien assez pour nous quatre.

— Combien de temps avant de rattraper le navire qui détient Matt ? demanda Ambre sèchement.

— Difficile à dire, ils ont une douzaine d'heures d'avance…

— Nous sommes bien plus rapides que ce bateau, n'est-ce pas ? supposa Tobias.

— Ce n'est pas un véritable voilier, le vent ne sert que pour les manœuvres délicates et pour reposer le lombric de quille.

– Qu'est-ce que c'est un *lombric de quille* ?

– Un immense ver marin qui vit dans la cale et qui est déployé pour parvenir à la vitesse de croisière, ce monstre nage bien, mange peu et parvient à tracter sur son dos de grands poids. C'est le seul que nous ayons réussi à capturer. Tant que le lombric de quille les propulse, je crains que nous ne puissions pas gagner du terrain, cependant, cette bestiole doit se reposer plusieurs fois par jour, alors, si les vents ne sont pas propices, ils n'auront que le courant pour leur faire descendre le fleuve. Si la chance est avec nous, nous les rejoindrons avant Hénok.

Tobias avait espéré une poursuite plus aisée.

– C'est loin cette cité ? demanda-t-il.

– Trois jours à peu près ; notre limite. Si nous ne les interceptons pas avant, alors il sera trop tard ! Car nous ne pourrons stationner à Hénok plus de quelques heures, avant que la nuit tombe.

– Pour quelle raison ? C'est encore plus surveillé ?

– Dans cette région, la nuit, les Mangeombres sortent chasser, c'est pour ça que la ville est enterrée. Personne ne peut sortir à la tombée du jour. De toute façon, au-delà de Hénok, commence Wyrd'Lon-Deis, et je ne m'y aventurerais jamais. Personne ne le fera pour vous aider. Nous devons retrouver votre ami avant Hénok, sinon ce sera perdu.

– Et si on parvient au bateau, c'est quoi le plan ?

Le Buveur d'Innocence toisa Tobias avec un rictus méprisant.

– C'est votre ami, non ? dit-il. À vous de vous débrouiller ! Moi je ne fais que le chauffeur !

Tobias se laissa tomber dans son siège, face au paysage qu'ils engloutissaient sous la baie vitrée.

Sauver Matt n'allait pas être facile.

Et pour la première fois, il se mit à douter. Il ignorait tout de ces dangers et obstacles qu'évoquait leur pilote.

N'étaient-ils pas en train de voler vers leur propre perte ?

Il observa Ambre qui fixait l'horizon, déterminée.

Elle est loin à l'intérieur d'elle-même, songea Tobias, *tentant par tous les moyens de vivre avec son sacrifice.*

L'aventure n'avait décidément rien d'euphorisant.

À trois cents mètres d'altitude, par une vitesse de trente nœuds, Tobias fit une constatation terrible.

Si les héros existaient bel et bien dans cette réalité, alors leur vie était un enfer.

Malronce

TROISIÈME PARTIE
D'air et d'eau

32.

Une prison sur le fleuve

Matt avait dormi longtemps.

Étaient-ce les onguents et les potions dont ils l'avaient gavé de force depuis la veille qui l'avaient assommé ?

Quelle heure pouvait-il bien être ? Tard, assurément...

Matt écarta les draps et découvrit avec horreur qu'il était couvert de cataplasmes suintants qu'il s'empressa d'arracher avec les bandages. Toutes ses ecchymoses, ses bosses et ses entailles – heureusement superficielles – apparurent. Le mal de crâne se réveilla également.

Ils ne l'avaient pas raté.

Étourdi, il s'assit sur sa couche pour reprendre ses esprits et examiner la pièce.

Il était toujours sur le bateau. En direction du Sud.

Vers les terres de Malronce.

Avisant ses vêtements posés sur une chaise, Matt s'habilla et vint inspecter les fenêtres. Impossibles à ouvrir. Au-dehors, la lumière du jour était vive. L'après-midi probablement.

La douleur palpitait entre ses tempes, Matt alla se servir un verre d'eau qu'il avala d'une traite. Dehors, la berge la plus proche était à plus de cent mètres. Avec le courant et la faune, il était plus que probable qu'il ne puisse jamais la rejoindre. Ils voguaient au milieu d'un immense fleuve, bien plus large qu'il ne l'était en ville.

Et Plume ? Qu'ont-ils fait d'elle ? S'ils ont touché un poil de ma chienne, je jure de tous les tuer avant de fuir ce maudit rafiot !

Matt prit alors conscience de la violence qui l'habitait. Plus il combattait les Cyniks, plus il était obligé de verser leur sang, et plus les barrières de sa morale reculaient. Il ne devait pas se faire corrompre.

L'altération lui avait donné une force prodigieuse, il pouvait désormais rivaliser avec les Cyniks les plus costauds. Chaque fois, l'effet de surprise jouait en sa faveur, combiné avec sa souplesse, sa détermination et des rudiments d'escrime, Matt terrassait ses adversaires.

Ce n'était pas une raison pour se laisser gagner par la facilité de la violence. Il ne pouvait la brandir comme réponse à chacun de ses problèmes, de ses frustrations.

Sinon qu'adviendrait-il de lui à courte échéance ?

Un Cynik ! Voilà ce que je vais devenir !

Il s'élança vers la porte.

– Plutôt mourir, dit-il tout bas.

Elle était verrouillée de l'extérieur.

Que faire ? Même s'il parvenait à quitter sa chambre, pouvait-il se jeter à l'eau et espérer rejoindre la rive ? Pour tenir combien de temps en pleine nature, sans équipement ? Du suicide !

Pas si je débusque les ruines d'une ville sur le chemin...

Restait le plus difficile : comment retrouverait-il ses amis ? Qu'étaient-ils devenus ? L'attendraient-ils en ville ? Rentreraient-ils auprès des Pans ?

Si seulement ils savaient que je suis ici ! Je suis sûr qu'ils trouveraient un moyen de me suivre...

Des pas lourds approchèrent dans le couloir et la porte s'ouvrit sur l'homme en robe noire et rouge et à la plaque d'acier sur le crâne.

– Pourquoi as-tu retiré tes fomentations ? demanda-t-il en désignant les plaques boueuses et les bandages sur le plancher.

– Vous vous souciez de ma santé maintenant ?

– Je préfère te présenter en bonne santé à la Reine.

– Comment a-t-elle vu mon visage pour établir le portrait des avis de recherche ?

– Elle fait des rêves.

La nouvelle estomaqua Matt. Lui aussi rêvait. Du Raupéroden...

– Et je suis dans ses songes, c'est ça ? Que me veut-elle ?

– La Reine voit notre avenir dans son sommeil, elle est guidée par une force supérieure, tu saisis ? Elle est notre guide, notre messie !

– Pourquoi moi ? insista Matt.

Le conseiller spirituel éluda la question.

– Je vais t'autoriser à monter sur le pont principal, pour que tu prennes l'air, je ne veux pas d'un garçon ramolli et anémié devant Notre Majesté ! Mais sache que si tu te jettes à l'eau, les crocoanhas te dévoreront en un instant !

Matt imagina des nuées de crocodiles mutants sillonnant les eaux troubles du fleuve.

– Et si tu fais quoi que ce soit d'intrépide à bord, sache que le chien que tu aimes tant en paiera les conséquences !

Plume ! Elle était à bord !

– C'est une chienne, corrigea Matt. Je voudrais la voir.

– Si tu te comportes bien, j'envisagerai cette option.

Le conseiller spirituel guida Matt dans les coursives pour atteindre le pont principal où l'air du début d'après-midi l'enveloppa d'une fraîcheur bienvenue.

De jour, Matt prenait la pleine mesure du trois-mâts : un impressionnant bâtiment de transport mais aussi de guerre. Massif, avec un équipage de soldats, des vigies au sommet de chaque mât, et seulement deux canots à bord. Il semblait impossible d'en manipuler un sans éveiller l'attention du personnel. Était-ce plus calme la nuit ?

Probablement, mais pas moins bien gardé ! s'énerva le jeune garçon.

Il remarqua alors qu'aucune voile n'était déployée. Comment se propulsaient-ils ?

– Il est temps que tu m'en dises plus sur ton voyage, annonça le conseiller spirituel. D'où venais-tu précisément ?

– Vous vous rappelez, tout à l'heure, vous avez dit que vous me vouliez en bonne santé et présentant bien devant votre reine... Ce qui signifie que vous ne me frapperez plus pour avoir vos réponses. Alors je vous le dis : allez vous faire voir, je ne répondrai à aucune question.

L'œil mauvais du conseiller s'enflamma d'une colère silencieuse.

– Toi oui, ton chien c'est différent. À chacune de mes questions laissée sans réponse, je ferai fouetter dix fois cette bête ! Dois-je commencer dès à présent ?

La colère changea de bord, cette fois elle envahit Matt des orteils aux cheveux. Il serra les poings pour se retenir d'agir.

– Espèce d'enfoiré ! lâcha Matt entre ses mâchoires serrées.

– Dois-je ordonner *vingt* coups de fouet ?

– Je venais d'un clan de Pans à plusieurs jours de marche de la Forêt Aveugle.

– J'imagine que la Forêt Aveugle est votre nom pour ce que nous appelons les Montagnes Végétales ? Combien êtes-vous dans ce clan ? Je te préviens : ne me mens pas, nous avons

278

beaucoup de renseignements de nos patrouilles, je le saurai. Pense à ta chienne...

Matt devait se décider très rapidement : mentir pour protéger le clan de l'île Carmichael ou préserver Plume ?

— Une vingtaine seulement, mentit-il.

Avant que le Cynik ne puisse recouper les informations, Matt espérait avoir quitté ce navire avec Plume.

— Et comment as-tu su que tu étais recherché par notre Reine ?

Matt mit à profit cette conversation pour errer sur le pont et étudier les différentes sécurités.

— Une de vos patrouilles nous a attaqués, nous sommes parvenus à déjouer leurs ruses et nous enfuir après avoir volé leurs affaires. Il y avait un avis de recherche avec mon visage à l'intérieur du sac.

— Et cela t'a suffi pour rejoindre la Passe des Loups ?

— Qu'est-ce que c'est la Passe des Loups ?

— Le seul moyen de passer du nord au sud sans avoir à traverser les Montagnes Végétales, un goulet de trente kilomètres franchissables entre les arbres, tu l'as forcément emprunté pour descendre sur nos terres. C'est d'ailleurs surprenant puisque nous en gardons l'accès et que notre citadelle est presque achevée !

— Je suis passé par la Forêt Aveugle.

Le conseiller se mit à rire avant que celui-ci ne se fige en constatant que Matt était sérieux.

— Non, personne ne peut franchir ce mur d'arbres !

— C'est pourtant par là que je suis venu. Vous le dites vous-même : la Passe des Loups est sous votre contrôle ! Comment l'aurais-je traversée sans me faire repérer ?

— Tu es décidément un garçon plein de ressources. Tu vas m'en dire un peu plus sur cette Forêt Aveugle...

Matt en avait assez vu. Il y avait des gardes partout. Une vingtaine au moins, sans compter tous ceux qui ne manquaient pas d'occuper les niveaux inférieurs. Quitter le bateau serait très difficile.

À bien y réfléchir, il ne voyait absolument pas comment faire. Nombreux et armés, ils ne pouvaient être défaits en combat régulier.

Finalement, c'était peut-être une chance que Ambre et Tobias ne soient pas à leurs trousses.

Car contre une pareille armada, ils n'auraient eu aucune chance.

– J'ai à nouveau très mal au crâne, avoua-t-il, je voudrais descendre dans ma cabine.

Matt devait se rendre à l'évidence : il ne pourrait jamais fuir le bateau, il fallait attendre une escale ou leur destination finale.

33.
La Quête des Peaux

Le soleil de fin de journée venait se refléter sur la peau de la méduse, la créature brillait comme un fragment de miroir à la dérive dans le ciel.

Tobias détendit la corde de son arc en la détachant pour reposer le bois, et rangea ses affaires dans son sac. C'était son rituel rassurant, s'assurer qu'il ne manquait de rien, qu'il était paré à toute éventualité.

La cabine n'était pas très spacieuse mais confortable. Aussi rebutant que pouvait être le Buveur d'Innocence il avait su faire de cet endroit un luxueux moyen de transport.

On toqua à sa porte.

– Oui ?

– C'est moi, Ambre.

Tobias alla ouvrir et la jeune fille se glissa à l'intérieur avant même d'y être invitée.

– Je voudrais te demander un service, dit-elle. Serais-tu d'accord pour qu'on dorme ensemble ? Je n'ai pas confiance, et je crois que ce serait plus prudent.

Ambre prisait tant son intimité que cette requête éveilla la méfiance de Tobias. Elle devait se sentir particulièrement menacée pour en arriver là.

– Pas de problème.

– Tu veux bien m'aider à transporter mon matelas jusque-là ? Je dormirai par terre.

– Non, tu n'auras qu'à prendre ma couchette, ça ne me dérange pas du…

– Je m'impose, je dors au sol, oublie la galanterie, je crois que nous sommes bien au-dessus de ça maintenant.

Ils portèrent le matelas de la jeune fille qu'ils posèrent contre le lit de Tobias. Pendant qu'elle remettait les draps, Tobias se pencha pour se confier :

– Je crois que ça va être difficile de récupérer Matt.

– Je sais.

– Et ensuite, qu'est-ce qu'on fera ? Nous sommes descendus sur les terres Cynik pour en apprendre plus, mais on ne va pas rester indéfiniment ici, n'est-ce pas ?

– J'imagine que nous rentrerons à l'île Carmichael, pour partager ce que nous aurons appris. La mémoire effacée des Cyniks, l'anneau ombilical, la Reine Malronce…

– Il faudra qu'un Long Marcheur se présente pour diffuser les informations aux autres Pans, et à Eden.

Ambre acquiesça, pensive. Puis, après une hésitation, elle avoua :

– J'aurai seize ans dans trois mois, à ce moment, je me rendrai à Eden, pour devenir un Long Marcheur à mon tour, j'aurai l'âge légal.

– Tu nous quitteras ? s'étonna Tobias comme s'il parlait d'un crime odieux.

– J'en rêve depuis le début. Et puis… nous ne pourrons pas faire toute notre vie ensemble, pas vrai ?

– Mais… et l'Alliance des Trois ?

– Elle existera encore, à distance, et peut-être comme un souvenir de ce que nous avons été.

– Tu es amoureuse de Ben, c'est ça ? comprit soudain Tobias. Je me souviens, chaque fois que je t'ai vue en sa compagnie tu buvais ses paroles et le mangeais du regard !

– Non ! Pas du tout ! Être Long Marcheur est une aventure solitaire ! Ça n'a rien à voir ! Tu as trop d'imagination, Toby ! Je veux juste sillonner notre pays pour rassembler les Pans, pour partager les avancées des uns et les découvertes des autres, participer à la cartographie du monde, produire une encyclopédie des plantes et des animaux nouveaux, bref, je veux me sentir utile !

– Et nous ? Qu'est-ce qu'on deviendra ?

– Chacun doit trouver sa place, nous ne pouvons vivre tous les trois toute notre vie…

– Je croyais pourtant que c'était la promesse qu'on s'était faite avec l'Alliance des Trois.

Ambre eut un regard embarrassé.

– Je suis désolé, Toby.

– Dans trois mois, c'est ça ? Bon, ça nous laisse encore le temps de te convaincre de ne pas le faire, lança Tobias avec un regain d'espoir. Et puis Long Marcheur, c'est un peu ce qu'on fait depuis le début de cette aventure !

– C'est aussi pour ça que je suis venue avec vous. Toutes les informations que nous rassemblerons sur les Cyniks pourront nous servir plus tard.

Ambre alla chercher son sac à dos et s'aménagea un petit coin à elle dans un angle de la cabine. Comme elle voulait se changer, Tobias la laissa et se rendit dans le salon de la nacelle.

La pièce était entièrement recouverte de moquette rouge, du sol au plafond. Deux immenses hublots de part et d'autre du dirigeable dévoilaient le paysage étourdissant, et Tobias alla s'asseoir dans un des canapés pour admirer la vue.

La porte s'ouvrit sur le Buveur d'Innocence qui proposa à Tobias de le suivre. Ils grimpèrent par une échelle au milieu de la coursive principale pour soulever une trappe et gagner le toit de la nacelle.

Le vent y soufflait fort et Tobias fut rassuré de trouver des rambardes sur tout le tour de la terrasse. La méduse les surplombait de quelques mètres, violette, bleu et rose. Elle dansait dans les airs pour avancer.

Tobias nota la présence des dizaines de filaments translucides qui servaient de cordage. Chacun s'arrimait à la nacelle par une boucle de fer. Tobias s'approcha et voulut en toucher un lorsque la main du Buveur d'Innocence l'arrêta brusquement.

— Bien que le spectacle puisse être amusant, je doute que tu apprécierais, l'avertit-il. Regarde !

Le Buveur d'Innocence pointa du doigt un oiseau qui venait de s'accrocher à un filament. Celui-ci avait en fait les propriétés de la soie d'araignée, collant et visqueux. L'oiseau se débattit avant qu'une petite fumée ne s'élève de son plumage. La pauvre bête se mit à piailler tandis que son corps était entraîné vers le haut, vers la méduse. Il fumait de plus en plus et bientôt une de ses ailes se détacha pour être absorbée par le filament.

— Non seulement ça colle mais en plus les acides du système digestif de la méduse te rongent, révéla le Buveur d'Innocence. Tout ce qui passe à sa portée est ainsi avalé. Moucherons, mouches et oiseaux principalement, mais si un mammifère commet l'erreur d'effleurer ces filaments il subit le même sort. Redoutable.

— Dégoûtant ! répliqua Tobias.

— Tu n'imagines pas le travail qu'il a fallu pour attraper cette créature ! Et encore moins pour la domestiquer !

L'homme se caressait la moustache en parlant. Tobias le guettait du coin de l'œil, intrigué par ce personnage aussi répugnant que mystérieux.

– C'est votre nom, le Buveur d'Innocence ? Je veux dire : vous n'en avez pas d'autre ?

L'homme leva un sourcil et scruta Tobias.

– C'est le surnom qui m'a été donné à Babylone. Toutefois, tu peux m'appeler Bill si tu préfères.

– Bill ? répéta Tobias.

Pour le coup, ce n'était pas du tout effrayant ! Savoir que le Buveur d'Innocence s'appelait en réalité Bill apaisa aussitôt l'adolescent qui se sentit moins impressionné.

– C'était mon nom, *avant*.

– Avant ? Vous voulez parler du Cataclysme ? Vous vous souvenez de votre ancienne vie ?

– Quelques souvenirs seulement.

– Je croyais que tous les Cyniks avaient perdu la mémoire !

– Il faut croire que non.

Soudain Tobias se rappela l'avertissement de Balthazar. Certains adultes, remplis de perversions, étaient tellement obsédés par leurs vices que ceux-ci les avaient en quelque sorte protégés, trop chevillés à leurs esprits qu'ils étaient. La perversion, omniprésente chez certains, avait fonctionné à la manière d'un bouclier, préservant des parcelles de mémoire. Tobias repensa alors au tout premier Cynik qu'il avait rencontré : Johnny. L'homme avait tenté de l'agresser, et Matt l'avait tué pour les protéger. Johnny aussi avait une partie de sa mémoire.

Quel monde avons-nous, où seuls les plus infâmes ont gardé leur personnalité et tous les autres sont devenus sauvages et violents !

– Viens, il y a trop de vent ici pour s'entendre, dit le Buveur d'Innocence avant de redescendre.

Une fois de retour dans le salon, l'homme se servit un verre de ce qui ressemblait à du whisky.

– Vous travaillez avec les soldats de la Reine parfois ? s'enquit Tobias.

– Non. Cependant, j'assiste aux mises à nu.

– Qu'est-ce que c'est ?

– Lorsque les soldats rapportent leur cargaison d'enfants, ils sont exposés dans un hangar, totalement nus, et l'on compare leur peau au dessin donné par la Reine : le Grand Plan.

– C'est ça la Quête des Peaux ?

– Exactement. La Reine fait des rêves étranges, et par leur biais, elle nous guide vers la rédemption. Dès le début, elle a vu ce Grand Plan, il lui revenait sans cesse, alors elle l'a dessiné. Puis elle a compris. C'était un message divin. Nous devions trouver l'enfant qui portait sur sa peau ce dessin.

– Pour quoi faire ?

– La Reine a établi son repaire autour d'une étrange table sur laquelle elle s'est réveillée après le Cataclysme. Cette table est une carte du monde. Et dans son rêve, si la peau de l'enfant est posée sur cette table, alors l'emplacement du Paradis Perdu apparaîtra.

– Mais c'est horrible ! Ça veut dire qu'il faut... tuer l'enfant !

Un sourire écœurant fendit le visage du Buveur d'Innocence.

– En effet, dit-il d'un ton doucereux.

Alors Tobias eut une révélation. Si Matt avait autant d'importance pour Malronce, c'était parce qu'il était cet enfant

Les Cyniks allaient l'écorcher vif.

34.

D'une divine nature

La table du conseiller spirituel était bien garnie.

Pâté en croûte, terrine, poulet rôti et nombreux fruits s'accumulaient face à Matt. Pourtant l'odeur rance des lanternes à graisse lui coupait l'appétit.

Matt avait tout d'abord voulu se soustraire au dîner en prétextant que ses blessures le faisaient souffrir, avant que le conseiller n'insiste en menaçant de faire battre Plume.

– Votre reine, dit Matt qui tentait de diriger la conversation, elle a des raisons de me connaître ?

– Tu dis cela à cause des avis de recherche ? Je te l'ai dit : elle rêve de toi.

– Comme une sorte de message onirique ?

– En effet.

– Qui proviendrait d'où ?

Étant lui-même hanté par les rêves du Raupéroden, il espérait glaner quelques explications sur la nature de ces rêves.

– Mais enfin ! De Dieu !

Matt manqua de s'étrangler avec le morceau de viande qu'il venait d'avaler.

– Dieu ? répéta-t-il, incrédule.

– Bien entendu ! C'est lui qui guide notre Reine, elle est notre messie désormais, pour laver nos péchés.

– Quels péchés ?

– La démesure, les vices et… vous ! hurla le conseiller. Tous les enfants sont le fruit de nos péchés anciens, ceux qui nous ont valu la colère divine !

– Nous n'avons rien fait !

– Nous sommes tous les enfants de pécheurs plus anciens qui nous ont transmis leur malédiction ! Avec Malronce, cela va s'arrêter ! Nous allons démontrer à Dieu, s'il le veut bien, que nous méritons son pardon ! Le Cataclysme était un signal pour le changement ! Parce que le premier couple a péché, tous leurs descendants ont dû en payer le prix, eh bien ce sera bientôt révolu ! En traquant le fruit de nos errances, nous allons nous affranchir de nos erreurs passées !

– En tuant vos enfants ? s'indigna Matt. Cela n'a aucun sens, vous êtes tous fous !

– Les enfants sont mauvais, nous le constatons tous aujourd'hui, ils sont donc le symbole de cette erreur, nous avons péché !

– Qui a dit que nous étions mauvais ? C'est n'importe quoi ! Nous ne demandions qu'à être avec vous !

– C'est faux ! Si chaque adulte se sent si oppressé, si mal à l'aise et plein de rage en présence d'un enfant, c'est qu'ils sont maléfiques ! Il n'y a qu'avec un anneau ombilical que vous devenez contrôlables, sinon vous passez votre temps à tout remettre en question, à tout vouloir changer ! Vous êtes l'inconstance !

– C'est idiot ce que vous dites ! Vous êtes comme des machines, vous obéissez bêtement, vous ne réfléchissez pas, vous avez peur de tout ce que vous ignorez, et nous au contraire nous avons soif de savoir, d'exploration, de découverte, nous évoluons en permanence !

– Vous êtes l'anarchie !

– À quoi bon vivre si c'est pour tuer sa progéniture ? L'humanité disparaîtra bientôt !

– Pas si cela attire la miséricorde de Dieu, si par cette preuve d'amour il nous pardonne nos péchés d'autrefois, alors il nous ouvrira les portes de la vie éternelle !

– Vous êtes fou...

Le conseiller, obnubilé par sa litanie, ne releva pas, il enchaîna :

– Désormais, il nous faut accepter que les enfants ne servent plus qu'à mener notre Quête des peaux, pour nous montrer dignes, nous faire pardonner en les détruisant tous, en effaçant de cette terre toute trace de notre erreur. Et un de ces enfants, un seul, nous conduira, par sa peau, au sanctuaire, là où le pardon est possible, là où nous redeviendrons des êtres complets. La Reine le sait, la Reine s'est réveillée avec cette certitude, celle que quelque part, au pied d'un pommier, se cache notre rédemption. C'est parce qu'elle est la seule adulte à avoir eu un souvenir, une certitude à son réveil, qu'elle est notre Reine. Et voilà pourquoi la pomme est son emblème. Malronce l'a vu dans ses rêves ! (Il sortit alors des replis de sa robe une petite Bible qu'il lança sur la table.) Ce livre est partout dans les ruines, nous en avons retrouvé absolument partout ! Il est le transmetteur de notre passé vers notre avenir. Et la Reine nous le décrypte !

Des fanatiques ! songea Matt. *Voilà ce qui dirige les Cyniks ! Une poignée d'illuminés qui suivent aveuglément une femme folle qui s'est autoproclamée reine ! Il faut que je me sorte de là avant que ça ne finisse mal...*

Et comme pour le lui confirmer, le conseiller spirituel s'empara d'un couteau qu'il planta dans une cuisse de poulet en déclarant :

– Bientôt, toi aussi tu croiras, lorsque la Reine t'aura ouvert les yeux, tu croiras comme nous tous !

Dans les airs, la nuit était tombée sur la méduse, et les lampes à graisse illuminaient les fenêtres de la nacelle.

– C'est quoi le Paradis Perdu dont vous avez parlé tout à l'heure ? demanda Tobias.

– Le repos et le pardon éternels. L'Éden dont nous avons été chassés il y a bien longtemps à cause du péché !

– Le truc avec Adam et Ève ? Vous vous souvenez encore de ça après le Cataclysme ?

– Une poignée d'hommes et de femmes, des guides spirituels, profondément ancrés dans la religion ont également des fragments de mémoire ! En tout cas ils ont des Bibles pour nous guider.

De mieux en mieux ! pesta Tobias in petto. *Les pervers et les fanatiques sont les seuls à avoir encore un peu de mémoire ! À croire que le mal est plus tenace que le bien ! Sauf si... les excès sont une forme d'aveuglement, à tel point qu'ils peuvent résister à bien des nettoyages...*

– Il y a quelque chose que je n'ai jamais compris à propos de cette histoire de péché originel, enchaîna Tobias, c'est pourquoi nous sommes supposés vivre avec le poids de ce que nos ancêtres auraient commis ? Je veux dire : c'est aussi bête que de mettre un enfant en prison sous prétexte que ses parents sont des criminels !

Le Buveur d'Innocence pointa un index menaçant en direction de l'adolescent :

– Tu es bien effronté ! dit-il sans réelle colère. Les conseillers spirituels te feraient brûler pour cette défiance !

290

– C'est juste une question que je me pose…

– Malronce affirme que c'est justement le moment de nous affranchir du péché originel. De renier nos enfants, de les sacrifier à Dieu. Car c'est lui qui lui envoie ses rêves.

– Et s'il n'y avait pas de dieu derrière tout cela ?

– Que veux-tu dire ?

– Et si cette incroyable tempête était une sorte de réaction de la Terre contre nous ? Ambre a une théorie superintéressante à ce sujet ! Elle pense que la nature est guidée par une énergie dont le but unique est de propager la vie. Nous, l'espèce humaine, étions devenus un transporteur parfait, fruit d'une évolution telle que nous allions propager la vie ailleurs que sur terre, dans le cosmos. Mais trop d'abus, trop de pollution, de déforestation, bref, aucun respect pour notre environnement aurait eu raison de la planète à moyen terme. Alors pour nous corriger, la nature se serait rebellée avec le Cataclysme. Puissant pour nous remettre en question mais pas totalement destructeur pour nous laisser une nouvelle chance, avec la conscience, cette fois, de prendre garde à la manière dont nous évoluons.

– Continue, dit le Buveur d'Innocence lorsque Tobias s'arrêta pour avaler sa salive.

– Pour permettre à la vie animale et végétale de survivre à notre règne, la Tempête aurait été chargée d'une puissance colossale, au point d'altérer la génétique, pour rendre les espèces plus fortes, plus résistantes. Au passage, les quelques enfants assez forts pour survivre au Cataclysme auraient été modifiés pour se développer plus vite, pour qu'ils aient aussi une chance. D'ailleurs, j'ai lu une fois dans un livre que l'évolution procède souvent par bonds, et non selon une courbe constante. Cette Tempête serait un de ces bonds majeurs.

– Pourquoi avoir séparé adultes et enfants dans ce cas ?

– Euh…

– Pour nous rendre plus autonomes, pour stimuler nos capacités d'adaptation, expliqua Ambre en entrant dans le salon. Ou pour un test grandeur nature.

– Quel test ? interrogea le Buveur d'Innocence.

– L'homme est-il réellement digne de survivre ? Est-il assez digne de poursuivre sa mission pour transmettre la vie ? Va-t-il s'entretuer comme il en a l'habitude ou parvenir à s'entendre pour mettre à profit ses nouvelles facultés ?

– La Reine fait des rêves ! Elle ne les invente pas !

– En altérant notre génétique, la Tempête a pu aussi enfouir des images dans l'esprit de certains, ou bien rendre cette femme plus sensible à son environnement, au point de *sentir* l'agencement atomique de l'univers, et d'en trouver un sens. Bien sûr, ce ne sont que des suppositions.

Le Buveur d'Innocence se massa le menton, manifestement captivé par le discours des deux adolescents :

– Derrière cette tempête, à vous écouter, existe une volonté précise, un plan ; donc une forme de toute-puissance. Un dieu !

– Non, pas un dieu au sens d'une personnalité omnisciente, contra Ambre, plutôt une forme originelle d'existence, une énergie : la vie. Et celle-ci gouverne les mécanismes essentiels de l'univers, sans arrière-pensées, rien qu'un système d'actions et réactions, qui glisse en avant, sans cesse, aussi simplement qu'une goutte d'eau subit l'attraction terrestre si vous la lâchez du haut d'une montagne !

Le Buveur d'Innocence croisa les bras sur sa poitrine :

– Alors je te pose la question autrement : qui a créé cette goutte d'eau ? Qui l'a lâchée du sommet de la montagne et pourquoi ? Il y a là la place pour l'existence de Dieu !

– Peut-être, admit Ambre en haussant les épaules, je ne le nie pas, je cherche juste à démontrer l'existence d'une autre théorie. La possibilité d'une harmonie naturelle, que l'homme envisage d'être ce qu'il est, sans s'enfermer dans des barrières morales douteuses qui l'affaiblissent plutôt que de l'épanouir ! Ma théorie ne réfute pas l'existence même de Dieu, mais elle le place ailleurs, plus distant.

– Dieu n'est pas un self-service où l'on pioche ce que l'on veut ! sermonna le Buveur d'Innocence, vous ne pouvez sélectionner un peu de-ci et un peu de ça, pour vous faire un dieu à la carte !

– C'est ce qu'il y a d'ennuyeux avec vous autres adultes : les choses doivent être bien ordonnées, vous ne laissez pas la place à la fantaisie, à l'imagination, au bien-être ! Parce que si vous voulez mon avis, c'est tout cela à la fois Dieu !

Tobias sentait que l'homme perdait patience, alors il changea de sujet :

– Le Grand Plan que vous avez mentionné, c'est quoi au juste ?

Le Buveur d'Innocence toisa longuement Ambre avant de répondre à Tobias :

– Il s'agit d'un dessin particulier formé par les grains de beauté d'un enfant. Malronce a distribué une copie de ce dessin à Babylone. Tous les Pans capturés sont exposés nus dans une salle et l'on compare l'agencement de leurs grains de beauté avec le Grand Plan. Le jour où nous trouverons l'enfant, il faudra l'expédier à Malronce.

– Pour l'écorcher, insista Tobias.

– Car sa peau, reprit le Buveur d'Innocence, une fois superposée à la table sur laquelle Malronce s'est réveillée après le Cataclysme, montrera l'emplacement du Paradis Perdu.

– Cette table, intervint Ambre, elle ressemble à quoi ?

– C'est un morceau de pierre noire, une carte du monde. Nous l'appelons le Testament de roche.

— Comment savez-vous tout cela ? demanda Tobias.

— J'assiste aux mises à nu des Pans. C'est mon… hobby.

— Pour quoi faire ?

Le Buveur d'Innocence se fendit d'un rictus qui mit Tobias mal à l'aise.

— Disons que j'aime beaucoup la compagnie des enfants. Dès qu'il est confirmé qu'ils ne sont pas la carte, les Pans sont vendus aux enchères pour servir d'esclaves. J'en fais collection. Voilà tout.

— Mais nous n'avons vu que Colin chez vous ? s'étonna Tobias qui ne comprenait pas.

— Oui… en effet. Les autres… eh bien les autres ne sont que de passage, voilà tout.

Le Buveur d'Innocence émit un rire gras, qui dégoûta Tobias, et se leva pour prendre la direction du poste de pilotage.

— Je vais voir où nous en sommes, vous deux, servez-vous donc à manger, je vous rejoindrai plus tard.

Dès qu'il eut disparu, Ambre sauta sur le canapé à côté de Tobias :

— Les grains de beauté ! s'exclama-t-elle. J'ai toujours cru qu'ils étaient disposés au hasard ! Mais non, bien entendu ! Ils ont une signification ! La nature est trop bien faite pour laisser cela au hasard ! Chaque grain de beauté est une forme de communication bien sûr !

— Ça veut dire qu'on naît avec une sorte de message ?

— Peut-être un nom donné par la nature, peut-être un emplacement où se rendre pour être en harmonie, ou bien le morceau d'une phrase qu'il faudrait assembler avec tous les autres êtres humains pour faire un livre de peau et de grains de beauté racontant la vie ; je ne sais pas ! Mais c'est extraordinaire.

— J'ai quand même du mal à croire que l'un d'entre nous est né avec une carte sur le corps !

– Et pourquoi pas ? Chaque cellule de notre corps contient toute notre génétique, et ce n'est rien de moins qu'un formidable livre de recettes pour nous fabriquer ! La nature est trop parfaite pour produire des éléments inutiles, et les grains de beauté sont une forme de communication. Cette « carte » que Malronce recherche, c'est assurément l'emplacement de quelque chose de primordial !

– Tu ne crois pas à la théorie du Paradis Perdu ?

– Si le Paradis Perdu est un moyen d'être en harmonie avec la nature, avec cette terre, pourquoi pas ?

– Tu crois que c'est une sorte de clé vers l'essence même de la Terre ?

– Réfléchis, si la nature cache cet endroit avec autant de soin, c'est que c'est essentiel. Quelque chose lié à nos corps, à nos existences. C'est fondamental et pourtant mystérieux. Je crois que c'est la source même de la vie !

Tobias était bouche bée. Tellement stupéfait qu'il en oublia son langage :

– Oh merde, dit-il. Tu imagines si les Cyniks mettent la main dessus ?

Il ouvrit le buffet pour saisir une pomme.

– C'est une option que nous ne pouvons envisager, corrigea Ambre.

– Il faut que Matt l'apprenne ! Il faut que tous les Pans le sachent ! s'excita Tobias en portant la pomme à sa bouche.

Ambre l'empêcha de croquer dans le fruit :

– Si j'étais toi, j'éviterais de manger ce qui vient du Buveur d'Innocence. Les enfants qui entrent chez lui n'en ressortent jamais, tu te rappelles ?

35.
Et deux mètres qui en disent long...

Ambre réveilla Tobias.

Sa main lui secouait doucement l'épaule mais ce fut son souffle chaud qui sortit le jeune garçon de ses songes. La proximité avec Ambre l'emplit aussitôt d'une énergie étrange, à la fois euphorisante et électrisante.

– Toby ! Allez, lève-toi !

– Qu'est-ce qui se passe ? demanda-t-il tout embrumé.

– Je voudrais que nous vérifiions quelque chose.

Ambre tenait le champignon lumineux dans la main, et Tobias vit que le hublot était encore tout noir.

– Maintenant ? protesta-t-il.

– Oui, le Buveur d'Innocence dort, allez, debout !

Tobias s'exécuta et enfila son pantalon pendant que Ambre faisait le guet, la tête dans le couloir.

Tu veux vérifier quoi au juste ? insista l'adolescent.

– Cet après-midi, lorsque tu discutais avec le Buveur d'Innocence sur le toit, j'ai fait un tour dans le hangar et j'ai remarqué qu'il manquait deux mètres.

– Deux mètres ? Je ne comprends rien !

– Le hangar est trop petit par rapport à ma chambre ! Le

mur de ma chambre dans le couloir fait au moins six mètres de long alors qu'elle n'en fait que quatre à l'intérieur ! Et je suis allée dans le hangar, les deux mètres n'y sont pas ! Ça veut dire qu'il existe une pièce entre ma chambre et le hangar !

– T'as découvert tout ça en vingt minutes ?

– Je n'ai pas eu le temps de réellement explorer le hangar, j'avais trop peur que vous redescendiez.

– Ambre, je ne sais pas si je dois te féliciter pour ton sens de l'observation ou m'inquiéter pour ton obsession de toujours tout inspecter !

– Je suis comme ça, que veux-tu ? Allez viens, la voie est libre, Colin est au poste de pilotage et l'autre vicieux dort.

Ils se glissèrent dans la coursive et prirent le plus grand soin de ne pas faire un bruit en passant devant la chambre du Buveur d'Innocence et enfin atteindre le hangar.

Tobias s'empara de son champignon lumineux et passa en premier.

La pièce courait sur huit mètres, avec quelques caisses en bois et une ouverture tout au fond.

– C'est de ce côté, indiqua Ambre en pointant le doigt sur une paroi couverte de cordages.

Tobias s'agenouilla et inspecta attentivement le sol avec son champignon.

– Tu as raison, fit-il après une minute, il y a bien une rainure verticale ici, comme une porte ou… Attends, je crois que c'est un bouton…

– Ne l'actionne pas !

Mais Tobias avait déjà pressé dessus et la paroi s'écarta du mur avec un déclic métallique.

– Tu crois qu'*il* l'a entendu ? s'alarma Tobias.

– Nous n'allons pas tarder à le savoir…

297

Aucun mouvement suspect ne survint à bord et Tobias se décida à ouvrir le battant.

De l'autre côté, ils posèrent le regard sur une cellule sans fenêtre, mais avec des chaînes rivées aux murs

– Oh ! mon Dieu ! s'exclama Ambre en portant ses mains à sa bouche.

– Qu'est-ce que c'est ? Il voyage avec des prisonniers ?

Ambre désigna la minuscule paillasse :

– Des enfants, Tobias ! Des enfants…

– Le Buveur d'Innocence… alors c'est vrai ce qu'on raconte sur lui ?

– Il ne faut pas lui faire confiance, tu saisis ?

– Tu… avec ce que tu as fait, il devrait nous aider, non ?

Ambre secoua la tête :

– Non, Toby, non. Viens, je crois qu'il est temps d'avoir une conversation avec Colin.

Colin dormait lorsque les deux adolescents pénétrèrent dans le poste de pilotage. Immédiatement, il vérifia la boussole, corrigea un peu le cap et cligna des paupières pour chasser le sommeil.

Ambre s'installa sur le siège à côté de lui pendant que Tobias se tenait dans son dos. Colin n'aimait pas ça.

– Qu'est-ce que vous faites là ?

– Nous n'arrivons pas à dormir, fit Ambre.

Tobias désigna un incroyable bandeau de lumières bleues et rouges qui serpentait à plusieurs kilomètres sur leur droite.

– C'est quoi ? On dirait des milliers de gyrophares de police !

– Tu ne reconnais pas ? se moqua Colin. Les scararmées !

– Sans déc ? Dis donc, de haut c'est impressionnant !

– Ils traversent le pays sur les anciennes autoroutes, ils sont des milliards et des milliards ! Bleus d'un côté, rouges de l'autre et...

– Je sais, j'en ai déjà vu de près ! le coupa Tobias. Sauf qu'à cette altitude c'est assez magique !

– Personne ne sait ce qu'ils font exactement.

– Même pas les Cyniks ?

– Encore moins les Cyniks ! Ils se contrefichent de ces scarabées lumineux !

– Quand je serai Long Marcheur, intervint Ambre, je les suivrai jusqu'à la source.

– Tu suivras lesquels ? demanda Tobias. Les bleus ou les rouges ?

– Quelle différence puisqu'ils marchent tous vers le sud ?

– Non, révéla Colin. J'en ai vu aussi, sur une autre autoroute, qui remontaient vers le nord. Bleus et rouges également.

– Il y a forcément une raison, un sens à leur présence, déclara Ambre. J'aimerais bien creuser la question.

Finalement, Colin appréciait leur compagnie et encore plus l'effort qu'ils faisaient pour lui parler malgré leurs antagonismes, toutefois il ne souhaitait pas s'attirer d'ennuis, alors il leur fit signe de partir :

– Maintenant retournez à vos cabines, le maître n'aime pas qu'on sorte la nuit, s'il vous surprend ça va barder ! Lui et moi uniquement pouvons circuler à bord !

– Pour qu'il puisse maltraiter des enfants, c'est ça ? compléta Ambre d'un ton soudain inamical.

– Écoutez, je vous avais prévenus, c'est vous qui êtes venus le voir !

– Pourquoi tu restes avec lui ? voulut savoir Tobias.

– Et quel choix ai-je ? Tu veux bien me le dire ? Les Cyniks m'ont rejeté parce que la prise de l'île a échoué et que leurs hommes sont morts ! Il n'y a que lui pour me recueillir ! Vous préféreriez que j'aille où ? Seul dans la forêt ? Pour me faire bouffer par les Gloutons ?

– Rester à le servir c'est vendre son âme au diable !

– Au moins le diable, il me protège et me nourrit, lui !

– Après tout, tu n'as que ce que tu mérites, pesta Tobias.

Ambre intervint avant que les deux garçons n'en viennent aux mains :

– Colin, tu as toujours ton altération ? Tu peux encore communiquer avec les oiseaux ?

L'adolescent boutonneux se mordit les lèvres.

– Difficilement, avoua-t-il. Je perds ma faculté avec le temps. Je crois que c'est ça grandir : perdre ce qui fait qu'on est un peu spécial pour rentrer dans le moule.

– Tu ne pourrais pas guider un oiseau vers un point précis ? insista Ambre.

– Peut-être, avec beaucoup d'efforts, et si la distance est courte.

– Comment ça marche, tu leur parles ? s'enquit Tobias.

Colin ricana bêtement, pour se moquer de la remarque qu'il jugeait idiote.

– Bien sûr que non ! Je me concentre pour visualiser une image, et je l'envoie à l'oiseau, avec un ordre simple. Par exemple je regarde un oiseau et insiste jusqu'à sentir son cœur, sa chaleur. Ensuite je force son esprit pour lui envoyer le souvenir que j'ai d'une personne, et j'essaye de me représenter l'endroit où elle se trouve. De là, l'oiseau s'envole et part dans la direction indiquée pour retrouver la personne que je lui ai montrée. Voilà tout.

– Si on rattrape le navire de Matt, tu pourrais y guider un oiseau porteur d'un message ?

– Je peux essayer, mais je vous préviens : le maître ne voudra pas ! Il déteste les facultés des Pans, ça lui fait peur ! C'est parce que je suis presque adulte qu'il ne m'a pas posé un anneau ombilical, sinon je vous garantis que ça n'aurait pas traîné !

– Inutile de le lui dire, l'avertit Ambre.

– Mais c'est mon maîtr...

– Écoute, fit la jeune fille sûre d'elle, il va y avoir des dégâts dans cette intervention, ton maître pourrait bien devenir un adversaire de Malronce, es-tu certain de vouloir servir l'ennemi public numéro un ? Si tu nous aides, alors tu pourras rentrer avec nous, nous plaiderons en ta faveur auprès des Pans.

– C'est ta chance de te faire pardonner, ajouta Tobias.

Colin déglutit difficilement. Il fixait le paysage obscur par la baie vitrée face à lui.

– C'est quoi votre plan ? dit-il.

Ambre et Tobias se penchèrent vers lui et commencèrent à lui expliquer.

36.

Entre chien et rapace

Le fleuve ondulait à travers les plaines, les collines et les forêts, étalant son vert insondable d'une rive à l'autre, un interminable serpentin qui buvait les ombres et renvoyait le soleil.

À bord du *Charon*, les matelots s'activaient dans les haubans, tandis que les voiles se déployaient. Le lombric de quille venait d'être remonté pour qu'il se repose et, rapidement, le navire perdit de la vitesse.

Matt assistait aux manœuvres depuis la dunette arrière, au milieu des officiers de bord qui surveillaient les opérations. Le conseiller spirituel demeurait dans sa cabine et déjà Matt avait remarqué que les officiers lui prêtaient moins d'attention. Ils savaient qu'il ne pouvait sauter par-dessus bord, c'était suicidaire, alors ils ne se souciaient pas vraiment de ses faits et gestes.

Les voiles ouvertes exigeaient plus de travail et durant trois à quatre heures chacun ne se préoccupait plus que de son poste.

Le moment était venu d'agir.

Matt avait repéré l'écoutille avant et il voulait commencer l'exploration du bateau par là. Il faudrait être discret et ne pas traîner, autant il ne risquait pas grand-chose, autant Plume pouvait souffrir à cause de lui. Cela lui était insupportable et il avait décidé, tôt ce matin-là, de localiser la chienne.

S'il devait s'enfuir, ce serait avec elle ou rien.

Des ponts inférieurs, Matt ne connaissait que l'arrière, les cabines : la sienne, juste à côté de celle du conseiller Erik. Puis celles des officiers. Il était peu probable que Plume soit enfermée de ce côté. Plusieurs fois, Matt avait aperçu la grande écoutille principale ouverte avec, tout au fond, des cales pleines de caisses et de vivres. Pour ce qu'il en avait vu, Plume n'y était pas non plus mais cela appelait une inspection plus minutieuse.

Aussi souhaitait-il débuter par l'avant, la partie dont il ignorait tout.

Matt fit mine de vouloir se dégourdir les jambes et descendit sur le pont principal pour errer parmi les amas de cordages. Les officiers étaient en pleine discussion sur la profondeur du fleuve et Matt en profita pour pousser l'écoutille avant et s'y faufiler.

Il n'avait pas beaucoup de temps.

Pour vaincre l'obscurité, il s'empara d'un paquet d'allumettes posé à côté d'une lampe à graisse et enflamma la mèche.

Les parquets et les parois de planches grinçaient peu à cette vitesse, Matt ne devait faire aucun bruit.

Tant pis, je n'ai plus le choix maintenant !

Il s'élança vers la première porte, fermée à clé.

– Ça commence mal, chuchota-t-il.

La suivante s'ouvrait sur une réserve d'outils et des malles de matériel. Il allait prendre l'escalier pour descendre d'un niveau lorsque quelqu'un toussa en approchant.

Paniqué, Matt revint sur ses pas et entra dans la réserve pour se cacher sous la voile pliée. Il souffla sur sa lampe et maudit aussitôt la graisse animale de produire une odeur aussi forte. Si l'homme entrait, il trouverait Matt.

Les pas résonnèrent devant la porte.

Puis s'éloignèrent.

Matt soupira longuement.

Une cloche lointaine sonna deux fois.

Le changement de quart, comprit l'adolescent.

Il faut que je remonte, le conseiller vient souvent inspecter le changement de quart !

Pourtant il poursuivit sa visite vers deux larges vantaux en bois qui devaient s'ouvrir sur la contre-étrave. Matt s'y introduisit et l'odeur caractéristique de sa chienne lui fit battre le cœur à toute vitesse.

– Plume ? dit-il tout bas.

Une forme imposante se déplaça dans le fond de la pièce. Matt leva la lampe et se précipita.

Plume était enfermée dans une cage en bambou, un gros bandage beige lui encerclant les flancs.

– Au moins ils te soignent ! fit Matt les larmes aux yeux. Si tu savais comme tu m'as manqué !

La chienne lui donnait des coups de langue comme s'il s'agissait d'une glace succulente. Des voix se mirent à crier au-dessus sans que Matt puisse en interpréter le sens.

– Je dois filer, dit-il, mais je jure que je vais te sortir de là.

La chienne se mit à gémir et Matt la caressa et embrassa sa truffe humide.

– Je ne peux pas rester, je suis désolé ; s'ils me trouvent ici, c'est contre toi qu'ils vont se retourner !

Il gratta la tête de la chienne une dernière fois et allait s'en aller lorsqu'il reconnut la poignée de son épée dans un coin. Tout son équipement était entreposé là ! Son premier réflexe fut de saisir l'arme avant de la lâcher aussitôt. Jamais il ne pourrait la dissimuler, et s'il se faisait prendre avec, les Cyniks comprendraient qu'il avait localisé Plume. À contrecœur il renonça à sa seconde peau.

Il ne pouvait pas remonter par où il était venu, c'était trop risqué, si on l'apercevait en train de sortir de l'écoutille avant, Plume aurait des ennuis…

Matt rejoignit la cale principale et de là, traversa pour parvenir aux cabines arrière. Il déposa sa lampe et remonta en prenant un air décontracté.

À peine sortait-il à la lumière du jour qu'une poigne ferme le saisit par le col.

– Où étais-tu ? s'écria le soldat.

Matt prit l'air le plus surpris qu'il put malgré la pression sur sa gorge :

– J'étais dans ma cabine !

– Ne mens pas ! clama la voix du conseiller spirituel plus loin. J'y suis passé il y a une minute !

– J'étais aux toilettes ! mentit Matt avec aplomb. J'ai bien le droit, non ?

Le conseiller se rapprocha :

– Si tu essayes de nous duper, n'oublie pas que c'est ta chienne qui paiera pour toi !

La main gantée le relâcha et Matt se massa la gorge pour faire passer la sensation d'étranglement.

– De toute façon où voulez-vous que j'aille ? répliqua Matt, énervé par la douleur.

Et il s'écarta pour aller s'asseoir sur un tonneau d'où il contempla les berges couvertes d'une végétation luxuriante.

Plume était bien vivante, c'était un bon point.

Restait à trouver comment fuir.

305

Le soir, après le dîner, Matt prenait le vent sous les étoiles, assis sur le bastingage. Les repas avec le conseiller spirituel devenaient intenables. Il était bombardé de questions sur les Pans, leur organisation, et si Matt mentait le plus souvent, il était parfois obligé de lâcher quelques réponses vraies pour ne pas prendre trop de risques avec la vie de Plume. Tant qu'ils étaient sur le fleuve, c'était jouable, le conseiller ne pouvait pas recouper les mensonges avec les informations de ses espions, mais tôt ou tard, le mur d'invention que bâtissait Matt s'effondrerait.

Le temps lui était donc compté.

Et puis cela l'épuisait, il fallait une concentration optimale pour mentir autant sans se contredire plus tard, il devait tout mémoriser.

Par chance, le conseiller lui octroyait une petite heure à l'extérieur après le dîner, pour digérer.

Matt ignorait tout de ce que Malronce lui voulait, mais il était sûr d'une chose : elle le souhaitait en bonne santé, le conseiller y veillait.

Si c'est pour me tuer de sa propre main, ça ne me rassure pas vraiment...

Deux officiers discutaient tout bas à la barre. Matt tendit l'oreille :

– Demain ? demanda celui qui portait un chapeau.

– Oui, reste à savoir quand ! Si c'est en début d'après-midi, ils nous ouvriront l'écluse, si c'est à l'approche de la nuit, alors c'est fichu ! Il vaut mieux ne pas prendre le risque d'approcher la ville dans ce cas-là !

– Toi, t'en as déjà vu des Mangeombres ?

– Ça va pas ? Jamais je ne suis sorti de Hénok à la tombée du jour ! Les téméraires, ceux qui se prenaient pour des chasseurs exceptionnels, je vais te dire : ce sont leurs têtes qui ornent les grottes des Mangeombres !

Matt sauta de son banc improvisé pour approcher les deux hommes :

– C'est quoi un Mangeombre ? demanda-t-il.

Les deux officiers l'observèrent avec méfiance. ·

– Tu as peur de la nuit ? interrogea en retour celui qui barrait.

– Pas trop.

– Les Mangeombres, c'est une bonne raison d'avoir peur de la nuit !

Sur quoi il émit un rire gras qui entraîna son compagnon.

Le conseiller spirituel se tenait au sommet de l'escalier. Comme à son habitude, il s'était déplacé sans bruit.

– Les Mangeombres sont des monstres qui vivent dans les grottes au-dessus de Hénok, dit-il tandis que les rires se taisaient aussitôt. Ils ne sortent qu'au crépuscule, et se nourrissent des ombres de tous les êtres vivants qu'ils rencontrent. Ils chassent en meute, sont rapides, cruels et très efficaces.

– Ils mangent les… *ombres* ? répéta Matt.

– Crois-moi, un être sans ombre n'est pas joli à voir, alors voici une raison de plus de rester auprès de nous ! Seul au-dehors, sans abri, tu ne leur échapperais guère longtemps.

– Alors les habitants de Hénok se barricadent ?

– C'est une ville en grande partie enterrée, les sas sont fermés au soleil couchant, et personne n'entre ni ne sort jusqu'à l'aube. C'est pourquoi *le Charon* s'immobilisera une nuit de plus à bonne distance, si nous ne pouvons parvenir à Hénok bien avant le crépuscule. Les Mangeombres craignent la lumière du jour, ils ne s'éloignent jamais beaucoup de leur nid.

– Ce sont des vampires en quelque sorte…

– Non, les Mangeombres sont bien pires !

Le conseiller spirituel s'éloigna et s'installa en retrait pour fumer son cigare du soir. Matt savait qu'il avait une heure avant qu'on ne l'enferme dans sa chambre pour dormir.

La situation se complexifiait. Il ne pouvait fuir le navire en pleine croisière mais une fois en ville, il ne pourrait s'échapper que pendant le jour !

Matt vérifiait régulièrement la boussole de bord et depuis le début ils descendaient le fleuve vers le sud. Au moins il savait que pour rentrer auprès des Pans la direction serait simple : plein nord.

Mais en savait-il assez ? Le conseiller refusait de répondre à ses questions, et les hommes n'étaient pas très bavards avec lui.

S'il voulait vraiment obtenir des informations intéressantes, il devait poursuivre ce périple jusqu'à son terme.

Face à Malronce, les réponses tomberaient.

Mais à quel prix ? Et pourrais-je seulement la fuir ensuite ?

Il y eut un bruit que Matt prit d'abord pour un coup de vent dans les voiles avant de se souvenir qu'elles n'étaient pas hissées, le Lombric de quille était en plein effort. Il se retourna et se trouva face à face avec un hibou aux grands yeux jaunes et noirs.

Craignant d'être attaqué par le rapace, Matt recula.

De quoi pouvaient bien être capables les hiboux depuis la Tempête ?

Pourtant l'animal ne paraissait pas agressif, il fixait Matt avec énormément d'intensité.

L'adolescent opta alors pour une autre approche. Il avait conservé une pomme de son dîner, pour une petite faim nocturne. Il en préleva un morceau avec les ongles et le tendit au hibou qui ne broncha pas.

Matt aperçut soudain le petit rouleau de papier accroché autour de sa patte.

Je reconnais cette méthode ! C'est un truc de Cynik ! C'est un fichu message !

Il vérifia que personne n'avait encore remarqué l'oiseau et s'en approcha. S'il l'effrayait, il s'enfuirait certainement et le message serait perdu, toujours ça de gagné pour ennuyer les Cyniks…

Sauf qu'au lieu de lever les mains pour faire peur au rapace, il se figea.

Non, ce n'est pas digne des Cyniks ! Ils communiquaient ainsi pour attaquer l'île Carmichael parce que Colin était de mèche avec eux et que son altération lui permettait de guider les oiseaux !

Et si Colin était désormais une sorte de manipulateur d'oiseaux à la solde des Cyniks ?

Impossible, il est mort !

Matt effleura le message du bout des doigts. Il craignait de se prendre un coup de bec.

Le rouleau se détacha et l'adolescent se rapprocha d'une lanterne à graisse pour le lire.

« *Nous sommes derrière toi, prépare-toi à fuir. Dès que nous le pouvons, nous intervenons. Ambre et Tobias.* »

Incroyable. Ils étaient parvenus à le suivre !

Mais la joie de Matt disparut dès qu'il songea aux forces présentes à bord. Aux soldats en armes. Il devait avertir ses amis.

Ne rien tenter maintenant.

Matt chercha de quoi écrire, vainement. Il ne pouvait se rendre dans sa cabine et revenir sans déclencher la méfiance du conseiller. Et puis le hibou risquait de partir ou d'être capturé par les Cyniks pour s'en faire un rôti !

Non, il fallait improviser avec les moyens du bord. Matt s'approcha près d'un clou qui dépassait du plancher, il l'avait repéré plus tôt en manquant trébucher dessus. Il s'agenouilla pour y enfoncer son index, sous l'ongle. La douleur fut vive et le sang perla.

Avec le bout de son doigt, il rédigea une courte réponse en lettre rouge :

« *Non ! Navire trop protégé. Je fuirai une fois à Hénok, préparez un moyen de quitter la cité. Bon de vous savoir là !* »

Il enroula le mot autour de la patte du hibou, remit l'élastique par-dessus pour bien le tenir et poussa le hibou pour que celui-ci s'envole.

Ses grandes ailes s'ouvrirent et il grimpa dans le ciel obscur.

Restait à espérer qu'il apporterait bien son message à ses amis.

37.

Chasseurs nocturnes

Le Charon naviguait au milieu du fleuve, laissant une écume blanche dans son sillage, et pendant une seconde, il sembla à Tobias qu'il apercevait une forme longiligne *sous* le trois-mâts. Quelque chose d'immense.

Il reposa la longue-vue.

– Nous sommes à moins de deux kilomètres, estima-t-il en frissonnant.

– Les vigies ont agité des drapeaux rouges ? demanda le Buveur d'Innocence.

– Non, pourquoi ?

– C'est qu'ils ne nous ont pas encore repérés. De toute façon ils croiront que je suis en route vers Hénok pour une de mes affaires.

– Et c'est quoi vos affaires ? interrogea Ambre.

– Je rends des services, je trouve ce que les gens recherchent, je transporte des marchandises avec mon dirigeable, ce genre de choses.

Et j'aime maltraiter des enfants ! M'en prendre à plus faible que moi, pour me sentir tout-puissant ! pensa Ambre avec colère. *Tu n'es qu'un infect pervers, oui !*

Brusquement la nacelle fut secouée et se mit à perdre de l'altitude.

– Qu'est-ce qui se passe ? s'inquiéta Tobias.

– C'est la méduse, elle a soif.

– Ne pouvez-vous la contraindre à reprendre de la hauteur ?

Paniqué à l'idée de s'écraser, Tobias se cramponnait si fort au siège que ses articulations blanchissaient.

– Au contraire, nous allons la laisser, elle n'en sera que plus réactive ensuite. Et puis cela nous permettra de faire le plein d'eau nous aussi !

Le Buveur d'Innocence veilla à ce que l'approche se fasse en douceur et ils finirent par s'immobiliser à dix mètres du fleuve. Des dizaines de filaments plongèrent sous la surface et le Buveur d'Innocence en profita pour rejoindre le hangar d'où il actionna un système de poulies pour faire tomber deux tonneaux dans l'eau verte. Il les fit remonter, pleins à ras bords.

Après deux heures, la méduse se remit en marche, elle effectua plusieurs kilomètres en flirtant avec le fleuve avant de regagner progressivement de l'altitude.

Le Charon avait étendu son avance sur eux, il n'était plus qu'une tache brune sur un ruban d'émeraude.

– Vous pouvez passer devant le navire ? s'enquit Tobias.

– Le dépasser ? Je croyais que vous souhaitiez libérer votre ami le plus vite possible ! Quel est votre plan ?

– Nous n'en avons pas vraiment, enchaîna Ambre, c'est pour avoir le temps d'y réfléchir justement. Si nous arrivons à Henok les premiers, ce sera mieux.

– Je vais voir ce que je peux faire ; si nous passons directement au-dessus de ces collines au loin, ça doit être envisageable. Mais je vous préviens : je ne vais pas au-delà ! Si, à Hénok, vous n'avez pas récupéré votre ami, c'en sera terminé de notre entente ! Je rentrerai à Babylone.

Mais en fin d'après-midi, pendant que Ambre et Tobias finissaient de manger les provisions qu'ils prenaient soin de retirer de leurs sacs et non de la réserve du bord, le Buveur d'Innocence vint leur expliquer qu'il faudrait patienter une nuit de plus :

– Nous ne serons pas arrivés avant la tombée de la nuit, je ne peux prendre le risque d'accoster trop tard avec les Mangeombres !

– C'est quoi au juste les Mangeombres ? questionna Tobias.

– Aimes-tu les histoires horribles ?

– Pas trop…

– Alors tu ne vas pas aimer les Mangeombres ! Si tu es toujours curieux ce soir, rejoins-moi sur le toit au coucher du soleil.

Quelques heures plus tard, Tobias ne résista pas à la curiosité d'en savoir plus et, malgré son instinct qui lui disait de ne surtout pas y aller, il monta rejoindre le Buveur d'Innocence.

Le vent ne soufflait presque pas, il faisait doux pendant que les derniers rayons du soleil s'effaçaient peu à peu à l'ouest, sur des hectares de forêt à perte de vue.

Le Buveur d'Innocence lui tendit la longue-vue et pointa le nord du doigt :

– Regarde l'anse du fleuve.

Tobias s'exécuta et discerna *le Charon*, ancre mouillée, qui allait passer la nuit derrière eux, à plusieurs kilomètres de Hénok.

– Nous ne craignons rien ici ? s'inquiéta le jeune garçon.

– Non, nous sommes bien assez haut et l'ombre de la méduse est trop grosse pour intéresser les Mangeombres. Maintenant, viens de ce côté et admire Hénok !

Tobias fut stupéfait en découvrant le paysage qui s'étendait au sud. Tout d'abord le pic escarpé qui surgissait au milieu des arbres lançait ses falaises et ses pitons rocheux vers les nuages.

Le sommet pointu dépassait l'altitude du dirigeable. À son pied, le fleuve s'élargissait encore et se séparait en deux. L'un des bras entrait dans une immense grotte sous le pic tandis que le second, le plus large, disparaissait dans un mur de brume blanche.

Au-delà c'était comme si le monde s'arrêtait subitement.

Les terres qui couraient ensuite vers le sud s'étaient enfoncées de plus de cinq cents mètres, un bassin interminable à l'abri d'un aplomb naturel infranchissable.

Tobias comprit alors ce qu'était la brume blanche : une gigantesque chute d'eau !

La forêt s'interrompait au bord de ce précipice qui courait aussi loin que la vue portait, d'est en ouest, les collines également s'interrompaient et tous les cours d'eau que Tobias devinait.

Sur ces terres encaissées, le relief semblait plus torturé, la végétation plus sombre, et Tobias eut soudain l'impression qu'un second soleil se couchait sur cet horizon, avant de comprendre que c'était autre chose.

– Que se passe-t-il tout là-bas ? s'enquit-il.

– C'est la demeure de Malronce, le cœur même de Wyrd'Lon-Deis. Le ciel y est perpétuellement rouge. J'ignore pourquoi, certains clament que c'est le sang de Dieu qui coule de tristesse pour noyer nos péchés mais je ne suis jamais allé voir !

– Et où est Hénok, je ne la vois pas ?

– Sous le pic devant toi, la grotte dans laquelle pénètre le fleuve est une des entrées. C'est une ville enterrée.

En portant la longue-vue à son œil Tobias remarqua des petites ouvertures dans la paroi, au pied du mont. Puis il vit plusieurs constructions sans fenêtre, et des escaliers s'enfonçant dans la pierre.

Une demi-douzaine de silhouettes s'empressaient de fermer les portes des maisons qui servaient en fait de hangars. Elles se mirent à courir pour rester dans le halo du soleil couchant.

Plus loin, deux bergers faisaient entrer leurs moutons dans la montagne par une trappe. Ils donnaient des coups de bâton aux retardataires pour les faire accélérer.

Tous les accès du pic s'étaient refermés, tout le monde était rentré. Le nimbe flamboyant du soleil quitta le versant en quelques secondes et l'astre disparut pour de bon.

Tobias fut ébahi par le silence qui s'ensuivit.

Plus aucun oiseau, plus de vent.

La nature tout entière semblait retenir sa respiration.

Alors ils sortirent de leurs trous.

Dans la pénombre du crépuscule, les Mangeombres jaillirent de leur nid au sommet du pic pour dévaler la pente à toute vitesse, comme s'il s'agissait d'une course pour la survie. Des formes triangulaires, un peu plus grandes qu'un homme. Tobias réalisa qu'elles ne glissaient pas au-dessus du sol, elles *planaient* ! Les ailes se rétractèrent et les Mangeombres se posèrent, minces et immobiles comme des troncs d'arbres morts. Seules leurs têtes blanches trahissaient leur nature vivante. Crâne sans un poil, grands yeux jaunes, et une fente gigantesque en guise de bouche. Dans le cercle de la longue-vue, Tobias les trouva cauchemardesques.

Qu'est-ce que ça doit être en vrai !

– Ah ! Le spectacle va devenir intéressant, se réjouit le Buveur d'Innocence.

Un mouton qui n'avait pas été assez rapide attendait devant une des trappes en grattant la terre.

Les Mangeombres l'avaient flairé et de longues griffes apparurent à leurs pieds pour les soulever légèrement et les faire descendre vers leur proie.

– Il fait quasiment nuit, releva Tobias, le mouton n'a plus d'ombre, alors pourquoi on les appelle Mangeombres ?

– Tu ne vas pas tarder à le découvrir, fit le Buveur d'Innocence avec l'intonation de celui qui s'épanouit dans le malheur des autres.

D'autres Mangeombres, plus loin sur le mont, se laissèrent tomber dans la pente avant de déployer leurs membranes pour planer à toute vitesse en direction du mouton.

Tout d'un coup, la pauvre bête fut encerclée ; sentant le danger elle gratta la terre encore plus fort sous la trappe.

Les Mangeombres se rapprochaient, rétrécissant de plus en plus le cercle.

L'un d'eux s'éleva sur ses griffes et son front se mit à bouger : les plis disparurent, les rides s'écartèrent sur un œil blanc, presque transparent. Un flash en jaillit et la fente qui servait de lèvres s'ouvrit sur des rangées de dents jaunes et acérées. Les Mangeombres bavaient.

Un autre flash depuis l'œil blanc et tous les Mangeombres se jetèrent sur l'ombre fugitive du mouton. À chaque nouveau flash Tobias constata que les Mangeombres s'acharnaient sur l'ombre, tandis que le mouton semblait terrorisé.

Après un long moment, les flashes cessèrent et le mouton gisait sur le flanc, la bouche ouverte. Les Mangeombres, repus, s'éloignèrent.

– Qu'est-ce qu'il a ce mouton ? demanda Tobias.

– On raconte que lorsque les Mangeombres prennent l'ombre d'une personne, celle-ci est condamnée à vivre à jamais dans leur esprit collectif, car il semble bien qu'ils soient animés par le même et unique cerveau, ils agissent ensemble, et traînent ensemble. Se faire dévorer l'ombre par un Mangeombre c'est la damnation éternelle !

– C'est dégoûtant !

Le Buveur d'Innocence gloussa.

Tobias allait faire demi-tour lorsqu'une lueur au loin capta son attention. À cinq kilomètres de Hénok, tout en bas dans le bassin, une lumière brillait timidement. Il se servit de la longue-vue et détailla une petite forteresse érigée sur un éperon calcaire. Un feu brûlait en guise de phare au sommet de son donjon.

– C'est quoi le château dans la vallée ?

– La citadelle de la première armée. Il y en a partout dans Wyrd'Lon-Deis. C'est l'armée de Malronce.

Tobias secoua la tête. C'était bien une idée de Cynik que de construire des forteresses et bâtir des armées en priorité !

Dans un monde qui réclamait des ponts et des mains tendues, les Cyniks s'entouraient de murs et préparaient la guerre.

Il faut croire qu'on ne refait pas l'homme, se dit Tobias avec amertume.

38.
Hénok

Les moquettes rouges du salon du dirigeable s'embrasaient avec l'aurore. Tobias retendit la corde de son arc et s'assura qu'il avait assez de flèches.

— Je suis prêt, dit-il.

Ambre se posta devant le grand hublot.

— Nous allons pouvoir nous approcher, les Mangeombres sont rentrés se coucher.

— Si seulement tu avais vu comment ils ont dévoré ce pauvre mouton ! fit Tobias.

— Ce que tu m'en as raconté me suffit.

Le Buveur d'Innocence entra en terminant de nouer la robe de chambre en soie noire qu'il portait sur ses vêtements. Il n'arborait pas son bonnet de feutrine et ses touffes de cheveux blancs se dressaient, hirsute comme celui qui vient de sortir de son lit.

— Eh bien ? Que se prépare-t-il ici ? s'étonna-t-il.

— Nous allons descendre en ville, expliqua Tobias. Nous avons un plan, et soyez rassuré : vous n'aurez pas besoin de vous en mêler !

— C'est-à-dire ?

– Colin vient avec nous, pour ne pas éveiller les soupçons, il tiendra ces chaînettes que nous accrocherons à nos ceintures pour faire croire que nous avons un anneau ombilical.

Le Buveur d'Innocence tendit la main vers les chaînes :

– Où avez-vous pris cela ? s'emporta-t-il.

– Dans le hangar, exposa Ambre.

– Vous... Vous avez fouillé dans mes affaires ?

L'adolescente soutint son regard furieux :

– Il le fallait bien, pour préparer un plan sans compter sur vous !

Ambre fit signe à Tobias qu'ils partaient mais le Buveur d'Innocence attrapa la jeune fille par le bras :

– Une seconde ! Où croyez-vous aller comme cela ? Vous n'imaginez pas filer tous les trois tout de même ? Je veux une garantie que vous reviendrez à bord, que je pourrais interroger votre ami !

– Et comment pourrions-nous quitter Hénok ? répliqua Ambre. Il n'y a que vous et votre dirigeable pour nous ramener au nord !

– Je ne suis pas du genre confiant ; aussi, toi, jeune demoiselle, tu vas rester ici avec moi pendant que ton ami noir va remplir sa mission.

– Il y a un problème avec la couleur de ma peau ? releva Tobias.

– Non, mais tu es bien noir, n'est-ce pas ?

– Et vous vous êtes détestable, mais je ne relève pas, alors épargnez-nous les évidences si elles ne servent à rien !

Tobias et Ambre voulurent sortir mais la poigne du Buveur d'Innocence retenait toujours l'adolescente.

– Elle reste à bord ou personne ne descend, insista l'homme avec une colère contenue qui fit trembler Tobias.

– Je ne...

319

Le Buveur d'Innocence coupa Tobias en haussant la voix :

– C'est non négociable ! Sinon je fais demi-tour de suite !

Ambre se mordit la lèvre inférieure, puis elle avisa Tobias et d'un signe dépité, elle accepta.

Le dirigeable s'immobilisa au-dessus d'un groupe de granges et d'une tour en bois où Colin jeta les cordes. En bas, trois hommes se hâtèrent de les attacher à de lourds rochers et la nacelle commença à se rapprocher du sol. À quinze mètres, le sas d'entrée et le sommet de la tour furent au même niveau et l'on accrocha une autre amarre. Au moment de quitter l'appareil, Tobias déposa son arc et son carquois au pied d'Ambre.

– Que fais-tu ? s'alarma cette dernière.

– Sans toi, ça ne me sera pas très utile.

– Ne dis pas ça.

– Il faut être honnête, je suis peut-être rapide mais je ne sais pas viser !

– Prends-les, et fais-toi confiance.

– Je me connais, sans toi je suis une catastrophe !

– Prends-les je te dis.

Ambre déposa le matériel dans ses mains et ajouta, plus bas .

– Je compte sur toi, ne me laisse pas ici toute seule avec lui trop longtemps, d'accord ?

– C'est promis.

Elle se pencha pour lui déposer une bise sur la joue et Tobias en fut tout ragaillardi.

Colin saisit la chaînette comme pour tenir Tobias en laisse et ils sortirent au grand jour.

En bas de la tour, les Cyniks les accueillirent avec des regards curieux. Un grand blond s'approcha et désigna Tobias du doigt :

– Tu nous apportes un esclave ? C'est qu'on en aurait bien besoin par ici !

– Ah oui ! surenchérit un autre homme en se grattant l'énorme ventre qui saillait de sous sa chemise de toile. De la main-d'œuvre !

– Il est déjà réservé ! trancha Colin en approchant d'un escalier qui s'enfonçait dans le pic.

À l'intérieur, des lanternes à graisse suspendues à des crochets tous les dix mètres diffusaient leur odeur caractéristique. L'escalier, taillé à même la roche, plongeait dans les profondeurs du mont sur plusieurs centaines de mètres.

Soudain la paroi de droite disparut, remplacée par une simple corde, et Hénok surgit en contrebas, lovée contre un lac noir, à l'abri d'une grotte prodigieuse.

Des maisons blanches aux toits-terrasses ou en forme de dômes, des rues sinueuses et étroites, des arches, des patios à profusion, des fontaines au milieu de petites places rondes, un marché couvert, et partout des lanternes étincelaient comme une voie lactée. La cité ressemblait à ces villages marocains que Tobias voyait en photos chez un ami à lui avant la Tempête. Un village marocain plongé dans une nuit éternelle.

– C'est incroyable…, dit-il en contemplant le panorama. Les Cyniks l'ont construite ?

– Oui. Quand ils le veulent, ils sont capables de belles prouesses, pas vrai ? Elle vient juste d'être achevée. Et le plus impressionnant est caché ! Un tunnel énorme au bout du lac, où les bateaux sont accrochés par des chaînes comme tu n'en as jamais vu ! Se servant de la force de l'eau qui tombe dans la vallée tout en bas, un savant mécanisme de roues crantées et de poulies permet de descendre ou de remonter les navires le long du tunnel en pente. C'est par là que va passer le *Charon*.

– Combien de temps ça prend ?

– Au moins trois ou quatre heures pour l'accrocher et je pense autant pour le transport dans la galerie. En général cela se passe dans la nuit.

– Et que deviennent les passagers pendant ce temps ?

– Ils empruntent un passage parallèle, un escalier interminable, rendu très dangereux par l'humidité, il faut plus de deux heures pour le dévaler ! On l'appelle l'escalier des souffrances tellement c'est une épreuve physique !

– D'accord. Guide-moi vers le parcours qu'empruntera Matt, je veux tout voir, depuis le débarquement jusqu'à ces escaliers.

Ils finirent de rejoindre la ville et, avant de croiser d'autres Cyniks, Colin, qui portait l'arc de Tobias pour ne pas éveiller les soupçons, rappela :

– N'oublie pas qu'avec un anneau ombilical tu es amorphe, tu ne prends aucune initiative, tu parles peu, et tu obéis. C'est très important ! Les gens haïssent ou craignent les Pans ; s'ils ne se sentent pas en sécurité avec toi, ils comprendront que c'est du bidon.

– Que se passe-t-il quand on retire l'anneau ombilical à un Pan ?

– À ce que j'ai entendu dire, il redevient autonome, mais il n'est plus le même, un peu comme un fantôme, il lui manque une part de lui, et devient dépressif. Les Cyniks ont fait des expériences et la moitié des Pans à qui on prélève l'anneau se suicident peu de temps après !

– C'est épouvantable ! Comment ils peuvent faire des abominations pareilles ?

– Que crois-tu ? Que les grandes découvertes s'effectuent sans dégâts ? C'est ça aussi le progrès !

Tobias lui jeta un regard mauvais :

– Pas de doute, ils t'ont bien corrompu !

– C'est ce qui me dérange chez vous les Pans, vous êtes tellement naïfs… Allez, viens.

Ils passèrent devant un groupe de femmes qui portaient des cageots de légumes et de fruits qu'elles avaient cueillis à l'extérieur.

L'une d'elles interpella Colin :

– Hé, toi ! Tu ne veux pas demander à ton esclave de nous aider à remonter toutes ces caisses chez nous ?

– Je suis désolé, madame, il est attendu par son maître, bonne journée !

Colin pressa le pas et Tobias suivit comme un bon petit chien.

Il détestait cette mascarade. Comment pouvait-on en être arrivé là ? Même Colin semblait trouver cela normal ! Il serait difficile de lui faire à nouveau une place parmi les Pans, surtout avec ce qu'il avait fait sur l'île Carmichael… Il avait tout de même tué le vieil oncle !

Ambre et moi lui avons promis de plaider pour lui. S'il y met du sien, peut-être qu'il se trouvera un coin et une occupation qui lui conviendront…

Le marché était simple : il les aidait à libérer Matt et lorsque viendrait le moment de fuir le Buveur d'Innocence, il se joindrait à eux. Sa vie chez les Cyniks était un tel fiasco qu'il n'avait pas hésité longtemps. Depuis qu'il vivait parmi les adultes, le garçon aux longs cheveux gras avait gagné en maturité. Il paraissait moins benêt qu'il n'était sur l'île Carmichael.

Colin entraîna Tobias sur le port, ou du moins ce qui en faisait office : un long quai de pierre blanche et il désigna un vaste trou au loin, de l'autre côté du lac, vers une autre grotte.

– Là-bas, dit-il, c'est le début du tunnel. Cependant, Matt et les autres soldats seront débarqués ici avant que le bateau soit

323

envoyé pour la descente. Il est possible qu'ils viennent se reposer à l'auberge que tu vois à l'angle de la rue, c'est un bouge très fréquenté par les gens de passage.

– Emmène-moi y faire un tour.

En début de matinée, l'établissement était quasiment vide, à l'exception de trois ivrognes et du patron qui passait le balai dans la grande salle. Les odeurs de sueur, de tabac, de graisse brûlée et de vin formaient un remugle qui retourna l'estomac de Tobias dès l'entrée. Au prix d'un effort douloureux il parvint néanmoins à se contenir et prit un air neutre.

– Qu'est-ce que tu fais là avec ton jouet, garçon ? demanda le patron d'un air inquisiteur.

– Je voudrais une bière. Le voyage a été long et j'ai besoin de me désaltérer avant de livrer mon colis, répondit-il en soulevant la chaînette de Tobias.

Le patron revint un instant plus tard avec une bouteille de bière toute mouillée qu'il décapsula devant son client.

– D'où tu viens comme ça ?

– De Babylone.

– Ah. Et quelles nouvelles du Nord ?

– Pas grand-chose. Tout le monde s'organise, le mur d'enceinte vient d'être achevé.

– Chez nous c'est le funiculaire qui vient d'être terminé !

– C'est quoi ?

– Un système de wagon pour s'épargner l'escalier des souffrances ! Plus rapide et plus pratique.

– Je ne savais pas.

– À qui tu vas le livrer ton petit homme ?

– C'est confidentiel, je n'ai pas le droit de vous le dire.

– Ah ! se gaussa le patron. C'est la meilleure ça ! Il y a des gens qui prisent le secret maintenant à Hénok !

– Ce n'est pas moi qui fixe les règles.

– Je m'en doute. Ça fera cinq pièces, s'il te plaît.

– Tant que ça ? protesta Colin.

– Les explorateurs en ramènent de moins en moins, les réserves se vident et nos champs ne seront pas récoltés avant encore deux mois ! Sans compter le temps qu'il faudra pour la fermentation ! Alors les prix montent !

À contrecœur, Colin paya les cinq pièces que Tobias devina être presque toute sa fortune. Lorsque les hommes de l'auberge furent à nouveau occupés, Colin se pencha vers Tobias :

– Il y a des chambres à l'étage et les passagers peuvent y passer la nuit pendant que leur navire est acheminé dans la vallée de Wyrd'Lon-Deis.

– Il sera difficile d'intervenir ici pendant leur sommeil s'ils sont nombreux. Montre-moi la suite.

Colin prit le temps de boire sa bière en l'appréciant, ce qui stupéfia Tobias qui avait déjà goûté le fond d'une bouteille de son père un jour et qui avait trouvé cela tellement amer qu'aimer un breuvage pareil relevait pour lui du masochisme.

Ils quittèrent la ville par son extrémité sud, plus chichement éclairée, avec une route pavée pour toute construction. La grotte s'arrêtait là, face à une porte de la taille d'un immeuble. Sur leur droite, le lac s'écoulait par un tunnel assez grand pour y faire passer un paquebot, estima Tobias. Ce passage était pentu, et tout ce qu'il put en distinguer se résumait en de colossales poulies. Le fracas d'une cascade noyait tous les autres sons.

– Derrière cette porte, s'écria Colin pour se faire entendre dans le vacarme, il y a l'escalier des souffrances !

– Je veux y jeter un œil ! Voir à quoi ressemble ce funiculaire !

Colin fit la grimace.

– J'étais sûr que tu allais dire ça. Viens, on va essayer de passer par la trappe au bas de la porte.

Ils réussirent sans mal à s'introduire de l'autre côté des battants monumentaux et ils se faufilèrent entre les bobines de chaînes et les hautes roues qui tournaient avec la force de l'eau fusant dans de profondes rigoles.

Tobias approcha du sommet de l'escalier et fut soudain saisi de vertige.

Des milliers de marches au milieu d'une perspective fuyante : la galerie s'enfonçait vers les profondeurs de la terre en pente abrupte, rectiligne et sans fin. De part et d'autre de l'escalier, des canaux déversaient des millions de litres à la minute, poussant sur des sceaux accrochés à des chaînes et entraînant tout un mécanisme complexe. Tobias devina qu'il s'agissait d'un moyen de faire monter les wagons du funiculaire. Outre le fracas qui cognait aux oreilles de l'adolescent, il ne se sentait pas à l'aise pour respirer. Toute cette humidité pesait sur ses poumons.

Comme dirait Matt, je n'ai jamais eu d'asthme, se répétat-il pour se rassurer. *C'est rien... c'est normal... ce n'est pas de l'asthme...*

Les flammes des lanternes elles-mêmes peinaient à rester vigoureuses.

Les marches étaient couvertes de gouttelettes. Il n'osait imaginer ce qui adviendrait s'il venait à glisser... une chute interminable, les os brisés, la mort brutale assurée.

La présence de deux Cyniks, une centaine de mètres plus bas, le tira de ses rêveries. Trop absorbés à gratter la mousse des marches à l'aide de pelles, ils ne les avaient pas remarqués.

– Faut pas rester là, dit Colin.

– Libérer Matt ne sera pas possible, lança subitement Tobias. Pas comme ça. Pas ici, c'est trop dangereux. Et à l'auberge il y aura probablement tous les soldats du *Charon*. À deux nous n'y arriverons jamais. Il faut penser à autre chose. Et vite !

– Il n'y a rien d'autre, ils passeront par là, c'est tout !

– Tu ne comprends pas ? On va se faire massacrer si on intervient ici ! Même si l'un de nous deux fait diversion, ça laisse l'autre tout seul pour récupérer Matt, impossible !

Colin posa ses mains sur ses hanches et contempla la perspective qui coulait à ses pieds.

– Et si je te trouve quelqu'un pour nous aider ?

– Il faudrait qu'il soit exceptionnel !

– Oh pour ça, Jon est exceptionnel, tu peux me croire. Reste à le trouver !

– La ville n'est pas très grande…

– Je ne parle pas de le trouver physiquement, mais mentalement.

39.
Couper le cordon

Colin avait conduit Tobias jusqu'à un four à pain, puis vers des hangars où des Cyniks s'activaient pour ranger des ballots de paille, avant d'approcher un petit lavoir au bord du lac.

L'eau y était noire et mousseuse, elle sentait la lessive tandis qu'une dizaine de Pans lavaient des vêtements au rythme des coups de battoirs.

– Les voilà ! se réjouit enfin Colin.

Un garde Cynik somnolait sur un tabouret le dos contre le muret près de l'entrée. Colin et Tobias le contournèrent et durent marcher dans l'eau froide pour approcher le lavoir. Les Pans n'y prêtèrent pas la moindre attention, occupés à leurs travaux, et les deux intrus enjambèrent les chaînettes de leurs anneaux ombilicaux qui traînaient à même la pierre du sol.

– C'est vraiment des zombies, commenta Tobias qui ne s'en remettait pas.

Ils avaient entre neuf et quinze ans, supposa-t-il, une majorité de garçons. Colin s'agenouilla à côté d'un rouquin d'environ treize ou quatorze ans.

– Jon, c'est moi Colin, tu te rappelles ?

Jon cessa de battre le pantalon en lin qu'il tenait et fixa son interlocuteur. Aucune réaction. Puis il se remit à l'ouvrage.

– Jon ! insista Colin tout bas pour ne pas réveiller le garde. Regarde-moi ! Je sais que tu te souviens de moi, allez, fais un effort !

Le rouquin recommença à dévisager celui qui l'appelait avant de reprendre le travail.

– C'est lui le grand stratège qui doit nous aider ? se moqua Tobias. On n'est pas tirés d'affaire !

Vexé, Colin attrapa Jon par les épaules pour le contraindre à lui faire face.

– Hey ! Jon ! Laisse ton autre toi remonter à la surface ! Faut que tu te réveilles ! Allez mon vieux !

Le rouquin cligna des paupières et brusquement se dégagea de l'emprise de Colin.

– Qu'est-ce qui te prend ? gronda-t-il tout fort.

Colin se précipita pour le bâillonner.

– Chut ! Un garde est juste derrière le mur !

Jon retira la main et protesta un ton plus bas :

– Qu'est-ce que tu me veux ? Et c'est qui lui ?

Tobias était surpris de cette réaction, l'anneau ombilical ne faisait plus du tout d'effet. Il le salua d'un signe amical :

– Je m'appelle Tobias.

– Vous êtes seuls ? Pas de Cyniks avec vous ?

– Rien que nous deux, approuva Colin.

– Comment ça se fait ?

– Nous allons libérer un copain retenu prisonnier C'est peut-être ta chance de te joindre à nous !

– Pour de vrai ? Quitter cet endroit ? Comment vous allez faire ?

– Nous avons un moyen de transport à l'extérieur de la ville, intervint Tobias. Assez grand pour toi et tes potes.

329

Le regard du rouquin se chargea de tristesse lorsqu'il posa les yeux sur les autres blanchisseurs qui continuaient leur labeur.

– Pour eux c'est différent, ils ne sont pas comme moi. Jamais leur véritable personnalité ne revient à la surface.

– Et toi alors, comment tu fais ?

Jon ricana.

– Moi c'est différent ! J'étais déjà un peu… siphonné avant !

– Siphonné ? Tu veux dire fou ?

– Mes parents m'ont collé dans une clinique pendant six mois après que je me suis fait virer de l'école ! Il paraît que j'ai une *double personnalité* ! Deux moi différents à l'intérieur de mon esprit ! C'est pas génial ça ? Et ce fichu anneau ombilical n'en paralyse qu'un seul !

– Et tu peux contrôler celle de tes personnalités qui est aux commandes ?

Le visage de Jon s'assombrit.

– Pas toujours. La plupart du temps, avec l'anneau, je suis un légume comme les autres. Et puis de temps en temps… (Brusquement son front se plissa et ses sourcils se contractèrent.) Au fait, ton patron, Colin, il est pas dans le coin ?

– Si, il est là…

L'agacement et une pointe de colère saisirent le rouquin qui cracha dans l'eau.

– Celui-là, si je le croise !

Colin s'adressa à Tobias :

– C'est mon maître qui a acheté Jon aux enchères. Mais Jon a fait une crise de dédoublement de personnalité et ça lui a filé les jetons, il l'a aussitôt revendu ici.

– Il voulait me faire des trucs louches ! ajouta Jon. Un vrai pervers, ce gusse !

– Bon alors, tu en es ? le pressa Colin.

– Une occasion de quitter ce trou, tu penses si j'en suis !

– Dans tes moments de lucidité tu n'as jamais essayé de retirer ton anneau ? demanda Tobias.

– Sûrement pas sans un bon plan ! La douleur que c'est quand ils te le mettent, jamais plus je ne voudrais revivre ça ! C'est le pire qu'on puisse te faire ! Et puis il paraît qu'on peut en mourir ! De toute façon j'aurais fait quoi ensuite ? Impossible de fuir d'ici tout seul, sans moyen de locomotion !

– Nous t'offrons ce billet pour le nord, pour rentrer sur les terres des Pans, affirma Tobias. Hélas, il va falloir prendre le risque d'ôter ton anneau, faudrait pas que ta personnalité soumise reprenne le contrôle au moment d'agir !

– Pareil pour les autres, dit Colin. Nous aurons besoin de tout le monde.

Tout d'un coup, le doute s'insinua en Tobias.

– Et s'ils meurent pendant qu'on leur retire l'anneau ? s'angoissa-t-il.

– Franchement, ça ne peut pas être pire que maintenant ! souligna Jon. À partir du moment où vous disposez d'une solution pour fuir, ça mérite tous les risques !

– On va prendre la décision pour eux ?

– Moi je sais ce que c'est que de vivre avec cette horreur plantée dans le nombril ! Je la prends en leur nom ! Quoi qu'il arrive, ce sera une libération pour chacun !

Ils s'organisèrent très vite et Colin sortit, armé d'une grosse pierre qu'il fracassa sur le crâne du Cynik. Celui-ci dégringola de son tabouret, un filet de sang sortit de sous son casque.

Colin lui prit l'épée courte qui ornait sa ceinture et fit signe que la voie était libre.

– Dès qu'ils vont se rendre compte de votre absence, la ville entière sera en panique ! protesta Tobias.

– Justement, ils commenceront par fouiller au-dehors, ils supposeront que nous voulons partir vers le nord. Pendant ce temps les rues seront moins surveillées. Je connais une bonne cachette un peu plus haut, j'y viens parfois la nuit quand je me réveille.

Jon s'empara des chaînettes des neuf autres Pans qui du coup lui obéirent docilement. Il prit la tête de la file indienne et s'attarda en chemin devant un petit établi d'où il sortit des pinces et une scie à métaux.

– Du matériel pour l'ablation !

Une heure plus tard, ils étaient installés sur une corniche dominant la ville en contrebas et la grotte.

Jon tendit ses outils à Colin et Tobias.

– Vous allez commencer par moi. Si ça se passe mal, vous saurez quoi faire pour les autres.

– Je ne sais pas si je vais pouvoir…, hésita Tobias.

Jon l'attrapa par la nuque et vint coller son front contre le sien :

– Mec, c'est toi qui es venu jusqu'à moi, maintenant prouve que j'ai eu raison de vous faire confiance !

– Oui… c'est vrai… Tu… Tu peux compter sur nous, balbutia Tobias.

– J'espère bien !

Jon s'allongea et remonta son tee-shirt sale. L'anneau était planté dans les chairs boursouflées du nombril.

– Ah, c'est dégueu ! lâcha Tobias en se cramponnant à la pince.

– Faut le scier, expliqua Colin, aide-moi en le tenant droit.

À chaque coup de lame, l'anneau glissait entre les doigts moites de Tobias et des perles de sang jaillissaient du bourrelet rose où l'objet s'enfonçait dans le ventre. Jon serrait les dents, courageux et déterminé.

L'anneau céda enfin et Tobias en saisit l'extrémité dans les mâchoires de la pince pendant que Colin retenait l'autre et chacun tira.

Jon se mit à gémir et la sueur inonda son front.

L'anneau s'ouvrit suffisamment pour le glisser hors de la plaie et la tentative arracha des plaintes étouffées à Jon qui n'en pouvait plus.

Puis il fut libéré.

Le petit rouquin se recroquevilla dans un coin pour respirer profondément et faire passer la douleur. Il se tenait le ventre.

– Un de fait, annonça Colin, plus que neuf.

L'opération sembla plus aisée sur la suivante car elle ne se débattait pas, ne gesticulait pas et n'émettait aucune plainte. Elle semblait ne rien ressentir.

Pourtant au moment de retirer l'anneau, la chair de poule apparut sur ses bras.

– Je crois qu'elle commence à réagir, dit Tobias, livide.

– Continuez, c'est normal, répondit Jon en s'épongeant le front. La vie revient en elle.

Et lorsqu'ils ôtèrent l'anneau de son nombril ils durent se jeter sur elle pour masquer le cri d'animal blessé qu'expulsa sa gorge.

Elle pleurait et tremblait. Jon la prit contre lui et commença à la rassurer.

– Je crois que ton ami entre en ville, lança Colin en désignant le lac.

Le Charon venait d'apparaître dans la grotte, la lumière du soleil s'accrochait encore dans ses hautes voiles, tandis qu'il fendait les eaux obscures en direction du quai. Le sommet du grand mât touchait presque le plafond rocheux.

– Plus une seconde à perdre, déclara Tobias.

Il n'avait plus très envie de poursuivre mais il n'avait pas le choix. Après deux autres libérations, il se sentit un peu plus serein.

Le cinquième Pan fut pris de convulsions, il se cambra et ses muscles devinrent durs comme de la pierre.

– Il avale sa langue ! s'affola Colin.

Ils tentèrent tout d'abord de le maintenir au sol pour qu'il ne passe pas par-dessus le bord de la corniche avant de glisser un bout de bois entre ses dents d'où sortait une écume blanche de mauvais augure.

Incapables de stopper les convulsions, ils le virent se trémousser dans tous les sens avant de se figer brusquement.

Colin l'inspecta minutieusement avant de secouer la tête.

– Il est mort, dit-il.

– Oh non, fit Tobias.

Ils restèrent ainsi à couver son corps du regard comme s'il pouvait reprendre vie, avant que Tobias ne dise, la voix cassée par la peine et la culpabilité :

– Comment s'appelait-il ?

– Je l'ignore, je ne le connaissais pas, avoua Jon. Une fois l'anneau posé, nous n'avons plus de nom ; à quoi ça servirait quand on n'a plus aucune personnalité ?

– Il est mort à cause de nous.

– Non, répliqua Jon, il est mort à cause des Cyniks ! Ne vous arrêtez pas, il faut rendre aux autres leur dignité.

Tobias posa la main sur les paupières du mort

– Je suis désolé, dit-il tout bas.

40.

Le précieux document

Entrer dans les ténèbres demandait un temps d'adaptation.

Matt avait reçu l'autorisation d'assister à l'approche de Hénok depuis le pont principal. Ils avaient changé de cap au dernier moment pour quitter le bras le plus large du fleuve afin de s'engager sur un bras secondaire, entre les branches basses en direction d'un pic escarpé.

La rivière s'enfonçait dans une grotte aux proportions démesurées, *le Charon* pivota pour suivre le coude naturel pendant que les matelots couraient allumer les lanternes. Soudain, les parois s'écartèrent et Matt se crut face à un trésor titanesque, dont l'or reflétait leurs propres lumières.

Ses yeux s'habituèrent et les joyaux brillant de mille feux devinrent flammes et feux, les coffres prirent des contours plus nets, et une ville construite sous la montagne se profila.

Durant sa croisière forcée, Matt avait appris à connaître les personnalités les plus importantes du bord. Bien sûr le conseiller spirituel, mais également le capitaine, et surtout son second, le chef de la sécurité, un certain Roger. C'était lui qui veillait le plus souvent à ce que Matt ne puisse rien tenter. Il commandait les soldats et son regard trahissait la méfiance qu'il entretenait pour les Pans.

Curieusement, ni le conseiller spirituel ni Roger n'étaient en vue. C'était pourtant une manœuvre cruciale, Matt supposait qu'ils débarqueraient en ville, et leur absence le titillait.

Et s'ils s'en prenaient à Plume maintenant qu'ils touchaient au but ?

Non, ils n'oseraient pas... elle est leur garantie que je vais sagement attendre qu'on me dise quoi faire, que je vais répondre à toutes les questions, la supprimer serait stupide !

Et si le conseiller était cruel, il n'était pas idiot.

Matt étudia le garde chargé de sa surveillance. L'homme était tout absorbé par la contemplation de la ville.

Discrètement, l'adolescent s'approcha de la porte conduisant aux cabines sous la dunette arrière et se coula sans un bruit à l'intérieur.

Sa survie dépendant en grande partie de sa capacité à anticiper les faits et gestes de l'ennemi, plus il en saurait sur le conseiller, plus il pourrait tenir dans ses mensonges et ainsi gagner du temps.

Il n'avait plus reçu de réponse du hibou depuis le premier message et craignait que ses amis ne soient plus à ses trousses. Que ferait-il si c'était le cas ? Et comment pénétrer dans cette grotte et la ville ? Sa libération lui semblait de plus en plus compromise.

Il ne devait compter que sur lui-même.

Saisir la moindre opportunité pour récupérer Plume et fuir le plus loin possible de cet infernal navire.

Matt colla son oreille contre la porte du salon et, comme il n'entendait rien, s'orienta vers les cabines. Des voix provenaient de la chambre du conseiller.

Matt posa un genou sur le plancher et scruta la pièce par le trou de la serrure. Il ne voyait que les manches amples du conseiller.

– ... le garçon avec moi, disait-il. La Reine le veut dans les plus brefs délais. Il nous conférera un avantage décisif !

– Pourquoi voulez-vous me débarquer ici dans ce cas ? Je serai plus utile à veiller sur lui !

Matt reconnut la voix immédiatement, il s'agissait bien de Roger, le chef de la sécurité.

– J'ai une mission très importante à te confier, mon cher. Tu vas apporter ceci à la citadelle de la première armée.

Matt se tortilla dans tous les sens pour tenter d'apercevoir ce que le conseiller tenait dans les mains.

– Qu'est-ce que c'est ? demanda Roger.

– La stratégie que nos généraux vont devoir préparer pour la grande invasion. Malronce et ses conseillers militaires ont tout élaboré, et lorsque le signal sera donné, il faudra que nos troupes sachent exactement quoi faire. La première armée va coordonner l'ensemble, apporte ce document au général Golding qui fera suivre à chacune des autres armées. Qu'ils se tiennent prêts.

Matt avait le souffle court.

Une invasion ? De quoi parlait-il ?

– C'est pour bientôt, Conseiller ?

– Tout dépendra de la Reine, mais je pense qu'avec l'enfant que nous lui apportons, nous interviendrons rapidement. Le temps de lever les troupes, et d'acheminer les dernières cargaisons d'armes, je mettrais ma main à couper qu'il n'y aura plus aucun Pan libre d'ici à l'hiver !

Le cœur de Matt tressauta dans sa poitrine. Une guerre ! Contre les Pans ! Les Cyniks préparaient leurs armées pour asservir tous les clans d'enfants !

– Je serai digne de votre confiance, monsieur !

– Conserve ce document comme si ta vie en dépendait. Car c'est le cas.

Il fallait agir, Matt ne pouvait garder une information si capitale pour lui-même. Eden devait en être informée.

Ambre et Toby, j'ai besoin de vous, envoyez-moi votre oiseau maintenant !

La porte du couloir s'ouvrit et quelqu'un entra à toute vitesse.

Ça c'est pour moi !

Matt se précipita vers les latrines mitoyennes à sa cabine et s'y enferma au moment où le conseiller spirituel sortait, alerté par la cavalcade.

Matt prit une profonde inspiration pour se calmer et s'élança.

– Toi ! hurla le garde. Je te cherche partout !

Le regard du conseiller passa de son soldat à l'adolescent, les braises de sa méchanceté s'illuminant au passage.

– Que fais-tu là ? s'écria-t-il.

Matt se para de son expression la plus innocente, chercha à semer la confusion.

– Moi ? Mais… rien, dit-il en désignant les toilettes dans son dos.

Il passa devant la cabine du conseiller et y jeta un coup d'œil furtif. Roger était en retrait, il tenait une boîte en bois similaire à un coffret pour faire brûler de l'encens. Matt ajouta, narquois :

– Je suis désolé, j'ai une toute petite vessie.

Les trois quarts de l'équipage débarquèrent sur le quai blanc, au milieu des tonneaux et des caisses. Constatant que Plume n'y était pas, Matt interpella le conseiller :

– Et ma chienne ?

– Le voyage n'est pas fini, elle reste à bord, mais ne t'en fais pas, tu la rejoindras dès demain. Avance !

Pas moins d'une vingtaine de soldats les encadraient, accompagnés par Roger. Ils investirent une auberge et Matt vit des sourires se profiler sur les visages de ses gardes. Il fut conduit au deuxième étage et enfermé dans une petite chambre où il demeura jusqu'au soir.

Pour le dîner, le conseiller spirituel et lui partagèrent une table ronde dans un angle de la grande salle. Un ragoût de mouton, de pommes de terre et de carottes leur fut servi avec un pichet de vin. Matt préféra ne rien boire et termina son bouillon à la place.

Les soldats colonisaient une bonne partie des lieux, buvant et riant allégrement. Lorsqu'ils furent bien éméchés pour la plupart, le conseiller spirituel poussa Matt :

– C'est l'heure pour toi d'aller dormir. Demain nous nous réveillerons très tôt.

Matt fut reconduit par deux gardes et Roger en personne qui semblait abattu.

Tandis qu'ils montaient les marches, Matt lui demanda :

– Je vous gâche la fête, n'est-ce pas ?

– Ne t'en fais pas pour nous.

– Le conseiller vous a demandé de rester avec moi ? Vous savez, je ne risque pas d'aller bien loin, vous devriez redescendre avec vos amis.

Roger l'attrapa par le col et le plaqua au mur :

– Arrête de nous prendre pour des imbéciles ! Le Conseiller est peut-être tendre avec toi, mais moi je n'ai pas sa patience ! Si tu fais quoi que ce soit qui me dérange cette nuit, je te découpe les oreilles ! Tu as compris ? Je suis certain que, même sans les oreilles, la Reine sera contente de te mettre la main dessus !

Il relâcha la pression et Matt crut recevoir un second coup lorsqu'il croisa Colin dans le couloir. Il tenait une chaînette avec... Tobias ! Ce dernier marchait comme s'il était déprimé ; comprenant aussitôt qu'il s'agissait d'une ruse, Matt ne réagit pas.

Tobias trébucha brusquement et s'effondra contre Matt, les deux adolescents roulèrent au sol et Colin se précipita devant les gardes en jurant.

Profitant de ces quelques secondes, Tobias chuchota dans le cou de son ami :

— Tiens-toi prêt pour cette nuit.

Matt agita les bras pour faire mine de vouloir se relever et de ne pas y parvenir à cause du poids mort qui pesait sur lui :

— Laisse-moi un tout petit peu de temps avant, répondit-il. Faites apporter du vin à la chambre collée à la mienne. Et lancez votre plan en fin de nuit.

— Pousse-toi ! grogna Roger en dégageant Colin avant d'attraper Tobias sous les bras et de le projeter contre le mur. Et toi, debout ! Dépêche-toi !

Matt obtempéra et fut enfermé à clé aussitôt. Il entendit Roger rouspéter en claquant la porte de sa chambre. Les gardes étaient dans le couloir, barrant sa porte.

Impossible de ressortir par là.

Matt attendit un quart d'heure et il perçut des bruits de pas. On toqua à la porte de Roger. Les cloisons, fines, ne retenaient pas les voix :

— Du vin pour vous, fit une femme. De la part de vos camarades en bas.

— Merci. Ne donnez rien aux gardes dans le couloir par contre !

Formidable, le plan fonctionnait ! Non seulement Tobias était ici en ville, mais en plus il n'était pas seul, Colin au moins était de la partie. À bien y réfléchir, ce dernier point n'était pas pour le rassurer. D'abord il le croyait mort et ensuite c'était une ordure de traître ! Comment Tobias et Ambre étaient-ils parvenus à s'en faire un allié ?

Le lit de Roger grinça quand il s'y jeta avec sa bouteille et Matt patienta, le temps que l'alcool fasse son œuvre.

La clameur qui provenait du rez-de-chaussée gagna peu à peu les étages à mesure que les soldats montaient, fin soûls. Puis le silence se fit.

Dehors, par la fenêtre, Matt vit que la plupart des lanternes étaient éteintes. Il n'y avait plus personne dans les rues.

Il attendit encore une heure, en luttant lui-même contre le sommeil, avant de passer à l'action.

L'oreille collée contre la porte, il entendit l'un des gardes soupirer, ils échangeaient quelques mots de temps en temps. Il fila à la fenêtre et l'ouvrit. Ils étaient au second étage, à plus de sept mètres de hauteur. Sans lame pour découper ses draps, il serait difficile d'improviser une corde assez longue.

Je verrai ça plus tard, ce qui compte c'est la chambre de Roger !

Matt se pencha pour chercher des appuis. Une fine corniche encadrait toute la façade, c'était jouable.

Il enjamba le rebord et se retrouva suspendu au-dessus du vide.

S'il n'a pas laissé sa fenêtre ouverte je suis fichu !

Il faisait chaud dans la grotte. Très chaud.

Avec le vin en plus, il aura eu besoin d'un peu d'air...

Matt rampait à la verticale sur un étroit rebord de pierre dont il n'avait aucune idée de la résistance.

Il pouvait voir la fenêtre de Roger.

Entrouverte.

J'y suis presque ! Encore un petit effort...

Son pied trébucha et pendant un instant il crut qu'il allait basculer mais son pouce gauche s'était enfoncé dans une petite anfractuosité et cela suffisait à le maintenir en équilibre précaire.

Il toucha enfin la fenêtre et se hissa à l'intérieur.

Roger ronflait sur son matelas, une bouteille de vin vide contre lui. La pièce était chichement meublée, Matt n'en avait pas pour longtemps. Il s'intéressa tout d'abord à l'armoire. Vide. Matt jeta un œil à ce qui servait de bureau, rien non plus.

Un plastron en cuir avec une besace gisait au pied du lit.

Bien sûr ! Ce document est tellement important qu'il ne s'en séparera pas !

Il s'empara de la boîte, un sourire de triomphe aux lèvres. Il ne pouvait l'emporter avec lui, les Cyniks changeraient tous leurs plans s'ils savaient qu'il y avait une fuite. Il fallait le lire et le mémoriser.

Matt ouvrit la boîte et déroula la feuille couverte de notes. Il se posta à la fenêtre pour bénéficier de la lumière d'une lanterne de la rue.

C'était bien une campagne sans précédent que Malronce s'apprêtait à lancer contre les Pans. Une conquête totale. Cinq armées. Plus de quinze mille soldats. Des chariots de guerre. Des armes et des armures à profusion.

Le plan de bataille y était détaillé, et Matt le relut plusieurs fois pour n'omettre aucun élément.

La Passe des Loups.

Les Cinq armées.

La manœuvre de diversion de la troisième armée.

La prise d'Eden.

Le ratissage pour faire tomber clan par clan.

Matt comprit soudain qu'il était inutile de poursuivre.

Les Pans n'avaient aucune chance. Même en sachant à l'avance ce qu'allaient faire les Cyniks, c'était un combat perdu.

Quinze mille hommes !

Eden était de loin la plus grande ville panesque, et combien étaient-ils ? Mille au départ, peut-être le double ou triple depuis, mais c'était bien insuffisant. Et même s'ils rassemblaient tous les clans, ils n'arriveraient jamais à la cheville d'un tel déploiement de forces.

C'était déjà le cas sur l'île Carmichael ! Et nous avons tenu bon !

Cette fois, il dut s'avouer que c'était différent. Cinq armées très bien organisées. Aucun moyen de rivaliser.

Nous pourrons fuir ! Si Eden est prévenu, les Longs Marcheurs alerteront tous les autres clans et nous pourrons partir encore plus au nord...

Mais jusqu'où iraient-ils ?

Matt ravala son désespoir, ce n'était pas à lui de juger pour les autres. Le plus urgent était de transmettre ces informations à Eden.

Une fois qu'il eut la certitude de bien connaître le plan, Matt s'empressa de ranger le document comme il l'avait trouvé et hésita en découvrant un long couteau.

Il pouvait lui rendre de précieux services pour fuir.

Mais Roger risque de comprendre que je suis passé par sa chambre ! Ils pourraient deviner que leur stratégie est compromise et la changer.

Il ne prit rien et abandonna même l'idée de fuir par la porte, les gardes étaient juste à côté.

De retour sur sa corniche, Matt avait perdu son assurance. Ses mains n'avaient plus la même sûreté et dans l'effort son corps lui faisait encore mal, pas totalement remis des coups reçus trois jours plus tôt. Il mit cinq longues minutes à rallier sa chambre et il transpirait abondamment quand il enjamba la rambarde.

La forme surgit de l'ombre d'un coup, fondant sur lui si rapidement qu'il n'eut pas le temps de se protéger ou même de reculer.

Les mains du conseiller spirituel s'abattirent sur ses épaules et le projetèrent contre le mur.

– Tu crois que tu peux nous échapper aussi facilement ? hurla-t-il, fou de rage. Que je n'ai pas verrouillé cet endroit avec mes hommes ? Ils sont partout ! Même dans la rue autour de l'auberge ! Alors la prochaine fois que tu joues au funambule, assure-toi que tu n'es pas repéré ! C'est une chance que tu ne sois pas tombé !

Six soldats remplissaient la petite pièce et aucun n'avait l'air ivre. Matt comprit qu'il n'avait vu que la partie émergée de l'iceberg.

Par chance, personne ne semblait se douter de ce qu'il était réellement allé faire.

– Nous allons doubler les gardes, assura un officier.

Roger arriva, réveillé par le bruit, l'expression à la fois inquiète et ensuquée.

– Ce sera inutile, vous partez avec le prisonnier ! révéla le conseiller. Puisque vous êtes sur pieds, rejoignez le funiculaire de suite ! Vous passerez le reste de la nuit à bord du *Charon*.

Cette fois, Matt réalisa qu'il n'avait plus aucun espoir de fuite par lui-même.

Pire, il venait de faire échouer le plan de ses amis.

41.

Monstres

Plus tôt dans la soirée, Tobias exposait sa tactique à Colin, Jon et les huit autres Pans, hagards, qui l'observaient curieusement :

– Colin et moi prendrons une chambre à l'auberge, si Matt y passe la nuit, nous attendrons que tout le monde dorme…

– En général les matelots profitent de l'escale pour boire, compléta Colin, ils sont ivres avant minuit.

– Nous descendrons vous ouvrir la porte de service, deux feront diversion auprès des gardes qui ne manqueront pas de surveiller l'étage où Matt sera retenu. Pendant ce temps les autres investiront les lieux pour trouver le copain. Jon nous a rapporté assez de filets de pêche pour ligoter tous les Cyniks des chambres environnantes. Le temps qu'ils s'en tirent pour sonner l'alerte, nous serons déjà loin !

– Et comment on quitte la ville ? demanda un Pan qui répondait au nom de Stu.

– On file par le funiculaire, un dirigeable nous attendra en bas.

Colin fixa Tobias.

– Il nous attend sur le pic, corrigea-t-il

— Justement, c'est la suite du plan, pour ne pas avoir à sortir en pleine nuit avec les Mangeombres, nous allons emprunter le funiculaire. Le temps de descendre le soleil se lèvera et les Cyniks ne penseront pas à fouiller par là en premier.

— Mais le dirigeable n'est pas dans la vallée en bas, il est au-dessus de nos têtes ! insista Colin.

Tobias se leva.

— Je sais, c'est pourquoi j'ai besoin de toi. Mais d'abord, il faut prévenir Matt.

À l'auberge, Tobias fit son petit cinéma pour échanger deux phrases avec Matt. Le revoir lui fit un bien incommensurable. Non seulement il n'était pas mort, mais en plus il semblait lui-même prêt à s'échapper. Le délai qu'il avait demandé ne posa pas de problème à Tobias puisqu'il comptait intervenir très tard dans la nuit. Colin réserva une chambre et ils repartirent au pas de charge.

Tobias le savait, le timing serait serré et ils n'avaient pas une minute à perdre.

Lorsque Tobias s'engagea dans le long escalier qui remon-tait vers la trappe empruntée à l'aller, Colin s'arrêta tout net.

— Non ! Tu es fou, il fait déjà nuit ! Les Mangeombres sont en chasse !

— Il le faut ! Cinq minutes, pas plus, pour attirer un oiseau à nous et envoyer un message à Ambre.

— Je ne sors pas ! Je ne veux pas me faire dévorer l'ombre !

— C'est ça ou nous serons bientôt tous des pantins avec un anneau dans le nombril !

– Je crois que je préfère encore ça aux Mangeombres…

Tobias vint se coller face à lui, il était si proche qu'il pouvait sentir l'odeur rance de sa transpiration :

– Colin, l'un des nôtres est mort tout à l'heure ! Si tu abandonnes, il aura perdu la vie pour rien !

– Je ne suis pas l'un des vôtres, répondit Colin tout bas.

Tobias recula d'un pas.

– Tu me dégoûtes, dit-il en reprenant son arc et son carquois. Retrouve les autres, et attendez-moi, j'en ai pour une heure.

– Qu'est-ce que tu vas faire ?

– Tu ne me laisses pas le choix : je vais courir jusqu'au dirigeable !

Et Tobias disparut dans les marches.

La peur tétanisait Tobias. Il posa une main sur la trappe. Il avait défait les verrous et n'avait plus qu'à la pousser pour sortir sous la lune.

Ce n'est pas le moment de paniquer, je vais avoir besoin de tous mes moyens. Courir vite. Ne pas se retourner. Foncer jusqu'à la tour.

En espérant que le dirigeable soit encore là.

Soudain Tobias réalisa que le Buveur d'Innocence n'était pas du genre imprudent. Il n'avait pas laissé sa nacelle à portée des Mangeombres !

La méduse ne craint rien et il aura fermé tous les accès. Ces monstres ne sont pas capables d'ouvrir une porte ou une fenêtre sinon Hénok aurait été dévastée depuis longtemps ! Même gravir la tour leur est sûrement impossible avec leurs griffes à la place de pieds ! J'ai une bonne chance de trouver le dirigeable !

De toute manière, il devait s'en assurer par lui-même.

Tobias déposa son arc et tout son matériel pour ne pas s'alourdir inutilement et d'un coup d'épaule poussa le battant qui s'écarta sur la nuit.

Les étoiles brillaient sur le fleuve en bas d'une longue pente jalonnée de hauts conifères. Il y avait là trois hangars et la tour de bois.

Le dirigeable flottait à côté en silence.

C'est parti !

Tobias se faufila dans les herbes, il n'apercevait pas les Mangeombres et cela l'angoissa. Il aurait préféré les localiser.

Une centaine de mètres seulement avant la tour.

Il n'aimait pas ce silence. Où étaient ces monstres ?

Ils ne s'éloignent jamais de leur nid car ils craignent le soleil, ça signifie qu'ils peuvent être sur l'autre versant tout de même... Tobias se rassurait au mieux.

Cinquante mètres.

Après tout, les Mangeombres n'étaient pas infaillibles ; bien que redoutables ils demeuraient rien de plus qu'une forme de vie avec ses défauts. Ils n'étaient pas assurés de repérer toute proie se déplaçant sur leur montagne... Penser ainsi libérait Tobias d'un certain poids, il se sentait plus léger, plus fluide dans ses mouvements.

Il parvint au pied de la tour qu'il gravit en maudissant les grincements des marches. Avant même de réaliser ce qu'il venait d'accomplir, Tobias refermait le sas de la nacelle derrière lui.

Tout était éteint à bord. Tobias gagna la cabine d'Ambre et actionna la poignée lentement. Quelque chose bloqua la porte.

Elle a mis une chaise derrière !

– Pssssst ! dit-il tout bas. Ambre ! C'est moi, Toby ! Réveille-toi !

Il s'attendait à y passer un moment, mais la chaise disparut immédiatement et Ambre le fit entrer.

– Tu es seul ? s'étonna-t-elle.

– Oui. Nous allons récupérer Matt cette nuit et pour cela je vais avoir besoin de toi. Il faut que tu pilotes le dirigeable pour le positionner de l'autre côté des falaises, tout en bas dans la vallée. Nous y serons pour le lever du soleil. Tu crois que tu vas en être capable ?

– Je me souviens des explications du Buveur d'Innocence, ça n'avait pas l'air bien compliqué.

Tobias hésita, puis se lança :

– Tu vas sûrement devoir l'enfermer, tu sais.

– Ne t'en fais pas pour moi.

– Il ne t'a rien fait ? Il n'a pas essayé au moins ?

– Je l'évite depuis que tu es parti. Mais je n'arrive pas à dormir. Fais ce que tu as à faire, je m'occupe du dirigeable.

Tobias acquiesça énergiquement.

– L'Alliance des Trois, pas vrai ?

– Oui, répondit Ambre avec moins d'entrain. Si tout se passe bien, demain matin, nous serons à nouveau réunis.

Tobias s'empressa de redescendre de la tour pour remonter parmi les hautes herbes.

Ils étaient juste là, deux cents mètres au-dessus de la trappe. Une vingtaine de silhouettes maigres, des épouvantails à tête blanche.

Leurs yeux jaunes le fixaient et Tobias crut voir la fente qui leur servait de lèvres se relever en un sourire affamé.

– Oh non ! Pas eux ! Pas maintenant !

À pleine course, personne ne pouvait atteindre la trappe avant eux. C'était impossible.

Je cours vite si je le veux. Très vite.

Suffisamment pour jouer sa vie ?

Comme un seul homme, tous les Mangeombres se laissèrent tomber dans la pente avant de planer à quelques centimètres au-dessus des buissons. Ils décapitaient les fleurs sur leur passage.

Tobias n'avait plus le choix. Il poussa sur ses jambes et commença à sprinter.

Il était dans le sens de la montée et ne parvenait pas à allonger ses foulées.

Néanmoins la vitesse à laquelle il enchaînait les pas était étourdissante. L'enfant hyperactif avait donné naissance à une altération surprenante.

Il craignait cependant que cela ne suffise pas.

Les Mangeombres étaient presque à hauteur de la trappe.

Tobias serra les dents et força sur ses cuisses, le souffle court.

Le rectangle de ténèbre salvateur se rapprochait.

Tout comme les monstres.

Puis il sut qu'il allait être en retard sur eux et se prépara à plonger.

Les Mangeombres se redressèrent d'un coup pour se poser tout autour. Tobias sauta dans la trappe, s'étala contre la paroi et ignorant toute douleur il bondit sur ses pieds pour attraper le battant tandis que les premiers flashes surgissaient.

Il eut tout de même le temps d'apercevoir les gencives rouges et les dents pointues lui foncer dessus.

Et les Mangeombres s'écrasèrent sur la trappe refermée.

42.

Improvisation de dernière minute

L'évasion de Matt était sur le point de se concrétiser.

Tobias patientait depuis quatre bonnes heures dans la chambre de l'auberge en compagnie de Colin. Depuis l'épisode des escaliers et des Mangeombres, les deux garçons ne se parlaient plus beaucoup. Tobias avait refait le bandage de sa blessure au flanc, celle-ci s'était remise à saigner avec l'effort de sa course.

Jon et les autres Pans étaient cachés dans une bergerie toute proche avec vue sur l'entrée de service de l'auberge. Tobias n'attendait plus que le *bon moment*.

Et le plus difficile, découvrait-il, était justement d'évaluer ce bon moment. L'établissement était parfaitement silencieux depuis déjà longtemps mais cela ne lui suffisait pas. Il préférait agir tard, très tard, pour être certain que le soleil serait levé une fois le funiculaire descendu. S'ils étaient pris en chasse, il fallait pouvoir quitter la grotte et gagner le dirigeable.

Tobias avait échappé de justesse aux Mangeombres, son cœur s'en remettait à peine, il ne comptait pas recommencer !

Les réactions de ses nouveaux camarades l'inquiétaient également. Depuis qu'ils n'avaient plus leur anneau, les Pans réagissaient étrangement, presque avec un temps de retard,

351

comme si leur cerveau était loin, très loin au fond de leur corps. Et aucun enthousiasme, pas même lorsque Tobias leur annonça qu'ils étaient libérés de toute emprise et qu'ils allaient s'enfuir s'ils l'aidaient.

L'anneau leur avait pris une part d'eux-mêmes, la spontanéité.

Jon avait raison, une profonde dépression était un symptôme prononcé. Ces anneaux étaient probablement ce que l'homme avait inventé de pire.

Avec la bombe atomique, peut-être..., songea le jeune garçon.

Tobias avait interrogé chaque Pan pour connaître son identité et le contexte de sa capture par les Cyniks. Ce fut pendant ce questionnaire oral que Tobias comprit qu'il ne fallait pas compter sur eux. Ils assureraient tant qu'on leur dirait quoi faire.

Il espérait que cet effet secondaire de l'anneau se dissiperait avec le temps. Ne plus avoir d'esprit d'initiative devait être abominable. Surtout pour lui qui en avait toujours trop, quitte à parfois se mettre dans des situations embarrassantes.

– Alors, on y va ? demanda Colin.

– Pas encore, c'est trop tôt.

– Tout le monde dort !

– Pas encore, je te dis !

Colin soupira.

Dix minutes plus tard, Tobias luttait contre la somnolence lorsqu'il y eut de l'animation dans un couloir à l'étage du dessus. Colin sauta sur ses pieds.

– Je vais voir !

Il revint rapidement, l'air catastrophé.

– Ils s'en vont ! Je ne sais pas ce qui s'est passé, mais Matt est emmené vers le funiculaire !

– Bon sang ! On fonce ! Nous avons le temps qu'ils rassemblent leurs affaires pour être là-bas les premiers.

Dehors, Tobias fit de grands gestes en direction de la bergerie et neuf silhouettes accoururent.

– Changement de programme, confia Tobias. Il va falloir se battre.

– Tant mieux, j'ai quelques comptes à régler, déclara Jon.

Les autres visages ne partageaient pas cet enthousiasme. Ils étaient armés de filets de pêche, de harpons, de bêches et de pioches subtilisés dans les remises de la ville.

Colin et Tobias en tête de groupe s'empressèrent de sortir des ruelles tout en prenant soin d'éviter les deux patrouilles qui sillonnaient les rues à la recherche des dix esclaves perdus, pour gagner l'extrémité de la grotte et l'immense portail du funiculaire. À genoux, ils empruntèrent la trappe de service et se faufilèrent parmi les bobines et les chaînes.

– Et maintenant ? s'enquit Colin.

– On sabote le funiculaire pour les obliger à passer par l'escalier des souffrances, et là, on les attaque.

– À onze contre toute l'escorte ? On va se faire écrabouiller ! T'as vu l'état de nos troupes ?

En étudiant les mines des Pans chichement armés, Tobias donna raison à Colin. Il ne fallait pas en attendre des prouesses héroïques.

– Hé, mais au fait ! s'exclama Tobias, quelle est votre altération à chacun ?

– Altération ? reprit Jon.

– Oui, votre faculté spéciale, votre pouvoir si tu préfères !

Colin secoua la tête.

– Tu perds ton temps, ils n'en ont plus ! L'anneau détruit ça aussi.

– C'est vraiment l'horreur, ce machin !

S'ils ne pouvaient combattre, il fallait au moins utiliser leurs bras pour semer la zizanie chez l'ennemi.

– Je sais comment nous allons procéder : Stu, tu vas faire le guet à l'entrée, les autres, venez.

Il les entraîna vers une longue baraque à toit plat qui abritait les wagons du funiculaire et, après avoir rapidement étudié le système qui les retenait arrimés à leur chaîne, Tobias demanda à tout le monde de l'aider.

– Tirez de votre côté pour soulever chaque wagon, ça devrait suffire à le désolidariser de sa base ! Ensuite poussez !

Et joignant le geste à la parole, Tobias projeta son wagon vers le sommet de la pente qui l'aspira aussitôt. Bientôt, tous les wagons dévalaient l'interminable tunnel. Un vacarme métallique traversa le brouhaha des torrents après plusieurs minutes.

– Je crois que ça au moins, c'est réglé, se réjouit Tobias.

Stu arriva en courant :

– Ils sortent de la ville ! Au moins douze soldats !

– Seulement douze ? s'étonna Colin.

– Les autres suivront au petit matin, supposa Tobias. Dans combien de temps seront-ils ici ?

– Moins de cinq minutes !

– Aidez-moi à prendre ces tonneaux, il faut les approcher du bord de l'escalier, et en descendre au moins un, un peu plus bas dans les marches.

– Nous allons vraiment les attaquer ? demanda Jon.

– J'espère que vous êtes adroits.

– Pourquoi ?

– Parce qu'il faudra viser juste pour que Matt puisse s'en sortir. En espérant qu'il remarquera l'indice que je vais lui laisser.

43.

Le Buveur d'Innocence

Ambre ne quittait pas le ciel obscur des yeux. Elle sondait chaque altération dans la luminosité à l'est, guettant la trajectoire de la lune et comptant les heures.

Quand elle n'y tint plus, elle sortit furtivement dans la coursive et fouilla le hangar à la recherche d'un moyen d'enfermer le Buveur d'Innocence dans sa cabine. Elle aurait pu aller lui expliquer qu'il fallait déplacer le dirigeable ; après tout, s'il voulait réellement les aider pour ensuite questionner Matt, il accepterait. Cependant son instinct lui disait d'agir sans lui, de ne surtout pas lui faire confiance.

Ambre trouva son bonheur en un étau fixé sur une planche.

Elle coinça la poignée de la cabine dans les mâchoires de l'étau qu'elle serra de toutes ses forces. La planche barrait la porte. Dès qu'il tirerait pour l'ouvrir, la planche serait retenue par les murs de part et d'autre.

Puis elle fila dans le sas. Il fallait couper les amarres.

Elle scruta la nuit par le petit hublot. Rien que la passerelle en bois pour entrer dans la tour. Pas de formes cauchemardesques.

Elle leva la clenche et sortit armée d'un couteau. Une fois libérée, la méduse commença à reprendre de l'altitude tout doucement. Ambre se précipita sur la passerelle et sauta à bord avant qu'elle ne soit trop haute.

Puis elle s'installa au poste de pilotage.

Il n'y avait pas beaucoup de manettes et de molettes, et elle se concentra pour se souvenir de ce qu'avait expliqué le Buveur d'Innocence.

– Là c'est pour aller à droite, ici à gauche, celle-ci c'est pour grimper... Oui, je crois que ça me revient. Je peux le faire. Allez, courage, Ambre, tu vas t'en sortir !

Il y eut un choc sourd à l'arrière.

Le mouvement de la nacelle l'a réveillé.

Un autre coup violent contre la porte. Combien de temps avant qu'il ne l'enfonce ?

Ambre tenta de ne pas y penser, elle se concentra sur les commandes et poussa un levier. La méduse vira sur la gauche comme prévu.

Mais Ambre n'eut pas le temps de se féliciter que le Buveur d'Innocence fit irruption dans son dos.

– Que fais-tu ? Tu as perdu la raison ! Tu vas nous tuer !

– Tobias et Matt nous attendent en bas dans la vallée, il faut les rejoindre !

– C'est pour ça que tu m'as enfermé ? Petite garce, lâche les commandes.

Ambre se cramponnait, et le Buveur d'Innocence dut user de la force pour l'arracher au siège. Il stabilisa la nacelle et, s'apercevant que Ambre tentait de fuir, il la plaqua contre le mur.

– C'est moi qui commande à bord ! hurla-t-il en lui postillonnant au visage.

– Vous voulez toujours récupérer ce garçon que la Reine cherche tant ? C'est maintenant !

Le Buveur d'Innocence s'esclaffa :

– Ah ! Tu es bien gourde, ma pauvre !

– Vous avez promis de nous aider !

– Voilà ce que j'aime chez vous autres, cette candeur, cette douce innocence.

– Mais… Je… Je me suis déshabillée devant vous !

– Oh oui, fit-il avec un sourire vicieux. Et je t'en remercie grandement ! Si seulement tu savais à quel point tu m'as fait plaisir !

Ambre, furieuse et blessée, lui envoya son genou entre les jambes. Le Buveur d'Innocence cria, mais ne la lâcha pas. Ambre tenta de se défaire de sa poigne et il lui tordit le bras violemment.

– Trop, c'est trop ! Je suis certain que l'anneau n'altérera pas ta valeur ! Viens, petite peste !

Il la força à avancer vers l'arrière du dirigeable, lui pliant le bras, la tirant par les cheveux, il la fit entrer dans la cellule cachée. Il l'enchaîna au mur et ouvrit une mallette en acier pour y puiser une longue pince crochue, un poinçon et un anneau ombilical.

– Voilà qui devrait te calmer une bonne fois pour toutes !

– Non ! Ne faites pas ça ! Je vous en supplie !

– Il fallait y penser plus tôt !

D'un geste brutal il déchira le bas de son chemisier pour faire apparaître son nombril et voulut y planter sa pince sans y parvenir, tant l'adolescente se débattait en hurlant.

– Tu vas cesser de bouger !

Il lui donna une claque si forte que Ambre n'entendit plus rien pendant quelques secondes. Cependant, lorsqu'elle aperçut le poinçon prêt à lui perforer les chairs, elle donna un coup de hanche qui fit reculer le Buveur d'Innocence.

– Je perds patience avec toi ! s'écria-t-il.

Une nouvelle claque s'abattit sur elle, puis une autre. Mais l'envie de vivre la maintenait consciente. Elle lança un coup de pied, puis un coup de coude et le Buveur d'Innocence la frappait en retour.

Presque sourde, les joues en feu, Ambre continuait de se défendre.

Pourtant, ses forces déclinaient, l'épuisement la gagnait, et peu à peu elle commença à sombrer.

Lorsqu'elle ne fut plus capable de pousser le moindre gémissement, de donner le moindre coup, elle le vit reprendre ses instruments de malheur et se pencher sur son nombril.

Alors elle repensa à tous les avertissements qu'elle avait reçus à propos du Buveur d'Innocence.

Personne ne gagnait jamais contre lui.

Un être maléfique.

Qu'elle n'aurait jamais dû approcher.

44.

Deux mille marches et du sang

Chaque soldat portait lance, épée, et une armure d'ébène. Même avec sa force, Matt estima ses chances nulles. Douze contre un à mains nues, c'était un combat qu'il ne pouvait mener.

Ils ont pour consigne de ne pas me faire du mal, voilà un avantage dont je peux tirer parti !

Sauf qu'ils préféreraient l'embrocher que d'annoncer au conseiller spirituel que le garçon s'était échappé !

Son absence était d'ailleurs inquiétante. Juste avant de quitter l'auberge, Matt l'avait surpris en pleine conversation avec Roger. Le dirigeable du Buveur d'Innocence était en ville et il souhaitait s'entretenir avec lui en urgence. Le plan ne changeait pas pour Roger, il transporterait le précieux ordre de stratégie à la citadelle de la première armée dès l'aube, cependant il devait confier à son meilleur officier l'escorte de Matt.

Qui était le Buveur d'Innocence ?

Matt n'aimait pas ça.

Les gardes pénétrèrent dans un vaste tunnel plein d'échos et Matt eut le souffle coupé en découvrant l'escalier de souffrances. Pas même une main-courante pour se retenir, rien qu'un piquet de temps en temps pour y accrocher une lanterne à graisse, il fallait être prudent.

– Il n'y a plus de wagons ! s'écria l'un des soldats partis en éclaireurs. Peut-être que si on attend ils vont…

– Non, nous passons par les marches, tant pis ! le coupa l'officier en charge de l'escorte.

Matt envisagea rapidement une fuite éventuelle. Pousser un garde dans la pente, et courir… Mais où ? Il ne pouvait remonter, et le moindre croche-pied ou dérapage entraînerait une chute mortelle ! C'était bien trop risqué.

Matt entama ce qui s'annonçait comme une fastidieuse descente, encadré de ses baby-sitters en armes. Les torrents qui dévalaient les rampes de chaque côté des marches produisaient une bruine rafraîchissante qui se déposait sur la pierre de la caverne. De la mousse s'était développée sur les parois et les marches glissaient affreusement.

Chacun était concentré sur sa progression, Matt également. Les jurons des premiers gardes, quelques mètres plus bas, ne lui firent pas quitter ses pieds du regard.

– Faites attention, il y a un tonneau en plein milieu ! cria-t-on.

– Tu n'as qu'à le pousser, tant pis pour celui qui l'a mis là !

– Et si c'est important ?

– Notre mission est plus importante !

– Quelque chose est gravé dessus ! « L'Alliance… des… Trois » !

À ces mots, l'adolescent se redressa, les sens aux aguets.

Ambre et Tobias !

Matt vérifia la position de ses geôliers. Six devant et six derrière. Impossible de passer sur les côtés sans tomber dans les torrents surpuissants qui ne manqueraient pas de le broyer bien avant qu'il touche le sol.

Quelqu'un siffla depuis le sommet de l'escalier.
C'était Tobias, son arc bandé.
Une dizaine de silhouettes surgirent avec lui.

Tobias tremblait, tellement il était stressé. Il n'avait qu'une seule chance. La pointe de sa flèche visait le tonneau tout près de Matt.

Il fit le vide dans sa tête, le vide dans ses poumons.

Ses épaules se stabilisèrent. Il ajusta un peu son tir en levant le coude.

Les Pans poussèrent les premiers tonneaux dans les marches et Tobias relâcha la pression entre ses doigts.

Et tandis que sa flèche fusait en entraînant la corde qui lui était attachée, Tobias fut pris de panique. Sans Ambre pour corriger la trajectoire, il ne toucherait pas son but, il était bien trop maladroit pour cela !

La pointe de fer se ficha dans le bois du fût, en plein milieu.

Je l'ai eu ! Je l'ai eu !

Cependant le temps n'était pas au triomphe, des tonneaux dévalaient les marches à toute vitesse, les soldats se mirent à crier et les premiers tentèrent de sauter par-dessus, mais furent entraînés dans la pente. Les suivants bondirent de côté pour tomber dans les canaux chargés d'écume, ils s'accrochèrent aux chaînes mais ne tinrent pas longtemps sous la terrible pression.

Matt allait se faire emporter à son tour lorsqu'il comprit le plan de Tobias et se jeta sur la corde. Un garde, au visage strié de cicatrices, en fit autant, repoussant Matt qui lui décocha un coup de poing rageur. L'homme s'effondra, assommé et aussitôt écrasé par une lourde barrique que Matt esquiva en se jetant dans le torrent le plus proche.

La corde émit un bruit de fouet en se tendant au maximum.

– Il faut le hisser ! ordonna Tobias. Vite ! Avant que l'eau ne l'entraîne !

Trois Pans se joignirent à lui pendant que les autres poussaient d'autres tonneaux dans l'escalier.

Plus bas les soldats hurlaient, rebondissaient encore et encore, se brisant les os à chaque rebond, arrachant les piquets des lanternes, rien ne pouvait plus les arrêter. D'autres avaient déjà disparu dans les canaux, projetés plusieurs centaines de mètres en contrebas dans les toboggans mortels, noyés par la férocité du courant.

Tobias et ses compagnons tirèrent sur la corde et Matt réapparut au milieu du bouillonnement, cherchant sa respiration. Encore deux tractions et le garçon sortit de la fosse pour remonter sur l'escalier, le souffle coupé, les membres tétanisés par la violence de l'eau. Il demeura allongé, perclus par l'effort et la douleur.

Il ne devait sa vie qu'à sa force exceptionnelle qui lui avait permis de tenir bon la corde.

Les tonneaux se fracassaient les uns après les autres à force de frapper l'arête des marches, et toute la garde rapprochée du jeune garçon s'était dissoute. Des corps brisés reposaient cinquante, cent, voire deux cents mètres plus bas.

Tobias accourut auprès de son ami pour l'aider à se relever.

– Matt ! Ça va ? Tu respires ?

Matt fit signe qu'il allait bien, ses cheveux trop longs lui recouvrant une partie du visage. Il reprenait son souffle.

Soudain une sirène rugissante retentit dans le tunnel.

Jon fit volte-face et hurla à l'attention de Matt et Tobias :

– Deux gardes !

Colin en tête, tous se mirent à descendre les marches pour rejoindre les deux adolescents. Le cor continuait de sonner l'alerte.

– Probablement deux retardataires ! lança Colin. Faut pas traîner, dans cinq minutes ça va grouiller de Cyniks pas commodes !

Tous s'élancèrent dans la vertigineuse pente.

Après seulement cinq minutes, les mollets commençaient à tirer et l'enchaînement des marches les étourdissait.

À peine plus bas, ils ralentirent pour ne pas perdre l'équilibre.

Les premières flèches fusèrent.

Les deux gardes Cyniks les avaient suivis, arc au poing, et, profitant de leur proximité, ils tiraient à toute volée.

Jordan, l'un des plus jeunes Pans prit une flèche dans les reins. Avant même que ses camarades puissent le saisir, il disparut dans le torrent avec un regard terrifié.

Tout avait été si rapide qu'ils en restèrent bouche bée.

Une flèche ricocha aux pieds de Jon et ils sortirent de leur stupeur pour reprendre la descente à toute vitesse.

Ils n'avaient pas fait dix foulées que Mia, une autre Pan, s'effondra à son tour en poussant un cri, une flèche dans la cuisse. Deux garçons la soulevèrent par les bras et l'aidèrent à continuer.

– Tobias, couvre-nous avec ton arc ! lança Matt.

– Je n'ai pas la portée, ils sont plus haut et trop loin !

– Donne-le-moi !

Matt s'arrêta, laissa passer le cortège et visa les deux soldats en armure. Il tendit la corde jusqu'à ce que le bois craque et décocha son tir qui fusa entre les deux hommes. Une deuxième puis une troisième flèche, même si elles manquaient leur cible, ralentirent leurs poursuivants.

Matt se précipita pour rejoindre les autres.

Les soldats ne cherchaient plus à s'approcher, ils conservaient une distance de sécurité.

Un quart d'heure plus tard, les Pans se relayèrent pour accompagner Mia qui grimaçait en luttant avec courage contre la douleur.

Mais le marathon avait eu raison de leur résistance. Jon trébucha et ne dut son salut qu'aux réflexes de Tobias.

– Il faut… faire… une pause, sollicita Jon, tout essoufflé.

– Les gardes ont ralenti, ils se sont même assis tout à l'heure, rapporta Colin, si on n'en fait pas autant, jamais nous ne parviendrons en bas sains et saufs !

À contrecœur, Tobias acquiesça et tous se laissèrent choir sur les marches glissantes. Les deux Cyniks n'étaient plus que deux taches sombres loin au-dessus.

– Cinq minutes, pas plus, avertit Matt.

Il se pencha sur la cuisse de Mia et examina sa blessure.

– Il faudrait te retirer la flèche.

– Non ! Pas maintenant, supplia-t-elle. Ça fait déjà bien assez mal comme ça !

Matt observa les huit Pans qui accompagnaient Tobias et Colin.

– Ambre est en sécurité ?

– Elle s'occupe de notre moyen de transport, révéla Tobias.

– Merci d'être venus à mon secours, dit Matt, un peu gêné, à toute la troupe.

– C'est vrai que tu vas nous sauver ? demanda une jeune Pan.

– Nous quittons cet endroit, pas vrai ? fit un autre.

Matt bégaya quelques mots et Tobias intervint :

– Si tout se passe bien, il y aura un dirigeable en bas dans la plaine, pour nous ramener chez nous. (Il pivota vers Matt pour ajouter :) Désolé, je crois que le périple chez les Cyniks s'arrête ici pour nous, il est grand temps de remonter dans le Nord, tu ne crois pas ?

– Je suis venu ici pour obtenir des réponses et je les ai eues. Ce ne sont pas celles que j'attendais, cependant il faut que j'aille à Eden sans plus tarder. C'est une question de survie !

Tobias parut soulagé.

– Je suis content que pour une fois tu saches t'arrêter ! J'ai cru que tu voudrais aller jusqu'au bout, voir cette Malronce de malheur !

– Tout compte fait, c'est une très mauvaise idée.

– Tu n'imagines pas à quel point ! Dès qu'on sera à l'abri sur le dirigeable, je dois te parler de quelque chose de très important qui te concerne.

– Avant cela je remonte à bord du *Charon*, prévint Matt. Je ne laisse pas Plume avec les Cyniks. Au fait, et ce dirigeable il vient d'où ?

– C'est une histoire qui attendra un peu !

Matt pointa son pouce vers Colin :

– Et lui ?

– Il nous aide.

– Es-tu sûr qu'on peut lui faire confiance ? Aux dernières nouvelles, c'était un traître mort noyé !

– Je pense que sa vie a beaucoup changé. Sans lui, je n'aurais jamais pu te sortir de là.

– J'espère que nous n'aurons pas à le regretter.

Jon se pencha entre eux :

– Les deux types se rapprochent, il faut y aller !

Ils mirent une heure de plus pour atteindre le bas du tunnel fourbus, moites et hypnotisés par la cadence répétitive de la descente.

Cinq wagons étaient parvenus jusqu'ici pour s'écraser contre un mur, répandant des débris de métal partout.

Un peu plus loin, une longue jetée de pierre courait au milieu d'un lac souterrain ; le *Charon* y était amarré. La grotte était aussi grande que celle de la ville, avec une ouverture béante à son extrémité. Il faisait encore nuit.

Colin montra une porte massive tout au bout du quai :

– C'est une sortie vers la plaine !

– Très bien, fit Matt, attendez-nous là-bas, le temps que le soleil se lève. Si nous ne sommes pas redescendus du *Charon* à l'aube, sortez et foncez vers le dirigeable. Tobias, tu m'accompagnes ?

– Je viens tout juste de te retrouver, ce n'est pas pour t'abandonner maintenant !

Les deux garçons se faufilèrent sur la passerelle du navire. Le pont était désert, trois lanternes brûlaient, et Matt distingua un matelot sur la dunette arrière, endormi sur un tabouret.

– C'est à l'avant, prévint-il en se glissant par l'écoutille.

Plume était là où il l'avait laissée la dernière fois. La chienne le couvrit de coups de langue et se frotta à lui lorsqu'il entra dans la cage.

– C'est fini, ma chienne, tu quittes cet endroit infâme.

Tobias fut la cible de longues retrouvailles pendant que Matt s'équipait avec ses affaires enfin retrouvées.

Ils remontaient sur le pont principal lorsqu'un matelot croisa leur chemin dans une coursive. Il s'immobilisa en voyant les adolescents et ses yeux se remplirent de terreur en constatant qu'ils étaient suivis par un chien remplissant tout le couloir.

– Alerte ! hurla-t-il. Alerte !

Matt bondit sur lui et le fit taire d'un coup de lanterne sur le crâne.

– Je crois que c'est trop tard, fit Tobias inquiet.

A peine jaillissaient-ils sur le pont que cinq autres hommes d'équipage accouraient à leur tour. Deux tenaient de longs couteaux et un troisième une gaffe pointue. Matt sortit son épée et serra les paumes sur le cuir de sa poignée. Cette sensation lui avait manqué, se rendit-il compte.

Avec sa lame, il se sentait plus fort.

Deux matelots approchèrent, il trancha en deux la gaffe du premier et perfora le pied du second alors qu'il visait la cuisse.

Il allait se faire embrocher par le flanc lorsqu'une flèche décochée par Tobias coupa la course d'un troisième assaillant.

Plume sauta sur les deux derniers, les crocs en avant, et ils roulèrent sur le plancher en hurlant de peur.

Matt dégagea son épée du pied de sa victime et d'un puissant coup de coude en pleine tempe, l'envoya rouler sur un tas de cordages.

Celui qui tenait la gaffe réduite à un simple bâton les contemplait avec incrédulité. Il recula et courut s'enfermer dans une cabine.

Plume suscita des réactions très partagées parmi les Pans quand Matt et Tobias les rejoignirent à la porte, avant que tout le monde comprenne qu'ils n'avaient rien à craindre.

– Il fait toujours nuit ! s'affola Colin en désignant l'extrémité du lac.

– Personne ne sort sans le soleil, dit Tobias. Les Mangeombres ne feraient qu'une bouchée de nous.

– Ils viennent jusqu'en bas des falaises ? s'étonna Matt.

– Je l'ignore, mais je ne prendrai pas le risque d'aller vérifier.

Jon fixait le bas du tunnel du funiculaire.

– Tu en es sûr ? Parce que je crois bien qu'on va avoir de la visite !

Des lanternes s'agitaient en enfilade dans l'escalier, et le cliquetis de nombreux hommes en armures se mêlait au tumulte des eaux farouches.

45.

Les miracles n'existent pas

Une soixantaine de guerriers Cyniks se tenaient sur le quai.

Prostrés tout au bout contre la porte, Matt, Tobias et les Pans comptaient les minutes avant d'être repérés.

– Il faut sortir, dit Matt.

– Impossible ! contra Colin. Les Mangeombres vont nous dévorer !

– Tu crois que nous tiendrons longtemps face aux soldats ?

– Moi je préfère mourir plutôt que d'avoir à nouveau un anneau dans le ventre ! protesta l'un des Pans qui aidait Mia à marcher.

– Pareil pour moi ! confia-t-elle.

Les autres approuvèrent largement. La fuite leur avait redonné plus d'entrain et de dynamisme.

Matt prit la grosse poignée d'acier dans une main.

– À mon signal, vous foncez le plus vite possible, dit-il.

– Cherchez le dirigeable, ajouta Tobias.

Le vantail grinça et attira l'attention des Cyniks qui se mirent à charger.

– Maintenant ! s'écria Matt.

La nuit était lourde sans les embruns des chutes d'eau. Sous les étoiles nombreuses, il ne faisait pas aussi sombre que dans la grotte. Les Pans s'écartèrent de la falaise, contournant un goulet étroit et débouchèrent sur un promontoire dominant le fleuve. Une forêt de sapins s'étendait sous leurs pieds, recouvrant la colline jusqu'à la berge. Derrière eux, l'impressionnante falaise les coupait du monde, le pic les écrasant de sa masse colossale.

– Où est le dirigeable ? cria Colin. Tobias, tu es certain qu'Ambre a eu ton message ?

– Catégorique. Je flaire plutôt un sale coup du Buveur d'Innocence !

Ils pouvaient entendre la troupe avancer dans leur dos, hésitant à les poursuivre à l'extérieur.

– À quelle heure est le rendez-vous ? demanda Matt.

– À l'aube !

– Alors rien n'est perdu, regardez, le ciel blanchit à l'est, elle ne va plus tarder.

– De toute façon, avec la paroi si proche, jamais le dirigeable ne pourra nous récupérer ici, prévint Colin. Il faut descendre vers cette clairière au bord du fleuve.

Des cris étranges, aigus comme ceux d'un rapace et s'achevant par une sorte de ricanement, s'élevèrent de la falaise.

Des formes longilignes sortaient de cavités obscures.

– Les Mangeombres ! s'écria Colin. Courez !

À peine s'étaient-ils élancés que les créatures planaient à toute vitesse au-dessus des rocs.

Matt fermait la marche, leur situation lui sauta aux yeux . jamais Mia et ses deux porteurs n'atteindraient la clairière. Il siffla pour appeler Plume et aida la jeune fille à se hisser sur son dos. Ainsi, tous pouvaient donner le meilleur d'eux-mêmes pour espérer échapper aux monstres à tête blanche.

– Et si le dirigeable… ne vient pas ? fit Jon, haletant.

– L'aube se lève… il faudra les repousser jusqu'à ce que le soleil nous vienne en aide ! répliqua Matt, également essoufflé.

Les Mangeombres dévalaient l'escarpement, ils seraient bientôt là. Matt multipliait les coups d'œil par-dessus son épaule pour se préparer au pire : le combat.

Dès qu'ils passèrent sous les branches des sapins, Matt se sentit plus rassuré, les Mangeombres ne pourraient plus planer sans risquer de percuter un tronc.

Pourtant les premiers continuèrent leur vol en pénétrant dans la forêt ; Matt en vit deux qui se rapprochaient dangereusement.

Il lâcha le groupe et se tourna, le premier Mangeombre ne s'attendant pas à pareil mouvement, se redressa trop tard et Matt le décapita tout net lorsqu'il passa à son niveau.

Le second referma ses petites ailes et sortit ses griffes pour se poser. D'un moulinet Matt, découpa un méchant sillon dans ce qui devait être le torse de l'animal. Plusieurs couches de peaux noires se détachèrent et un fluide épais s'envola. Le sang du Mangeombre sortait de son corps comme s'il était en apesanteur ou dans l'eau, un nuage sombre se répandait dans l'atmosphère.

Les crocs du monstre se dévoilèrent et il se ramassa sur lui-même pour se préparer à bondir sur sa proie.

Matt l'accueillit avec la pointe de son épée qui lui traversa le crâne.

Des cris de douleur montèrent de la forêt.

Ils sont télépathes ? s'étonna le garçon avec un frisson glacé le long de l'échine.

Matt se dégagea péniblement du Mangeombre qui l'écrasait et se remit à courir, l'épée au poing.

Ses camarades venaient à peine d'arriver dans la clairière, le fleuve coulait derrière une barrière de roseaux et de fougères

Est-ce que les Mangeombres savaient nager ? Matt n'était pas très confiant en cette idée, mais s'ils n'avaient plus le choix, ils pourraient toujours se jeter à l'eau.

Le groupe forma un cercle tandis que des ombres s'affolaient à l'orée de la clairière, entre les sapins et les pins.

Le ciel blanchissait de plus en plus à l'est. Mais pas assez vite pour redonner espoir aux Pans qui se recroquevillaient les uns contre les autres.

Les Mangeombres sortirent des ténèbres, se déplaçant sur leurs longues griffes, protégés par leurs ailes qui formaient une sorte de manteau.

Tobias pointa son doigt vers le plus proche et Matt vit le front du monstre s'ouvrir sur un œil translucide.

– C'est lui qui va nous flasher ! Pour mettre nos ombres en évidence !

Matt sortit du cercle pour faire face au flasheur. Deux autres Mangeombres accoururent en se léchant les babines d'une langue gluante et noire.

Le premier flash aveugla Matt. Les Mangeombres se jetèrent sur lui et furent reçus par deux coups de lame. Un des deux ne se releva pas.

Second flash. Matt sentit une violente douleur dans le dos, comme si on lui arrachait la peau. Il hurla.

La flèche de Tobias cueillit le Mangeombre dans ce qui lui servait de nuque. Il tomba raide mort aussitôt.

À bout portant, l'adolescent était un bien meilleur tireur.

– Ne les laisse pas approcher de ton ombre ! prévint-il.

Libéré de sa souffrance, Matt sauta vers le flasheur et l'empala par l'œil transparent. Le même sang vaporeux s'échappa de la blessure mortelle tandis que d'autres Mangeombres surgissaient un peu partout.

– Ils sont trop nombreux ! hurla Mia depuis le dos de Plume

Matt se rapprocha de Tobias.

– Tu es prêt à foncer vers le fleuve ?

– Si on fait ça nous serons forcément séparés et le dirigeable ne nous trouvera pas !

– Une meilleure idée ?

Colin se mit à crier comme un fou :

– Le voilà ! Le voilà ! La nacelle du maître !

La méduse fendit la brume développée par l'immense chute d'eau, cinq cents mètres au-dessus de leurs têtes.

– Aide-moi à les tenir à distance, demanda Matt à Tobias.

Plusieurs flèches fusèrent pour effrayer les Mangeombres et Matt faisait tournoyer son épée devant lui. Mais les créatures se rapprochaient toujours.

Un autre flasheur s'avança et cette fois Matt ne put l'approcher car trois Mangeombres l'encadraient. Les flashs reprirent. Matt coupait et tranchait tout ce qui passait à portée de bras ; des coups de griffes l'écorchèrent, il pouvait même sentir l'haleine putride des créatures.

Il en venait de partout à la fois, deux nouveaux remplaçaient chaque Mangeombre abattu.

Une fille hurla dans le dos de Matt alors que deux assaillants s'activaient sur son ombre. Matt prit une pierre et la lança de toutes ses forces pour tenter d'en assommer un et il manqua son coup.

Plume s'abattit sur eux, et d'un coup de mâchoires sectionna une aile avant d'écraser le second.

Stu, de son côté, eut à peine le temps de crier qu'il fut happé et entraîné dans un gros buisson par trois Mangeombres. Trois flashes s'en échappèrent et les jambes du pauvre garçon cessèrent de tressauter.

Le carnage ne faisait que commencer, comprit Matt, désespéré.

Soudain une échelle de corde tomba du ciel.

L'énorme masse gélatineuse les dominait, ondulant sans un bruit.

Reprenant espoir, Matt et Tobias redoublèrent d'efforts pour protéger autant que possible la retraite de leurs compagnons et ils se retrouvèrent bientôt seuls avec Plume et Mia. Tous les autres étaient parvenus à bord du dirigeable. Un filin, terminé par deux lanières en cuir large, suspendu à une poulie, flottait au-dessus des trois derniers adolescents.

Tobias fit des grands signes vers la nacelle :

– Plus bas ! Plus bas !

Pendant ce temps Matt donnait des coups d'épée tandis que des flashes les enveloppaient de toutes parts. Les Mangeombres se rapprochaient encore, esquivant les coups de lame et cherchant à bondir sur l'ombre de leurs proies.

Le dirigeable concéda encore un peu d'altitude et Tobias s'empara des lanières pour sangler Plume. La chienne s'envola brusquement. Tobias soutint Mia qui était incapable de poser sa jambe à terre.

– Nous ne pourrons jamais remonter par l'échelle, avoua-t-il. Les Mangeombres sont trop rapides !

– Ne les laisse pas me prendre ! le supplia la jeune fille.

Deux gros tonneaux chutèrent par le hangar du dirigeable et Tobias reconnut le système d'alimentation en eau.

– Matt ! s'époumona-t-il. Saute dans les tonneaux !

Le dirigeable commençait à s'éloigner.

Tobias attrapa la première barrique au passage et renversa Mia à l'intérieur en se hissant par-dessus.

Matt perfora un Mangeombre qui tentait de sucer son ombre et, d'un bond, plongea à son tour sur le second tonneau.

Aussitôt, le dirigeable prit de l'altitude et les trois Pans se balancèrent dans le vide.

Ils furent remontés à mesure que le dirigeable s'éloignait et que le soleil naissant recouvrait la clairière de ses premiers pétales flamboyants.

Les Mangeombres gémirent, un long ululement triste, et disparurent dans la forêt.

Une fois hissés à bord, Matt et Tobias roulèrent hors des tonneaux, épuisés.

Ils avaient quelques écorchures, de belles ecchymoses, mais rien de grave.

Quelqu'un se mit à applaudir dans le hangar et Matt se redressa, surpris.

Le conseiller spirituel se tenait en face de lui, tout sourires, frappant dans ses mains. Un autre type à fine moustache blanche se tenait à ses côtés, et quatre gardes armés.

– Spectaculaire cette petite évasion ! Mais je crains qu'elle n'ait pas servi à grand-chose. Bill, mettez le cap au sud. Notre Reine nous attend !

46.

Combinaison des trois altérations

Matt et Tobias furent ligotés et jetés dans la cellule du hangar où s'entassaient déjà les sept autres Pans et une forme allongée.

Le Buveur d'Innocence attrapa Colin par l'oreille :

– Et toi, quelle mouche t'a piqué d'aller avec eux ?

– Je croyais que vous seriez content ! protesta le grand adolescent en grimaçant.

– Depuis quand t'autorises-tu à *penser* ce que je veux ? Je devrais te jeter par-dessus bord !

– Non, maître ! Je vous en supplie, je ferai tout ce que vous demanderez ! Pitié ! Pitié !

Le Buveur d'Innocence le lança contre le mur.

– Nous verrons cela plus tard ! Fais-toi discret d'ici là ! Je ne veux plus te voir !

La porte de la cellule se referma, plongeant les Pans dans le noir.

Tobias se démena pour sortir son morceau de champignon lumineux de sa poche et une clarté argentée illumina la petite pièce.

Ils étaient collés les uns contre les autres.

La forme allongée gesticulait en se débattant sous la couverture.

Jon, les mains liées dans le dos, parvint à attraper le bout de tissu et à le tirer.

Ambre était ficelée, bâillonnée et ses yeux étaient recouverts d'un morceau de voile.

– Ambre ! s'exclama Matt en rampant vers elle.

Jon tira sur le bâillon pour lui permettre de s'exprimer :

– Matt ? Toby ? C'est vous ?

– Oui ! Nous sommes là !

– Je suis désolée ! J'ai complètement échoué.

– Il ne t'a pas fait de mal au moins ? s'angoissa Tobias qui connaissait le Buveur d'Innocence.

– Il... Il a essayé de me poser un anneau ombilical. (Un murmure accompagné d'un frisson collectif parcourut les prisonniers.) J'ai bien cru que c'était fini pour moi... Et puis, dans un dernier sursaut, je suis parvenue à me concentrer pour utiliser mon altération et projeter l'anneau de l'autre côté du hangar. Ça l'a calmé aussitôt ! Il était fou de rage et je voyais bien qu'il me craignait en même temps ! Il a peur de l'altération ! Il a finalement renoncé et m'a attachée ici.

– Tu l'as échappé belle ! la félicita Tobias.

– À cause de moi, nous en sommes là ! s'énerva-t-elle.

– Le conseiller spirituel nous emmène à Wyrd'Lon-Deis, lui rapporta Tobias.

– Qu'est-ce que vous savez de cet endroit ? demanda Matt.

Jon répondit en premier, avec la spontanéité de celui qui craint les mots qu'il emploie :

– Le cœur des terres Cynik, royaume de la Reine Malronce, on dit que sa forteresse est hantée, protégée par des marais dangereux et des créatures terrifiantes !

– C'est aussi là-bas que sont les mines et les forges qui produisent les armes, précisa Ambre, et une partie de son armée.

– Autant dire que si on y entre prisonniers, jamais on n'en sort, fit Tobias.

– Nous n'irons pas, trancha Matt. Jon, est-ce que si je viens vers toi, tu peux défaire mes liens ? Je pourrais forcer la serrure ensuite.

– Il n'y en a pas, l'informa Ambre. La porte ne peut s'ouvrir que de l'extérieur et elle est très lourde, tu ne pourras pas l'enfoncer. Dites, est-ce que quelqu'un pourrait m'ôter ce que j'ai sur les yeux ?

Jon la libéra de son foulard aveuglant et s'occupa de Matt.

– Je n'y arrive pas, avoua-t-il après des essais infructueux, le nœud est trop petit et trop serré.

Quelqu'un se mit à gémir dans un angle.

– C'est Mia, rapporta Perez, un grand Pan avec un duvet noir sur le visage. Elle dort, mais la flèche est encore dans sa cuisse et elle saigne beaucoup.

Matt se leva tant bien que mal et cogna la porte de l'épaule. N'obtenant pas de réponse, il insista, de plus en plus fort.

La voix d'un garde parvint, étouffée, de l'autre côté :

– Oh ! C'est fini là-dedans ?

– Nous avons un blessé ! s'écria Matt. Elle a besoin de soins ! Tout de suite !

Le garde répondit par des grognements de mécontentement et revint avec le Buveur d'Innocence.

– Qui est blessé ? voulut-il savoir.

– Mia, une fille parmi nous, si vous voulez qu'elle survive au voyage, il faut la soigner !

La porte s'ouvrit et Tobias se coucha sur son champignon pour le dissimuler.

– Fais-moi voir son visage ! commanda le Buveur d'Innocence.

Perez écarta les cheveux de Mia comme il put et le Buveur d'Innocence la jaugea avec un peu d'hésitation.

Dans son dos, Matt aperçut Plume au fond du hangar, retenue par une longe.

– Qu'est-ce que vous faites ? s'indigna Jon.

– Je regarde si elle vaut la peine que je fasse un effort ! Oui, elle est mignonne. Il y aura quelque chose à en tirer. Gardes ! Prenez cette fille et amenez-la-moi dans ma cabine, je vais m'occuper de sa plaie.

Mia disparut et la porte se referma aussitôt.

– Je ne suis pas sûre que ce soit une bonne idée de la laisser seule avec lui, fit remarquer Ambre.

– C'était ça ou la mort à échéance, répliqua Matt.

– Alors, comment on sort ? intervint Tobias.

Matt soupira.

– Je l'ignore. Mais il faut trouver. Et vite.

Les heures passaient et Matt n'entrevoyait qu'une seule option.

Compter sur l'aide de l'extérieur.

Colin n'était manifestement pas enclin à trahir une seconde fois son maître.

– Ambre, tu pourrais te servir de ton altération sur un mécanisme à dix mètres environ ?

– Si c'est une manœuvre simple et que je vois le mécanisme, c'est possible, à quoi tu penses ?

– Plume est au fond du hangar. Si tu peux déclipser la longe qui la contraint, je suis sûr qu'elle nous aidera.

– Pour ça la porte doit être ouverte !

– J'en fais mon affaire. Toby, lorsque le garde va entrer, je vais le retenir aussi longtemps que possible, mais tu devras sauter sur la porte pour la maintenir ouverte, d'accord ?

– Je m'en charge.

Matt se mit à cogner avec son épaule une nouvelle fois, le garde ne tarda pas à revenir, toujours aussi peu aimable :

– Silence ! Si vous ne vous calmez pas, je rosse la chienne ! C'est compris ?

– Il fait beaucoup trop chaud là-dedans ! s'écria Matt. Nous étouffons !

– Pas mon problème !

– S'il vous plaît ! Donnez-nous au moins un peu d'eau ! Si nous sommes tous morts à l'arrivée, c'est vous qui aurez des ennuis !

Cet argument sembla toucher une corde sensible, le garde revint ouvrir pour poser un seau d'eau tiède au milieu de la cellule.

Matt se jeta sur l'homme de toutes ses forces pour l'écraser contre le mur opposé. Aussitôt, Tobias jaillit, à une vitesse folle, il repoussa le battant de la porte qui vint cogner contre une caisse.

Ambre focalisa son regard sur la longe, puis le mousqueton qui retenait Plume prisonnière.

Matt, qui avait encore les mains attachées dans le dos, reçut un crochet dans l'estomac, tout l'air de ses poumons s'échappa et il tituba. Le garde saisit Tobias par les cheveux pour le repousser au fond de la cellule et donna un coup de pied dans le seau d'eau qui se renversa :

– Ça vous apprendra à jouer avec moi ! dit-il avec méchanceté. Les gamins, je les mate !

Il allait les enfermer à nouveau lorsque Plume l'envoya, d'un mouvement des pattes arrière, s'assommer contre la paroi.

Matt s'empara du couteau à sa ceinture et trancha les liens de Tobias qui put à son tour libérer tout le monde.

Ils ligotèrent le garde dans la cellule et, avant de sortir, Matt lui lança :

– Tu n'es pas tombé sur les bons gamins, on dirait !

Dans le couloir, deux autres gardes approchaient avec méfiance, alertés par le bruit. L'un tenait son épée à deux mains.

En se retrouvant face à face avec la troupe de Pans, les deux Cyniks marquèrent une courte hésitation.

Qui suffit à Ambre pour contrôler l'épée et l'écraser sur le visage du premier, lui brisant le nez avec le plat de la lame pendant que Tobias lançait quatre boîtes de conserves débusquées dans le hangar en moins de trois secondes pour faire trébucher le second.

Les autres Pans sautèrent sur eux pour les attacher et les enfermer dans la cellule à leur tour.

– Nous avons besoin de nos armes, dit Matt. Il est grand ce dirigeable ?

– Plutôt. J'ai peur que notre équipement soit avec le reste des Cyniks, certainement dans le salon, dit Tobias. S'ils n'ont rien entendu, avec nos trois pouvoirs combinés on peut les avoir facilement.

– Nous sommes avec vous ! firent deux voix en chœur.

Jon s'empara d'un filet et Perez de l'épée du garde. Les autres restèrent en retrait.

Ils remontaient la coursive en direction du salon lorsque des mains surgirent du plafond pour arracher Ambre au sol en la tenant par les cheveux et les épaules. La jeune fille cria et disparut sur le toit de la nacelle.

L'ennemi venait de se constituer un otage.

47.

Duel dans les nuages

Matt avait bondi à l'échelle pour jaillir sur le toit de la nacelle.

Le conseiller spirituel arracha Ambre aux bras de son garde et lui posa la pointe d'un couteau sur la gorge.

– Vous n'arrêterez jamais ? s'énerva-t-il en toisant Matt.

– Vous avez oublié notre surnom ? lui demanda Matt. Les Pans, fils de Peter Pan, les enfants qui ne veulent pas grandir et qui sont épris de... liberté ! Ça vous surprend que nous refusions d'être enchaînés et enfermés ?

– Ne fais pas le sot. Malronce te traitera bien, tu n'images pas à quel point tu seras bien reçu !

– Il sera dépecé ! clama Tobias. Pour poser sa peau sur le Testament de roche !

Le conseiller fusilla Tobias du regard.

Brusquement il força la lame contre la peau d'Ambre qui s'ouvrit pour laisser passer un filet de sang.

– Reculez ! hurla-t-il. Reculez tous ou c'est elle que j'écorche vive !

Ambre paniquait, tentait de desserrer la pression sur son cou sans y parvenir.

Jon et Perez parvinrent sur le toit à leur tour.

Le garde avait pris un arc et le braquait vers les Pans, la pointe de sa flèche tremblait à cause du stress.

– Posez vos armes ! hurla le conseiller spirituel.

Matt secoua la tête

– Prenez-moi en échange.

– Recule, je t'ai dit ! Il n'y a pas d'échange, vous allez tous vous rendre et vous allonger sinon votre amie va se vider de son sang comme un cochon !

Les mâchoires de Matt se contractèrent.

– Ne vous en prenez pas à elle, avertit-il.

– De quel droit me donnes-tu des ordres !

Il s'affolait, Matt pouvait le sentir. La situation lui échappait totalement et le Cynik perdait le contrôle de ses nerfs. C'était à la fois dangereux pour Ambre, il risquait de l'égorger, et en même temps un bon point car cela allait diminuer sa vitesse de réaction.

Matt se basait sur sa propre expérience, aussi courte fût-elle. *Tu n'aurais pas dû t'en prendre à Ambre !* s'entendit-il penser avec colère.

Matt tenait un poignard subtilisé à l'un des gardes.

S'il y mettait la force, il transpercerait le conseiller spirituel.

Sauf qu'il n'avait pas l'agilité pour toucher sa cible.

Il chercha le regard d'Ambre.

– Ambre ! dit-il. Fais avec moi ce que tu fais avec Tobias !

La jeune fille cligna des paupières et Matt prit cela pour un oui.

J'espère qu'on s'est bien compris toi et moi !

Cependant le garde le devança, crispé par la tension, la corde de son arc lui échappa et la flèche passa entre Matt et Jon pour se planter dans Perez qui tituba avant de passer par-dessus bord.

Tobias se jeta sur la rambarde pour le retenir.

Perez était déjà trois mètres plus bas, dans le vide. Il disparut brutalement dans la cime d'une forêt.

Matt propulsa le poignard de toutes ses forces.

L'arme tournoya en fonçant droit sur Ambre.

Puis la trajectoire s'altéra sensiblement et remonta pour venir frapper le conseiller en plein visage.

Le manche cogna contre sa joue et l'emprise autour d'Ambre se défit immédiatement. Le conseiller trébucha, cracha deux dents et du sang et, avant qu'il puisse saisir à nouveau Ambre par les cheveux, Matt se tenait devant lui.

L'adolescent lui décocha un coup de pied avec une telle fureur que les côtes du Cyniks se brisèrent et il décolla du sol.

Emporté par son élan il allait passer par-dessus bord à son tour lorsque ses mains saisirent un des filaments qui retenaient la nacelle.

Pendant ce temps, Jon avait lancé son filet sur le garde et le rouait de coups avec l'aide de Tobias. L'homme tomba à genoux en se recroquevillant.

Ambre se jeta dans les bras de Matt. Les cheveux blonds et roux de l'adolescente, balayés par les vents, fouettèrent les traits du garçon qui regardait le conseiller se débattre avec le filament dans lequel il était empêtré.

Il criait et couinait et une petite fumée blanche s'échappait de ses mains. Puis les filaments commencèrent à l'absorber, il était entraîné vers le corps de la méduse.

Il n'y avait rien à faire pour sauver le conseiller d'une mort abominable.

Matt se demanda alors s'il en avait vraiment envie. Les hurlements insupportables du Cynik le firent douter. Ils ne pouvaient le laisser souffrir ainsi. Il n'était pas comme eux.

Tobias devait en penser autant car il s'était emparé de l'arc et tira une première flèche qui manqua sa cible. La seconde, guidée par Ambre, se planta en plein cœur.

Tel un pantin désarticulé qui quitte la scène, le conseiller continua d'être remonté par le filament avant que la masse gélatineuse de la méduse ne l'absorbe progressivement.

Colin et le Buveur d'Innocence s'étaient enfermés dans le poste de pilotage. Matt força le passage et avant même que le Buveur d'Innocence puisse s'emparer de sa dague, Matt le frappa si fort au visage que l'adulte vacilla.

Colin leva les mains pour se rendre.

– Je suis avec vous ! sanglota-t-il. C'est lui qui m'a forcé !

Matt l'attrapa sans ménagement par le bras et Tobias prit la défense du blond aux traits ingrats :

– Rappelle-toi que sans lui nous n'aurions pas pu te sauver.

– Oui, c'est vrai ! gémit Colin. C'est moi qui lui ai présenté Jon et sa bande ! Je suis de votre côté !

Matt l'étudia avec une intensité troublante dans le regard.

– Très bien, tu rentres avec nous, le conseil d'Eden décidera de ton sort !

Ambre s'était installée aux commandes :

– À basse altitude je pense y arriver mais là, si haut, avec les vents, je ne garantis pas de pouvoir nous conduire !

– Moi je le peux ! s'écria Colin.

Matt hésita puis lui fit signe de s'asseoir.

– Quelle direction je prends ? demanda Colin

– Le nord. Nous rentrons chez nous.

48.

Voyage vers le nord

Pendant tout l'après-midi, Colin forma Ambre et Jon au pilotage et ce dernier était en poste en fin de journée lorsque Matt rassembla tous les Pans dans le hangar.

Le Buveur d'Innocence et les quatre gardes étaient à l'arrière, ligotés et bâillonnés.

— Est-ce que quelqu'un s'oppose à ce que nous nous débarrassions d'eux ? sonda Matt.

— Certainement pas ! fit une Pan du nom de Nournia.

— Nous allons les jeter dans le fleuve, à eux de se débrouiller ensuite.

— Pourquoi pas les tuer ? fit Mia qui boitait et souffrait de sa blessure bandée.

— Assez de sang a déjà été versé ! s'opposa Matt.

— Perez, Jordan et Stu sont morts à cause des Cyniks !

— Et un autre Pan dont nous n'avons jamais su le nom, compléta Tobias en repensant à l'extraction de l'anneau ombilical qui avait mal tourné.

— Je ne tuerai personne de sang-froid ! s'indigna Matt. Nous ne deviendrons pas comme eux !

Il souleva la trappe du hangar qui dévoila trente mètres de

vide au-dessus des eaux vertes du fleuve. Les Cyniks se mirent à protester et à gesticuler. Un par un, Matt les tira vers le vide. Il leur coupa les liens afin qu'ils puissent nager et les poussa sans ménagement.

Colin assistait au spectacle avec horreur, s'imaginant probablement à deux doigts d'être condamné au même châtiment.

Vint le tour du Buveur d'Innocence.

Ambre s'approcha et demanda le couteau à Matt qui le lui donna.

Pourtant au moment de le faire tomber, Ambre ne lui libéra pas les mains.

Les yeux du Cynik s'agrandirent quand il comprit, il cria sous son bâillon et Ambre posa un pied dans son dos, prête à le pousser :

– Pour toutes les perversions commises, je laisse le fleuve décider si vous devez vivre ou périr, dit-elle sans émotion.

Son pied projeta le Buveur d'Innocence dans le vide.

La silhouette du Cynik se tortilla pendant la courte chute, avant de heurter les eaux limoneuses et de s'y enfoncer.

Tous les Pans à bord observaient Ambre, avec crainte, et parfois admiration.

Elle ignora leurs regards et quitta la pièce.

Le soir, durant le dîner dans le grand salon, Matt exposa à l'assemblée toute leur histoire pendant que Ambre pilotait le dirigeable. Leur traversée de la Forêt Aveugle, son portrait sur les avis de recherche de la Reine Malronce, et leur mission pour découvrir ce qu'il advenait de tous les Pans capturés ; il n'omit aucun détail, allant jusqu'à raconter qu'il était pourchassé par une créature terrifiante, bien plus menaçante que tous les Mangeombres du monde : le Raupéroden.

– S'il se déplace dans un orage, comme tu le prétends, releva Colin, alors il est facile de lui échapper !

– Non parce qu'il surgit très vite, et que nul Pan ne court plus vite qu'une tempête ! Et si l'orage est son véhicule comme je le suppose, il n'est pas obligé de voyager avec, c'est juste une parure ! Nous l'avons semé grâce à la Forêt Aveugle, hélas, je sais qu'il ne lâchera pas aussi facilement. C'est comme si j'étais une... une obsession !

– As-tu essayé de communiquer avec lui ? Peut-être n'est-il pas si méchant ! Peut-être qu'une alliance est possible !

– Il a ravagé tout un village au nord de l'île où nous habitions, crois-moi, il n'a rien d'amical et il ne souhaite pas discuter.

– Alors que veut-il ? Pourquoi te pourchasse-t-il ? insista Mia.

– Je l'ignore, probablement la même chose que Malronce.

– Moi je sais ! intervint Tobias avec une pointe de fierté. C'est la Quête des Peaux ! C'est une sorte de prophétie que Malronce se plaît à répéter à ses ouailles. Les grains de beauté ne sont pas disposés au hasard sur la peau, ils sont un langage, et la peau d'un enfant doit révéler l'emplacement de ce que nous pensons être la source de toute vie.

– La source de toute vie ? reprit Nournia, incrédule.

– Oui, enfin c'est ce que nous en avons déduit. Et cette peau très particulière, c'est celle de Matt.

Toute l'attention convergea vers l'adolescent qui s'enfonça doucement dans son siège.

– Moi ? Pourquoi moi ?

– C'est comme ça, il n'y a peut-être pas de raison, en tout cas si tu es tant recherché par le Raupéroden et par Malronce, c'est à cause du message sur ton corps.

Tu veux dire le plan ? corrigea Colin

— Oui, c'est ça, une sorte de plan.

— Ouah ! s'exclama Jon. Tu m'étonnes qu'ils te veuillent tous !

— Et comment on le lit ce plan ? insista Matt.

— En posant… ta peau sur une table spéciale, que les Cyniks appellent le Testament de roche. Malronce se serait réveillée dessus après la Tempête.

— Très bien, cela les regarde, fit Jon, à partir du moment où ils ne mettent pas la main sur Matt, ce n'est pas notre problème !

— Oh ! mais nous en avons un de problème, enchaîna Matt. Et un gros ! Les Cyniks s'apprêtent à nous envahir. Ils vont nous déclarer la guerre d'ici peu de temps. Je connais toute leur stratégie, c'est pour ça que nous devons gagner Eden au plus vite.

Cette fois personne ne broncha. Tous ici avaient eu un aperçu des forces Cynik et savaient de quoi les adultes étaient capables.

Ils mesuraient pleinement ce qu'une invasion impliquait.

Les Pans venaient de devenir une espèce en voie d'extinction.

Lorsque tout le monde sortit pour aller se coucher, Matt entraîna Tobias un peu à l'écart.

— Dis, tu sais ce qu'il se passe avec Ambre ? Je la trouve un peu… bizarre. Ce qu'elle a fait avec le Buveur d'Innocence ne lui ressemble pas !

Tobias se mordit les lèvres et soupira.

— Écoute, je ne devrais pas te le dire, elle m'a fait promettre, mais je crois que c'est bien trop grave… Pour pouvoir suivre *le Charon*, nous avons pactisé avec le Buveur d'Innocence. Et Ambre est restée un petit moment en tête à tête avec lui.

— Que s'est-il passé ?

Tobias haussa les épaules, préférant ne pas partager ses doutes sur la nature exacte de ce que le Buveur d'Innocence avait pris à Ambre.

— En tout cas elle n'est plus tout à fait la même depuis, avoua-t-il.

— Je vais essayer de lui parler.

— Non, pas maintenant ! le coupa Tobias en lui prenant le poignet. Laisse-lui un peu de temps. Elle a besoin d'être seule.

Matt acquiesça et finit par prendre son copain par les épaules.

— Il s'en est passé des choses depuis la Tempête, pas vrai ?

— Ouais. On a pas mal changé.

— Toi surtout !

— Non, toi aussi, tu… tu t'es affirmé.

— Pourquoi tu dis ça ?

Tobias désigna la pièce où s'était déroulée leur assemblée :

— Tu n'hésites plus à prendre les décisions, tu fais preuve d'un esprit de commandement, bref, t'es définitivement une sorte de… leader !

Matt se mit à rire et Tobias le suivit, moins enthousiaste, car il pensait vraiment ce qu'il venait de dire.

Portés par des vents favorables, ils survolèrent la Forêt Aveugle seulement deux jours plus tard. Ambre et Jon se remplaçaient dans la journée tandis que Colin effectuait le pilotage de nuit, plus subtil avait-il expliqué.

Le paysage ne changea alors plus beaucoup pendant plusieurs jours, une mer végétale à perte de vue.

Après quatre journées, Ambre se demanda s'ils en verraient un jour le bout.

Malronce

Elle ne pouvait se douter qu'ils n'avançaient que de moitié. Chaque nuit, Colin opérait de larges cercles, ne s'occupant plus du tout d'aller vers le nord.

Il cherchait quelque chose.

Qu'il trouva lors de leur septième nuit à bord.

49.

Où Colin trouve sa place

Tobias avait le sommeil léger à bord. Même depuis le départ du Buveur d'Innocence il ne parvenait pas à dormir sans angoisses.

Il se réveilla avec le sentiment d'être malade.

J'ai l'estomac qui tourne...

Les flashes qui entraient dans sa cabine par le hublot lui soulevèrent le cœur avant qu'il comprenne qu'il ne s'agissait pas des Mangeombres mais juste d'un orage.

Il se leva en silence, il pouvait entendre la respiration assoupie de Matt.

Le nez collé à la petite vitre ronde, il vit des éclairs illuminer de gros nuages noirs.

Pourquoi on se dirige droit dessus ? Il faut les contourner ! Qu'est-ce qui lui prend à Colin ?

Tobias enfila son pantalon et son tee-shirt et sortit en direction du poste de pilotage. Il toqua à la porte et ne recevant pas de réponse entra.

Colin était concentré sur ses commandes, l'œil brillant.

– Même si nous sommes pressés, commença Tobias, il est préférable de faire le tour de cet...

Tobias remarqua que Colin tenait une partie des leviers dans les mains, arrachés.

– Qu'est-ce qui s'est passé ?

Colin, le regard fourbe, s'éloigna brusquement de Tobias.

– Je n'ai pas le choix ! dit-il sur le ton de la jérémiade. Tôt ou tard, vous finirez par me réserver le même sort qu'à mon maître !

– De quoi tu parles ?

– Je le vois bien avec Matt, il ne m'aime pas, personne chez vous ne m'aimera jamais ! Il n'y aura pas plus de place chez vous que chez les Cyniks pour un garçon comme moi !

– Oh non, fit Tobias en réalisant qu'il venait de se passer quelque chose de grave. Qu'as-tu fait ?

– Le monde est bien fait, pas vrai ? Alors j'ai forcément ma place quelque part !

Colin délirait, pris d'une bouffée de folie, et Tobias avisa le pupitre des commandes.

– Tu as tout saboté ! Comment va-t-on continuer ?

– Je dois me confronter à lui ! Tu comprends ? Peut-être que c'est auprès de lui que je trouverai ma place !

Tobias usa de sa vitesse pour bondir sur Colin et le gifler en espérant le réveiller :

– Mais de qui tu parles ?

Colin se tut, hagard. Puis il pivota vers la baie vitrée et l'orage.

– De lui, enfin ! Du Raupéroden ! J'ai écouté Matt en parler, j'ai tout essayé, il n'y a que cette entité pour me comprendre !

Tobias se figea. Les éclairs se multipliaient à toute vitesse, il n'avait pas pris le temps de l'observer auparavant, pourtant des griffes électriques serpentaient horizontalement, et il se déplaçait à contre vent.

Le Raupéroden !

Avant que Tobias ne puisse ressortir du poste de pilotage, ils étaient dans la tourmente de l'orage. Colin verrouilla la porte et attrapa Tobias par-derrière pour le plaquer contre la console.

– Viens avec moi ! Viens ! hurlait-il par-dessus le vent qui cognait contre la nacelle.

Tobias tenta de se dégager et reçut un violent coup sur le côté du crâne qui l'étourdit. Il se rattrapa à l'un des sièges pour ne pas s'effondrer et chercha à reprendre son souffle.

La porte enfoncée quelques jours plus tôt avait été réparée avec les moyens du bord, et elle semblait plus solide qu'auparavant car les coups se mirent à pleuvoir dessus sans qu'elle cède.

Colin fracassa la baie vitrée avec des morceaux de levier et la pluie s'engouffra à l'intérieur.

– Raupéroden ! hurlait-il dans les vents. Raupéroden !

Tobias se redressa juste à temps pour voir le sommet d'un sapin surgir. Ils n'étaient probablement plus au-dessus de la Forêt Aveugle, et volaient à basse altitude. La nacelle s'encastra dans l'arbre et le brisa en grinçant de toute part. Les aiguilles vertes flottaient dans le cockpit et Colin continuait de s'époumoner.

Des phares puissants balayaient le ciel depuis le sol et Tobias reconnut les échassiers. Deux paires de lumières se braquèrent sur la méduse puis sur la petite nef suspendue en dessous.

Tout d'un coup, une rafale d'éclairs vint frapper le dirigeable et la tempête se calma brusquement. Une forme noire flottait devant eux, un long drap de ténèbres ondulant dans l'absence de vent.

Un visage surgit en relief, une mâchoire agressive et un front interminable au-dessus d'orbites creuses.

Le Raupéroden les guettait.

– Approche, fit une voix gutturale et sifflante.

Colin, effrayé, monta timidement sur la console.

– Je… Je veux vous proposer… mon aide, balbutia-t-il. Si vous me prenez avec vous, je peux vous livrer Matt… le Matt que vous cherchez !

Les puits de ténèbres qui servaient d'yeux au Raupéroden s'élargirent et sa bouche s'ouvrit en grand. Le drap se plaqua contre Colin et il eut à peine le temps de hurler qu'il fut aspiré à l'intérieur.

Tobias cligna des paupières, Colin venait de disparaître *dans* le Raupéroden. Dévoré en un instant.

Il ne pouvait pas rester là.

Soudain la porte céda et Matt apparut avec Jon et Ambre.

La terrible voix résonna dans l'habitacle :

– Matt ! L'enfant Matt ! Viens à moi !

Avant que l'intéressé ne puisse réagir, la forme obscure se précipita à l'intérieur pour tenter de l'avaler.

Tobias sortit de son recoin et sauta vers eux, repoussant in extremis Matt et les autres dans le couloir.

Le Raupéroden se coula dans son dos et des mains jaillirent du drap noir pour soulever Tobias et l'enfourner dans la gigantesque mâchoire qui remplissait presque toute la surface du rectangle de tissu.

Tobias tendit la main vers Matt.

– Aidez-moi ! hurla-t-il. Aidez-moi !

Mais tout alla trop vite, la seconde suivante le drap se refermait sur lui et le Raupéroden l'engloutit dans le néant de son être.

Apercevant Matt, la créature frissonna, des éclairs fendirent le ciel, et touchèrent la méduse qui se contracta soudain. Une réaction électrique se propagea dans toute sa masse gélatineuse et, brusquement, elle grimpa vers les cieux, projetant le Raupéroden à l'extérieur.

La vitesse renversa tous les passagers de la nacelle, la méduse traversa les nuages et l'orage et fusa en direction des étoiles.

Puis des particules de sa substance molle se détachèrent et l'animal, blessé, fonça vers le nord en zigzaguant.

Elle se déplaçait plus rapidement qu'un cheval au galop, survola des collines, des lacs et même les lumières d'un village de Pans avant de perdre de plus en plus d'altitude.

À bord, personne ne parvenait à bouger, l'accélération les avait plaqués au plancher.

Un grand peuplier perfora la proue de la nacelle avant que le sommet d'un rocher l'éventre sur le flanc tribord. Des filaments se rompirent et la construction de bois se mit à flotter avant de venir percuter le sol dans une clairière. Elle éclata, et ce qui restait partit en tonneau pour finir sa course contre une butte.

La méduse était tout illuminée par l'électricité, transpercée par des éclairs bleus qui la déchiraient.

Puis elle s'échoua en soulevant un nuage de poussière.

Elle resta à briller d'une lueur bleue, une longue minute, puis elle mourut à son tour.

50.
Confidences sous les flammes

Le dirigeable avait pris feu et les débris fumaient encore une heure après le crash.

Une forme humanoïde s'approchait pour les sonder avec précaution. Elle repéra deux corps et s'agenouilla pour constater qu'ils étaient morts. Des adolescents.

Un animal qu'elle prit tout d'abord pour un cheval attira son attention. En s'apercevant que c'était un chien gigantesque, la silhouette se crispa et sortit sa hachette pour se préparer au pire.

Le chien léchait le visage d'un troisième garçon.

— Tu n'as pas l'air très agressif, pas vrai ? fit l'individu en s'approchant lentement.

Le chien l'ignorait totalement et il put ausculter brièvement le garçon. Il respirait encore.

— Hé, fit la forme, réveille-toi ! Allez ! Reviens à toi !

Matt ouvrit les yeux, sonné et paralysé par la douleur.

— Où suis-je ? murmura-t-il.

— Tiens, bois un peu d'eau. Je m'appelle Floyd, je suis un Long Marcheur. Je vous ai vus vous écraser au loin.

— Les autres…, comment vont-ils ?

— J'ai bien peur que tu sois le seul survivant.

– Non, c'est impossible, ils ne peuvent pas...

Matt se redressa en deux temps, la tête lui tournait et ses membres l'élançaient. Par chance, il n'avait rien de cassé, seulement des coupures et des bosses sur tout le corps. Plume le regardait en haletant, l'œil vif et rassuré. Elle ne semblait pas avoir trop souffert de l'accident.

Matt erra parmi les décombres et aperçut les dépouilles des deux Pans qui accompagnaient Jon, puis une troisième un peu plus loin. Puis Mia, recouverte par un morceau de cloison, l'épaule transpercée par une tige de fer. Floyd et Matt la dégagèrent et cela la réveilla, elle se mit à hurler et le Long Marcheur s'empressa de lui faire respirer une petite fleur qu'il transportait dans sa besace. Mia s'endormit immédiatement.

– Voilà qui devrait l'apaiser un moment.

Jon et Nournia titubèrent jusqu'à eux, les vêtements en lambeaux.

– Xian et Vernon sont morts, dit Jon les larmes aux yeux.

– Je sais, répondit Matt. Le garçon aux cheveux rasés aussi.

– Harold. Comment va Mia ?

– Elle a besoin de soins. Vous n'avez pas vu Ambre ?

Ils secouèrent la tête et Matt repartit sonder l'épave.

Il repéra la main de la jeune fille sous un bout de moquette roulée et la sortit de là en toute hâte. Elle respirait faiblement.

Matt ne savait pas comment s'y prendre, il avait déjà vu mille fois les secours à la télévision faire du bouche-à-bouche et un massage cardiaque et se demanda s'il ne fallait pas faire de même. Non ! Le cœur battait encore, sa poitrine se soulevait. Peut-être n'avait-elle pas assez d'air ?

Il se décida enfin à agir, mieux valait faire quelque chose que de la regarder mourir sous ses yeux !

Il colla ses lèvres sur celle de la jeune fille et insuffla de l'air.

Ambre toussa et se réveilla immédiatement.

– Oh ! ce que je suis content de te voir ! s'exclama Matt.

L'adolescente regarda autour d'elle sans comprendre ce paysage d'apocalypse.

– Pourquoi je suis dans tes bras ? questionna-t-elle doucement.

– Tu as mal quelque part ?

– Partout je crois.

Elle parvint néanmoins à bouger chaque membre, se rassurant sur son état général.

– Et Toby ? fit-elle soudain.

Matt avala sa salive péniblement.

Les larmes envahirent son regard.

– Le Raupéroden, chuchota-t-il, incapable de parler plus fort sans que sa voix se casse. Le Raupéroden l'a eu.

Ils étaient cinq rescapés dont Mia qui n'était pas vaillante.

Le soleil se levait, blanchissant l'horizon et chassant progressivement les étoiles. Aucun signe d'orage au loin.

Matt demanda à Floyd :

– Tu as vu une tempête dans le coin ?

– Non, rien. Il y avait des éclairs cette nuit, mais c'était loin au sud.

Ambre s'assit à côté de Matt et se serra contre lui pour chasser les frissons de froid, de fatigue et d'angoisse.

– Qu'est-ce qu'on fait ?

– Il faut rallier Eden, fit-il sombrement. Nous n'avons pas d'autre choix.

– Et... Toby ?

Matt serra les poings. Soudain, ce fut trop pour lui. Les larmes coulèrent sur ses joues tandis qu'il revoyait son ami se jeter pour les protéger et se faire avaler par le Raupéroden.

398

Ambre le prit dans ses bras et Matt pleura longuement.

Lorsque les sanglots se dissipèrent, Matt fit face à l'aube et lança une promesse :

– Quoi qu'il soit, je jure d'un jour le retrouver et de le détruire.

En fouillant toute la zone du crash, les Pans mirent la main sur une bonne partie de leurs affaires, sacs à dos et armes. Certains sacs s'étaient éventrés et plusieurs lames s'étaient brisées. Matt débusqua la sienne, intacte, et la rangea avec soin dans son baudrier qu'il enfila sur son dos.

Un jour viendrait où cette épée trancherait le voile noir du Raupéroden. Il en était certain.

Floyd avait fait un bandage à l'épaule de Mia, mais il n'était pas très optimiste :

– Il est impératif qu'elle soit soignée par des gens plus compétents !

– À quelle distance se trouve le village le plus proche ?

– Deux jours de marche.

– Et Eden ?

– Eden ? répéta le Long Marcheur, surpris. À quatre jours environ.

– Nous ne pouvons perdre plus de temps, guide-nous vers Eden.

– Mia doit être soignée ! Le village le plus près est…

– Nous allons à Eden, la survie de notre peuple est en jeu.

Floyd ne posa plus de questions. Ces curieux voyageurs qui venaient de s'écraser à bord d'un dirigeable-méduse semblaient en savoir bien plus que lui.

Ils marchèrent en transportant Mia sur le dos de Plume, ils s'arrêtaient peu et Matt ne cessait de guetter le sud dans la crainte d'y apercevoir un orage. Le ciel était clair. Le premier soir, il ne put dormir, il écoutait la nuit et sa faune, guettant un éventuel coup de tonnerre.

Lorsqu'il fut trop épuisé pour tenir, dans la lucidité d'un esprit qui n'a plus assez de force pour s'inventer des histoires, il comprit que ce n'était pas la peur qui le faisait attendre l'orage.

Mais l'esprit de revanche.

L'absence d'orage était en fait sa frustration.

Il voulait affronter le Raupéroden.

Finalement incapable de s'assoupir, Matt nettoya son épée sous les reflets du feu de camp, aiguisant la lame avec sa pierre et polissant l'acier froid en songeant à ce combat. Un jour. Il s'en était fait la promesse.

Même s'il fallait qu'il traque le Raupéroden toute son existence pour cela.

Mais au fond de lui, il savait qu'il n'aurait pas à patienter bien longtemps.

La Raupéroden viendrait à lui.

Le soir du troisième bivouac, Floyd était très inquiet pour la santé de Mia. La jeune fille divaguait, assommée par de fortes fièvres. Jon s'allongea à côté d'elle pour la veiller toute la nuit.

Ambre et Matt bavardaient un peu à l'écart, profitant des dernières braises.

— Que comptes-tu faire à Eden ? demanda-t-elle

— Rassembler le conseil et les informer de la menace qui pèse sur nous. L'imminence d'une guerre. Il faut s'y préparer.

— Quelle chance avons-nous d'y survivre ?

– À quinze mille adultes entraînés et lourdement armés contre une poignée de Pans ? Franchement, aucune. Sauf que je connais leurs plans. Et puis… nous avons peut-être un atout majeur, à condition d'en comprendre l'utilité.

– Que veux-tu dire ?

– La Quête des Peaux ! Malronce veut à tout prix mettre la main sur l'enfant qui porte sur lui la carte. D'après Tobias, il se pourrait que je sois ce Pan, c'est pour ça qu'elle me cherche partout.

Ambre secoua la tête.

– Non, Matt. Tobias s'est trompé.

L'adolescent pivota pour contempler son amie.

– Comment ça ?

Ambre ramena ses jambes contre elle et entoura ses genoux avec ses bras, dans une position réconfortante.

– Le Buveur d'Innocence travaille à la Quête des Peaux, dit-elle, il est présent chaque jour ou presque, pour participer aux vérifications. À force de voir le Grand Plan, le dessin des grains de beauté recherché, il le connaît par cœur.

– Eh bien ?

Ambre déglutit péniblement et ajouta tout bas :

– Le Buveur d'Innocence n'a pas accepté de nous aider à te retrouver par hasard. Il a vu que j'étais cette carte. Il a reconnu tout de suite le Grand Plan sur moi.

– Toi ? répéta Matt, incrédule.

– Oui. J'ai naïvement pensé qu'il souhaiterait en tirer avantage en temps et en heure pour lui-même, qu'il voudrait d'abord mettre la main sur toi, alors je n'ai rien dit, pensant bêtement qu'il serait toujours possible de lui fausser compagnie une fois l'Alliance des Trois réunie. Hélas, tout ce qu'il voulait c'était nous livrer à Malronce ! C'était son idée depuis le début, rejoindre le conseiller spirituel pour le prévenir, pour monnayer sa trouvaille !

— Et tu… tu as sur toi la carte pour aller jusqu'au centre de la vie ?

— Nous ne savons pas vraiment ce que c'est, j'ai supposé que c'était quelque chose dans ce registre mais je peux me tromper. Quoi qu'il en soit, je n'aimerais pas que les Cyniks mettent la main dessus.

— Il faut en informer le conseil d'Eden.

Ambre acquiesça, l'air songeuse.

— Lorsque nous étions avec la Féroce Team, je t'ai confié que j'avais peur de vieillir, de devenir un jour une Cynik, tu te rappelles ? Tu m'as fait une promesse ce jour-là.

— Que je veillerai sur toi, et je vais la tenir, sois-en sûre !

Ambre lui prit la main et eut du mal à contenir les sanglots qui l'envahissaient :

— Je ne sais pas ce que tout ça signifie, dit-elle avec difficulté, j'aimerais ne pas être cette carte, je ne veux pas grandir et devenir une adulte si cela fait de moi une Cynik ! Je ne veux pas aller avec eux !

— Hé, rassure-toi, ça n'arrivera pas ! Je serai là pour te protéger, pour t'aider à rester celle que tu es !

— Ils sont capables de tant d'horreurs, je ne veux pas de ça…

Matt fit alors quelque chose dont il ne se serait jamais cru capable : il déposa un baiser sur le front de la jeune fille.

— Tu n'es pas seule, je suis avec toi.

Ils demeurèrent plusieurs minutes ainsi, tout proches.

Brusquement, à force de réfléchir à tout ce qui venait de se dire, une évidence se forma dans l'esprit de Matt, il se mit à bouillir :

– Attends une seconde ! Tu veux dire que le Buveur d'Innocence t'a vue toute…

Ambre serra la main de Matt.

– Il m'a forcée à me déshabiller, mais lorsqu'il a reconnu le
Grand Plan, il n'a pas posé la main sur moi. Il a aussitôt
accepté de nous aider.

– Quelle ordure, ce type ! Si j'avais su, jamais je ne l'aurais
laissé filer !

– Le fleuve a peut-être eu raison de lui, dit-elle doucement.
Il ne méritait pas que tu salisses ta conscience, crois-moi.

– Ambre, je suis désolé, tout ça à cause de moi, c'est…

Elle lui posa l'index sur la bouche pour le faire taire.

– Tu te rappelles les premiers mots que tu as eus pour moi ?
demanda-t-elle après un long silence.

Matt se souvenait de son coma, et de l'apparition d'un ange.
Ses joues s'empourprèrent.

– Je crois bien…, dit-il tout honteux.

– « Ambre, sois mon ciel. » Qu'est-ce que tu voulais dire
par là ?

– Euh… je ne sais pas, mentit-il, embarrassé, c'était sûrement la fièvre.

– Ah. D'accord. Je comprends.

Leurs mains se quittèrent.

Gêné par le silence, Matt revint à l'une de leurs premières
préoccupations :

– Demain, nous serons à Eden. Il faudra tout leur expliquer.
La Quête de Peaux, la guerre…

– Il reste une question de taille, fit remarquer la jeune fille.
Ce que tu es, toi ! Car si je suis la carte qu'ils recherchent,
alors pourquoi c'est ton visage qui est placardé partout au
royaume de Malronce ?

Matt prit une profonde inspiration.

Il réalisa qu'après tout ce périple, la principale question qui avait motivé cette quête demeurait sans réponse.

Parce que je ne suis pas descendu jusqu'à la seule personne capable de me répondre.

En prisonnier, il savait qu'il ne serait jamais ressorti des geôles de la Reine. Il n'y avait qu'en homme libre qu'il pouvait s'y rendre et obtenir ses réponses.

Il balaya aussitôt cette éventualité.

– Il faut dormir, demain sera une longue journée, dit-il en se relevant.

Le lendemain, en fin de matinée, ils parvinrent au sommet d'une colline. Des champs de blé d'un jaune aveuglant s'étendaient en contrebas.

Et une ville, posée tout au bout, dans son écrin doré.

Une grande cité de maisons et de tentes, traversée par un fleuve aux vaguelettes miroitant sous le soleil.

Une cité avec une place au centre, occupée par un arbre formidable, déployant ses branches au-dessus de la plupart des quartiers, tel un gardien millénaire.

De vastes jardins aux vergers colorés se partageaient une partie de la ville et, déjà, des centaines de petites silhouettes s'activaient pour en cueillir les fruits.

Un petit paradis perdu au milieu de nulle part.

Eden.

Épilogue

Une brise glaciale traversait la grande salle. Les fenêtres, hautes et étroites, ne laissaient entrer que très peu de cette lumière rouge qui provenait de l'extérieur si bien que des torchères rivées aux murs servaient à l'éclairage.

Un homme entra, portant un diadème de pierres précieuses sur un coussin pourpre. Il traversa la pièce, longeant les tentures dissimulées par la pénombre, pour venir poser un genou au pied des marches conduisant au trône.

À côté de lui, la silhouette massive du général Twain l'effrayait. Il le connaissait de réputation, un homme sans pitié, cruel et violent. Le bras droit de la Reine.

Twain s'approcha et son armure se mit en action. On la disait constituée de mille pièces, chaque partie coulissait ou s'emboîtait parfaitement, et chaque fois qu'il se déplaçait, la carapace semblait se déplacer sur sa peau, telle une armée d'insectes noirs.

– Qu'apportes-tu, Ralph ? demanda-t-il.

Ralph fut un peu surpris, la voix n'était pas aussi terrifiante que le physique le laissait penser. Ce n'était pas une voie d'outre-tombe, plutôt celle d'un homme ordinaire.

– Un présent pour notre Reine, de la part de mon seigneur.

Et Ralph leva le coussin en direction du trône.

Il n'y voyait pas grand-chose dans ce vaste hall froid et mal éclairé. Pourtant la Reine était bien assise là-haut, dans l'obscurité. Il pouvait apercevoir le bas de sa robe.

– En quel honneur ? s'enquit le général Twain.

– Mon seigneur souhaiterait inviter sa majesté pour un dîner.

– Rentre donc chez toi, Ralph, répliqua aussitôt Twain. Et dis à ton seigneur que Malronce n'est pas de ces femmes ! La Reine Vierge elle est, l'a-t-il oublié ?

Cette fois, Ralph ne se sentit pas bien du tout. À bien y réfléchir la voix du général Twain était bien effrayante, pas comme il l'avait imaginée, mais derrière sa normalité apparente se cachait un couperet capable des pires sévices. D'un mot, il avait le pouvoir de découper Ralph en pièces.

– Oui, bien sûr, général.

Les gardes à l'entrée s'écartèrent pour laisser entrer un messager qui accourait.

– Des nouvelles du garçon que vous recherchez, ma Reine ! clama-t-il tout essoufflé.

Twain repoussa brusquement Ralph en lui donnant un violent coup de pied qui l'envoya rouler au bas des tapisseries, le diadème se fracassa en heurtant la pierre du sol.

– Parle ! ordonna Twain au messager.

Un genou à terre, le messager semblait paniqué.

– Nous avons toutes les raisons de croire que l'enfant s'est échappé, ma Reine. Nous n'avons plus de nouvelle, et le transport devrait être déjà arrivé depuis un moment.

La forme sur le trône se déploya. Ses voiles glissèrent et roulèrent. Tout son corps était abrité par une robe noire et blanche, lui recouvrant même les cheveux.

Ses traits demeuraient cependant dans l'obscurité et Ralph espéra un instant apercevoir le visage de cette Reine si mystérieuse.

– Échappé ? reprit-elle.

Sa voix était à la fois douce et autoritaire. Ralph ne savait pas bien s'il fallait en être séduit ou craintif.

– Hélas, mille fois hélas, ma Reine, c'est ce qu'il faut croire.

– L'enfant que tout mon royaume recherche, disparu ?

Le messager se courba encore davantage, son nez effleurant la première marche.

La furie s'abattit sur le hall d'un coup. Les voiles de la Reine claquèrent tandis qu'elle bondissait :

– Faites sonner le rassemblement, ordonna-t-elle d'une voix impérieuse, que les officiers d'enrôlement battent les campagnes et les villes pour lever leurs unités, que nos armées se constituent. Si nos hommes ne sont pas capables de tenir un enfant, alors ils vont verser leur sang pour le conquérir ! Nous partons en guerre ! Je veux que le prochain hiver tombe sur un continent sans enfants !

Elle traversa la salle grise à vive allure, leva un poing rageur et hurla :

– À la guerre !

AUTRE-MONDE

L'alliance des Trois

Malronce

Le cœur de la Terre (à paraître)

DU MÊME AUTEUR

www.maximechattam.com

Composition Nord Compo
Impression : CPI Firmin Didot, janvier 2012
Éditions Albin Michel
22, rue Huyghens, 75014 Paris
www.albin-michel.fr

ISBN : 978-2-226-19413-8
N° d'édition : 17568/11 – N° d'impression : 109400
Dépôt légal : novembre 2009
Imprimé en France